陈锦国 著

上海三联书店

在黑暗中追寻光明

薛 舒

　　阅读这部叫《雄嶂》的小说的这几天，正值电视连续剧《后海不是海》热播之际。同样的缉毒题材，让我进入两者之间奇异的对比。虽然小说与电视剧的表现形式有着诸多的不可比性，但我依然喜欢在阅读与观看的交错中发现一些什么。或者说，我更愿意在小说与电视连续剧中找到文学层面的一些对照。

　　当我们阅读小说的时候，我们读到了什么？当我们观看电视剧的时候，我们又看到了什么？

　　先来说说色调。《后海不是海》的背景，不是北京的后海，而是洱海的后海。大理风光果然美如画，青翠的苍山、碧蓝的洱海、缤纷的花草，以及白族地区粉墙原木的房屋，所有的景致，都与人们对毒品交易与缉毒斗争黑暗与尖锐的感性认识产生强烈对比。电视剧给我的印象，就是如此，光度较高的明媚色调，似乎，这种色彩基调，预示着结局必定是光明的。当然，罪恶往往躲避在阳光之下，才更显其严酷。

小说《雄嶂》的故事背景却不同，从一开始，我的情绪就被带进闷热潮湿而又阴涩重重的热带雨林中。浓密的树林，连绵不绝的细雨，弥漫的瘴气与无处不在毒虫，阴风阵阵的边境线……是的，小说中出现最多的描述某种气息的词汇，就是"阴风"。

《雄嶂》的故事发生在中缅边境，缉毒公安战士与毒枭之间的一轮又一轮交战，便是在如此险恶的环境之下悄悄进行着。试想，闷热潮湿的密林里，时不时刮来一阵阵阴风，那是一种什么样的环境？而缉毒战士就是在这样的环境里深入作战，读者的目光，也跟随着作者的笔，在这样的气氛中迂回而入。

相比较，小说比之电视剧更胜一筹的氛围营造，就在于并非概念化的隐喻。虽然电视剧有其形式的需要，但窃以为，光明自然是作为热爱和平幸福的人类终极的追求，然而，这并不代表世上没有黑暗。当然，纵是黑暗的密林，也不能完全阻挡阳光的照射。这就是贯穿整部《雄嶂》的基础色调，是那种被雾障遮盖住的黑暗与光明的博弈。

再来说说情感世界。倘若说故事与线索是织成一部作品逻辑网络的藤蔓，那么情感，或者人性，便是藤蔓上开的花、结的果。且不说《后海不是海》的故事支撑，就情感叙事，它牢牢抓住了缉毒警对于亲情、爱情，以及自身强烈的职业道德和责任感之间的矛盾纠葛，更具地气的故事，便具备了形而上的意义。

相比之下，《雄嶂》的情感表现，更难得的是关注到了"敌方"，也就是毒品交易人或者毒枭的世界。甚而，作者似乎有些刻意淡化"我方"的情感呈现，大多时候一笔带过。而对那些在黑暗中挣扎的人，却有着更多的心理与感情描摹。有关这一类情感描述，此部小说最精彩的，便是最后那段话：年底，赵高明被押回至滨海。回到离别五年多的滨海，他也曾有那么一小会激动过。然而，眼前的城市将不再属于他自己，是他先背叛了这座城市。这么想着，有几滴眼，就从赵高明的眼窝里涌了出来……

读到此处，想必人们会掩卷沉思。毒枭亦是人，他并非天生毒枭，他曾经也有热爱，爱故土，爱家园，爱亲人。抑或，他也有哀伤、胆怯，甚而后悔？是什么让他走上了犯罪的道路？当他站在法律面前，他又是怎么想的？小说结束在此处，是作者给读者留下的悬念，亦是给自己留下了人性与情感的思考与追问。毒枭的眼泪，正是作者悲悯情怀的表达，对曾经健康而如今堕落的灵魂，对人类、对世界的悲悯。

　　这便是作为文学作品的小说试图解决的问题，也是小说的能量所在，发现疮疤，揭示疮疤，拯救灵魂。

　　除了色调与情感戏份之外，小说《雄嶂》予我的深刻印象，是无处不在的景致描写。譬如红艳欲滴的三角梅，枝蔓浓密的大椿树，如水流泻的月光，绿绸般的溪流……这些景致，并非作者全知角度下不带情感色彩的描述，而是人物角色眼中看出来的景，不仅带着鲜明的地域特征，同时带着人物的情绪与性格色彩。这也是作为小说作者所必须具备的能力，当你用文字揭开美丽风光的面纱，呈现出激烈而尖锐的矛盾与斗争时，你的文字，就是武器。

　　就结构而言，小说有着一脉相承的主线索，并且穿插着众多的支线，交错纵横的案件与人物、敌我双方的多角度深入描述，以及叙述者"芸"与"我"的出现，使作品具备了层次感和纵深感。整部小说贯穿了密集的侦查破案，节奏紧凑甚而急切，清晰的逻辑和专业用语让我相信，作者莫非公安业内人士，也是在边境缉毒公安部门有过长期的深入扎根以及走访生活。作为小说创作者，这是一种难能可贵却也是必须具备的敬业精神。

　　我去过大理洱海，也去过西双版纳傣族村寨，当然，只是作为游人。当我在美丽的风光中深深地呼吸抑或悠闲地徜徉时，我不曾想过，这美好的一切背后，有着怎么样的付出与牺牲？亦是不曾想过，所有的迤逦明媚，都曾经历过黑夜的淹没。就如此书中所描写的那一段：西阳渐渐向邻国坠去。青树垭口连绵起伏的群山翠林，为答谢太阳一天的光辉,这会儿也红着脸向西阳作别。

　　白昼到来,并不预示着黑夜永不造访;黑夜降临,并不能阻止白昼渐近的脚步。白昼与黑夜,总是在不断的交替中。生命,健康的生命,却始终如向阳花一般,抵抗黑暗,追寻光明。这是人类存在于这个世界的意义,亦是文学的意义。

2015 年 6 月 28 日于江湾复旦

　　(作者系中国作家协会会员,上海市作家协会副秘书长、创联室主任,上海市作家协会主席团委员)

目 录

第一次与芸接触，是在春阳融融的一个午后。

早晨起床看气象预报，称当日有雨。出门，天虽阴着，但不见落雨的迹象。到了午饭的当口，走出办公楼，明灿灿的光晃了我一下。抬头，春日竟拱出云层，露出毛绒绒般的和煦来。我笑了笑，权当被气象人又揄揶了一把。

我与芸握手，是在浦江的游船上。

一盏咖啡，清香四溢。双目对视，芸笑了，是不是太正规了？

拜师学艺，总得拿出点姿态吧。我笑着在芸的肩擂了一拳。

芸手四下里划拉了下，看到了吧，周围一对对情侣，人家那是享受浪漫来的，咱俩老爷们跟着瞎起哄。

哦，忘了说芸了。

芸一米八十二的大个子，一身腱子肉，当年从校院毕业就入了警队，干过刑警、治安警，现在在我生活的城市干的是缉毒警的行当。

芸这个名字据说是他母亲坚持的。初识他时,我也曾给他开过玩笑,你这充满诗意且又女性化的名字,女孩子听了不笑着摇头跑了才怪哩,你还是打定单身主意算了。

芸听了扑哧一笑,恰恰相反,人家就是带着探奇才答应跟我见面的。我们现在处得好着哩。我倒是建议你,扯着嗓门给那些个还单着身的男儿个嘹一嗓子,赶紧的,把名字改了,什么风花月雪,落英缤纷的,反正越女性化越好。

说过了芸,接着再往下说。

芸问我,这么隆重的,到底何事?

我说,拜师,而且是正经地拜师。

芸见我认真样,张大着的眼睛,拭了拭我的脑门,大作家啊,你没发烧吧?满腹经纶的才子,向我一个舞刀弄枪的人拜师,难怪日头钻出了云团。

说着,芸还大咧咧地笑了起来。

我说,我今天是诚心诚意,正正经经向你讨教,而且问的就是你的老本行,你可不许有所保留。

芸微微皱了皱眉头,我说大作家,我看你肯定是哪根筋搭牢了,放着那么多好东西不去探究,单单对我这行当来了兴趣,你不会拐着弯跟我说事吧?

我拍了拍芸的肩膀,笑道,想多了吧,我没那闲工夫找你逗闷子。实话告诉你吧,过几天我得去西南边境线走一趟,那边的省禁毒局邀请我实地体验一下边关缉毒警的生活,把他们鲜为人知的故事写出来,我还不得做些功课?

芸又大咧咧地笑了起来,哦,这事啊。看来你今天拜师还蛮有诚心的,就冲着你这份谦虚劲,你问吧,想知道点啥?

我笑着点了点他,从提包里掏出了张纸,递给他,你自己看吧,能想到的我都写上头了。

芸接过手看了看,好家伙,准备得还蛮专业的。

我注视着芸,不多,统共就十多来问题,你跟我叨叨清楚就行了,别过去让人家说我是外行,你今天就权当是给哥哥我扫盲了。

芸喝了口咖啡,作沉思状,半晌,他提了个建议,我还是给你讲一则我经办的案件吧。听完这个故事,我想你所有的问题也就释惑了。

我笑道,这样最好的,你讲我听。

接下来,芸给我讲起了他和他的队友《老街擒枭》的故事……

第一章　枪声

一

雷暴雨,在茶山搂着的坝子上空闹腾了半天,终于歇下了脚来。

银盘似的月亮升了起来。四周,泛着黛青色的茶山山脉,宛若甜睡的处子,婀娜,清淡,乖巧。对面金三角吹过来的夜风,裹着红土散出的气息,还有刚刚出土时间不长的蔗苗的清香,怎么都不会让人联想到此时此刻,自己正身居在中缅边境线上。恰恰,这刻儿,在位于南伞128号界桩中国一侧的哈尼族老伯看护庄稼的茅草屋里,拗不过我的缉毒大队长岩龙正在接受着我的采访。

这天正午,从临沧出发,赶到镇康南伞这座边境小镇,已是晚上七八点钟的光景了。临出发前,听临沧缉毒支队的廖政委介绍,镇康一个月前刚刚破获了一起临沧地区乃于整个云南省今年以来数一数二的毒品大案,缴获25型冰毒205.6公斤,收网时惊险的程度,绝非用诸如刀光剑影这类的词藻就可以表达的,领头的就是大队长岩龙。

老实说,对于岩龙,我是不陌生的。这几年,他和他的战友的事迹也是时常见诸于报端,出发前,我也刻意作了番收集,虽未睹其真容,但岩龙活生生的形象在我的心里头就如同一座高耸着的峰。我是带着一路的激情,敬慕,还有满腔子呼呼流淌着的热血走进镇康的。自然,与岩龙没寒暄几句,他马上也就感受到了我倾力抛洒过去的激情,旅途的劳顿也在与岩龙面接面的交流中消失得无影无踪。

岩龙缓缓地抬起头,圆月漾在他的眼瞳,他告诉我,收网的那夜,可不是个雷雨天,不过茶山的头顶上压着厚厚的云,低低的,沉沉的,让人有点儿喘不过气来。岩龙吁口气,站起身,粗短的手指往前方目力尚可能接的地方指了指,对我说,喏,你看到了吧,那晚我们伏击的现场就在前头的黑风口。我顺着岩龙手指的方向看去,透过密密的荆棘蔓枝,明晃晃的月光下,黑风口就像一张豁开的嘴巴,似乎想对我叙述些什么。

黑风口! 我轻念了一声,眉头还是不由自主地轻蹙了起来。

岩龙轻轻笑了笑。显然,我眉头不经意的一蹙,他还是很快估摸出了我心中对黑风口的些许失望。恬若处子的茶山,怎么偏偏添了黑风口这么个名字? 岩龙说,许多年前,黑风口其实也不叫黑风口,它跟茶山一样,也有一个好听的名字,叫迎亲口。它是坝里坝外的人进进出出的一条通道。也不知道是哪一年,听老人说,就是一个月黑风高夜,坝子里突然旋起了一股黑风,那风啸得坝子人心头慌慌的。接着,就从迎亲口冲进一群汉子来,这群汉子穿着上不伦不类,手里头都攥着长枪片刀。那一夜,坝子里被洗劫了一空,还死了不少抗争的男人女人。再后来,那帮身份不明的汉子,时不时地通过迎亲口冲进坝子,坝子上空从此再没了宁日的天。坝上人一气之下,就把迎亲口咒为黑风口。这一闹腾足足好几十年,直到解放军进驻了茶山的坝子。

哦,黑风口原来是茶山伤口哩。

黑风口就这样,开始印入我大脑的沟回。

说到这,我看到了岩龙脸上的凝重。岩龙说,如今,连接黑风口里外的这条山道,不仅成了偷渡者们进出国境的非法通道,那些企图躲避口岸检查的毒枭们也利用了它干起了运送大宗毒品的勾当。

我感叹,这么说,为迎亲口正名还尚需时日了。

岩龙赞同地点点头。

我问岩龙,这宗大案,从你们发现线索,到黑风口枪声响起,前前后后耗费了多少时日?

岩龙将了将他黑红的脸,稍作思索,告诉我,前后总共不到一个月的时间吧。

我点点头。再问,那么,你们又是如何截获到这份情报的呢?

这个嘛,说来话就长了。岩龙抬腕看看表,陈作家您一路劳顿,是不是好好休息一下,明天咱们接着再叙?

岩龙征询地看着我。

我故意缩了缩肚腩微凸的腹,又是很夸张地擂了几下,笑道,到嘴的佳肴放着,我是夜寐难安呀。

听我这么说,岩龙的目光在我的脸上停留了几秒钟,最后下决心似地说道,那好吧,今天我就请您这个大作家好好体验一把咱们边境线难得的夜风吧。

我笑着点头,揶揄,这就对了嘛,这才是边境主人真正的待客之道啊。

二

哦,对了,那也是个雷雨天。岩龙说,今年的天真有点儿怪,还没到雨季哩,老天就赶着下了几场雷雨。

我诙谐地笑道,看来今年是个好兆头,老天都不想放过那些毒贩子哩。

岩龙自个儿点了颗烟,咻溜吸了几口。随即,在他的叙述中我的脑海便显现出了那夜黑风口枪战的场景。

那夜茶山头顶上的雷特别的响,闪电也是分外的亮。在凤叶湾带人设卡的岩龙,借着天上的闪电,老远就瞄到了边境对面甘蔗地里雨中蠕动的人影。

岩龙马上给身边的杨太安、王新荣使了个眼色,两人很熟稔地按照"品"字战术队行分开。杨太安在左,王新荣在右,岩龙居中。三人有布局分明就是给对面雨中不安分的人设置了个大口袋。

片刻工夫,雨中人已接近了 125 号界桩。

这时候,一道闪电,紧随着是一声炸雷,能看得出身着军用雨衣人的身子也跟着一颤。

那人立在边境线上的界桩一侧,踌躇了不多会,最后还是横下心,提着口气,将一双泥腿迈进了中国境内。身子入了境,雨中人低着身子,步子也开始小跑了起来。即便前面正张口以待,等君入瓮,雨中人也全然不顾了。

雨中人被扑倒在泥泞地里,倒地的地点离边境线最多也就 25 米左右的样子。

最先扑上去的是杨太安。待杨太安麻利地给雨中人上完铐,雨中人呜呜地哭了。听到哭声,岩龙心头一怔,这声音咋听上去怪怪的哩。岩龙一手除却雨中人雨衣的帽子,再一瞧,雨中人一头长发抖露了出来。

女人显然被吓懵了。她的身子抖动得一如被雨水击打的甘蔗叶片。她在求饶,求你们放过我吧,我以前从没干过这缺德事。女人铐着的双手指着地上的双肩包,所有的毒品可全在这包里头。

岩龙紧着脸,沉声命令道,跟我们回局里再说。

情况很快弄明白了。

女人是受自家男人的指使,仗着对边境一线的熟悉,冒险跑到对面一个叫木清的人家里,取回来了 1500 克的海洛因。

女人痛哭流啼,我早就跟当家的说过,做这事是要杀头的。可当家的非说掉脑袋的事还轮不上咱们。临出门前,他还指着黑沉沉的天,宽我的心,说老天爷都肯帮忙为咱们打掩护,这笔财不接,那咱们真就成了穷光蛋了。

半小时后,女人的男人被带到了缉毒队。哪想到,干瘦得就如同秋日荒原上枯黄蓑草的男人到案后,眼珠子骨碌碌一阵乱转,一脸的茫然无辜相。

男人说,我真的不知道我婆娘干了跑粉的事。上床前我还纳闷着哩,这雷雨交加的鬼天气,人跑哪去了呢? 谁知道她竟背着我干上了吃枪子的事。

岩龙沉着脸,冷眼瞅了瞅他,耍花腔是吧?

男人挠了挠头皮,没几两肉的刀条脸上强挤上了笑,警察同志,你抬举我哩。我一个平头小百姓怎敢跟政府耍花腔呀。

岩龙冷不丁一拍桌子,男人身子跟着一哆嗦。岩龙马上给身边的杨太安递了个眼色,杨太安会意地走了讯问室。不多会,女人被带到了男人面前。

见了自家婆娘,男人刚才还硬撑着的脑瓜子,骤然间就像是受到外人重击似的,一下子耷拉了下来。

岩龙肃然,头抬起来! 把你刚才说过的话当着你的婆娘,再给我们说一遍!

男人瞥了自家婆娘一眼,低声嘀咕,我真的不知道她干了跑粉的事。

男人的话无疑在女人跟前扔了一颗重磅炸弹,女人一下子就木在了那。少顷,女人的嘴唇哆嗦了起来,泪珠子就决堤的水似的夺眶而出。

女人颤着声,怒斥道,黑猴子,你这说的还是人话吗?

话音一刚,女人腾地跃步上前,照着自家男人脸上就是一巴掌,黑猴子,你早晚得遭报应!女人声嘶力竭。

女人被带走了。

黑猴子显然没被自家婆娘的巴掌给打醒,大概他还想着人前挽回点面子,他猛地提高了嗓门,你们有本事抓大头去啊,抓我们这些挣辛苦钱的算啥事嘛?

三

茶山山麓,月亮河村一个叫阿德的村民纳入了岩龙他们的视线。

据黑猴子交代,跑这趟货就是阿德给介绍的。

阿德信誓旦旦地向黑猴子保证,说只要把对过的货给背回来,到时候就付给黑猴子二万块钱。黑猴子一听这么个大数,身子马上就像跌进妖艳的罂粟花丛中,脑袋一下子就晕眩了起来,他心里头在盘算着,有了这二万块,到了秋上,自己也可以住进明晃晃的大瓦房里了。兴奋过后,黑猴子心里头不免又生出了几丝的担忧,这事万一被警察逮了,那可是要犯杀头大罪的呀。

黑猴子脸上些许的变化,阿德可是拿捏得很准。阿德长辈似的拍了拍黑猴子的瘦肩,不屑地笑道,怕啥怕啊,趁着个月黑风高夜,悄悄地去悄悄地回,神不知鬼不觉。就算滑了脚,你怕什么,你黑猴子充其量也就是个替人家跑腿的主。

可万一被逮了,还是免不了牢狱之灾呀。黑猴子心里头还有块阴云没被阿德驱散。

阿德哈哈一笑,自顾自摇了摇头,道,就你比田鼠大不了多少的胆子,还想住新房,趁早到大太阳底下伺候你那几亩甘蔗地吧。老实说,不是看在你我兄弟的份上,我才不会为你指条发财路哩。实话告诉你,这差事,只要我阿德张张口,不知道有多少人打破脑袋往里钻哩。好了,这事我容你再想想。

阿德是做石材生意的。这几年,黑猴子跟在他屁股后头做,也未见过他的生意有多红火，可他手里的钱就跟家乡的南滚河里的水似的，怎么花都花不完。阿德殷实的家境让黑猴子要多眼红有多眼红。跟有钱人一起混，对钱的欲望就像是心窝子里爬满了密密匝匝的小虫子，撩骚得人是寝食难安。阿德能看不出黑猴子的心思？他总是有意无意地为黑猴子撩拨撩拨欲念的小虫子，别急别急，发财的机会总是有的！

现在机会终于来了，自己反倒变得束手束脚起来了。黑猴子在心里头狠狠骂了自己一句，真是扶不上墙的烂稀泥。骂完，他咬咬牙，一跺脚，豁出去了，我干！就照你说的去做。

阿德摇摇头，老谋深算地说道，勿躁勿躁，脑瓜子发热是干不成大事的。

黑猴子疑惑地看着阿德，到底啥意思嘛，你阿德不会突然间改变主意了吧？

阿德摇摇手指头，这事不是你让去干，是让你的婆娘去做。她不是从对面嫁过来的么，人熟脚头熟，事情做起来比你来得顺当。

黑猴子不解地望着阿德，阿德得意地捻着下巴上寸把长的胡须，鼻头轻轻一哼，婆娘算什么，万一栽了，你可以推得一块铠甲都不留。再说了，这天下最不缺的就是女人了，口袋里有钱，你还愁个鸟啊。

听阿德这般说，黑猴子的眼前顿时幻化出了大红灯笼高高挂的浮华来，人也跟抽了白粉似的飘飘欲仙起来。他呲着满口黑牙，嘿嘿地乐了。

岩龙说，那晚上，在阿德的授意下，黑猴子让自家婆娘提了只正下着蛋的老母鸡，从南伞口岸跨出了国门。女人不愧是在果敢的老街长大的，她没费多少工夫，就寻到了对面老街西街上的木清家。

穿着笼基的木清见提着母鸡寻上门的女人，很是热情地将女人让进屋来。过后，木清又朝正忙着煮饭的自家婆娘嘹了一嗓子，家里来客人了，把腊肉割点蒸蒸！

女人倒不好意思起来，忙道，就简单吃点吧，一会儿我还急着赶路哩。

木清打着哈哈,说,别急,别急,等天黑透了再说。

饭吃到一半,天越发地沉闷起来。木清却自顾地笑了起来,老天眷顾啊,啊,哈哈哈哈。

女人被木清的说笑整得晕晕乎乎的。

临出木清家门时,天边开始响起了钝钝的沉雷。木清递给女人一件军用雨衣,说,顺风顺水,这样更好。

女人深一脚浅一脚摸着黑向 125 号界桩接近。

电闪着,雷轰着,黑沉沉的天像是被人捅漏的锅底,漏了。

女人后来交代,就在她伸出脚越境的那一刻,她也陡生起丝丝的忧怯,可自家男人给她描绘的宽敞明亮的大瓦房,还有男人给她的那点儿底气,很快犯罪的感觉被压得再抬不起头来。女人说,现在她连肠子都悔青了。

至于这包粉取回家再交给何人,黑猴子与他婆娘的交代是一致的。

黑猴子说了,阿德让我们先把货从对面取回来放家里,至于什么时间,再采取何样的手法,将粉交给接货人,到时候他会发话的。

四

阿德到底是不是真正的接货人?

岩龙说,这难题还真让他们伤了不少的脑筋。

那天,从黑牛垭口设伏回来的哈尼族缉毒警金畅提供了个情况。金畅说,清晨回来家,阿爸跟我讲,这些天边境那边儿有点不寻常。阿爸说每天的凌晨时分,总有几个人鬼鬼祟祟地在那边活动,他们过境倒是没有,至于想干些什么,实在让人猜不透他们的心思。

阿爸征询似地望着金畅,儿子,你说说看,他们会不会是来边界上探风呀?

金畅没有急着回答，而是担心阿爸是不是看走了眼。

阿爸端着水烟筒，高门大嗓，我怎么会看走眼哩。边境线离咱甘蔗地里的茅草房总共也不过两百步。再说了，阿爸眼花了，咱家那条狗也会看花了眼？

岩龙问金畅，你家的甘蔗地在那块？金畅说，128号界桩附近吧。

岩龙缓缓点点头。虽然这时候他还吃不准这帮探风的人与黑猴子他们的贩毒是否有牵扯，但不管怎么说，黑猴子两口子参与的这起贩毒案，从目前掌握的情况看，完全具备延伸办案的条件。

方案确定了下来。

董局长说，这次西瓜得吃，芝麻粒也不能丢。对境外那边探风的，尽量做到不惊不扰了他们，密切关注他们的一举一动。阿德也不能让他弄出动静。这时候，你即便动了他，凭他的狡黠、刁钻，到案后，他照样可以装得跟没事的大爷的似的，你们说他参与了贩毒，可证据呢？他会为自己狡辩，说我也只不过是替朋友找人为他办件事罢了，至于办什么事，朋友不说，我当然也不会问。你们说是不是呢？

我赞同地点点头。

那后来呢？我禁不住追问。

岩龙说，解决问题的不可能，也只是那些导致问题的思维模式。

我钦佩地朝岩龙看了一眼，夸道，你岩龙大队长思考得蛮深刻的嘛。

岩龙不好意思地笑笑，这句话的原话其实是爱因斯坦大师说的。在云南大学读书的时候，我们的导师常常用这句话启发我们。

我颔首。

岩龙说，后来我们找了黑猴子，还有他的女人。我把设计好的方案跟他们一说，黑猴子神伤的眼里顿时放出光来。他扑通一声跪了下来，我们一定配合，好好地配合！他女人的脸上也像是盛开的茶花，热烈得很，那喜泣的泪，就如同天上的雨水尽情地浇注在山茶花上。

岩龙说，茶山上空出现了暗灰色的天光，黎明时分到了。

这时候，一辆蓝白相间的警车鸣着笛，向位于 125 号界桩的绕坝公路驶去。开车的杨太安，跟车的还有岩龙本人。

警车在青竹湾扯高嗓门吼了一气，接着又一路鸣着笛向南伞医院驶去。

天大亮之后，有消息从医院里传出。

昨夜里头呀，一个从对过嫁过来的女人走夜路回家，在青竹湾生生地被车撞了。撞人的黑心司机把昏迷的女人拖到路边，就一脚油门溜了。要不是赶夜路的人发现报告了警察，那女人说不定早到阎王那报到了。

传到这，空气中还残留着一声声的长叹，唉，可怜的女人呀。有啥事让她急着赶夜路哩，这下不彻底给废了。

下午两点多，有消息从阿德的石材厂传来，阿德开着车从矿上下来了。

岩龙命令，给我好生盯着，盯死他！

果然，阿德的尼桑车在南伞绕着坝子兜了一圈，就朝着医院方向驶来。没跟人打招呼，阿德提着一桶蜂蜜，直奔医院的重症病房。

猛然间见到了阿德，黑猴子很是夸张地激灵了一下，他的眼里游着血丝。

阿德一脸的关切，怎么样，没事吧？

黑猴子满脸的沮丧，摇摇头，怕是难挺过去了。

阿德吁口气，抿着唇点点头，说，咱们到外头说去。

在医院的小花园里，这时候的阿德马上抛却了刚刚在病房里的作秀，他急切地问，粉呢？是不是在你家里放着？

黑猴子一脸的茫然与无奈相，我真没见着货啊。我接到消息赶到医院，我婆娘她已进入了抢救室。

那警察也没找你问过货的事？阿德紧盯着黑猴子。

黑猴子两手一摊，没有，真的没有。

　　你没骗我？阿德咬着腮帮子，一脸的霸道。

　　黑猴子哭丧着脸，大哥，我跟你也有些日子了，我黑猴子的为人你最清楚，这种事我敢糊你吗？

　　阿德抬头望了望天，眼珠子跟着凝了一会儿，突然间，他噗地往草坪上吐了口痰，啐道，他妈的，那货肯定被肇事的黑心王八羔子顺手给划拉了。好吧，货的事你就别想了，跑腿的钱一分少不了你，放心吧。说着，阿德很是关爱地拍了拍黑猴子的肩膀，又叮嘱了句，记住，嘴巴给我闭严实点。

　　黑猴子唯唯诺诺地点点头，从阿德手里接过蜂蜜，目送着阿德钻进自家的尼桑轿车。

　　这夜里，岩龙、金畅、杨太安几个趁着夜色又悄悄摸进了金老伯甘蔗地里的茅草屋。

　　从边境那头吹过来的夜风，轻若云絮。几个人轮换着瞪大着眼珠子，金老伯护庄稼的狗一夜未出过声。

五

　　一连几夜的潜伏，边境那边夜色如常。

　　阿德打离开医院，有一周的时间没离开过他的采石场。

　　这天，南伞医院重症病房的过道里，走来了一位着象牙色风衣的女人。听到走廊里高跟鞋叩击地面的清脆声，长椅上迷糊的黑猴子缓缓抬起头，睁开眼，立马从长椅上蹦了起来。黑猴子满脸挤着笑，马上迎上去叫了女人一声嫂子。

　　被黑猴子唤着嫂子的女人关切地问了问病人的近况，黑猴子焉巴巴地叹着气，苦笑着摇着脑袋，道，还不是那样子，就是比死人多了口气。

　　风衣女人忧戚着脸，从随身带的挎包里掏出两叠百元大钞来，说，这钱是你大哥让捎来的。你大哥还说了，啥事都得往前看，跨过了这道坎，一切都会好起来的。

风衣女人说完，也跟阿德似的，关爱地拍拍黑猴子的削肩走了。

女人回到矿上，阿德急吼吼地问道，那头有啥异常？

女人白了他一眼，翘起二郎腿，鼻头不屑地哼了声，也就是你，成天疑神疑鬼的，胆子小得没二两重。告诉你吧，黑猴子两口子在医院里啥事没有，这下你总该放宽心了吧？

阿德也白了女人一眼，回敬道，你说这刀口上讨饭，不小心点行吗？

女人的不恭，并未坏了阿德好的兴致。往后的几天里，在黑牛垭口设伏的岩龙手下又发现了件怪事。

在南伞通往耿马的简易公路上，经常见着一辆挂着果敢牌照的丰田护卫车在跑。设伏的缉毒警拦车检查时，开车的名叫阿黑的司机说，他也就是想去山里头收购点山珍野味，因为家里刚刚在老街开了家餐馆。

董局长听了汇报，说咱们还是走内紧外松的路子，看看这个阿黑到底想干什么？

这之后，丰田车再出没黑牛垭口，带班的杨太安总是故作热情地跟他套近乎，还时不时地甩根烟给他。阿黑抽着烟，也故作谄媚，你们当公安的真不容易啊，一天到晚在这垭口风吹日晒的，不容易，不容易呀。

杨太安憨憨一笑，眼珠子故意撇了撇四周，偎过身，递耳朵说，现在风平浪静的，也没啥大事，我们在这也就是装装样子给人瞧瞧，其实哩……说到这，杨太安故作欲言又止。

阿黑半启着唇，很明显他挺在意杨太安没说出口的那个断句。

杨太安似乎下了决心，拍了拍阿黑的肩膀，其实啊……我们是天一黑，就收队。你说这蚊虫叮咬的，还有头顶上可气的飞蚂蟥，谁他妈的受得了。

是啊，是啊。阿黑附和道，这样吧，等我这阵忙过了，我来南伞请你们撮一顿，咱们也算交了朋友。

杨太安高兴地点点头，好呀，我等你信。

阿黑吹着口哨，一加油门，车往前溜去。

那日，阿黑的车回到果敢，再没在口岸现过身。岩龙说，很显然，这个叫阿黑的人入境的真正意图并非为了采办一些山货野味，他很可能跟边境上出现过的探风人是一个窝子里的。他入境的真正意图，就是探风来的。

仔细分析了前期做过的工作，岩龙他们并未发现自己这边出现过啥纰漏。按照惯性，毒贩子们探完风，而且又探得了他们梦想着的环境，这刻，他们肯定在忙着走货。

岩龙的推断一如雾嶂释尽的峰峦，峥嵘毕现。

不错，这天夜里约摸三点多，128 号界桩附近凤尾竹林里设伏的杨太安小组，发现有一男子悄悄地潜入国境。

岩龙指示，跟着他，不要扰了他。

这男子入境后，并没进城，而是直接往阿德山坳里的石板厂摸去。那男人在矿上跟阿德密谈了好多会，直到林中的鸟们亮嗓前才潜回果敢。

男人离开后，接下来几天里，阿德似乎显得很忙，每天口岸一开关就出境，到了离闭关一小时保准入境。阿德也在周围放风，说是老街那边有个老板，有意跟他合资开矿，他这是招商引资去了，为南伞的经济腾飞作贡献哩。

瞧阿德那个欢实劲，他似乎是志在必得了。

显然，这批的货量少不了。如果是斤儿八两的，阿德他绝不会如此般地劳其心智。

这批货的量究竟有多大？他们会选择在哪个时间、何种路线、采用什么样的运送方式走货？与阿德密谋的境外大毒枭又可能是谁？

这些，都是岩龙他们等待破解的谜团。

六

南伞这个边境小镇依然般繁华与井然。然而,缉毒队内部则满罩着临战前的紧张气氛。

这日傍晚,灰蒙蒙的天上飘起了丝丝的细雨。与雨丝相携而至的还有一则抓人心弦的情报,境外近段有大宗毒品过境至香港。

情报的准确性是确信无疑的。但让岩龙他们着急上火的,是他们急欲知晓的诸如这批货到底有多大量、什么时间、取何种路线走货等等的细节。

这些关键性的问题,显然如同乌云遮日,不得而知。

多年的缉毒经历,岩龙清楚,能捕获到一份这样的情报已属万难,毒枭们谁走货又会大张旗鼓呢?这样的营生本来就属于见不了天日的勾当,余下的,也只有靠自己慢慢来咀嚼,去抽丝剥茧了。

但目前至少有一两个环节是明朗的。也就是说,此情报绝非孤立,它很可能跟阿德之流这些日子来的折腾有关。再就是欲把大宗的货运进来,靠人背马驮的可能性极小。且不说南伞放眼皆海拔千余米的大山,林莽森森,荆棘重重,纵有充沛的精力,想在它身上踏出条道来实属枉然。再说了,一支异样的运输队伍,想不招人眼比登天还难。

照此推断,毒贩们采用车辆运输,最有可能走的又是哪一条道路呢?

南伞深入内地,唯有一条国道。走这条道,武警边防部队布设的检查站重重,危险系数显然奇高。要降低风险,毒贩们极有可能选择过去马帮在茶山踩踏出来的一条连接中缅的泥泞山道。这条山道虽说坑坑洼洼,但它四通八达,大车不便行走,但越野车跑起来还是毫不费力的。

董局长带着岩龙等几个手下,亲自开着三菱越野车实地勘察了一番。回头，董局长手往黑风口一指，就在这儿了！

这上黑风口，在布控堵截上不失为理想的地形。垭口五米宽有余。山道抱着茶山的粗腰，从边境伸展过来，宛若一条游走的巨蟒。巨蟒游走至黑风口，悄然向东北方略略转了个弯，待蟒头过了黑风口，留给人视野的也就是黑黢黢的蟒身了。

当晚，岩龙亲率手下，带着微型冲锋枪，身着防弹衣，悄悄抵进了黑风口。

岩龙将组员分成两个战斗小组。一组由自己挂帅，组员由杨太安、李正光组成。他们的设伏点就选择在出垭口两侧树丛中。岩龙交待，咱们组的任务就是攻蛇七寸。另一小组则由王新荣、周建康、段正洪担纲。他们的设伏点就选择在紧挨垭口南侧的凤尾竹丛下的边防军巡逻道一侧。岩龙向三人布置，你们的任务就是断其后路。

正面迎敌的危险和激烈自然比断后要大得多。

王新荣向岩龙请求，咱们两组的位置还是换一换吧，这场战斗还得靠你来指挥哩。

岩龙不容置否。他抬头望望天，挥挥手，就这么定了，大家都机灵着点。

沉睡了的茶山，四处弥散着湿漉漉的潮气，砭人肌骨。林涛中伴着的虫鸣，犹如茶山传出的酣声，更加重了四周的静寂。透过云缝，可以望得有几颗星星在跳烁。

拂晓时分，星星隐去了，天上落下了小雨。几人的衣服很快就透湿了。身上的衣服一湿，人就像突发了疟疾，上下牙磕碰得咯咯作响。无奈，几个人抱着一团，互相用身子取暖。

天光终于大亮。雨住了。水粉红的太阳犹如跃出龙门的鲤鱼，终于从厚厚的云层中露了脸来。岩龙人随身挎包里掏出饭团来，人手一份，众人有滋有味地大嚼起来。战幕才刚刚启开，他们还得不露身迹地跟毒枭们拼体力，比耐心，搏意志……

讲到这，我看到岩龙的眸子里闪烁起兴奋的光芒，黑红色的脸膛也是一片的喜色。我在想,那个镶入岩龙记忆深处,且又令他自豪的时刻也该到了。

果然。

岩龙说,我们在黑风口潜伏到第三天。下半夜三四点钟的光景,透过密匝匝的树缝叠叶,我们瞧着了游来黑风口的隐隐灯光。虽然这灯光与我们相距还有千余米,但在这条出入境的非法通道上,这时候出现的灯光,无需打探,谁都能断出它的异常。

岩龙说,我们各就各位,子弹咔嚓上膛。

七

黑风口四周的空气骤然紧张了起来。车灯在警惕的眼瞳里渐行渐近。

一百米,五十米……

杨太安终于认出来了,它不就是前几日频繁现身过的丰田护卫车嘛。

毫无先觉的丰田护卫车驶出垭口后,很悠然地向左打了个弯,跟着车身就像是受到了惊吓,悚然一顿。这时候,就见岩龙、杨太安、李正光已跃出了隐身的树丛。车头前,铁塔般的三人断喝停车接受检查。

岩龙说,他的断喝声还未落,车头左侧就见电光一闪,伴着闪电爆响的是一股烈风,从耳侧一划而过。

岩龙本能的一个侧滚翻。

这时候,杨太安、李正光手里的微型冲锋枪也响了。好家伙,车里头一下子至少有三四支手枪在喷着火舌。

几乎与岩龙小组同时跃出隐身点的王新荣小组,愤怒的子弹也如雨点般地射向运毒车。

前后夹击,硬拼无疑死路一条。运毒车突然间顿了下头,低吼了一嗓子,呼地向后倒去。这时候,就见从车窗里飞出一颗苏制手雷,岩龙大喊了一声,小心! 随后纵身扑倒在手雷旁的李正光身上。

车后王新荣几个听到了岩龙的喊,也敏捷地避着杀机。

老天阴沉着脸,相信它这刻肯定也大睁着惶恐的眼睛。

手雷没炸!

丰田车疯了!

顷刻间,就见它两侧的门一推,车内倏地蹿出几条黑影。紧接着,丰田车又一轰油门,车头向还没站稳的岩龙撞去。如果说躲车头易,那么要避开驾车人已伸出车窗的勃朗宁手枪那可真的不好说了。

死神再一次向岩龙伸出了魔掌。

就在这千钧一发之际,杨太安手里的枪再次响起。

紧跟着,丰田车就像喝醉了酒的汉子,红着眼,往垭口的侧壁撞去。丰田护卫车翻了个底朝天。

这还没完哩。车翻了,可驾车的狂徒却还在挣扎。就见他挣开了车门,又将黑洞洞枪口伸了出来。

岩龙眼捷手快,闪电般地朝已挣开的车门奋力一脚,就听见驾车狂徒啊哟大叫了一声,勃郎宁手枪从手腕里滑落了下来。

狂徒被拖出车来。

岩龙捡起地上的枪,就见被击坏了的弹匣舱内那推送子弹的弹簧上别着一颗黄灿灿的微型子弹头,弹匣内五颗残余的子弹就只能背时地屈居着。

再看看歹徒持枪的手,他的左腕还在汩汩地冒血。

这时候,岩龙的眼里有了些水色。他扳过杨太安的身子,重重地在他肩头拍了几掌。杨太安眨巴着眼,马上又现出了平时大大咧咧的样子,岩大队,别看我平时打靶不行,关键时刻我手头上的枪还是有点准头的吧。

两双大手紧紧地握在了一起……

听到这,我浑身的血都沸腾了,竟情不自禁地鼓起掌来。既为了一次缉毒的胜利,更为了岩龙一次次游走在死亡线上,最后总是逢凶化吉,又带着他的战友们转战新的战场。

岩龙告诉我,黑风口一战,他们从车内当场缴获冰毒三大蛇皮袋,重计 205.6 公斤。缴获运毒车一辆,勃朗宁手枪一支,苏式手雷 4 枚。自以为藏匿得很深的毒枭阿德,他是在昆明他的情妇水妹那儿被当地警方给擒获的。木清的那个一向在道上以谨慎著了名的老板巴彭也于八日后被缅方警察控制。

一张毒枭们自以为密不透风的网,就这样被撕碎了。

八

听完岩龙的讲述,我知道,黑风口之战也只是他们无数次与毒枭生死相搏中的一次。

明月西斜,皎光如练,茅草屋里洒来一片清辉。屋脚下,溪水清脆流淌,轻盈,潺潺。和着夜风,不时有几声鸡鸣送和耳边。岩龙告诉我,这些鸡鸣声是从界桩对面的一个叫勐察的村子里传来的。

多么令人陶醉的意境啊。

我感叹,祥和的边关倘若真到了绝了毒品的那天,它又该是怎样的一种祥和呢?然而,世界范围内禁毒力度的日益加大,水涨船高的利润总绝不了有人在觊觎,在垂涎,甚至不惜提着头颅,以身试法。显然,在这青山绿水、了无天然屏障的几千公里边境线上,要实现真正意义上的宁静、祥和、安康,还尚需时日,正所谓战斗还未有穷期。

我也只能在心里为岩龙和他的战友们祝福,并祈祷他们一生平安!

经过一夜的沉寂,依傍润江而居的天宁古寺,在淡淡的晨雾中露出了它细长的塔尖。

轰隆隆!一列货车呼啸而过。货车过后,晨雾中,一条不起眼的弄堂内走出一位着夹克的青年男子。男子不急不慢地走着,还时不时地扭转过头去,朝身后瞄了几眼。

男子渐渐隐入晨雾中。

很快,弄堂内又走出来了一高一矮两位男子,他们沿着青年男子的方向疾步跟去。

红光旅馆。

青年男子熟门熟路地敲响了 104 号房。

房门开了,映出了麻秆男人的脸。放青年男子进屋,麻秆又探出头来,朝逼仄的过道看了看,旋即扣上了房门。

没留着尾巴吧?麻秆不放心地问了一句。

放心,大清早的,马路上连个鬼都没有。青年男子不屑地说。

麻秆手一伸,米带来了吗?

青年男子哦了声,遂从夹克口袋里掏出一沓票子来。

麻秆接过票子,抽出一张,在手里捻了捻,旋即,嘴角边浮起笑来。他拿起床头柜上的黑色公文包,拉开拉链,倒出物什,又吱拉一声拉开了包底,一长条状的白色塑料袋被掏了出来。

青年男子接过塑料袋,熟练地掏出水果刀,从袋里挑出一抹,舌尖尝了尝,嗯,不错,是上等货。

麻秆冲青年男子得意一笑,不过这笑还没从脸上扩散开,吭的一声,房门被人从外头踹开了,接着他看到的就是两个黑洞洞的枪口。

持枪的就是紧随着青年男子的一高一矮两个人。他们是缉毒队的副队长李卫和队员大徐。

麻秆还在怔着,青年男子已抽出铐子,闪电般地戴在了麻秆腕上。

麻秆猛地转醒了过来,他看着青年男子,嘴唇哆嗦着,你,你们是?

青年男子一把将麻秆往门上推去,咱们看守所说去!

麻秆这会儿就真像是刚被暴风摧过的麻秆,整个儿耷拉着。面对讯问,他要么是一言不发,要么就像失去了记忆,甚至连自己的真名都说不准确。

三百余克高纯度海洛因,说不说,都得死。既然大劫难逃,那名字又有何用。他很不耐烦地冲主审他的大卫努努嘴,他们都叫我麻秆,你们就当我是麻秆好了。

一天的审讯毫无起色。

新一轮的审讯,李卫甩出了昨天连夜研究出的方案。

李卫先是与大徐故意聊了番有关亲情家面的话题。他们发现麻秆几次身子都跟着颤了一下。李卫、大徐会心一笑,看来麻秆也怕死。不想死那就好办。

李卫突然间清了清嗓子，麻秆，只要你说出你的上家，至于你的性命，你能掂量得出。

麻秆一听，耷拉的眼皮子往上一翻，随即又耷拉了下来。天底下哪有这等好事，蒙谁呢？

李卫道，只要你说出你的上家，我们可以视你为自首，大概你也知道这情节在量刑时的分量吧？

麻秆缓缓抬起头，朝李卫、大徐看了好大会儿，叹口气，这事怕是难啊。

李卫站起身，话我撂这儿了，你再想想，想好了，再说。

说完，李卫与大徐一起离开了审讯室。

这下子麻秆的心里头翻江倒海起来了。看来，要保命，也只能自首了，这也是眼下唯一的选择。至于上线那头，眼下也顾不了那许多了。他牙一咬，心一横，失声吼叫了起来，警察，我要自首！我要立功！

阿龙打了一宵的牌，此刻，他正身处西双版纳他自己的竹楼内，他身边自然少不了漂亮的小傣妹。

床头上的电话响了。阿龙揉了揉满是血丝的眼，支起身，很不情愿地打开手机。一看是麻秆的电话，阿龙眉头顿时蹙了起来，声音里没丝毫的热气。

人家毕竟是大老板嘛，而自己也不过是从人家碗里讨食的主。所以麻秆的话里透出的不光是恭维，而且还溢着兴奋，我们这边啊，那遍地都是黄金，今天大清早又有几个道上朋友上门来求货了。龙老板您看我是候着呢，还是杀过去一趟？

嗯，知道了。说完，阿龙啪地合上了手机。

麻秆怔怔地看着已经被挂断的手机，额头上的汗也滚了下来。他看了看身边的李卫，很是沮丧地说，完了，龙老板他不理这个茬啊。

这会儿哩，麻秆是求功心切。他小算盘精着呢。这趟倘若能把龙老板吊出来,自己的性命绝对是穿着雨衣打着伞——双保险了。

考虑到后头的戏还靠麻秆来唱,李卫索性把话给他挑明了,不急,阿龙肯定会来的。

李卫有这个预感,阿龙要是不来,何不趁机把麻秆回绝了?不回绝,说明他正在酝酿着新一轮的计划。

果然。午饭时分,麻秆的手机响了。是阿龙的电话。阿龙说,你候着吧!之后便收了线。

三天后,麻秆的手机响了。

哎哟,龙老板啊,什么时候来的滨海啊?我去看您?麻秆笑着说。

阿龙的声音依然没一点儿的热气,见面的事再定。先告诉我,你的住处。

李卫忙拿起笔在纸上写道,山城路 21 号 301 室,遂递给麻秆。麻秆照着地址给阿龙说了一遍。

电话里出现了短暂的静默。麻秆有些沉不住气了,忙问道,什么时候安排我见面?

候着吧。阿龙不阴不阳地回了句,随即合上了手机。

鱼儿可能触钩。

走,去山城路!李卫手一挥,立刻率员前往山城路监控,让小劳押着麻秆进入了 301 室静候阿龙。

十多分钟后,301 室的门响了。小劳一喜,这家伙动作还真够快的。他下意识摸了摸腰里的手枪,忙朝麻秆便了个眼色,示意他开门。

门开了。闯进眼帘的却是位明眸皓齿的妙龄女郎。

滇妹!麻秆一怔,还是惊喜地叫了声,龙老板呢?

虽然也只是短短的几秒,滇妹还是从麻秆的脸上捕捉到了惶惑的神色。

　　她笑了笑未语，只是朝屋里四处打量了下，然后朝小劳柔声问道，小兄弟在哪发财啊？

　　麻秆忙凑上去，讨好地说，我苏北乡下的堂弟，老家日子不好混，在我这讨口饭吃。说着，麻秆一把拉过小劳，叫滇姐。

　　小劳讷讷地叫了声，那样子极像个没过世面的乡下人。

　　看来滇妹对小劳的印象还不错，她点点头，说都坐吧。

　　滇妹，龙老板？滇妹似乎知道麻秆要问什么，忙举手打断了他。她点了根薄荷烟，撩了撩脸颊上几缕长发，紧跟着说道，我这趟来滨海，也没啥大事，主要就是采购点衣服首饰什么的，准备国庆成婚。

　　麻秆马上巴结道，那我可得恭喜滇妹了。

　　滇妹笑了笑，用鞋掌轻轻捻了捻只吸了几口的烟，站起身，麻秆，陪我去趟太平洋，我想去购点衣服。

　　小劳马上推了把身子有些僵硬的麻秆，表哥你去吧，我留着看家。

　　待麻秆、滇妹一起出房门，小劳马上向外围布控的李卫报告了他们的行踪。

　　在太平洋百货，滇妹真像个富妞，凡她看中的衣服、首饰，统统吃进。这下，麻秆就成了名副其实的搬运工了。

　　走出商城，帮滇妹拦了辆车，滇妹这才抽出空来朝麻秆笑了笑，龙哥上午已回了昆明，不过你放心，我回去了会尽快让龙哥给你出货的。

　　出租车一加油门走了。麻秆一屁股蹲在马路上，啐道，忙乎了大半天，原来是竹篮打水。

　　不，绝对有戏！

　　几乎就在滇妹乘坐的出租离去的同一时刻，由小黄、小索驾驶的出租车也起步紧贴了上去。

　　李卫的推断不无道理。阿龙这会儿肯定还在滨海。让滇妹一人留在滨海，自己独自溜回西双版纳，显然不太可能。更重要的，他此番来滨海,很可能就是借自己的眼睛,印证一下麻秆的话可信度到底有多高。当然啦,滇妹的探营,也只是他们常用的伎俩,交易前必不可缺的一道程序,不必多虑,当然也不可小觑。

李卫掏出手机招呼收队。一行人重又回到山城路守候,小劳则继续跟麻秆留在301室。

却说小黄、小索跟着滇妹的那辆出租车,从太平洋尾随到天宁寺,再上内环高架,眼看着往杨浦大桥方向驶去。

小黄向李卫报告,车已上桥,过江了。

李卫命令小黄紧咬住滇妹,随即从山城路抽出五名队员,由大徐带队,火速驰援江东方向。从滇妹的举动看,阿龙、滇妹很有可能入住在江东某家宾馆。倘若剔除这点,说明他们在江东还有一处不为人知的窝。

滇妹的车在光华新村39号楼前停了下来。她让司机稍等片刻,便快步进入了201室。很快,从楼内走出一位中年男子,他坐上滇妹乘坐的那辆出租,便向着江对岸方向驶去。

大徐让小黄继续盯车,自己带来的队员仍蹲在新村守候。果然,五六分钟后,滇妹下楼了。不过,这回也肩上多了只包。

滇妹又扬招了辆红色出租车,走了。

大徐让小武三人开着车盯着,自己则带着小扬冲进了201室。

面对黑洞洞的枪口,屋内那位中年妇女似乎早料到迟早会出现的结局,她两腿抖个不停,嘴角抽搐着,是,是阿龙老板,雇,雇我们干的。

大徐从马桶水箱里翻出两包海洛因,往中年妇女跟前一亮,刚才出去的那个女人回来都干了些什么?

中年妇女仍抖抖索索,她取了粉就走,走了。

她没说去哪吗?大徐再问。

中年妇女颤惊惊地摇了摇头。

大徐判断,滇妹极有可能给麻秆送货去了。他忙将这边情况和自己的判断向李卫作了汇报。

大徐的判断不错。很快，麻秆接到了滇妹的电话，半小时后，云海公园里见。

小黄、小索盯着滇妹先前乘坐的出租车，在内环高架路转了一圈之后，终于在鸿海大酒店停了下来。

中年男人拎着滇妹的衣物，直接往大堂的电梯间走去。

电梯在14楼停了下来。小黄忙向总台查询，服务小姐出示了14楼所有客人的登记记录。1405房登记的是位来自西双版纳的客人，不过他不姓龙，而是姓哈。

为保险起见，小索赶忙乘电梯赶到了14楼。此时，楼层服务员正在一客房前整理清洁车。她确认，五分钟前有位拎衣物的男人进了1405房。

小索又问，知道1405房内住的是什么样的客人吗？

服务员回道，是一对夫妇，那女的长得又年轻又好看，倒是那男的年纪稍大了点，大约四十五岁左右的样子吧，脸上好像还有道疤。

说着，服务员禁不住摸了摸自己的脸。

四十五岁左右，脸上还有块疤？这不正是阿龙的外表特征吗？看来，李卫的判断没错，阿龙根本就没离开滨海。

小黄赶紧将这里的情况向李卫作了汇报。支队领导随即决定，立刻出击，抓捕阿龙！

李卫立刻从参加公园伏击的队员中又抽出几人，这边交由刚刚赶来的大徐负责，直赴鸿海大酒店。

鸿海酒店这边的战斗几乎没大的悬念。先是请服务员佯装送水，骗开了门，接着抓捕队员如猛虎下山，不消五分钟就给阿龙和从光华新村过来的中年男子戴上了手铐，当场缴获海洛因五百余克。

与此同时，云海公园那边的抓捕真可谓是既惊险又刺激。

滇妹正欲伸手接钱，她突然感觉到了四周许多陌生的面孔正向她步步紧逼,她本能地对麻秆叫了声,快跑!

麻秆原本想伸手抓她一把,没想到却捞了个空。从小生活在热带丛林地带的滇妹,脚板子功夫好生了得。她在前面跑,抓捕队员在后头追。滇妹毕竟是个滇妹,况且还是个心虚的滇妹,几百米下来,渐渐落下了败相。她灵机一动,一头扎进街头的女厕所内。

援兵未到,抓捕队员只得把女厕所围得像个铁桶。如厕的女客进进出出。这时侯,从大徐身边走过去一位着碎花裙子年轻女客引起了他的注意。她不像别的女客,提着或挎着只包包。再一看,她脖子里那串珍珠项链咋那么眼熟?大徐猛然一惊,是她,她就是滇妹。

这回,滇妹就没那么幸运了。原想金蝉脱壳,未曾想这壳脱得不够彻底。滇妹被擒获了。

增援过来的女警很快从女厕所里提出了滇妹抛落的那只包。包内除了她换下的牛仔裤,假发套,还有一包三百多克的高纯度海洛因。

滇妹落网,阿龙的嘴巴就不再那么硬了。

李卫起先听到阿龙交代出他身后还有位更大的龙老板时,着实吃了一惊。那上家不是别人,而是遥居缅甸的滨海籍男子张道亮。

这个张道亮,绝非等闲之辈。上世纪九十年仪初远赴日本淘金。回国后,他可是体壮气盛,常搅合在混混堆里打打杀杀的,很快挣得了些名头。这些年,张道亮常住滨海,听说他在缅甸那边入股开了家赌城,一年中他至少回来三两趟,至于期间都在倒腾些什么,没人说得清楚。当然就更没人会想到,衣着光鲜的张道亮竟是个深藏不露又十恶不赦的毒枭。

这是一起典型的境内外互相勾结的贩毒案件。

根据阿龙的初步交代,张老板最近有笔大宗毒品生意可能在滨海成交。至于这宗生意大到什么程度,阿龙他敢拍胸脯保证,至少可以让张老板拉出去枪毙上千回。

再查张道亮,他两个月前已回滨海,这难道仅仅是个巧合?

疑问之二,张道亮这趟在滨海的时间比以往任何一次要长。而且像他这样的忙人,又岂甘白天在家睡觉,晚上桑拿赌球?

疑问之三,这次没见他跟过去的狐党们打打杀杀,更没见他们勾肩搭背,胡吃海喝,让与他的性格迥然有异。难道说这平静的表面下真就没隐藏着别的什么阴谋?

征得总队领导的同意,"4·29"专案组正式成立,全力展开对张道亮的侦查。

专案组成立当天,衣风受命远赴云南,重点确认张道亮的身份及其境外活动。在云南禁毒局的支持下,很快衣风发回来消息,称,两个月前,张已向境外一指定账户打入人民币400万元,目前正准备在滨海交割。

好家伙,这张道亮在沪上蛰伏得还挺像回事,而且,这笔货也的确如阿龙拍胸脯说的,足以让张老板拉出去枪毙上千回。

金鱼老太一清早右眼皮就咚咚地跳个不停。再看看女婿大张,大张的脸色也如外头的雨头,乌蒙蒙湿答答的。

今早上一跨进家门,女婿大张就跟丢了魂似的,那烟呛得她气都顺不过来。金鱼老太就不满了,四十六七的人了,还让人跟着操心,成夜整宿不归巢,也不知道他忙什么。要是远在英国的女儿守在身边就好了,女婿再亲,总不比亲生的,说不得更怨不得。

室外,小雨还在沥拉拉下着,大张撳灭了烟头,起身走进卧室。金鱼老太透过没关严实的门缝,看见大张随手往公文包里塞了样东西。金鱼老太揉了揉眼睛,可不得了啦,那不是一把藏刀吗?她吓得差一点尖叫起来,喉头突然间像是被噎住了,眼睁睁地瞅着大张往门外走……

第二章　出更

　　我是在明越、清脆的鸟鸣声中被唤醒的。

　　出了招待所，边境南伞小镇与我入住的凤鸣园名字一样好听的鸡鸣山上，和着裹挟着朝露的晨风，早起的鸟们的啼鸣，就如同琴弦上跳荡的音符，又宛若山涧逶迤的淙淙溪水，涟漪般地飘入我的耳帘。

　　晨风。

　　朝露。

　　流云。

　　竹楼。

　　风打柴门，云绕宅边，鸟啼黎明……我的脑际里不时回闪着这些多年不曾用过的田园质朴的词藻。满满地吸了口拂面的晨风，尽力扩张着肺腑，遂又像鸟儿似的吼了记已被晨风朝露润湿了的嗓门，我听到了我的声音，幽远，透亮，绵长。

　　昨夜里的县局缉毒情况通报会上，听了局长董大伦的介绍，毫不夸张地说，我是听得既惊心动魄，又热血腾腾。

　　南伞小镇，它不仅是新搬迁来的镇康县政府的所在地,越过它的身子,便是让人惊骇的"金三角"。近百公里的边境线,山山水水相连,全无天然的屏障,就如同俚语里所说的打断骨头还连着筋。这些年,为阻截毒源,彻底斩断境外毒枭们多年经营起来的果敢经镇康至昆明的贩毒通道,镇康县局的缉毒警们直面生死,血写忠诚,用血肉之躯在世界缉毒斗争的前沿阵地,打造了一座座血染的丰碑。光今年的头五个月里,他们就一举攻下了毒品案件 56 起,缴获毒品海洛因 490 公斤,使境外的毒枭们唇齿生寒。

通报会上,董局还刻意向我们介绍了他们刚刚破获不久的望月山毒品大案。也就是在那一刻,我忽然萌生起了当一回边境缉毒警的念头,借机好好体味一番边关缉毒警们与人难以言说的甘苦与辛酸。

第二天洗漱完毕,时间尚早,我踱步南伞街头,信手扬招了辆当地人时兴的摩的,趁早饭前的这段空当,往南伞口岸拍摄口岸开关前的升旗仪式。

仪式结束后,亮得有些晃眼的太阳已爬上了鸡鸣山。

南伞的天很蓝,蓝得醉人,蓝得让人眩目,清澈,纯静,彻底。而棉絮般游动的白云,更是悠然地将这天蓝映衬到了极致。我喟叹,这怕是世上最难见得的蓝天了。倘若从此后毒品在它的身下绝迹,那又该是怎样的人间天堂啊。

我长长地吁了口气,步子也不觉间有了些许儿的滞重。

是三菱越野车嘎然的刹车声,拽回了我游走着的思绪。

大作家,采风哩。一张黧黑的脸探了车窗,我一愣怔。

是岩龙大队长。

见到了岩龙,刚刚还悯天忧人的不快,马上被驱散。

我惊讶地问,你这是干啥子去呀?

岩龙粗门大嗓,回答我,去边境线上溜达一圈。

去边境线? 我身子一热,想都没想,呼地拉开车门,跃上了车。

我笑道,岩大,怎么样,我陪你去兜一圈?

岩龙看了看我，未出声，好一会儿总算点了点头。

我在心里头暗笑，你个岩大呀，芝麻丁点儿大的事，迟疑个啥哩。

我故作揶揄，放心，那边的日子我才不稀罕哩，我不会逃跑的。

实诚的岩龙忙摇起了他的板寸头，大作家，你误会了，我只是有点儿担心。

我朗朗地笑出了声，放心，什么也没有，开车吧。

岩龙复又看了看了我，最后像是下了天大决心似的，果断地拧动了点火钥匙。

二

车子启动后，岩龙告诉我，每天起床后去边境上巡视一圈，是他多少年必备的早功课。

岩龙说，这不走一走，心里头总觉得惶惶的。走了，看了，边境上有些啥异常，明了，清了，心也就跟着定了。

车在连接口岸的国门路上驶了不足五百米，便利索地向右打了个弯。这一转，车轮下就不再是柏油路面了。能容得下两个车身的泥泞路上，坑坑洼洼，坑内还积着昨夜里落下的雨水，积水经初阳轻轻一照，便泛出耀目的光来。

岩龙说，咱们先到125号界桩走一遭。

我未置可否。

老实说，从昨天晚上八点到镇康，十多小时过去了，我探奇揭秘的心思就未曾静下来过，仿佛该时节的澜沧江水的，看似平缓，实则无时不刻在孕育着向前、再向前的躁动。

边境线在我的眼瞳里还蒙着神秘面纱哩。

泥泞路的尽头，是座山。岩龙告诉我，它叫望月山。老远看着它，我觉得望月山长得就像个体宽个矮的短脚汉子，它无言地蹲守在边境线，仿佛在痴痴等待着它远去的情人。

岩龙的车绕着望月山盘了几圈,车头往南一扎,岩龙说到了,对面就是缅甸的果敢。

山坡下,我看到了一根约摸两米来高的水泥桩,一如家乡田园上电线杆似的一字排开,连接水泥桩的是一根根交织着的细铁丝。

水泥桩。

细铁丝。

一条边界线,把两国的地界分隔得清清楚楚。

这就是我眼瞳里最初的边境线。

下车向前,水泥桩身的警示牌上,赫然印着"有电危险"的字样,当然也少不了触目的闪电的符号。再往前走,有几根铁丝已耷拉了下来。我问岩龙,整个边境线都用这水泥桩和细铁丝分隔开的吗?

岩龙摇摇头,像这样山水相连的边境线绵延数千里,这成本高呀。

我不觉有了些许儿的失望,倘若整个边境线都修上这样的电网,那非法入境者不都绝迹了么。

岩龙又冲我摇摇头,随手拉起一根已耷拉下来的铁丝,说没用的,外头人想过来,用树丫把铁丝往上一叉,这身子很容易就过来了。我不解,那不是通上电了吗?岩龙说,这电网也只要5伏的电流,击不伤人,目的还是予人以警示。倘若外头的人一意非法入境,这电网在他们的眼里还不是形同虚设么。

我苟同,原来它也是防君子,不防小人呐。

车子离开了望月山又爬上了一个缓坡,这时候我见着了不远处两棵葱郁的椿树。

岩龙说,树下便是125号界桩了。

走近界桩,中缅两侧是平缓缓的坡地。这时再没有了水泥桩与细铁丝,满目的红土把刚刚出土不久的甘蔗苗衬托得分外的妖饶,空气里四处散发着丝丝甜意,很容易让人联想起咀嚼甘蔗时的那份清甜。

岩龙脚掌点点地，像这样的边境线，你眼珠子稍稍懈怠了，毒贩子们就会乘虚而入了。

说着，岩龙朝着界桩对面的缅方指了指，道，这些刚刚出土不久的甘蔗苗，都是罂粟种植的替代物。前些年，每到罂粟花开的季节，这里漫山遍坡的罂粟花艳丽得让人吃惊，多看上几眼都让人感到晕眩和窒息，那种艳丽在世界上绝对是独一无二的。

我绕着界桩转着圈，过去虚幻的边境线在我的眼里变得真切起来。

岩龙指了指界桩侧畔一条泥泞小道告诉我，其实这条小道，就是中缅两边边民眼里的分界线。多少年过去了，也就这么约定俗成了。

我低头看看脚下，这时候我的脚正好一只在国内，另一只踩在国外。

我这就算是出国了？我很是欣然。

岩龙说，可不是嘛，在这里出入境就如同在自家屋子里走动一样方便。

说到这，岩龙一脸的凝重，边境狩猎，苦于网眼过大，让大小猎物全都捕获，难呀。

我不解。岩龙挤出一丝苦笑，警力有限啊。

闻毕，欣喜中的我不免心里头又有了些滞重，我能想象得出岩龙难以消解的压力。

再往 126 号界桩方向巡察，岩龙与我都一言不发。

突然间，我感到后背像是被人一推，接着就感觉到了越野车像头发了怒的豹子，低吼着嗓门，向 126 号界桩一侧通往南伞的土地冲去。

三

岩龙的眼睛里透着一股狠劲。

正疑惑着,车子在一名男子的跟前来了个急刹车。

我明白了,咱们可能是遇上带毒的了。

就见岩龙呼地跃出车门,从哪来? 干什么的?

男人有张黑瘦的脸,上身着一件皱巴巴的蓝色西装,下身着同样颜色的裤子,一条裤管挽着,与他神情一样萎琐相的皮鞋上沾满了红色的泥巴。

男人嗑巴着的眼珠子,木了似的看着岩龙。

我从对面的勐龙村来的,家里伯涛夜里受了风寒,米涛让我来南伞买点药片。男人结巴地说。

包里装的啥?

男人低头瞥了眼背着的黄挎包,说,没啥,是些干米粑,路上吃的。

把包放地上。岩龙命令。

男人照办了。

这时候,我忽然想起了该给岩龙当当下手。

就听我吼了声,趴在车上! 把腿分开! 脚尖朝外! 十指交叉抱在头上!

我一气呵成。

可疑的男人动作虽有些生涩,但还是照做了。我一侧身,上前,左手锁住男人的十指,左脚抵住男人的右脚踝,肘子也趁了下去,开始对男人搜身。

岩龙很默契地立在我的一侧警戒。

换手。

再搜。

可疑男人的口袋里除了一千多元的人民币和一部爱立信手机外,并未发现随身携带的凶器和毒品。

岩龙调了调男人手机里的通话信息,随即甩给我一个眼神,我马上会意地退到一侧警戒。

这时候,就见岩龙捏着可疑男子的下巴,命令道,把嘴巴张开!

男子朝我看了看,目光飘忽,不安。无奈中,张开了满是黑牙的口。

察看完,岩龙再次命令男子朝他哈口气。岩龙粗大的掌在鼻翼两侧轻轻忘扇了扇。突然间,就听岩龙一声大吼,声音宛若惊雷。

跪下!

男子身子略略沉了沉,眨眼间,骤然转过身,埋头就朝着边境线方向撒腿跑去。

男子想溜。

说时迟那时快,我一个箭步上前,跟着一个鹞子扑身。遗憾的是这一扑,只捉住了对方一只满是泥巴的皮鞋。男子光着脚像头野猪似的没命地跑,他的身后是紧追不舍的岩龙。

界桩越来越近。眼看着男子就要出境。

这时候,就听见男人啊哟叫了一声,趁着他身子趔趄的当口,岩龙提着一口气,飞身一跃,就如同一块天外陨石似的重重地将男子压在了身下。

跟着,就见银光一闪,咔嚓一声脆响,男人的腕上已多了副手铐。

帮岩龙提起泥地上的男子,气喘嘘嘘的岩龙重重地拍了拍我的肩,多亏你大作家捉住了他的一只鞋。

我低头,泥地上一块嶙峋的石块上印着殷红的血迹。原来这家伙中彩了。

我与岩龙互视了一下身上满是泥巴的双方,两人爽朗地笑了。

X光检测的结果表明,半小时前我与岩龙捉牢的是一个体内藏毒的毒贩子。

岩龙说,两小时后,这家伙起码得拉下250克的粉。

趁着这个劲,我终于说服了这会儿非得让我回招待所换洗的岩龙,请求他无论如何带我看看望月山的枪战现场。

拗不过我的岩龙,这回唤上了缉毒队的岩光与我们一同前往。

四

在去望月山的路上,我余兴未退,问岩龙,你是怎样一眼就断定那男子就是个贩毒嫌疑人的呢?

岩龙谦和地笑笑,说,也没啥,干缉毒的时间长了,慢慢地也就有了感觉。

那就说说你的感觉罢。我盯着岩龙。

岩龙一边开车,一边给我抛出了四个字,也就是望、闻、问、切。

我笑了,莫非这缉毒工作跟中医诊病还有渊源?

见我好奇,岩龙细说道,刚才你都见了,我让他张开嘴巴,先检查他的舌苔,跟着又检查他的嗓眼,这一望啊,他是否吞藏毒品基本上就可以判定一二了。

我不解。

岩龙接着解释,吞藏毒品的人,体征上一般有三大特征,一是舌苔发黄,二是嗓眼发红,三嘛就要说到第二个字"闻"了。

我饶有兴味。

岩龙说,你刚才注意到我让那男子朝我哈气的细节了吗?

我点头。

岩龙说,吞藏毒品的人,在吞后一两个小时,嘴巴内都会散发了一种特殊的胶皮味,这气味就是由裹藏毒品的胶皮在胃酸的作用下形成的。

我释然了。难怪岩龙命令那男子朝他哈气后,突然间吼了声让他跪下,想必那时刻岩龙就断定他带毒了。

岩龙笑了笑,你大作家猜测的还不全对。

岩龙问我,还记得我询问男人时他所说过的话吗?

我说记得。

岩龙说,勐龙村从口岸那头入境距离最多也就一公里,道路又不泥泞,他为啥舍近求远,绕了近5公里的路从125号界桩处入境呢?这其一。在检查他所携带的物品时,他挎包里的米粑足可以让他吃上两三天,他带这么些的米粑干啥?其其二。第三,一个连吃饭都精打细算的人,兜里揣着部手机,你不觉得他奢侈吗?至于他身上的一千多块钱,正好可以往返昆明一趟。把这些个因素一"切",你现在觉得他可疑不可疑?

我欣然点头。刷刷刷,很是快哉地把岩龙总结出来的"四字缉毒经",记在了采访本上。

这时候,有嘈杂的铃铛声传来,声音听上去钝钝的,有些土气。抬头,离望月山不远处的茶山上下来了一队驮茶的马帮。岩龙停下车,跟领头的木楹老人打了个招呼,等马帮都过完,这才重又开车向前开去。

接着刚才的话题,我问岩龙,你每天早上在边境线上巡查,就没有碰上过危险的时刻?

有啊。坐在我身边的岩光抢先道,去年也是这个季节,那次不是岩大多长个心眼,说不定啊……

说到这,岩光突然止住了话头,就见他用手堵住了嘴巴。

我想,他一定是意识到了不立即打住话头,嘴巴里立马会蹦出他们忌讳的词语来。

还是岩龙打破了车内瞬间的尴尬。

岩龙冲岩光甩甩头,你小子就放开说吧,我岩龙是个唯物主义者。

岩光受到了鼓励,接着我从他的口述中记录下了岩龙的那次历险。

岩光说,坝子上空的那场雨打了芭蕉树一夜,到了天明还没收住脚。一大早,岩大望望烟雨濛濛的天,还是发动了车子,向边境线这边驶来。那段日子,小股贩毒又出现了回潮,毒贩子们也学会了利用雨季来作掩护。

岩龙的车刚从望夫崖打了个弯，就见车头不远处一个穿着雨披的男人在雨中走来。

有情况！

岩龙本能地摸了摸腰际的手枪。糟糕，昨夜里审了一宿的毒贩，刚刚出门时匆匆忙忙忘了提枪。

咋办？

眨眼工夫，岩龙心说，那就相机行事，强攻不行，再行智取。

车在男人面前停了下来。

岩龙亮明了身份，一番询问，男人说他是四川大凉山人，在南伞镇上的一家饭店打工半年多了，这趟出境就是为寻找多年没了音信的弟弟的。他父亲快不行了，这几天喊着叫着非得见老二一面。

说着，男人还挤出了几滴眼泪。

岩龙很巧妙地问他在镇上的哪家饭店打工？

男人张口就来，说就在巡逻观光道一侧的景泊饭店。

岩龙听毕，心里有底了。这些年搞缉毒，南伞小镇角角落落没他岩龙不知道的。不错，巡逻观光道一侧以前是有家叫景泊的饭店，只是因为配合市政动迁，半年前它就搬到了开发区的世纪大道上。

这时候的岩龙故意现出了一脸的同情。岩龙说，那边你人生地不熟的，一个人误打误撞，多危险呀。你看这样行不，我们跟掸邦警方早建立了合作机制，你现在跟我回局里去，把你弟弟的情况尽量给我们说详实点，等那边一有了消息，我们马上通知你，你看这样行不？

男人显得有些迟疑，这样好是好，只是给你们添麻烦了。

岩龙心里暗自一喜，顺势把男人往车边拉了拉，故意抱怨道，这大雨天的，麻烦啥嘛，谁叫我们干的就是人民公安活哩。

男人上车后，岩龙从后视镜中看到了他骨碌碌乱转的眼珠，还时不时见他嘴边掠过丝丝的奸笑。

岩龙没多理会。车进了城，岩龙掏了手机，跟队上的谷青通上了话。岩龙说，我带了位受助的群众回来，你给我们备份早饭，注意弄丰盛点儿。

谷青是个机灵的小伙子,他一下就从岩龙的话语里听出了弦外之音。放下电话,谷青马上安排人员张网。

男人在园林饭店的包房里正得意地享受着热腾腾的米线,他周边先前还客客气气劝吃的警察,转眼间就像换了张脸,只闪电般的工夫,就把他铐了个结结实实。谷青从他的身上当场搜出了六百多克的海洛因,还有一枚已揭开了盖的苏式手雷。

半晌,男人抬起头,他盯着岩龙,痛悔地说道,我怎么就被你这张厚道的脸膛给蒙蔽了呢,我真傻呀。

五

望月山到了。

我从岩龙的实地讲解中能想象得出那次战斗的残酷、激烈。

那注定是一场以境外毒枭失败,我缉毒警胜利而告终的战斗。

腥风血雨,其无情,其激烈,其惊险,这些都绝非用文字能够准确表述的。

岩龙带着 10 名缉毒警苦苦伏了十昼夜,抓获被击伤的境外毒贩 5 人,缴获毒品海洛因 210 公斤,参战干警无一受伤。

如此大宗的毒品,如此零伤亡的战果,这不能不说是一大幸事了。

岩光介绍,那天啊还真是多亏了老天的眷顾,子弹是贴着耳沿呼啸,对方扔过来的手雷哑火,撞人的运毒车又屡次扑空,否则啊,哪一条沾上了,今天你听到的故事又将会是另一个版本了。

岩龙神情肃然,要奋斗哪能有不牺牲的。

岩龙问我,还记得大型电视记录片《中华之剑》上那个牺牲的烈士王世洲吗?

听到烈士的名字,我心里头不觉一阵酸楚,电视画面上,那组镜头不光是我本人,甚至包括我身边的同事,谁提起来,眼睛里都会闪烁起莹莹的泪花,那真是太惨烈,太凄婉了。

那年的8月31日深夜,一个境内外相互勾结的武装贩毒团伙,假道军弄乡轩岗村,企图深入到省会昆明贩卖毒品。凌晨时分,缉毒队副队长王世洲接到命令,遂带着4名缉毒警赶赴轩岗村的吊桥桥头设伏堵截。

天上飘着细雨,四周漆黑一片。

二十分钟后,目标出现。

就见王世洲如出膛的子弹,猛然跃出,一把箍住一名毒贩的身子,发力将其掀翻在地。这时候其他战友立刻冲上前来协助擒拿。就在铐住毒贩双手的那一瞬,忽然间听到队友李云锋一声喊,有火药味!

话音刚落,只听轰的一声巨响,五位缉毒警与犯罪分子一起倒在了血泊中。

也不知道过了多长时间,队友李忠华被雨水浇醒,他强撑着身子,拧亮手电筒,很是艰验地爬到带队的王世洲身边。李忠华呼唤,王队,醒醒! 王队,您醒醒啊!

李忠华边喊边推。浑身是血,头部、腰部、腹部、手脚等处被手雷炸伤的王世洲,面色苍白,嘴角含笑,一言不发。

最后,王世洲终因伤势过重,永远倒在他钟爱的缉毒岗位上。

烈士入殓的那天,他白发苍苍的老母亲抚着儿子胡子拉茬的脸,多日来的压抑终于冲决而出。

天上电闪雷鸣,凤尾竹下泪飞如雨。

儿啊,说好了你为阿妈送终的,你咋就一闭眼先行了呢?

老母亲的哭声随着凄风苦雨,穿过伤,透过痛,生生地撕剜着现场每一位为烈士送行人的心。

儿啊,你不孝啊!

母亲哭诉着,朝着早被她泪水濡湿了的烈士就是两耳光,你怎么就言而无信呀,让我这个白发人送黑发人呀?!

茶山肃穆,南捧河无语。

前来为烈士送行的电视记者流着泪硬咽着拍摄着,镜头在他的手里难以抑制地抖动着。

这组经典的镜头,最后却成了电视观众心目中永远的痛。

岩龙说,这些年,每每想起那些牺牲了的战友,自己总有一种如履薄冰、如临深渊的感觉,唯恐由于自己的不慎,而让毒品流落内地,祸害更多的人,这对缉毒警来说,无疑就是一种耻辱。当然了,谁都知道生命的可贵,但与那些牺牲了的烈士相比,今天的我们要幸运多了,毕竟我们还活着。既然还活着,那它的意义不仅仅是给亲人们以慰藉,更重要的还得要以自己忠诚的操守,慰藉那些永远长眠着的战友。否则,他们的牺牲就太不值得了,对我们,即便是活着,那也是犯罪。

昨晚的通报会上,局长的话犹在耳边,边关缉毒,分秒有敌情,四处是战场。今天你眼里晃动的活生生的身影,明天也许就将长眠于茶山。

局长说到这,我发现这位老缉毒警的眼里饱含着泪花。

抱着忠诚守关,拥着热血缉毒。

这就是和平年代里边关缉毒警的真实写照。

老实说,到这刻儿,我才真正体会到了早晨随岩龙去巡查,他所表现出来的迟疑,以及这趟来望月山他让岩光同行的真实意图。

离开望月山,是正午时分了。

在缉毒队吃罢午饭,嘴一抹,我提着采访包又急吼吼地朝越野车走去。

岩龙随在我的身后,叫道,怎么不歇会了? 下一个点离咱们这少说也有五十多公里,在山路上怎么的也得颠上两个多钟头。

我笑道,还是让我快一点上山见见设伏的兄弟们吧。

重新坐上车,这时候我忽然心生起不安来。是啊,从昨晚跟岩龙见面到现在,岩龙顶多也就是睡了二三个小时。内疚的话还未出口,就见岩光抱着防弹衣走了过来。

我朝岩龙笑笑,这是不是有点儿小题大做了?我没那么金贵。

岩龙摆了下脖子,就图个踏实吧。

这是一条通往勐准的泥土路,土路像围系在茶山山脉上的一条玉带,迤逦舒展。阳光下,泛着银质般的光亮。林子里漏下来的光斑斑驳驳的,有几只斑鸠在头顶上咕咕叫着,四周很静很静。

岩龙告诉我,南伞通向内地,除了始于口岸国门的那条国道外,也仅存这条山道了。这条路虽说由马帮踏成,坑坑洼洼又凹凸不平的,若要走个卡车什么的还不成问题。

我将脑袋探出车外,养着土路的山上林木植被森森,脚下是不算太陡却也不算太浅的空谷。看来要避开国道出南伞,除非生出对鸟儿一样的翅膀,否则,光靠爬山越岭绝非是件易事。

岩龙神情严肃,鉴于南伞所处的特殊地理位置,境内外的毒枭们明知道险象环生,但他们还是涉险走这条道,在他们的眼里,这条路虽说险峻,但比起走国道来自然要安全的多。

岩龙说,每年我们从这条古道上缴获的毒品都在上千公斤,发生枪战那更是家常便饭,流血随时可能发生。

说着,岩龙腾出一只手来,拍了拍我身着的防弹衣,它可是我们的神明呐。

哎——

有山歌的声音如苍鹰般在山谷间回旋。雄浑。透亮。

岩龙停车下来,就冲山谷对面林木掩护的竹楼比划,竹楼的主人是个叫果桑的傣家汉子。

果桑从岩龙的手势上知道他要去的卡子。随着山风,果桑的声音又传了过来,回头喝茶呀!

岩龙又扬扬手,随后发动起车子继续往青树垭口赶去。

车子如同草原上起伏的骏马一样在山路上扬着蹄。我有些好奇,这果桑还挺热心的哩。岩龙笑道,得道者多助呗。边境缉毒,哪能少了群众的锐眼呀。

岩光有些自豪地插嘴道,你还别小看了这个果桑,那个警惕性就是高耶。

岩光继续说道,去年十月一个黑咕隆冬的雨夜,他家里的那只藏獒先是发现山谷对面的山道上有异常,嗷嗷叫了几声,果桑披衣下床,就见山谷对过有萤火虫似的手电光在乱晃。果桑未及多想,抓起猎枪,带着藏獒,光着脚就往卧龙湾方向赶。二十多里的山路走下来,终于找到了岩大带着设伏的一帮人。最后岩大他们选择在回牛转岔道口伏击。好家伙,那一仗抓获了毒贩子3人,缴获的毒品有半蛇皮袋,足足二十多公斤。

全民缉毒,民力无穷呀。我感慨。

这时候,一辆东风牌卡车迎面驶来。

还未容我多想,岩龙、岩光已利落地下了车,示意对方停车接受检查。

东风车喘了口粗气,停了下来。岩光飞快地跃上驾驶室的踏脚板,检查司机的证件。再一番询问,对方称他们是给山下的勐堆送磷肥的。岩龙让司机打开货厢门,手往厢底一撸,凑到鼻下闻了闻,不错,是磷肥。岩龙跟司机道了声谢,放行。

越野车继续向前驶去。不多会儿,就听岩龙说,大青树垭口快到了。

我低头看了看表,这会离出发时间正好三个小时。

我透过车窗看着窗外远处游龙般嬉水的山峦,重重的绿中,猪力村怒放的白花就像是给六月的林子里洒了一层薄雪,又像是落了一群群的白鹭在栖息。而零星的几株三角梅开放着的红花,在绿的映衬下,更显得红艳欲滴,这时候很容易让人联想起村姑们脸上轻轻涂抹的胭红。

片刻间,大青树垭口拐弯处,三四棵腰身壮硕、枝蔓浓密的滴翠的大椿树已抵近车前。

大青树垭口。

好听好看又让人敬重的名字哟。

我感叹。

六

突然间，大椿树四周浓密的灌木丛中倏地闪出几个身影来。

定睛。

五六名身着作战服，配穿防弹衣，手持微冲的缉毒警已按战斗队形展开在车头前。

是岩龙的手下。

显然，设卡的手下也在瞬间认出了他们的大队长。

领头的岩滚走到车前，立正。啪！敬礼。

下车后，岩龙简单问了问当天的情况，接着又把我介绍给了他的手下。趁着这当口，岩光已把车开进了隐蔽处。在与岩龙的手下逐个握手时，一位肤色稍稍白皙，相貌俊秀，清朗的眉宇间透着一股英气的小伙子不由得使我心头一动。

我调侃，你漂亮得真像是傣家的小卜哨。

小伙子羞红了脸，笑着除去了头上的钢盔，乌黑的长发就如泉水叮咚般地流泻了下来。

我惊得大睁着眼睛，你原不是小卜帽，还真是个小卜哨哩。

姑娘笑了，岩龙的手下都跟着咧嘴笑了。

接着，岩龙很自豪地给我介绍起了队里的小卜哨紫荷来。

紫荷大前年从云南师范大学毕业后，就入警进了缉毒队。紫荷干缉毒的时间不长，可她身上所散发出来的韧性和狠劲，儿郎们都打心眼里佩服。

岩龙说，在山上设卡，值勤的人员是十天一个班次。这期间，人蹲在山里,吃的是从家里背来的干粮,喝的是山脚下的南捧河水。天阴了,想吃口热饭,喝口热水,就在山的背面架上三角架升火。最难熬的当然还不是这些。夏夜里潜伏在林子里,蚊虫叮咬不说,还得防备神出鬼没的毒蛇。最气人的是赶也赶不尽的山蚂蟥。这些山蚂蟥落雨似的飞到身上,吃饱喝足了,蜷成一个个黑球似的溜之乎了,留给大家伙的是沏入骨髓的奇痒,和一块块肿胀的血包。

那么雨天呢? 我不假思索地插了一句。

岩龙笑了笑,缉毒哪还分晴天雨日啊。碰上阴雨的天气,我们的眼睛要更瞪得大,走毒的人最喜欢的就是这样的天气了。

我定定地看了紫荷一眼,心中的敬意愈加的厚重。不是嘛,如此险恶的生存环境,难以承受的生命之重,一个女儿家家就这样默默地顶了下来,而且一顶就是两年多。这内动力又是什么? 难道说就是为了那些相对内地微薄的工资,甘心如花的生命随时飘零? 我在想,也唯有"忠诚"、"热血"这样的字眼,才能在紫荷身上得到最好的诠释了。

这是发生在紫荷身上的一则故事。

那次的潜伏已进入了第十天。

这刻是凌晨三点多。也就是说,还有三个多小时天亮后,走毒的人再不出现的话,紫荷他们这趟注定将无功而返了。

人困乏到了极点。紫荷强打着精神,悄声对身边的队友说,趁现在还没动静,你们先打个盹,我来盯着。紫荷这一盯,就盯到了东方现了鱼肚白。毒贩子们依然没有现身。

沮丧。懊忿。不甘。

队友们张着血红的眼睛,谁都不说一句话。

半晌,紫荷开口了。

她说,我想好了,决定不下山了,就在这盯着。我相信我的感觉。

紫荷说得斩钉截铁。

紫荷的感觉里所涉及的人是五天前过卡点的一个男子。当时,例行检查时,倒没发现啥异常,放行。

男人的影子最后被浓阴的林子给吞没了。

事后,紫荷越琢磨越觉得不对劲。

男人两手空空,神态自若,一副陶然于自然的派头。

男人说他是赶路的,可走出南伞的班车一天少说也有上百趟,可他偏偏有车不去坐,宁愿踩踏这条人见人愁的泥泞路。你说他兜里没钱吧,一身还算整洁的西装很难解释得清楚。

紫荷判定,这男人肯定有问题。再往深里究,这个男人很可能就是贩毒团伙的探路人。

十天在难耐的煎熬中缓缓地过去了。然而,毒贩们并未出现。

长年相伴滚打在缉毒生死线上,这时候的大哥哥们显然不想伤了他们的小妹妹。小妹妹第一次带班,他们能理解她的心思,一帮人出来了,就这样空手而归,别人不说啥,自个儿都会觉了脸红。

被大家伙尊为老大哥的岩军依次看看大家,像是征询道,要不咱们跟上头说说,再坚守它几天?

大家伙依次点起了头。紫荷笑了,好看的丹凤眼里盛开着清盈的泪花儿,紫荷说,谢谢各位兄长了,谢谢啦!

岩龙同意了紫荷他们的请求。可是吃的问题咋办?紫荷说不怕,我这里还有存粮。紫荷说到的存粮,其实就是她从山下带来的还未吃完的十多斤蚕豆。

紫荷是个手巧的姑娘,她用南捧河水泡烂了蚕豆,捣成豆泥,放锅里一煮,再顺手摘下几串山里的野枇杷,把汁往饭里一挤,香喷喷的豆饭就成了。可是紫荷没想到的是,再好吃的东西也有吃腻味了时候。三天又过去了,而且十多斤的蚕豆也快见了底,紫荷的眉头上禁不住打了重重的结。

紫荷在山上艰难地守着,可家里的妈妈却在山下的家里熬着。她板着指头数数,闺女早该下山了,不会是出了什么意外吧?

电话打到队里,队里回道,人还在山上哩,让她放宽心。

队里的人越是这般说,紫荷妈她这心里头反倒不稳了。这丫头肯定出了啥事,再怎么说这几天正是闺女来身子的日子,她不回家无论如何说不通。

紫荷妈在床上又熬过了一夜。一大早,她再熬不住了,她对丈夫说,我得去队里看看,再不去我会疯掉的。

紫荷妈饭不吃,脸不洗,急吼吼地来到了队里。

一见着岩龙,紫荷妈的眼泪水就流了出来。她拉着岩龙的胳膊,大队长求你给我句实话,紫荷她到底怎么了?

岩龙有些懵了,连忙问道,紫荷她妈,你这是咋的了?

紫荷是不是受伤住进医院了?紫荷妈抹了抹眼里涌出的泪,急切地问道。

这下子,岩龙终于明白了过来。他笑着说道,紫荷她好着哩,这会正带着一帮子人在山上守着哩。

你真的没骗我?紫荷妈仍心存疑惑。

你就放宽心吧。岩龙说,你闺女是块干缉毒警的好料,头一回带班,不拿下一件案子绝不轻言下山,这股子劲头,跟咱们刚干缉毒警察那会一样。

可是……紫荷妈欲言又止。

说吧,没关系的。岩龙鼓励道。

紫荷妈搓着手,像下了很大决心似的,她定定地看了岩龙一眼,道,可是这丫头这几天正好来身子哩。

是吗?啊呀,都怪我太粗心了。岩龙自责道,这样吧,我今天就派人上山换她下来休息。

紫荷妈道完谢背转过身走了。

这边岩龙立即安排人上山换班。

岩龙是看着车子上山的。可到了吃午饭,一帮子人又转了回来。

咋回事?快说说。岩龙追问。

带队的木榕红着脸低着头,吭哧,我们是被紫荷给赶回来的。

岩龙明白了，他们没说生活上有啥困难？

木榕说，紫荷说了，困难他们能克服得了。不过干粮都给他们留下了，估计吃个十天八天的没啥问题。

岩龙嗯了声，心里头的自豪感也油然升起。他禁不住夸了紫荷一句，好样的！

还好，天道酬勤。

这日的五更，在对面的官帽山上突然起了一股阴风，守卡队员从悉悉索索的灌木拨拉声中，马上反应到，走毒的家伙们行动了。他们在绕关避卡。

紫荷老练地一摆头，一个小小的口袋阵就在毒贩子们必经的喜鹊口布上了。

那一仗，紫荷说，那是她参加缉毒斗争以来最爽的一次。两个走毒的男人束手就擒，面口袋里二十多公斤的毒品海洛因也悉数缴获。整个战斗跨度虽长，但波澜不惊。

紫荷下山了。这边的妈妈乐得就像是家里来了贵客。拿什么好好款待一下打了胜仗的闺女呢？母亲突然想到了豆泥拌枇杷汁，这是闺女喜欢吃的耶。等到饭端到桌上，紫荷一见到豆泥，嘴里本能地泛起了胃酸，哇地一口将在队里吃过的米粥全都吐了出来。

紫荷妈慌了，乖闺女，你这是咋的啦？就着就要给紫荷试体温。

紫荷一把挡开母亲的手，噘着嘴，撒娇道，妈，你不知道人家在山上已经吃了三五天的豆泥了嘛，现在我一看到豆泥，就直想吐。

紫荷妈悬着的心终于放下了。她轻轻拍了拍紫荷的肩，责备自己，都怪妈乐糊涂了，我宝贝闺女还喜欢吃爆炒鸡块哩，妈这就去做……

其实，当缉毒警的谁少得了一段段让人铭心刻骨的故事。

岩龙接着又跟我提起了一件事情。

这年的十月的一个雨天，西部某省文联的一位主席上山采风。当时，守候伏击的队员们正在用所谓的午餐。一顿午餐，几个队员手把米粑,围着一只装腌雪菜的粗口玻璃瓶,每人跟前的茶缸里,盛的是不腾着热气的开水。主席不解,这就是你们的全部午餐?队员笑着点头。主席再问,顿顿都这样?这回轮到队员们不解了,是呀,多少年了,我们都这样过来的呀。主席调过头,对陪同上山的岩龙说,真的让人无法想象,无法想象。岩龙的脸通红通红,咱们这儿不是条件有点儿那个嘛。岩龙不好意思再往下说。那位主席再别过脸,看着嚼得满嘴流香的队员,眼泪就禁不住地落了下来。后来,那位主席在他的《小城南伞》一文中这样写道——把脑袋提在手上为国把门,缉毒警们过的却是比民工还要不如的生活,最起码,他们的盒饭里每餐还可以见到绿色;累了,闭上眼睛也无需担心生命突至而来的横祸……

说得正浓,担任瞭望的小马突然来报,一辆摩托正从远处驶来。

岩龙手一挥,隐蔽!

空气骤然间紧张了起来。我也觉出了嗓眼里的干涩。

停车接受检查!

紫荷打着标准的手势示意。她的两侧是荷枪实弹的小高与小马。

人车分离之后,岩龙才同意我走进查缉现场。

紫荷熟练地对骑车男子进行盘问,开车干什么去?

男子道,给山下的人家装卫星天线。

这边的岩龙已开始了对摩托车的检查。

打开车的储物箱,我见着了卫星天线的插头。岩龙顺势检查起了坐垫,轮胎。从岩龙很像是不经意的瞥向骑车男子的目光中,我发现了岩龙的目光竟是如此的犀利,一如劈向寒冰的刀子。

骑车男人的神色还算自然,偶尔也会言明一下自己绝对是个守法的边民。

这油箱里装了什么?岩龙故意提高了嗓门,尽管骑车男子马上申明啥也没有,但岩龙还是从他裤脚本能的一颤中瞧出了破绽。

岩龙的脸上掠过一丝冷笑，他信手折了根细树枝条，拧开油箱盖，往里轻轻一绞，随即大吼了一声，扣住他！声音如石破天惊。

小高跟小马好身手。我几乎还没反应过来，骑车男子已被他俩掀翻在地。上铐。此过程利落得如同眨眼之间。

这时候，岩龙已从油箱里轻轻提出来一串包装好的海洛因，约莫200余克。

我飞快地摁下相机的快门，记录下了椿树下这激动人心的一瞬。

骑车人被押下了山。

我满心欢喜地伸手恭喜岩龙又打了一个胜仗。

岩龙笑笑，纠正道，不是恭喜我，是我们，也包括你。

我？我惊讶。

岩龙说，你以笔当枪，随警作战，本身就是在缉毒。

我揶揄，那我今天岂不成了一名光荣的人民缉毒警察了？

岩龙点头，四周顿时间响起了爆豆似的掌声。

七

夕阳渐渐向邻国坠去。青树垭口连绵起伏的群山翠林，为答谢太阳一天的光辉，这会儿也红着脸向夕阳作别。

有晚风徐徐吹来。我知道该是下山的时候了。

面前一张张黧黑俊秀的脸，一个个热切情深的眼神，倘若不是因为赶夜路去耿马县采访，我真的很想留下来跟他们一起迎击下一场随时触发的战斗。

再见了，大青树垭口！

再见了，我亲爱的兄弟姐妹！

吉普车卷起烟尘上路了。岩滚和兄弟们一如耸立着的茶山，还在向他们远方客人的我行注目礼。

泪水彻底濡湿了我的视线，我的脸上早已是泪雨滂沱……

说吧，怎么个了断法？走进海天宾馆 316 房，大张把装有藏刀的公文包往茶几上一拍，目光直逼跟前的白脸男子。

哎哟，张老板啊，瞧您说的，先消消气消消气嘛。白脸男人说着，还上前玩笑似地揉了几下大张有些发福的肚子，那个亲热劲，反倒让大张觉得自己有点儿小家子气了。

大张冷冷地看了他一眼，我今天倒要看看你小子到底怎么个表演法，否则，别怪老子翻脸无情。大张心里头狠狠地啐了一口，牙床咬着咯嘣响，他妈的，也不打听打听我张某人是谁，滨海玩过大爷的人还没生呢。大张嘴角滑过一丝无法捕捉的冷笑。

白脸男人这回倒像是铁定了心似的，非要用自己的热情去温暖大张脸上的三九天。不管怎么说，理亏的不在别人嘛。他大咧咧一笑，张老板，粉肯定少不了您的，我这趟专程从昆明飞过来，就是想跟你商量商量送货的具体细节。五十多公斤的货毕竟不是个小数目，一旦失手，你我的脑袋都得搬家。

见大张的眼里依然寒气逼人，白脸男人脸上还是霞光满天，张老板，您不想想，假如我真的想黑了您的粉，我千里迢迢地送上门来，那不成了天底下最傻的傻瓜了嘛。

想想也是，看看这小子一脸的书生气，倒也不像是个黑钱的主，他急匆匆地跑来滨海，说明这小子还算个诚信之人。看来今天自己是冲了点。想到这，大张脸上像是消了层霜，语气也稍稍变了些和缓来。货至今还被他攥着，搞毛了他对自己也没啥好处。

大张说，这样吧，给句痛快话，到底什么时候送货？

白脸男子道，您这边没问题，我明天回去就组织发货。

好，痛快！大张重重地在白脸男子的肩头拍了一下。

这肚里的气一消，肠子也跟着叫了起来。昨晚上赌了一宿，这会儿还真想喝上几杯。大张抓起公文包，朝白脸男人道，走，吃饭去。吃完饭你立刻回昆明去。

白脸男子算是猜透了大张的心思，放心，你张老板也有怕雷子的时候？说着，顺手从口袋里掏出了本红皮烫金的士官证，字正腔圆地念道，李绍红，祖籍河南开封，三级士官……

大张瞪了他一眼，不屑地哼了声。

送走了白脸男人，大张湿答答的心境也开始放起晴来。此前的心境，用大张后来交代的，纯粹是个黄梅天。二月份，他按指定账号向境外打去了几十万，这些日子他突然觉得自己就像个沿街乞丐，货能不能顺利到手，那全凭自己的运气了。他在恨小白脸"李绍红"的同时，连那个"不是东西"的小宁波也一块捎上了。

此前在饭桌上，大张又很哥们地从公文包里掏出4万块，递给了白脸男人。大张有大张的心眼，笼住这个主，就等于笼住了财神爷，几十万都投下了，这点小钱又算得了什么。这就叫舍不得孩子套不了狼。

应当说，白脸男人与大张分手后，心里头也着实内疚了一阵子。几十万出手了，两个多月了，粉粒子都没见着，这事放谁身上谁骂娘。作为中间人，他多少也懂点职业操守，这趟来滨海，他也曾三番五次地去求过供货老板。供货老板也是一脸的无奈，我能有什么办法，要怪也只能怪运背。供货老板的确遇上了点麻烦，发往广州的五十多斤极品海洛因，在昆明还未喘过气，就被缉毒警察逮了个现行。广州那边催得紧，原本筹措给大张的货，只好临时易主。

供货老板拍拍白脸男子的手背，干咱们这一行，本来就是今天不知道明天事，趁着还有口气，紧着点弄点钱吧。至于你那些什么操守，快快收起来吧。

上海那边如何交待呢？白脸男人心虚道。供货老板一乐，你不妨过去一趟，送他颗定心丸，再设法榨出点钱来。思忖片刻，白脸李绍红微微地点点头，那只好这样了。主意一定，跟着一个电话打到滨海，大张就被钓了出来。

也许，在大张面前，白脸李绍红也只是个缅甸掸邦的一个小警察，倘若鼻梁上再架副眼镜，谁也不会怀疑他是位学者。其实十多年前，他在少林寺习武了八年，之后又在京城一家射击场跑了两年多的腿，玩枪弄棍，自不在话下。闯荡到缅甸，不消半年工夫，就谋了连副的角色。若要论动手，大张还真不是他菜。

白脸李绍红内疚来得快去得也快。滨海之行，他惊喜地发现，大张身上还大有潜力可挖。供货老板讲得不错，怪也只能怪他运背。

大张是在一个无风且无云的午后，接到白脸男子从云南打来的电话的。

白脸男人称，货已从云南出发了，估计车子已到了贵州，不出三天就可以接货。挂上电话，大张睡意全无。大张脸上一乐哈，金鱼老太反倒觉得他不太正常了。女婿咋突然间换了个人呢？

这天，大张难得在家看了一宿的电视，大宗生意来了，像赌球这类消遣的事也只能先抛一边了。

好容易熬到天亮，白脸男人的电话又来了。白脸男人说，我派去押货的人来电话讲，随货的一车菠萝因为天热，已烂掉了一大半，只怕很难熬到滨海。大张急了，那就赶快让他们再弄一车嘛。拉一车烂菠萝到滨海，你以为警察是傻瓜啊。

白脸男人在电话那头吞吞吐吐，可是，可是兄弟不是最近手头紧嘛。大张一听心里头又不爽了，不就是钱嘛，你说个数，两万块够吧，我立即给你打过去。

五天后，电话终于来了。听到白脸男子的声音，大张这几天憋着的火终于一下蹿了出来，什么意思？三天到货，现在几天啦？电话那头还是一副好脾气。白脸男人道，张老板啊，你不是不知道，现在全国范围内非典盛行，送货的司机到了九江，就因为发烧，被耽搁了下来。现在车终于可以放行了，可那车菠萝又出了问题。大张不耐烦地吼了声，再给你打两万块，让他们弄车西瓜行了！说着，大张失控了般的摔了电话。

从九江到滨海，卡车也就一夜天的工夫。根据运毒车辆最有可能进入滨海的道口，在阳陆支队长的指挥下，一干人悄悄进入拦截点。另一路则在衣风的带领下，密切监视大张的动向。

夜里变了天，在夜风的裹挟下，密密麻麻的雨脚打得道口的柏油路溅起一层层的水花。雨的夜，队员们细致地甄别着每一辆进入道口的车辆。

这夜，同样无眠的还有大张。货究竟到了哪里？他急啊。电话打烂了，先是说电话忙，之后对方索性关了机。一种被玩弄的感觉立刻攫满了大张的全身。

而这一刻，让大张嘴里喷血的那个白脸男人正搂着他的情妇潇洒在风流乡里。

白脸李绍红见到大张的那一刻，起初也是一惊。这家伙别看他胖乎乎的,手脚倒挺麻利。跟着,就见一道白光挟带一股子阴风直奔自己的心脏而来。

还我钱来! 大张的声音在翻飞的刀光中如同雨中撕扯的小树,孤独而又无助。

离开滨海时,大张就发了毒誓,找到那个白脸狼,不把他踩了我就是他孙子!

避让中,白脸李绍红大吼了一声,把刀放下! 大张骂道,我去你妈的,老子凭什么听你的。今天你不把钱退出来,老子就废了你!

白脸男人侧过身,闪电般地一把攥住大张的手腕,一带,又一绊,大张被重重地摔倒在地上,刀咣地落地了,细看,还有他那两颗被烟熏黑了的门牙。白脸朝门外一挥手,绑了!

被投进了黑咕隆咚的小屋内,大张这才念想起小宁波的好来。难怪小宁波对他这个乡党不理不睬的,人家对你又有多少了解。玩粉这一行,做熟不做生,黑吃黑的事还少吗? 真没想到,原本想大捞一把,最后却闹了个鸡飞蛋打。教训啊,教训。原来多好,高兴了在果敢的老街的一家赌场混混,开点小粉玩玩,不高兴了就回上海的家里呆呆,候鸟般的日子,赛若神仙,这回算是彻底玩到家了。

不知是白脸男人成心戏谑还是真的疏忽。半夜里,大张竟掰开了关押他小屋的铁栅栏,跳窗逃了。

极有讽刺意味的是,此后不到两个月的时间内,白脸李绍红在往昆明送货的途中,被云南警方抓了个正着。大张得到这个消息,不知是否解恨。

惊魂未定逃回滨海,倘若大张就此打住,接下来金鱼老太就不会为自己的女儿是否会成为寡妇而闹心了。

时间也仅仅过去了一个多月,大张又开始了刀尖上跳舞的日子。

这年的六月,陈有富贩毒案侦破。陈有富交代,他的上家就是远在缅甸老街的滨海老板张先生。

大张是在陈有富落网后的第三天知道此消息的。那消息听起来挺悬乎的。说是那三个云南妇女从隐私处抠出沾着经血的粉，还没来得及在水龙头上冲刷干净，就被逮了个正着。大张当然无法知道装粉的避孕套上是否真的沾上了经血，不过他知道，玩粉这行当，触霉头那是早晚的事。

不过这回哩，让大张羡慕得恨不得冲上去亲两口的小宁波触上了霉头。

九月的某天，云南方向传来消息，保山公安局在一次专项行动中抓获了两名滨海籍毒贩。男的叫乔宏伟，女的叫陈莉莉。可惜这两人身手了得，抓获时，未从他俩身上搜出半克海洛因，不过他俩倒是供出了货源在缅甸方向。

乔宏伟被抓，滨海这边一位姿色不错的女人坐不住了。女人忙从银行里取出二十万元，急吼吼地飞赴云南捞人。从女人的行踪来看，可见两人关系绝非一般。办案人员很快查明，这女人就是周边人私底下称着的乔二秘。

乔被二秘捞回滨海后，两人表面上一副决心做个好良民的样子，可背地里却一天也没安分过。乔对二秘调侃，工作着是幸福的。二秘也学着某个演员的声调，接道，可也是危险的。

这天，小宁波再一次触了个大霉头。

上趟乔、陈接货时幸亏他多了个心眼，否则，十多公斤的海洛因早被警方按了。花点小钱算不得什么，乔受了点惊吓，怕就怕他日后见了井绳就是索。乔与陈是他在滨海名副其实的大站长和二站长。滨海的一片天地就是他俩闯下的。一番深思，小宁波还是决定这趟让自己的贴身马仔陈长涛亲自出山。

晚上九点多，当陈长涛缓步走出安检口，还未顾得上看一眼滨海夜色的他就被警方带至安检室。

自知大事不好的陈长涛面色苍白，并不太舒展的脑门上沁出了一层细汗。突然间，他两腿一软，扑通一声瘫倒在了地板上。

半晌,他喘了口粗气,悉悉卒卒地爬起来,又悉悉卒卒地拉下门襟有些尿湿的西裤,乖乖坐上了缉毒警们为他准备好的痰盂上。

这家伙还真能拉。室内,充斥着腥臭气。等他提上裤子,与粪便搅在一起的形如鹌鹑蛋一样大小的白色蛋蛋竟有五十多颗。面对这些大大小小的蛋蛋,这时候,有些清醒了的陈长涛首先想到了保命,他一口气供出了老板小宁波是如何向自己授命,自己又如何带货从缅甸转道云南昆明,再到滨海的经过。

李卫问道,交货点在哪?陈长涛一惊,忙挠挠有些发木的头皮,是啊,交货点在哪呢?

童梵高抬腕看了看表,都夜里十一点多了,这小赤佬怎么回事嘛,这么长时间爬也该爬回来了。童梵高有些不满地发泄地一句,跟着打了个哈欠,身子一松,竟躺在鸿园宾馆柔软的席梦思上迷糊上了。

在这巴掌大的标准间内,从早上七点接到小宁波的电话,到订房住进来,几乎一个整天,能的确有些累了。

童梵高先是听到了自己的呼噜声,之后又听到了轻轻的叩门声,那声音很熟,是他熟悉的那只有根残指的右手发出的声响。

童梵高一惊,急忙睁开眼,是的呢,他听到了笃笃的敲门声。童梵高揉揉眼,欠起身,下床开门,嘴里不满地啐道,你这个小赤佬干啥去了?

门外手铐泛着的冷光晃了童梵高一记,不用说,被铐的就是那个小赤佬陈长涛。童梵高暗自叫了声,玩完啦。

童梵高可比陈长涛精明多了,还未等李卫他们发问,就先伴举起了白旗。他说,这房间是我过去的一位姓赵的朋友让订的,他让我客人来了交了钥匙走人。

陈卫问,你们是什么时候认识的?

童梵高说,我们是摊友,五年前一块在市场路摆过摊。

陈卫又问,你这个姓赵的朋友叫什么名字?

童梵高摇摇头,未语。

陈卫再问,给我们说说小宁波吧。

童梵高暗自一惊,警方怎么会晓得小宁波的呀?他装模作样的挠挠头,苦笑着说,我没听说过呀。

陈卫瞪了他一眼,索性也不点破他,你就装吧。

小宁波到底何许人呢?由他编织的贩毒网到底又有多深?当然,眼下能解开这个扣子的非他童梵高莫属。可童梵高鬼得很,他知道,我不说,你们查破大天也枉然。

国庆这天,大徐、小索领命赴宁波调查。在当地警方的配合下,他们按照陈长涛和童梵高的描述,很快从人口库中找出了三个年龄、外部特征与小宁波极为相似的照片。

照片到了童梵高手里,他第一反应就是小宁波在劫难逃了。童梵高知道,今天不牺牲掉小宁波,自己怕是也过不了关。

经查,小宁波真名赵高明,此前因诈骗曾被公安机关处理过。五年前在市场一带做买卖,当年,与妻子离婚,之后,便没了音讯。

这会儿呢,那头的小宁波正朝着被电扇劈死的拉拉发愣。这都几年了,电扇一直好好的,它怎么就突然间叶片飞出去了呢?还刚好劈死了自己的爱犬拉拉。不是好征兆啊。

陈长涛派出去二十多个小时了,到目前还没一点消息反馈过来。一旦这家伙被逮,骨头再一软,变了节,自己也就暴露无遗了。

无精打采熬到天黑,先前的预感得到了证实,即使别人不说,他赵高明心里头多多少少也能估摸出几分。自己肯定暴露了。这会儿,最让他不放心的还是他的大站长和二站长,不知道他们安然否?

第三章　涅槃

一

天晦得让人窒息。

屋檐，瀑布似的檐溜不时地递来透骨的阴凉。

昏暗的白炽灯下，缉毒警岩鹏、宗泉，还有雷光、冷宽，围着他们的队长祖德，在最后一遍检查手里的微冲。枪栓被它们的主人们拉得脆响，磨得有些发亮的枪身，在灯光下泛着寒光。

稍顷，祖德抬起头，重重揿灭了手里的烟屁股，目光渐次在每一位队员的脸上扫过，口气决绝道，出发！

突闪的雷电，把淡墨似的夜幕往周遭使劲一挤，能看得清芭蕉树旁铁塔似立的汉子。

是老局长。

祖德他们几个小跑过去，声音穿透雨帘，局长！

老局长的眼里放着灼光，雨水顺着发梢流到脸上，再顺着胡茬往脖颈奔去。

老局长没有开口，只是将目光在每个队员的脸上逐个停留了会,这才轻启嘴唇,向队员道了声珍重。

被老局长握过的手,滚烫着他为出征兄弟传递过来的关切与力量。

车门嘭地一声重重地关上了。

老局长神情肃穆,举手向车内的队员们敬礼。

伴着隆隆的雷声,吉普车轰鸣着向天边隐去。

二

又一道电光闪过。

老局长缓缓放下行礼的手,顺手捋了把满是雨水的脸,轻着对我说,上车吧,咱们回局里谈。

除却湿的外套,一壶普洱。我从老局长娓娓叙述中,知晓了祖德他们今夜里被冠以为斩首的行动。

这是一场让缉毒队的兄弟们憋屈了许多时日的战斗。

有情报显示,对面缅国的穿山甲今夜里有可能现身,而且入境的地点很可能就选择在离缉毒队驻地约 120 公里处的 920 号界桩附近。

这场被称为斩首的行动,在我听来,很有点儿像战争年代里除奸的意味。

老局长点头,道,确有此意。

也许是为了表述上的方便,老局长一亮开话匣子,就先提到了缉毒队今夜欲除掉的所谓的那个"首"——乌飚。

乌飚是怎样的一个角色呢?

老局长啜了口茶,顿了顿,又像是自言自语似的。

为了弄清楚这么个线索,我们是付出过流血的代价的。老局长沉着脸说。

我有些许点儿的预感,打断了老局长的话头,道,莫非说尹昌纯、小军的牺牲都跟这个叫乌飚的有关?

老局长点点头,你猜得不错。

烈士尹昌纯的事迹,虽说已过去了些时日,但他留给我的记忆是铭心的。

那年,那个早稻收获的季节。

这天,队里放了尹昌纯一天假,让他回坝子帮家里收割庄稼。

尹昌纯坝子里头所谓的那个家,其实也就他阿婆一个人。

尹昌纯三岁那年,年轻的双亲捆着一头膘壮肥硕的生猪去赶集,不巧,那天的天上飘着雨丝,拉生猪的拖拉机开到一个叫老鹰嘴的垭口时,车轮子一打滑,拖拉机就发飚般地直往崖下冲去。拖拉机毁了,尹昌纯的父母也一样没逃过与拖拉机一样的厄运。从此后,祖孙俩相依为命,阿婆在尹昌纯的心里头就更加多了一份对阿婆的依恋与敬重。

我还从资料中获得,当时,天上的日头发出了午时很毒的光焰,坝子里的凤尾竹焉着脑袋,默默地忍受着一年中少有的煎烤。天上浮云不动,坝子里无风。

阿婆直了直身子,见一个长相好看、佩着腰刀的景颇族小伙流着汗经过自家稻田,好客的阿婆就冲着小伙扬扬手,让小伙喝口水再拉赶路。

小伙朝阿婆笑笑,道了谢,径直走了过来。

小伙接过阿婆递上的茶碗,感叹道,阿婆呀,这太阳都快舔干南溪河的水了,毒日头下让您来收割庄稼,真是太难为您了。

阿婆笑笑,道,热天可比不得冰凉茶,等你的心窝子透静了,这毒日头离你也就远了。

小伙笑着,阿婆也跟着在笑。

阿婆掉转过身子,依然一脸笑容地朝着田畦里收割的孙子亮了一嗓子,好孙子哎,莫叫日头尽欺负你,你也就来喝口凉茶吧。

尹昌纯应了声,抹着脑门上的汗,就朝田垄走了过来。

尹昌纯笑着冲小伙点点头,接过阿婆递过来的茶碗,一仰脖,惬意地灌了一碗冰凉茶。

太阳很是调皮地扎了下尹昌纯的眼睛,痒痒的,酥酥的。尹昌纯顺势闭了下眼睛,腹中的凉茶直润着胸田。

这时候,让太阳也猝不及防的枪声响了,田垄四周顿时腾起了股呛人的火药味。

劲风中,尹昌纯感觉到了滋润着的胸田转瞬间腾起了灼人的烈焰,无数点血红色的光眩,在苍白的太阳底下旋转,叠加。

他捕捉到了游走着的枪声,是勃朗宁手枪吐出的爆响。

尹昌纯提着仅存的一口气,费力地在坝子上空追了很远很远,直至枪手遁迹于视线。

茶碗从他的手里脱滑了下来,铁塔般的身躯山响般地轰然倒下。

阿婆惊呆了。

她面色苍白,嘴唇哆嗦。她弄不明白,枪响前还颇为好感的帅小伙,咋就生出这般伤天害理的事端来。

一个无风无雨的正午,没有任何的先兆,哈尼族一位从警十年、十多次荣立战功的优秀缉毒警惨倒在不明杀手的枪口下。

磐石般的重压让人透不过气来。

枪手是谁?幕后指使者的动机又是什么?

感谢上苍。

一年后澜沧江娱乐城的那场枪战,谁都不忍提起的伤痛,终于喋血般地大白于缉毒警们面前。

穿山甲乌飚浮出了水面。

老局长摸出了支烟,点上。他说,悲情大白,这不能不说也是件好事。冤有头,债有主,还英雄一个公道,天经地义。

我默然地点头。

随着老局长的娓娓叙述,这个风雨如晦的晚上,我的思绪又一次走进了今年三月澜沧江娱乐城那场枪战的现场。

三

后来经过娱乐城的小姐证实,枪响的准确时间,是当晚的 10 点43 分。

这时候的澜沧江娱乐城,与内地的那些大大小小的娱乐场所倒也没太大的分别,一样的劲歌狂舞,一样的媚欲妖冶。

当晚十点钟的光景,娱乐城里走来了它的常客黑哥。

披着海军蓝风衣的黑哥在四五个马仔的陪护下,颐指气使地走进了娱乐城的门脸。

欢迎光临!

大厅两侧,十几位妙龄靓丽的女子弯着腰,向黑哥致意。

黑哥洒脱地挥了挥手,鼻头哼了声,算是给成功的自己显摆了一把。

领班白梅在头里引导着,熟门熟路,黑哥被引进了他颇为欢喜的太阳岛包房。

黑哥在沙发上舒坦地放下了身子,随即朝白梅打了个响指,得意地说,今晚上你好好陪哥喝几杯,我黑哥今天是不醉不归。

白梅脸上的笑像打着秋千,黑哥你放心好了,今晚上啊,我白梅谁都不陪,就专门陪你黑哥一块儿醉。

黑哥冲白梅坏坏地笑笑,顺手在白梅的屁股上抓了一把,这还差不多,算你机灵。

两人调笑着,他们谁也不会想到,这时候危险正悄无声息地朝着黑哥靠近。

其实,就在黑哥刚踏进娱乐城的那刻儿,坝子里,一位身着银灰色风衣,鼻梁上架着副墨镜的青年男子,也不急不慢地朝娱乐城走来。

男子走进大厅,信手紧了紧风衣,旁若无人地径直往太阳岛包房方向走去。

四十多分钟后，太阳岛包房门猛然被人踹开。

墨镜男子的突然现身，无疑让正处在兴头上的黑哥吃了一惊。不过，这过程不长，最多也就三两秒的样子，黑哥马上恢复了往日的派头。就见他头一甩，两个马仔马上向墨镜男子逼去。

墨镜男子冷笑了笑，打进门，他的右手就一直插在风衣口袋内。

还不快滚！马仔甲低声吼道。

墨镜男子收住笑，跟着朝黑哥左右陪酒的女郎摆摆头，陪酒女郎见状，赶紧地往门外溜去。

墨镜男子的举动，显然触犯了黑哥的尊严。就见黑哥站起身，脸一下拉得老长老长，道，朋友，看来你是找事来的，敢问你知道我的名号吗？

还未等黑哥自报出处，马仔乙马上竖起了大拇指，讨好似的抢先道，他就是我们的大哥，道上人称的黑哥。

墨镜男子突然爆笑出了声，嘴里一叠声地连叫了几个好。跟着，一直插在风衣口袋里的手拔了出来，连带着还有一把锃亮的手枪。

砰！砰！砰！

枪响了。

黑哥连同他的两个马仔，甚至连到底发生了啥事都没弄清，便头一歪绝了气。

包房内突起的枪声，一下惊动了吧台内正跟小姐逗乐的另几个马仔。他们刷刷拔出枪，飞身向太阳岛包房冲去。

枪声顿时又爆响了起来。

墨镜男子显然没料到包房外另几个马仔还会有如此快的身手。从过道冲出大门，路已经被对方封死。就见墨镜男子抬腕速射了几枪，猛地车转过身子，朝一边曲里拐弯的的过道蹿去。

硬拼，显然胜算不大，那就拼足全力搏它一回。

墨镜男子提起了一口气，跃起身，纵力向过道尽头的落地玻璃窗撞去。玻璃碎了一地，墨镜男子的身子跟着就飞了出去。

待到几个马仔冲到破碎的窗前，黑镜男子早已遁迹于楼下的树丛中。

出警的警察赶来现场，不消多少工夫，就查明了黑哥的身份。

这个黑哥，在边境小镇的确有点儿名气。据说他早些年在对面的缅国承包了一座玉矿，赚了些钱，撤回到了境内，与政府签订了几份围山种植的合同，经营起了白药来。这些年，至于生意做得到底怎样，该他黑哥上缴的款项，倒是未见过他少缴一分。

警方再进一步细查，这个黑哥面上挺会做人，像资助贫困失学儿童，为爱心工程捐款什么的，在百姓中间还赢得不少的口碑。最值得圈点的是，他还出资 30 万元，在湍急的马啸河上架了座桥，至今两岸的群众都念着他的好。

受过他资助的边民闻讯后，很是不解地摇着头，这样的人怎么还涉黑呢？少见，真是太少见了。

不过，再少见，这面上的事又能蒙警方多久呢？

办案警察很快就抽丝剥茧般地弄清了黑哥死于非命的起因。

四

吉普车如同一叶扁舟，低沉着嗓门，在如注的雨天里不屈地开辟着自己的通道。

挡风玻璃上，雨括也仿佛使足了吃奶的力气，一门心思想让自己的对手屈服。无奈，它的对手实在太过于强大了，说它前赴后继也好，说它义无返顾也罢，在属于它的季节里，显然没把两只小小的雨括放在眼里。这边，雨括刚移开身子，瞬间，头顶上泼下的雨又将括出的部分密密匝匝地覆盖了。

雷声，伴着闪电，在山坳的上空不停地炸响。

开车的岩鹏狠狠地骂了一句，这鬼天气，乌飚这杂碎真他妈的会选日子。

祖德笑道，要不他怎么叫乌飚哩。

车出了坝子，转而冲上了茶山的山路。接下来，车再往前行，就不光是前路模糊不清的问题了。晴天白日在这坑坑洼洼的山路走，车行的路线就跟蛇行一样，左冲右突，又飘飘忽忽。现在好了，这天上雨地下水的，一车人开始体会出了摸着石头过河的感觉了。

哎哟！车后排的雷光突然叫出了声，声音未落，一车人像听到了命令似的，脑袋齐刷刷地向车棚顶去。岩鹏紧把着方向盘，眼睛一眨不敢眨地紧盯着车头。就这样，一车人屁股还没复位，后排坐着的宗泉、雷光又叫出了声，一车人再次向车棚顶去。

祖德半转过身子，朝车内人笑道，今天我们都得作好准备，这戏才刚开了个头，接下来呀……

祖德的话还没说完哩，跟着就听他哎哟叫了声，一车人复又笑着向车棚顶去。

祖德调侃，这鬼天气，连我说话的自由它都不想给。

宗泉接口，祖队，老天不给你自由，我们给，你接着往下说。

祖德笑道，你们想让我说啥？

祖德这刚说了句，紧接着又听他哎哟叫了声，一车人遂又被弹了起来。

屁股还未落定，祖德揉了揉被折腾得涩涩的胃，感慨道，你们不是常问我当年在海上巡逻时的感觉吗？告诉你们吧，在茫茫大海上，颠得比这可厉害多了。

雷光惊奇地吐了吐舌头，妈啊，我原来还想着，等以后有了机会，一定到大海上好好兜一圈，听祖队这一说，我可不敢去了。

岩鹏透过头顶上的反光镜，见到雷光的滑稽状，忙跟着打趣，童男子，快收起你的舌头吧，今天你要是磕断了它，讨不着老婆事小，我岩鹏可要落下千古的骂名了。

车内人，除了开车的岩鹏，都调过头来冲雷光逗乐。

车内顿时活跃起来的气氛,立马间就冲淡了一行人始终绷着的神经。

岩鹏拍拍方向盘,得意地说,今天这车开的,我整个儿就像是一骑手。

岩鹏这话刚落,猛然间就觉手腕一沉,车子随即也像耍起了小性子,不听使唤地向右侧的悬崖偏去。

祖德也觉出了别扭,忙喝了声,快刹车!

岩鹏本能地一脚下去,车身抖了几抖,终于在离悬崖一尺之余处喘了口气,停了下来。

岩鹏顾不得瓢泼的雨,呼地推开车门,跳下车,围着车身一转,直惊得倒吸了口凉气,我的亲娘呀,真他妈的险!

吉普车靠悬崖一侧的前胎爆了。

祖德探出头,咋回事?

身上哗哗淌水的岩鹏手作喇叭状,冲车内的祖德使劲叫道,爆胎了!

操!宗泉不满地骂了句,这破路,真他娘的折腾人。

说罢,宗泉捅了捅身边的雷光,童男子,别傻坐着了,套上雨衣,跟我下车换胎。

好勒!雷光爽快地应了声,飞快套上雨衣,推门下车。

车外,雨白茫茫一片,闪电银蛇般在茶山头顶上飞舞,雷声远远地从天边滚来。

五

澜沧江娱乐城里,稍有点儿身份的人都承认,他们的总经理水兴运跟黑哥的关系那叫一个铁。

黑哥每次领着一帮子人来,就如同进入自家的领地,吃喝玩乐,单哩,当然不用那么客套,一律全免。

当警察找到水兴运，一问，水兴运马上予以否认，没有的事。我跟黑哥充其量也就是面上客套客套。要往深里说，人家是有钱人，我就是想认他做兄弟，人家未必肯给我面子呀。再说了，我要是知道他是个操作弄炮的主，早就跟他分一边了。

听听，水兴运说得合情合理哩。

水兴运为啥要编瞎话？莫非他们间真有啥难以向外人道的隐情？

老局长想了想，命令道，这回好好给我兜一兜娱乐城的老底！

水兴运显然不是个善茬。对警察可能来店里探底，他早防了一手。

接下来几天，澜沧江娱乐城与过去的日子没啥分别。每天太阳一落山，店门脸上有些暧昧的霓虹灯就上起班来，生意也没有因为这里刚刚发生过枪战而受到客人们的冷落。

这天，天刚擦黑，娱乐城里来了两位客人。

从衣着上看，两人一水的正装打扮，头发打理得油光锃亮，一出手，两只大钻戒，给昏暗的包房增添了不少的热力。这两个客人，从言谈和举止上，你还真难分得清谁是主谁又是客。

两人接连来店里三天，他俩倒好，就跟对同志似的，小姐不找，歌也不让人点，每天老花样，要上满满一茶几的吃食，然后门一关，也不知道他们在包房内嘀咕个啥。

开场子的，店里来了啥样的客人，自然避不开老板的耳目。

水兴运接报后，通过秘密安装在包房内的针眼探头，在自己的密室内仔细打量这两个神秘客。这回连老道的水兴运都感到十分的茫然，这两人到底是何方神圣呢？他们来店里到底想干点啥？不会单为了打发时间吧？

开了这些年的店，道貌岸然，三教九流，啥样的人他水兴运没见过。可这会，他水兴运还真是老江湖遇上新问题了。

水兴运对手下说，不行，我得亲自会会他们。

门被轻轻推开了。

谈兴正浓的客人同时掉转过头来，他俩的脸上明显挂着被人打断后的不悦。

水兴运忙不迭地向客人弯腰致歉。他的左手抓着一只盛满红酒的高脚杯，右手是一瓶刚刚开启的长城干红。

水兴运话未张口，脸上先自堆起了一层厚厚的笑。

两位，打扰了！先自我介绍一下，敝人姓水，名兴运。小店的老板。承蒙两位屈驾出临，小弟我这边有礼了！

水兴运说罢，朝客人一致意，脖颈一仰，古嘟嘟喝完了杯里的酒。

完毕，水兴运一抹发乌的嘴唇，豪爽地说道，两位需要啥，尽管吩咐。

说着，将右手的红酒瓶往茶几上一放，道，这瓶酒是小弟送给两位大哥的，两位慢用。

跟着一躬身，很知趣地退出了包房。

水兴运一走，屋内两人对视了一眼，扑哧笑出了声，鱼儿到底还是触钩了，这几天的老板当得值。

再说水兴运回到了他的办公室，坐在老板台前，眉头上的结是越结越重。他纳闷哩，这两家伙到底是干啥的呢？看他们那个傲劲，我这边摆出诚惶诚恐样干了满满一大杯，他妈的，两人连他娘的眼皮都懒得抬一下。

是警察？水兴运又琢磨了一会儿，半晌还是摇起了头，不像，警察充其量也就会捉捉人，那作派让他们学都学不会。

水兴运的脑瓜子马上又蹦出了黑社会这么词。

没几秒钟工夫，他又摇起了头。

水兴运在思忖，黑社会里当哥一级的人物出来，哪一个不是颐指气使，身前身后呼地拥着一班人马，哪有这么低调的黑社会。如果说他俩真是黑社会的话，不光我水兴运没见过，云南，乃至整个中国，恐怕也不多见。

那么,他俩到底是干什么的呢?水兴运脸上的困惑是越淀越厚。

水兴运轻轻弹了弹积了寸把长的烟灰,看来这两家伙一定是做生意的,而且一定是做大生意的。

判明了两人的身份,水兴运呼地站起身,围着老板台转了一圈又圈,眉头上的结也渐渐释放了下来。

转瞬间一个计划酿成了。

六

这天与昨天没多大的分别。

凌晨时分,先是从天脚隐隐传来几声闷雷,跟着,一阵不小的风便朝着坝子方向压了过来。再接着,天就像是被人捅破的锅底,雨劈里啪啦地倾倒了下来。

两点多,澜沧江娱乐城突然冲进来一帮穿着湿漉漉雨衣的警察。

领头的说,经群众举报,店里有人吸食摇头丸!

水兴运一惊,脑门的汗还是禁不住冒了出来。他强挤着笑,赶紧给领头的敬烟,讨好地说道,领导您先消消火,咱小店里绝对没人吸食摇头丸,我敢发誓,绝对不会有!

领头的拨开水兴运递烟的手,面色冷峻地说道,有没有人吸食摇头丸,你说了不算,等检查过了,才能见分晓。

领头的一挥手,查!

一帮人得到指令,径直朝一包房扑去。

娱乐城里正在消费的客人,见到警察突然间造访,马上就跟老鼠猛然间遇着扑向自己的猫似的,唯恐不及地往大门口涌去。

水兴运一看这阵势,腿都软了,倘若不是身后吧台前的一把座椅,指不定整个人就会瘫倒在地上。

警察直取的包房里究竟坐着何人?这问题别人不知道,可他水兴运知道,这刻儿,这两个傲气十足的家伙就在里头消费着哩。

水兴运恨得牙咬得咯嘣响,暗自骂道,是哪个狗娘养的吃饱了没事干,这不成心找老子添堵吗?

骂过之后,水兴运又狠狠地擂了自己的脑门一拳头,狗娘养的!这一句他发出了声。

大意,太他妈的大意呀!水兴运长长地喘着粗气。

打自家娱乐城发生了枪案,他就指示过手下,这些日子都给老子把眼睛瞪大点,把屁股擦擦干净,一定不能给人落下把柄。

手底下人唯唯诺诺直点头。按说没自己的指令,手下人不敢自说自话瞎主张,这回肯定是那条糊涂虫犯起了迷糊。

水兴运不愧是江湖上闯荡的主。他很快冷静了下来,脑瓜子快速地转了一圈,断定,那玩意儿肯定不是手下人提供的,真要有事的话,肯定是那家伙自个儿带店里的。可是话又得说回来,只要警察在店里捣腾出了货,无论这货真正的主家是谁,澜沧江娱乐城都脱不了干系。

水兴运懊恼,真他妈的该死,活该小店遭难!

这时候,有争吵声从过道一头传来。

是谁给了你们这么大的权利,说带人就带人?是客人底气十足的声音。

我们正在执行公务,请你们配合!领头的在作冷冰冰地反击。

声音渐传渐近。

拿人拿赃,捉奸捉双,有你们这样执法的吗?我们要投拆你们的!底气十足的声音还在吼。

我再跟你重复一遍,我们是在执行公务,请你们配合!这回领头的声音里多出了警告的味道。

什么玩意儿,这简直就是对法律的亵渎!

投诉,一定要投诉他们!

一帮身着雨衣的警察拥着两个气咻咻的客人向大厅的门外走去。不一会儿,就听到汽车发动的声音,很快,汽车的引擎声便消失在茫茫的雨夜之中。

水兴运抹了抹有些变形的脸,平日里的张狂劲又一次涌了出来。他朝有些空寂的大厅很夸张地挥了一下臂,高声吼叫,经理还有领班,都他妈的给我过来!

那个外号叫长脚的经理马上小跑着过来,猥琐地朝水兴运看了看,巴结道,老板,瞧您这脸色,不会有事吧?

哪想到,长脚这马屁拍得不是时候,水兴运正在火头上。他牛卵泡似的眼睛朝长脚一瞪,顺手给他脸上一巴掌,就你妈这点眼色,折进去了还不知道是哪根筋犯了错。滚!

长脚知趣地后退了两步,马上又像还过魂来似的,结结巴巴地问道,老板,您到底是让我们留还是让我们滚呀?

水兴运吊着脸,扫了眼跟前的经理、领班,吼道,都他妈的说说,是哪个部门出的差错?

跟前的人面面相觑,嘀咕着,没有啊。那表情,一副丈二和尚摸不着脑袋。

真的没有?水兴运又在众人脸上扫了一遍,随后,顺手从吧台上拎起一瓶红酒,一仰脖,喝了个底朝天。

水兴运扔了空酒瓶,再看看眼前这帮铁杆,悬着的心终于平实了下来。看来自己先前在警察跟前的表演还不错。接着,他又跟先哲般的训了通话,还记得我常给你们说过的名言吗?水兴运手指头往大厅的空里指了指,澜沧江就是你们的亲娘。咱们吃的用的住的,都得靠它。你们的亲娘要是出了点啥事,比如说病倒了吧,咱们当儿女的,谁他妈的日子都不会好过。

说到这,水兴运故意顿了顿,今年以来,咱们澜沧江的经营总体上还是健康向上的,但是,你们都给我支愣着耳朵听好了。但是,今年咱们的店也出了件不尽人意的事,这件事,你们心里头都明白,说大不大,说小也不小。我让你们瞪起眼珠子来,把屁股给我擦干净了,这话绝不是危言耸听。有时候,一泡鸡屎都会毁了一缸的酱,这就是书上常提到的,千里之堤,毁于蚁穴。今天,我再一次提醒你们,都给我把眼睛瞪大,瞪大,再瞪大点!咱们的危险期现在还没过去,远远的没过去!接下来你们应该怎么做?今天,我只要你们记住一条,那就是千万别大意了澜沧江,澜沧江就是咱们的亲娘!

说到这,水兴运一挥手,散了!底下人还有模有样鼓起了掌。

重回到办公室,水兴运心里头还是放不下那两个来路不明且傲气十足的客人。万一这两家伙把自己该担的一古脑推给了澜沧江,警察那边再一较真,澜沧江可真就要遭受灭顶之灾了。这样一想,水兴运又抬起了屁股,围着老板台打起了转转。

门被推开了。水兴运转过身子,见是长脚,心里头憋屈的火苗子一下就蹿了出来,你他妈的不知道进屋敲门呀?有屁快放,找我到底有啥事?

见东家真的动了气,长脚涎着脸诌笑道,我这不是见您发愁嘛,想帮您出出主意。

什么主意?水兴运不耐烦地说道。

长脚往水兴运跟前凑了凑,故意压低了嗓门,道,我估摸着,给警察通风报信的肯定是对面的大地。

长脚提到的大地,全名叫大地飞歌。跟澜沧江娱乐城脸对脸立在同一条马路上。这些年,为抢生意,两家暗中斗法,伤了不少的和气。

此话咋讲?水兴运有了些兴趣。

这不明摆着嘛。长脚说,我敢拍胸脯子,咱们澜沧江绝对没有吃里扒外的种。大地看我们这边出了点事,这时候再朝我们打打黑枪,目的就是一个,他们是想借警察之手,给咱们来一个彻彻底底的断奶。

嗯。水兴运总算点了点头,听你小子这么一说,这里头是有点嚼头了。

长脚听老板这么说,窄巴的刀条脸上马上露出了得意的神色,他觉察到了,这回的马屁总算拍准了。正得意着哩,就见水兴运锁着眉,马上给他下达了一个任务。

水兴运说,这回我倒要看看大地到底耍的啥把戏。我给你一个星期的时间,这一周,这边的事你先放一放,你的任务就是给我打探消息。

长脚一听,窄巴脸上的笑马上僵硬了起来。长脚有些为难地说道,一周时间也太短了点吧,毕竟这不是件小事,而且有些情况咱们还没弄清楚。

水兴运不高兴了,脸一紧,双眼瞪得溜圆,怎么,不想要娘了?嫌短,那好啊,那我就给你三天时间。三天完不成事,你给我卷铺盖滚蛋。

长脚一听,忙急切地向水兴运摇手,不,不是的,老板您领会错了我说的了,刚刚我还在想哩,从咱们这被警察带走的那两个客人,他们到底玩没玩那玩意儿。

水兴运一想,是啊,这茬咋被忽略了哩。

水兴运朝长脚挥挥手,你先退了,这事让我再静静思量一番,等想明白了再找你。

长脚躬身退了出去。

长脚这边一走,水兴运反锁了办公室的门,径直走向老板台右侧的一道暗门,侧身进了密室。

水兴运很快调出了针孔录相。

画面显现了出来。

七

客人正喝着酒,领头的警察带着一帮人出现了。

两人极不耐烦地冲警察挥挥手,意思可能是说,我们可是守法公民,你们突然而至,到底想干什么?

领头的走上前,一脸的冰色,他的嘴唇在动着。水兴运猜想,领头的一定在说,有人举报你俩在吸食摇头丸,我们得依法对你们进行检查!

　　其中的一位客人呼地站了起来,是那个说话底气十足的家伙。他嘴里说着,还不时地配些肢体语言。水兴运揣摩,客人听了领头的话,肯定不乐意了,于是便出言诘问,我们像是吸食毒品的人吗? 你们警察不能听风就是雨,我还想举报你们在吸食毒品哩。

　　领头的又动了动嘴唇,还朝两位客人伸出了戴白手套的手。

　　两客人扑扑口袋,摊开双手,脸上显然又添了一份的不悦。

　　画面定格。

　　这回他们又在说什么呢? 领头显然在向他们索取什么。

　　水兴运满满地吸了口烟,突然间,他灵光一现,对啊,他们间的对话肯定是这样的。

　　领头的说,请出示你们的身份证! 口气不容违拗。

　　两客人拍拍口袋,不满道,你们到底搞啥名堂嘛。看到了吧,我们的身份证都没带,你们看怎么办?

　　领头的继续道,那就对不起了,你们得跟我们回局里接受调查!

　　底气十足的客人怒了,你们到底想干什么?

　　领头的脸一冷,带走!

　　画面进格。

　　领头的挥了一下手。这时候,就见几个警察上前,架起两人就往外走。

　　水兴运笑哈哈笑了起来。

　　他终于醒悟了过来,明摆着,不是有人跟他的澜沧江过不去,而是有人跟这两位爷过不去。这两家伙还真够他妈的牛,连警察都不放在眼里。不过,他俩被警察弄了这么一下子,下回还敢不敢来澜沧江,真不好说。

　　水兴运抚了抚掌,心里头不禁发出一声感叹,可惜了错过跟他们交朋友的时机啊。

这时候,水兴运又想起了这两位客人初来澜沧江时,他瞬间酝成的那个计划。遗憾的是那个计划也如同个短命鬼,还未来得及实施就夭折了。

长脚又被水兴运唤回到他的办公室。这次,水兴运竟给他抛了根烟。长脚自然是受宠若惊,老板,这会儿您又有了啥新精神呀?

水兴运轻叩着老板台,若有所思的说道,我认真地思考了下,大地那边暂不惊动它,先管好你手底下的那帮人。

听水兴运这般说,长脚是暗自窃喜,故作瞪大惊奇的眼睛,一脸的迷惘状,老板,我真就不明白了,咱们咋就放了大地了呢?

水兴运嘴角惊过一丝得意的笑,让你放你就放,别想那么多了,做好你手头的事。

好嘞。长脚乐呵呵地应了声。应罢,还没忘了调侃地问一句,我这就去伺候我亲娘了?

滚滚滚! 水兴运忙不迭地甩了甩手臂。

八

这夜的月亮虽硕大如盘,但并不特别的明亮,周遭的流云时不时地覆盖其整个身子,或者是身上的某一部分。这样,凤尾竹掩映着的竹楼,也就变得明暗交错起来。

竹楼里,水兴运全身窝进竹椅上,眼珠子盯着窗外忽明忽暗的月亮一动不动。他身边的德国黑贝大概也瞧出了主人这几天的不爽,此刻,懂事般地蹲居在他的身边一声不吭。

虽说日子在一天天地过,可澜沧江的生意就如同一弯静水,听不到丁点儿的流水声。黑哥那会还喘气的时候,水兴运曾玩笑似的跟他显摆过,离开你黑哥,我澜沧江一样的滋润。当时,黑哥哈哈一笑,志得意满地说道,你小子还别真得意,离开我黑哥呀,保准你澜沧江的水立马见底。现在,这死鬼说过的话还真他妈的应验了。

水兴运对着不懂他心思的月亮长叹了口气,他感叹,现如今这生意就一如这眼中的月,明明暗暗,飘飘忽忽,总是难得永恒的清辉。

有夜莺声从竹丛中飘来,黑贝仰了仰脖子,显然它不愿意这时候有谁来打扰自己的主人。黑贝很不耐烦地朝着夜莺鸣叫的方向吼了一声,算是对夜莺作了警告。水兴运宠爱有加地抚了抚黑贝的脑袋,黑贝马上回应般地伸长舌头舔了舔自家主人的肥掌。

水兴运念叨的那个死鬼黑哥究竟是个怎样的角色呢?他真是如他自己所说的是单做白药生意的?

其实黑哥葫芦里的药,他水兴运明晰得就如同自己双手上的十个指头。

这几年,澜沧江的生意如日中天,没有他跟黑哥私底下的交易,生意肯定是玩不转的。当然,有了与黑哥私底下的交易,这些年,别的货家,他水兴运再不会放在眼里,也更不会放在心上。现在货源断了,原来的货家又被他水兴运得罪光了,澜沧江里头的花样,寡淡得就如同一杯白开水。

说实话,心思再歪的人,也见不得自家的船往下沉。他水兴运倒没责备自己缺了烈日出门带冬衣的心眼。私底下做玩粉交易的,本来就如同在刀口上舔血,一着不慎,生意砸了事小,弄不好连小命都得搭上,谁还愿意几条线上跑,那不是自个儿伸出脖子往绞索里钻吗?

水兴运多少回曾为自家的精明而得意,可现在他也只能叹息黑哥的短命,叹息澜沧江的时运不济。

当然了,叹息归叹息,澜沧江的日子还得往下走,而且还必须走得有滋有味才行。自家的船铁定不能下沉,黑哥被人灭了,眼下最要紧的就是尽快找到能替代黑哥的主来。让谁来当第二个黑哥?这可是件吃神费力的事。以前黑哥活蹦乱跳时,求着他水兴运吃货的主就跟眼前乱飞的苍蝇似的,比到菜园子里拔棵菜还容易。现在,他水兴运不得不承认,真要寻个跟黑哥一样的主的确不是件易事。这么说,也并非是玩粉的大主顾都死光了,关键是澜沧江要寻的主,他能不能挽狂澜于既倒,或者说他能不能给澜沧江带来好运气。

思绪犹如夜莺的鸣唱在凤尾竹丛中兜来兜去,水兴运不觉脑袋儿有些生疼。有片儿似的夜风徐徐吹来,吹在身上有丝丝凉意。水兴运仰脖望了望忽明忽暗的夜空,心想,罢了,活人还能被尿憋死。明儿再说明儿的事,睡觉去吧。

身子窝在竹床里,水兴运强迫自己什么都别去想,安下心来好生睡它一觉。心里越是这般想,那思绪反倒越发地活跃起来。流云掠过月亮时,有几缕亮光从窗户里透射进来,水一般的静静泻在供桌的神龛上。水兴运索性大睁着眼睛,心里又在念叨,财神啊财神,连月亮都这般有情,我想您老人家总不至于绝了澜沧江的财路吧。

有声响传来,思绪中的水兴运激灵了一下。待他听出是手机的声音,一骨碌跃下竹床,抓起了电话。

手机是长脚打来的。

长脚手机里报告,被警察带走的那两个家伙又来店里消费了。

什么? 你再说一遍,那两个家伙又来澜沧江了? 好好好,你好生侍候着,我一会就赶过来。

合上手机,水兴运禁不住自嘲般地一笑,自己是不是显得太急促了点? 笑完,他又想到了前些日子他那个瞬间生成的计划。其实那个计划一直跟幽灵似的在自己的左右晃荡着,它压根就没夭折,它在等着自己伸手去握。

水兴运匆忙穿上衣裳,回头看了眼月光正照着的财神。财神的脸看上去虽有点儿模糊,但他还是感觉到了老人家在冲着他微笑。

水兴运径直走了过去,顺手从香筒里拈起三支线香,点上,再虔诚地拜了三拜,这才蹬蹬蹬下楼而去。

九

山谷里满是水流的轰响,几条银练似的瀑布曲曲弯弯地披挂在茶山身上。

茶山脚下,那条平日里水量并不算丰沛的佤汀河,这时候就如同发怒的猛兽,卷着激浪,雷鸣般地往前突去。

重新上路的吉普车,颠簸跳跃中终于冲出垭口,它脚下的泥泞路转瞬被简易的水泥道路替代了。

雷光兴奋地搓着掌,这康庄大道,当来之不易,咱们总算可以平平实实走上一遭了。

上车后一直没大开口的华容说话了,童男子,你还真别说,咱们每趟跟岩鹏执行任务,一开始吧,总得整点小风景来,然后便是风景这边独好了。

岩鹏把着方向盘,高声笑道,得了吧你们俩,少给我灌迷魂汤,把脚下的佤汀河给我看紧了,我这紧绷着的弦一松,准让佤汀河的河神笑破肚皮。

说笑归说笑,雷光还是将目光转到了车外。几十米开外,佤汀河对岸坡地上,苍林中的竹楼,还有那些阻雨却不御风寒的茅草棚,怕冷似的缩瑟着身子,任着满天豪雨的揉搓。崖下的佤汀河雨助水势,肆意张狂。

雷光不觉生出了许些儿的忧戚,这鬼天气真不知道会不会诱发山洪?

祖德调转过头,笑道,咋的啦?咱们的童男子也知道多愁善感了。

雷光这回没笑,眼睛定定地看着窗外,喃喃说道,我家的茅草棚跟对面坡上的没啥两样,棚子里有阿爸,还有阿妹,我真担心瀑出山洪,那样的话,我阿爸腿还真是个事哩。

岩鹏曾去过雷家寨雷光的家,他家里里外外岩鹏清楚得很。岩鹏心里头明白,一旦山洪真的发了,单凭他阿爸那条病腿,连自保都成问题。

为宽慰雷光,岩鹏故意摆出一副见多识广的表情,童男子,放宽你的心吧,咱们这车里的人,除了毒贩子见着多,再就是每年这季节的豪雨了。我要是猜得不错的话,这满天的豪雨一时半会还掀不起大浪,你所担心的山洪那就更没心情败了咱们的兴致。你哩,我倒建议一下,这会呀还是多想想正等着咱们的一场战斗吧。

听岩鹏提起即将到来的战斗,雷光忧戚的脸上马上现了一片光亮。

其实,这次的斩首行动,在参战人员的选择上,祖德一开始并未考虑过雷光。祖德这么做,倒不是说雷光的身手不行,刚刚雷光也提到过自己的家,万一雷光战斗中有个啥闪失,他那个摇摇欲坠的家,可真就彻底地塌了。

名单一公布,雷光见没自己,赤红着脸,急眼了。他风啸着似的冲进祖德的办公室,不管不顾的高声道,祖队,我倒听听,你这么做,到底是呵护我,还是不信任我? 这场战斗我可是盼了些日子了,你这么做,就是对新同志的歧视。鸟儿不放飞,你怎么指望他长出对硬翅膀来?

祖德宽厚地朝他一笑,轻轻拍了拍他肩,劝慰道,年轻人,遇事得沉住气。别急,你还年轻,以后这样的机会多的是。

听祖德这么说,雷光又一急,脸上的红云腾地又加重了一层。

雷光不管不顾地争辩,我年轻不假,既然年轻那就更得摔打。这次你不让我参加,我绝不认可这是你对我的爱护,相反,却是一种压制。

祖德笑了起来,看你平日话不多,说起来还一套一套的,咋的,跟我上纲上线了?

雷光堵着气,把头扭到一边,执拗道,反正我就是这么认为的,你就是对新同志没信心。

听雷光这般讲，祖德上前，目光在他的脸上停留了好多会，最后像下定了决心似的说道，看来这次不让你这只小鸟练练翅膀还真不行了。

雷光不相信似地盯着祖德，迟疑道，这么说，你同意让我参加了？

祖德赞赏般地捶了雷光一拳头，还不快去做准备？

雷光嘴一咧，应了声，飞快往门外跑。刚跑了几步，他又忙转过身，很是认真地朝祖德行了个礼。

又一道闪电掠过，山谷中马上又回荡起了滚滚的雷声。

车进勘巴湾，山路前方不远处，一团模糊的人影闯入视线。

岩鹏眼尖，叫道，祖队，像是担着担架的。

车嘎地刹了下来。

祖德匆匆推开车门，车内的人也都跟了出来。

祖德紧跑几步迎上去。

果然，两人衣裤浸透的男人神色匆匆地担着一副担架，他们的身后跟着位同样神色匆匆的女人。透过女人透明的雨衣，能隐隐约约见她背着只印有红十字图案的药箱。

岩鹏他们几个随后也跑了过来。

突然间就听宗泉高声叫了声阿嫂。

背药箱的女人飞快地抹了抹被雨水濡湿的双眼，脸上猛然间写满了惊喜的神色，是你啊阿泉？这下好了，这下子好了！

宗泉忙迎上去，急匆匆地问道，阿嫂，这咋回事吗？

被宗泉唤着的阿嫂赶紧地指了指担架上蒙着塑料布的病人，大声回道，阿江家的难产，我怕再拖下去两条人命不保，就让他们赶紧地抬坝子里抢救！

祖德一听，冲岩鹏叫道，快把车掉个头，赶紧地送病人去抢救！

恩人！大恩人呐！

背药箱的女人朝其中一个抬担架的男人叫道,阿江,你还不赶紧地谢恩人一句?

被女人唤着的阿江,翕动着发紫的嘴唇,谢谢! 谢谢恩人救命之恩!

顿时间,阿江的脸上已分不清哪是雨水,哪是泪水。

岩鹏调好车,祖德指了指身边几个,咱们拿着武器继续赶路。

接着祖德又高声招唤岩鹏,你负责把病人安全送到医院,路上一定注意安全,速去速回!

把病人安顿上车,岩鹏一轰油门走了。祖德带着宗泉几人,又一头扎进豪雨之中。

十

就在水兴运眼里那两个神秘又高傲的客人被带离澜沧江娱乐城之后,老局长当夜在自己的办公室召开了案情通气会。

雨声淅沥,坝子里间或闪着几点灯火。

老局长神情严肃,我先大家通报一个案情。

大伙的眼瞪着,一眨不眨,局长办公室内顿时间静寂了起来。

老局长说,两个小时前,我们寻到了线人吴桂的尸体。抛尸点就在云枫岭脚下的龙泉湖水库。

老局长的目光在众人的脸上扫了扫,最后落在了法医室老刘的身上,老刘,你们法医室先把尸检的情况给大家伙汇报一下。

老刘清了清嗓门,习惯性地往上推了推黑边眼镜,打开笔记本,慢条斯理地说了起来。

老刘说,两小时前的 23 时 12 分,我们接到指挥中心的指令,赶去龙泉湖水库。当时,被害人吴桂已没了生命体征。我们在对其进行尸检后发现,吴桂的死因系于枪杀。死者的头脑呈贯通状。之后,在对其胃内溶物进行检验时,发现吴桂的死亡时间大约在 5 小时前,也就是晚饭前后那段。后经其家属证实,吴桂傍晚6点左右在家用过晚餐,而且胃内溶物与其家属提供的完全一致。

这个吴桂是谁啊?

有人突然发问。

发问者正是水兴运眼里那两位神秘客人中的一位,说话底气十足的林锋。

祖德无声地看了一眼林锋。

石笑用肘轻轻捅了捅林锋,低声道,犯错误了不是,不该问的绝对不问嘛。

石笑这人如同他的名字,成日笑眯眯的,天生一副天塌下来不知愁滋味的样儿。这些日子他正好与林锋搭档,是水兴运眼里另一位神秘且高傲的客人。

林锋被石笑调侃了一下,脸还是红了红,他挠着头低声为自己分辨,我这不也是为了工作嘛。

说着,还是心虚地地瞥了老局长一眼。

头顶上老式风扇在尽心地转着。老局长拧了拧茶杯盖,目光复又从众人脸上扫了一遍,最后定格在了祖德身上。

老局长微微扬了扬脖颈,祖德,今天会上我就不专门强调纪律了。在座的都是老侦查员了,要相信大家的觉悟。接下来,你就把线人吴桂的情况给大家详尽介绍一下吧。

好吧。

祖德将了将有些上翘的发梢,朗声说道,线人吴桂是南佤河棒棒村的人,他生前的职业是坝子内玉器城卖玉器的。就在头天的夜里,他悄悄给我打来电话,说是次日后半夜有个叫毛三的人可能去零号界桩附近的月季山接一批那边发来的货。得到这个情报,我们非常重视,老局长也指示我们要缜密从事,务求全胜。

祖德说,我们的人于昨天天黑前就已潜伏完毕,现在正等着收网。可就在昨晚上八点多钟的光景,吴桂的老婆刀桂芳跑进了刑警大队，说是自己的老公可能被人害了。接警的警员忙问究竟，刀桂芳说，吴桂晚饭后就不见了踪影，打他的手机无数遍，手机都一直关着，以往这样的怪事从没发生过，吴桂的手机一直都是二十四小时开机。

祖德继续道，之后，刀桂芳又跑到自家的店铺，伙计说，老板跟一个男人走了。刀桂芳问男人是谁？伙计一个劲地摇头，说真的不认识。刀桂芳一听急了，他又寻问了商城的几个熟人，有人证实，吴桂是跟一个叫蟋蟀的男人走了。这下子刀桂芳急了，蟋蟀这个人，简单说就是一个无赖，自家男人沾上他，肯定不会有好事。再打手机，还是关机。无奈中，刀桂芳便跑来刑队报案，说是自己的男人可能遭遇了不测。刑警那头接警后，立即将这一情况报给了老局长。老局长考虑到吴桂是我们的线人，之后就将这一案情交给了我们。接手后，我们根据目击人提供的线索，寻迹追踪，终于在昨晚十一点多，找到了吴桂的尸体，发现尸体的具体位置刚才老刘也提到过。

说到这，祖德略作了下停顿。他说，要弄清吴桂的死因，现在最关键的还是得尽快找到犯罪嫌疑人蟋蟀。先前，我们已对全坝子所有的歌厅、网吧、洗脚房，包括蟋蟀可能藏身的会所进行了全面的清查，始终没有发现蟋蟀的踪影。也就是说，蟋蟀现在已经在坝子里蒸发了。

祖德说到了，脸上难隐却着愁结。石笑笑眯眯地插言道，那就沿着蟋蟀这条线往下查呗。

不错。

祖德接话茬，经过我们初步侦查，这两年，蟋蟀一直在为澜沧江娱乐城暗中做活。也就是说，他很有可能就是水兴运手底下一名马仔。综合先前澜沧江发生的枪案，老局长的意义，建议我们不妨将这两起案件并案侦查。

老实说，到这会儿，我也隐隐感觉出了这两起案件似乎存在着某种关联。要问我理由，那还是感觉。

那就赶紧地把水兴运弄进来，再加大点力度，我就不相信他不全撂。刚从警院毕业，干事总有股子冲劲的雷光脱口说道。

一边的石笑闻言，又笑成了一团弥勒佛样，道，这么办不行啊。水兴运可不是刚出道的雏，你不揪住他的尾巴，打死他也不会认账。那样的话，惊动了他，往后的侦查可真得要杀鸡用牛刀了。

听石笑这般说，雷光也意识到了自己的冒失，转瞬间连脖根都羞得通红。

林锋马上拿出当大哥的作派，他拍了拍雷光的肩，笑道，老弟啊，要说哩，你讲得也不是没有道理。不过这活得小火煨老鸡，得容我们慢慢炖。你老弟就瞪大着眼睛看我们的好戏吧，相信我们是有这个能力，来成全你这个小小的建议的。

林锋说完，大家伙扑哧乐了起来，刚刚还挺严肃的会议气氛一下被冲淡了下来，参加会议的众干警脸上的表情也随之松弛开了。

林锋似乎言犹未尽，正好也想借此机会好好表现一番。他朝祖德转过脸，自信地说道，祖大，只要你对我们信心不减，你就等好吧，最多也就是三两天，我们一准给你拿下澜沧江。

老局长点点头，老实说他对手下人流露出来的激情还是满意的。当然了，满意归满意，激情归激情，办案一向讲求的是结果。结果差强人意，再旺盛的激情也是白搭。

老局长朝大家看了一圈，到这刻他也没忘了应当适度敲打敲打。

老局长意味深长地说道，现在侦查充其量也才开了个头，小林你这话是不是过于乐观了点呀？

老局长的话还未容大家伙多想，办公室的门忽地被人推开了。

来人是缉毒队的副队长华容。

华容血红色的脸上早分辨不清汗水还是泪水了，前襟满是血渍。

老局长见状呼地站了起来，众人也随之立起。

咋回事？快说说。老局长催促。

华容哽咽着，小军他……

祖德大步上前，抓着华容的胳膊，小军他咋啦？你快说啊！

十一

平地陡起的惊雷，众人惊呆了。

华容泪飞如雨，悲恸道，小军他、他牺牲了！

面无表情的老局长一下愣住了。就见他身体轻轻摇晃了几下，许久，便跌坐在座椅上。

局长！

众人惊呼。

小军是老局长的爱子。十多年前，老局长还在德宏州当缉毒队长的时候，某一天，气急败坏的毒贩子终于朝老局长一家人下手了。机灵的小军听到了堂屋内突起的枪声，一个打滚，身子钻进了床底。等到屋里归于平静，浑身是血的妈妈搂着满身是血的姐姐在朝着他笑。那时候，少不更事的小军还不知道妈妈是屏着一口气，搂着已断气了的姐姐在向他作最后的交待。妈妈说，军儿，好好地活下去，你一定要给我记住，好好保护你爸爸！后来，组织上出于对老局长的保护，将他调来了坝子，小军也随老局长跟了过来。中学毕业后，小军以优异的成绩考进了省警校，毕业后分至坝子了，软磨硬施，终于如愿当上了边关的缉毒警。

刚刚发生在零号界桩的那起所谓的贩毒案，从本质上讲，它也就是一幌子。或者说，那是毒枭们给缉毒警察设置的圈套。目的就一条，他们在等着看缉毒警察的笑话，要让缉毒警察在自家的门口当众出丑。

华容后来描述，战斗正式打响前，对方用调虎离山之计，将我们引进了早设置好的包围圈。待我方队员悉数进入，对方密集的枪响了,子弹如雨点般的倾泄了过来。要保全自己,就得突围。小军就是在掩护队友突围时,大腿动脉不幸中弹。

华容说,当时,小军身上的血就像是被人捅开了水管,任你怎么捂,都是徒劳,空气里四处是浓重的血腥味。

良久,老局长抬起头来。

窗外,夜风依旧,夜雨如注。

如水般的日光灯光影下,满头花发的老局长是那样的沧桑,那般的憔悴。其容让人心酸,其态让人落泪。

让白发人送黑发人,那是一种怎样的残酷呀。

老局长脸上紧绷的肌肉在剧烈地抖动、痉挛。他使劲地咬着牙关,看得出,他在极力地控制着自己的情感。

老局长终于开口了,眼睛里窝着的泪也落潮般地一点点、又一点点地生生压了回去。

老局长抹了抹粗粝的脸,声音不乏喑哑,好了,都过去了。毛主席他老人家说过,要奋斗,就会有牺牲,死人的事是经常发生的。缉毒,是我们神圣的使命,为了我们的信念,小军就跟我们过去牺牲的战友一样,死得其所!

祖德上前,给老局长递了支烟,点上。老局长猛吸了几口,目光灼灼地说道,鉴于目前澜沧江那几个枪手还没寻着踪迹,一方面,我们得继续加大侦查力度,相信只要犯下了恶,就不可能不留下蛛丝马迹。第二,澜沧江那边的暗访还得继续,这是我们目前获取信息的唯一便道,侦查的同志一定要讲求策略,务必从水兴运身上打开缺口,力争尽快揭开娱乐城枪案、吴桂被杀案,以及今天晚上这场枪战的真相!

芭蕉树叶被夜雨撞击得叭叭直响。一群眼里含泪的汉子,受领完任务,又义无反顾地朝着雨夜走去。

十二

水兴运走下车，马上换上了娱乐城主人的派头。

总经理好！

大厅两侧，迎宾小姐恭敬有加地朝他们的老板施礼问候。

水兴运眼皮都没抬，鼻头里也就是轻轻哼了一声，算是打了招呼。

长脚也不知道从哪个角落闪了出来，谄媚地拍着马屁，哎哟，我的老总呀，您老终于大驾光临了！

水兴运不屑地瞥了眼长脚，脸忽地一沉，眉头骤结，径自朝自己的办公室走去。长脚屁颠屁颠地跟在身后，还不时自嘲地摇了摇头。

水兴运在老板台后落定，一双冷眼紧紧盯着长脚。长脚禁不住打了个寒噤，转头四下里看看，暗自忧心，老板他今天肯定又吃错啥药了。

水兴运自顾自点了根烟，像是对谁深仇大恨似地猛吸了几大口，整个脑袋埋在烟雾里。有啐骂声传了过来，长脚啊长脚，你他妈的让我说你什么好呢，你咋就稳重不起来呢？

挨了老板的骂，长脚是丈二和尚摸不着脑袋，分辨道，老板，今儿个我长脚真的没给您捅漏子呀。

哼，真到了捅了漏子的那一天，就等着林子里去喂野兽吧。水兴运又不满地啐了一句。

长脚一脸的无辜，立在一侧，不知说什么好。心里头却在发着无限的感慨，还是他妈的当老板好，手底下人整个就是自己孙子。长脚在发狠，水兴运啊水兴运，你他妈的给爷等着，等到我坐上老板台的哪一天，我不扒掉你层皮，我他妈的就不叫长脚。

好了，别给老子扮孙子相了，就你那点儿花花肠子，快歇歇吧，琢磨了也是白瞎。水兴运的口气软和了些。

长脚显然被水兴运说中了心思,他马上又现出委屈样,老板您抬举我哩,我能瞎琢磨出啥呀?成天工作上的事都忙得我四爪朝天,哪有那闲工夫。

　　水兴运不耐烦地挥挥手,打断他,别他妈的跟我贫了,说说,那两个人到底咋回事?

　　长脚揉了揉鼻头,尽力摆出副稳重的样子来。他又习惯性往前凑了凑,躬着身,说道,嗨,我一见那两家伙走进了澜沧江,忙着满脸带笑上前打招呼。您猜猜那两家伙怎么着?他妈的,傲气得很,就跟吃了几大筐的牛鞭,话都不愿跟我说一句。

　　水兴运若有所思的点点头,随即挥了挥肥厚的掌,说,你走吧,记住,做好你份内的事。

　　长脚躬了躬身,说,有事您吩咐我。

　　长脚这一走,水兴运马上反锁上办公室,接着就打开了往密室的门。

　　屏幕上,那个神秘高傲的客人依旧点了一茶几的吃食,吃着,喝着,说着,笑着,压根看不出因为前些日子与警察发生的不愉快,而败了自家的兴致。

　　水兴运咂巴着嘴,心里还是由衷地感叹了起来,有气派,有气派啊! 同样是男人,看看人家的气象,那才真叫个爷。

　　爷是啥?按水兴运的理解,那就是宠辱不惊。敢上九天揽月,敢下五洋捉鳖,泰山压顶不皱眉,地陷跟前迈方步。

　　出了经理室,水兴运朝空里嘹了一嗓子,长脚,拿瓶酒过来!

　　水兴运这边刚嘹完,长脚不知道从哪旮旯角落里钻了出来,他笑眯眯回道,老板您稍等片刻,我这就去取。

　　长脚就这点好,天生做奴才的命,而且还是绝配的奴才。用现今时髦的话说,也是个绝佳的秘书。他总是在你需要的时候出现。平时,你不寻他,他就呆在你见不着的位置,而且这位置与你保持得恰到好处。水兴运看中长脚的也是这点,否则,按他的脾气,早一脚把长脚踹远远的了。

给老板递上酒，长脚很知趣地退到了一边。

水兴运提着酒，径自往神秘客人的包房走去。

这回，水兴运是铁了心要好好会会这两位神秘莫测的客人，而绝非像上次那样，伸出须来简单地促一促。这些年，在黑白两道闯荡，水兴运很自信自己已修炼成了一副超人的嗅觉，不管是谁，只要在他面前一过，他基本上能断定此人过往今生。为此，水兴运不止一次地在黑哥跟前自夸。今儿个凭他的直觉，这两个神秘莫测的客人一定非等闲之辈，当然也绝非道上的善茬。

水兴运又想到了先前那个早酿成的计划。这两人利用利用肯定没问题，至于要说到他俩是干啥营生的，水兴运早已猜中了七八分。还能干啥？跟自己暗中经营的活计差不多。

不过眼下迫于外力，雷子盯得也紧，跟这两家伙打交道还不能心急。水兴运懂，心急吃不了热豆腐，烫坏了五脏六腑，照样完蛋。那就先套套近乎，悠着点儿，走一步，看一步吧。

笃笃笃！这回，水兴运很是礼貌地敲响了包房门。

敲啥敲？！进来！

包房内的人吼了一嗓子，那语气绝对透着一股子被人打扰的厌恶。

两位好，欢迎两位贵客再次光临小店！

一进门，水兴运学着日本人的谦卑样，先来了个九十度的大鞠躬。

上趟子的事，让两位受惊了，咱们澜沧江难逃其咎啊。这里呐，小弟代表澜沧江先给两位敬杯酒，算是赔罪。等喝了这杯酒，小弟还有个不情之请，还望两位赏光，我们一起出去宵宵夜，如何？水兴运装得满脸真诚地说着。

见客人没有反应，水兴运豪爽地举起酒瓶，小弟我今天就先干为敬了！

说着，一抑脖，一口气喝完了瓶中酒。

两位哥哥，咋样？能否给小弟一个面子？水兴运巴结似地说道。

两人审视般地定定看着水兴运。

不多会儿工夫，林锋点了下头，随即拎起桌上的酒杯，也一口闷了。

水兴运抚掌笑了，感谢兄弟抬爱，水某真是三生有幸啊。

说着，水兴运又将目光转向石笑，这位兄长……

石笑这时候已换上了平日里弥勒佛般的笑脸，他击了下掌，粗声大气地叫了一声好，接着，就将面前还剩下不到半瓶的红酒干了。

石笑一抹嘴，笑道，怎么样，水老板？这下你总该满意了吧。

水兴运趁势恭维，道，大哥一脸的福相，性情豪爽，小弟没得说，没得说。

两位咋样，赏小弟张脸？说罢，水兴运做出了一副请的架势。他想趁热打铁，笼络关系。

石笑朝林锋笑笑，征询，难得水老弟这般诚心，要不咱们就换场子？

林锋吸了口烟，朝水兴运仰了仰脖子，傲气十足地说道，你老弟还不知道，我可是从来不跟浮夸之人结交朋友的，我的朋友个顶个都是干事业的主。

哪还等啥啊？走呗。石笑说着站起了身子。

水兴运这时候少不了再来番谦虚，承蒙两位兄长不弃，小弟做的是小本生意，日后就仰仗两位兄长多多指路了。

说罢，水兴运还朝林锋、石笑两个恭恭敬敬地鞠了个躬。

十三

坝子里的夜，永远是不眠的。

澜沧江美食城门脸上，那大幅变幻的霓虹，就像是门厅里尽职的迎宾小姐,不知倦意地使着浑身的解数,尽力地招揽着四方的食客。

　　走进大厅,石笑呵呵乐着,夸道,不错嘛,水老板的事业在坝子里恐怕也是独占鳌头了吧。

　　水兴运腆着早已显摆了的肚腩,脸上难隐着得意的神色。当然了,他在择词上还是恰到好处的。水兴运故着谦虚道,让两位哥哥见笑了,这些个小生意,也就是挣个一天三顿饱,跟两位哥哥的事业比起来,我这里就是个小食堂,小食堂啊。

　　进了名曰三江的包间,室内的装饰那真叫金碧辉煌。两位长相俊俏的傣家小卜哨早已候在包间内。偌大的圆桌上,满满墩墩摆了一台面的菜肴。

　　水兴运做了个请的手势,很自然地在林锋和石笑中间端坐了下来。接着,水兴运朝两位小卜哨点了点头,两位小卜哨脸面如花,马上优雅地为三人斟满了当地的三江酒。

　　水兴运站起身,举着酒杯,开口道,前几天的事,让两位哥哥受惊了,不管怎么说,两位哥是来小弟的店里消费时,让警察找了麻烦。今夜哩,小弟略备薄酒,权当给两位兄长压惊了。

　　水兴运言毕,带头领了头杯酒。

　　林锋笑道,水老弟你这整得也太隆重了,区区小事算个啥嘛。咱们哥俩常年游走江湖,与警察打打闹闹常有的事,小弟真的不必放在心上。

　　说到这,林锋话锋一转,冲一边坐着的石笑扬了扬脖颈,兄弟,今夜里承水老弟看得起咱哥俩,警察不警察的事,咱先放他妈的一边去,咱们就吃它个下酒菜,说它个喝酒话,余下的,滚他妈的蛋。干了!

　　石笑也跟着附和,干了!

　　两只杯子咣地碰在了一起。

　　水兴运兴奋地拍起了巴掌,好!两位哥哥如此给小弟面子,咱美食城里今夜可是蓬荜生辉了。既然两位哥哥都不想谈扫兴的事,那咱们弟兄仨今夜就喝酒吃菜,一醉方休!

说着,水兴运扬了扬肥嘟嘟的手,叫道,小卜哨,给我们都满上。

三杯清酒在杯中漾着,林锋喝了一声,干!

灯光下,三只酒杯又兄弟般地碰到了一起。

水兴运得意地抹了抹唇,谄笑道,两位哥哥一看就是人中之龙,气宇非凡。小弟这里想斗胆问上一句,两位哥哥在江湖上是跑哪只码头的呀?

石笑笑眯眯故作不语。

林锋骤然间将目光的光束聚焦在一起,直视身边的水兴运。

林锋道,凭你老弟这些年在江湖上的道行,你觉得我们哥俩是跑哪只码头的呢?

水兴运马上用脸上快速堆起的一层笑作掩护,狡黠的目光在两人脸上闪电般的一扫,打着哈哈道,两位哥哥不管跟哪个码头,总归不像小弟这样在小河沟里瞎折腾啊。

林锋故意不接茬,叫道,喝酒!

好好好,喝酒! 水兴运接口道。

清酒再次入肚,水兴运就觉出了隆起的腹腔内春风般地荡起一股子热来。这热不完全来自于酒,更多还是水兴运早聚拢起来的喜悦。

水兴运在想哩,自己刚刚的一番做作,明面上是很想得到眼前这两位的答案,而且自己始终都表现出一副哈巴样。倘若这两位真的把自己想听的一古脑地倒出来,这反倒让自己变得不放心了。这些年,人走江湖,哪个不是嘴上挂锁,任你如何施法,要撬开它,就一句字,难。

放下酒杯,水兴运脸上挤着笑,话话里明显带了些歉意。

水兴运道,两位哥哥见笑了。小弟刚才之所以问两位哥,其实也没啥大的企图,心里头就是想啊,两位兄长在适当的时机,我说的是适当啊,帮衬帮衬小弟一把。说实话,小弟这些年,苦没少吃,酒没少陪,说出去的好听话,连我听得都生了耳茧。至于这舌头,吃啥啥没味,喝啥都一样,生意就做成这么一点点。

说着,水兴运还很是夸张地往外伸出了一截紫红色的舌头。

石笑笑了起来,水老弟啊,你还挺风趣的嘛。

说着,石笑伸出了右手的小拇指,比划着,是这么一点点吗?

水兴运苦笑着点头,兄长你这都比划得大了。

石笑笑着道,哥哥我要是有你这么一点点的话,也犯不着成天跟个游击队员的似的,东奔西突,水老弟你就知足了吧。

石笑越这么说,水兴运越是为自己的判断得意。他精明着哩。他知道头回见面,别指望从两人的嘴里套出点什么。干脆,因时而动,因势而谋,顺势而为。

水兴运马上顺着石笑的话,像是自嘲地说了一句,哥哥说的是,知足常乐,知足常乐啊。说完还没忘了在两人脸上飞快扫了一眼。

林锋清了清嗓子,开腔道,我说水老弟啊,咱们生意之人,最忌讳的就是贪大求全。这边太阳都出来了,你背着一大袋的金子,能走出金山吗?比上不足,比下有余,知足常乐吧。来,咱们继续喝酒!

三杯酒复又下肚,说来道去,水兴运有意无意又将话题绕到自己的生意上,言语中还时不时夹着些叹息。

水兴运越是这般,林锋、石笑越是感到不能丝毫的轻敌,他水兴运绝对不是刚出道的雏。

林锋站起身,端着酒,冲水兴运示意了下,道,常言说得好,没有过不去的火焰山。做生意,就如水中行舟,顺流逆境,一切皆靠自己把握。瞧你老弟也属性情中人,大哥我今儿个就给你撂句宽心窝子的话,日后有机会,我俩会带上你一程的,够弟兄吧?

水兴运顿时两眼放光,脸上自然也是喜笑颜开,他按捺着怦怦直跳的心,提议,喝了! 哥几个今夜里不醉不归,不醉不归!

水兴运话音刚落,就听见包房外传来一声爆响。

林锋、石林很快断定,爆响出自五四式军用手枪。

很快,又有食客的嘈杂声传来,杀人啦! 杀人啦!

职业使然,林锋噌地站起身,本能地就欲往包房外冲。石笑一把抓住了他的胳膊,趁势又在他的胳膊上暗使了下劲,林锋猛然间醒转了过来,忙收回了步子。

　　还别说,这个水兴运算得上是个处变不惊的主,他原以为林锋是想溜,眼珠子骨碌碌一转,劝说道,两位哥莫躁,警察赶来美食城最多也就五分钟左右,等你们俩从这儿走到大门口,正好与警察撞个正着。如果我判断得不错的话,警察一来,美食城的人谁都走不脱。前两天,两位哥哥刚跟警察闹了点小不愉快,这回又不期而遇,你们说说看,警察会怎么想你们?

　　林锋虎着脸,哪你说咋办? 难道我们就坐在这里束手等老警?

　　水兴运这刻也怕惹毛了老哥俩,让煮熟的鸭子弄飞了,他脸上挤着笑,赶紧解释道,我的亲哥哥呀,你们理会错了小弟的意思了。

　　林锋接他话头,哪你到底是啥意思?

　　水兴运脸憋得通红,粗短的手指头往后窗一指,你俩就从这里出去,等警察摸到这儿,哥哥们早在后山消失了。

　　石笑凝着笑,飞快地跟林锋对视了眼,走!

　　说完,两人好身手,跃窗而出。

　　这边,就剩下水兴运冲着打开的后窗发愣了。

十四

　　孙三爷如同一只摇摇晃晃的陀螺,在竹楼里佝偻着腰转着。他紫红脸膛上无需细看,便可见一层黑淡淡的黄。

　　孙三爷也记不得已经几天没睡过安生觉了。一肚子的肝火,人往床上一躺,身子里腾起都是无法喧泄的愤怒。

　　乌飚呀,乌飚,你这个断奶没几天的后生,竟然也敢在你爷跟前撒野了。是我真的老了,没精力收拾你了,还是这时代真的变了,我这老脑筋转不过你啦?

孙三爷削瘦的影子映在竹楼的板壁上。旋着,旋着,孙三爷就陀螺似的往竹楼外移去。

天上繁星点点,静寂无声,断断续续呢喃的小虫,更添了夜深的寂寥。竹楼四周的芭蕉丛,就仿佛孙三爷身边乖顺的孩子,垂立着,无语。倒是繁星和路灯跳烁的光,夜眼似的眨巴着,一边静静打量着孙三爷的心事。

孙三爷在躺椅上平放着身子,失神的老眼冲着满天的星斗发愣。他尽力想摆脱掉这几日心中的不快,无奈,这不快就如同粘在肮脏毛发里的跳蚤,任你怎么抓挠,它就是不依不饶又不声不吭地活着,该吃吃,该喝喝,全然不顾外头云卷云舒,花开花落。

夜露重重,孙三爷神色凝重地大睁着眼,既然一股脑的烦心事难以驱赶,索性,由着它的性子,该怎样折腾就怎样折腾吧。

孙三爷的手不觉又触到了随身装着的牛皮信封。他迟疑了下,还是禁不住又掏了出来。借着昏暗的路灯看了眼,一股子怒气陡然腾起,孙三爷一提气,嚓!嚓! 三两下,把只信封撕得细碎。

孙三爷啐了句,真他妈的见鬼了,我孙三爷闯荡江湖一辈子,啥时受过别人的气,难道今儿个还得在阴沟里翻船了不成?

孙三爷撕了的这封信,如果称它是恐吓信恐怕更为确切些。这封信是昨天一大早由一个山里人装束的汉子送来的。书信者就是近些年来一直与他孙三爷较劲的乌飚。

乌飚在信中称,自己这些年,一直受三爷的恩惠,现在也渐渐成熟了起来。吃水不忘挖井人。饮水思源,自己也一直把三爷当作自己的亲生父亲来爱戴。眼下,自己的实力虽不敢跟三爷论斤两,但家底子还算殷实。目前,最大的困难就是生意越做越大,自己一人单打独斗这些年确实也累了,真想有个人能跟自己说说体己的话。

乌飚信上说,我想来想去,就想到了我的好妹子孙兰。肥水哪能流外人田哩。三爷您在我乌飚的心目中早就是亲爹了,我想怎么的,您老人家也不会驳我乌飚的面子吧。

当时孙三爷看到这，脸都变了色。乌飚面上在奉承他，实际上在变相要挟他。

最后乌飚还厚颜无耻地写道，三天后，也就是我乌飚三十岁生日这天，我想来个双喜临门，把与孙兰的亲事订下来。

乌飚信上还说，我这些年孤苦伶仃，无依无靠，缺的就是人间亲情。再说了我暗恋孙兰也不是一天两天了。记得二十多年前的一个雨天，我自从被您家的那条黑贝咬伤了之后，我就暗下了决心，日后一定要过上比您老人家富足的日子，而且还要娶回你们家刚刚学会走路的女娃。这么多年，我忍辱负重，含辛茹苦，现在日子富足了，家底也厚实了，思来想去，还有一个心愿未了。我也知道，三爷您是不会驳回小婿面子的，那样的话，小婿很可能会发疯。人一旦疯了，狂了，啥事都做得出来，它由不得自己呀！

恫吓。胁迫。

孙三爷当时气得双手抖擞，猛地将那把随了他四十多年的紫砂壶砸得细碎。

孙三爷高声骂道，做梦！简直是白日做梦！我女儿就是一辈子在家养老，也休想让你龟孙子得逞。癞蛤蟆想吃天鹅肉，也不撒泡尿照照。痴人说梦，痴心妄想！

孙三爷坐起身，搓了搓瘦削的脸，努力使自己的心绪平复些。

这个乌飚到底是怎样的一个角色？

隐却在缅北大山里的达显镇，提起孙三爷、龙昆这两人，镇子上除了那些还未开化的顽童，几乎没人不知晓的。要说到乌飚，那就有些牵强了。之所以这么说，一个是他乌飚比孙、龙两位爷小了将近二十多岁。第二哩，也是最主要的，乌飚小的时候，睡得最多就是人家的牲口棚，再说白点，他乌飚就是个吃百家饭的娃。这些年，乌飚在镇上渐渐有了些名气，不是因为他彻底甩掉了打狗棍，而是他拥有了一支真正属于自己的武装。据说这支武装，光冲锋枪就二百多支，机枪有二十多挺，还有十多门威力无比的无后坐力炮。

乌飚拥有了自己的队伍，威风自然够威风的，出入随从前呼前拥，政府方面对他也是客客气气的。光鲜的背后，队伍的吃饭问题永远是乌飚回避不了的。粮饷到哪去弄？还真多亏了爹妈给了他乌飚有一副好脑袋。乌飚从孙、龙两位爷身上受到了启发，走毒那可是无本万利的事，倒腾倒腾，银子也就流水似的来了。

以毒养军，路数是个好路数，可是走毒也不是件容易的事。一是要将民间零散的毒品收集起来，那些主家能相信你吗？这些人可是跟孙、龙两位有了几十年的交情。二是走毒得有走毒的通道，没有自己的网，纵然在家里囤上成千上百吨的货也属枉然。

乌飚到底还是初生的牛犊不怕虎，他竟然很快跟孙、龙两位叫上了号，他铁了心要从中分得一杯羹。

孙、龙两位爷岂能容得了别人的筷子往自家碗里伸，这事容不得半点商量，不行就是不行。两人都发出了话，绝不能让一两粉流入乌飚的手里。

乌飚眯着眼冷笑着，好吧，敢不给我乌飚面子，那我就让你们两个老东西瞧瞧我穿山甲的能量。

乌飚自有自己的高招，他明白，要在达显镇上争得属于自己的那份羹，最理想的格局就是形成孙、龙、乌三足鼎立之势。可眼下的形势，自己要崛起，孙、龙两家必定联手反击。要打破这个僵局，就必须下狠手，先各个击破，最后再一统达显镇。

方略一定，接下来就是选择在谁的身上先施行手术。乌飚纠集手下的一帮能人，还像模像样地开了一天的所谓复兴会。会议最后决定，还是先从龙昆身上开刀。理由很简单，龙昆的势力虽说与孙三爷相差无几，但这老家伙心狠手辣，是个食人不吐骨头的主。先把他打趴下了，孙三爷那头自然就乖乖地听自己的摆布。到时候，说不定不动一兵一卒，便可以将孙三爷拿下。

乌飚野心的膨胀，孙、龙两家自然蒙在鼓里。不过现在细想起来，孙三爷真是悔青了肠子。

当时见乌飚跟龙昆闹得不可开交,孙三爷还暗自发笑哩。心想着,两虎相争,必有一伤,最后等到自己出来收拾残局,那达显镇就彻彻底底属我孙家的了。

可是,孙三爷的小算盘还没打多久,他脸上得意的笑就冰冻似的凝固了起来。

这个乌飚不知道哪来的能耐,仿佛犹如神助,在不到一年的时间里,竟然把不可一世的龙昆弄得是伤痕累累,再也无还手之力,而他乌飚竟然毫发无损。

现在,龙昆是彻底地服软了,否则,给他乌飚吃豹子胆,他也不敢腾出手来抓挠孙三爷。

十五

远处有一两声鸡鸣传来,天边微微露出了熹光,但浓重的夜露还是让孙三爷禁不住打了几个寒噤。

这几天又有不好的消息传来,边境对面又牺牲了一位缉毒警察,据说还是警察局长的儿子。

孙三爷不用想就知道这事是乌飚小子使的坏。乌飚是在用栽赃方式,迫使他孙三爷屈从。就跟动用当初枪杀对面缉毒警察的手法一样,逼迫龙昆就范。

这个混蛋,恶棍,魔鬼!孙三爷在心里头狠狠地诅咒着乌飚。

宝贝女儿不知道啥时候来到了身边。

孙兰给自家的爹披了件外衣,细声劝道,爹,进楼去吧,外头湿气重,会伤了身子的。

孙三爷转过身,轻轻拍了拍女儿的手臂,道,兰儿,你先回吧,爹想一个人再坐会儿。

天光映着孙兰噙泪的凤眼,她轻手抚着爹爹头上的白发,还没开口呢,一串泪珠子就落在了爹爹的衣襟上。

孙三爷一惊,忙欠起身,惊问,兰儿,你这是怎么了? 告诉爹,爹会替你作主。

孙兰轻轻拭了拭脸上的泪,凄楚地朝孙三爷一笑,细声道,爹,你就莫再烦恼了,我愿意、愿意嫁给乌飚。

孙三爷这回又吃了一惊,孩子,你说啥,你说你愿意嫁给乌飚?

孙兰轻轻点点头。

孙三爷忽起站起身,歇斯底里般地挥舞着手臂,不行,绝对不行!我女儿嫁谁都可以,就是不能嫁这个没有人性的畜生!

两行清泪又挂在了孙兰的脸上。孙兰劝道,爹,没用的,我们是斗不过他的。我成了他的人,好歹爹创业的家业还在。弄怒了他,咱家一切全得毁了,还有随了您这么多年的兄弟。他们可都是有家有口之人,咱们也得为他们想想才是啊。

孙兰这番话,犹如一支利箭,一下子射中了孙三爷的心窝子。

孙三爷一下跌坐在躺椅上。

他的眼时顿时幻化出了以往跟对手争地盘的一场场激战。

一场战斗下来,断然少不了缺胳膊断腿的。这些年,手下的兄弟们之所以跟他孙三爷铁心,那就是他对伤员的抚恤,在手下人中间赢得了不薄的口碑。

孙三爷望着懂事的女儿,浊泪骤然间涌出了眼窝,好女儿,你让爹再想一想吧。

十六

阳光如银屑一般,均匀地铺洒在达显镇上。人踩在街路上,能听到脚下一片脆响。

达显镇镇西一座白色的小楼内,廊檐下,那五六只随风晃动的硕大灯笼,毫无忌讳地向着来人散溢着它们张扬的喜气。

院墙内,剁肉的,择菜的,做饭的,来回穿梭的人满脸是汗,账房先生手里的那只算盘夸张地噼里啪啦直响，把这个肉香四溢的院子搅乎得越发让人馋涎欲滴。

躺椅上的乌飚穿了件中式对襟褂，褂子上飘着的一枚枚寿字铜钱爬满了全身。乌飚手捧紫砂壶，翘着二郎腿，悠然地品着他酷好的百年普洱。脚旁，那只他已经驯服得十分乖顺的幼狮在讨好地玩弄着主人的裤管。

楼下院子里传来了管家岩山故意拉长的声音，迎客，龙昆龙老爷到！

不一会，岩山轻手轻脚来到了乌飚身边，俯身道，龙昆来了。您见还是不见？

乌飚在躺椅上悠然地晃了几下，浓眉撇了撇，先晾晾他，等会再说。

岩山后退了步，向乌飚施了下礼，就按老爷您吩咐的办。遂转身朝楼下走去。

见岩山细小的身子走下楼来，龙昆马上满脸堆笑地站起身。

岩山忙伸出同样细瘦的手，向下压了压，示意龙昆坐下。

岩山走上前来，脸上挂着歉意，说乌龙板咋夜里打牌迟睡了会，这刻儿正眯着哩。龙老爷您先请喝茶，一会儿工夫咱家老板就醒了。

龙昆的脸上依然堆着笑，马上很客气地回敬道，没得事，没得事，岩山管家您先忙着。

岩山刚转过身，龙昆脸上的笑很快便散了。他在心里恨恨地啐道，乌飚你小子，才缝了开裆裤子几天，竟给老子摆起谱来了。

心里啐着，龙昆呼呼直喘粗气。

对于乌飚的身世，龙昆与孙三爷一样再清楚不过了。龙昆怎么想也想不明白，自己闯荡江湖一辈子，最后竟然败在了叫花子出身的毛头小伙手上。现在尽管心里一百个不情愿，面上还得摆出对新主子的绝对忠诚，这都他妈的什么世道啊，乌飚啊乌飚，我操你十八代祖宗！

　　骂归骂，恨归恨，这些日子龙昆也冷静下来认真反思过自己的过错，其深刻的程度用血淋淋的教训来总结，绝不为过。龙昆虽说不上到底是哪一天，乌飚开始瞄上自己的，不过他从乌飚对他的态度上可以感觉得出，乌飚不把他龙爷放在眼里，大约也就是一年时间的事。说真话，起先他龙昆也没太把乌飚当盘菜，他不相信，一个草根毛头小伙，能兴起大的风浪。直到他那个瘸腿儿子失踪的那天，龙昆才意识到自己该对这个毛头小伙刮目相看了。

　　龙昆那个瘸腿儿子，别看他走路一腿长一腿短，他的名号听起来浪头还真是不小。龙昆这辈子娶过两房老婆，前头一房肚子倒是灵光的得很，可生出的七个孩子，清一色，全都是让龙昆直皱眉头的小娘们儿。第二房老婆总算争了口气，跟龙昆圆房不到两年，就生出了龙王。之后，那女人的肚子就像完成了神圣使命似的，无论龙昆如何的乱云飞渡，它就是岿然不动。不动就不动呗，龙昆擦干净忙乎出来的汗，就想，这世上，各人有各人的命，命中有还是有，命中无不强求。看来我龙昆命该人丁不旺。唏嘘长叹过后，感慨，老天爷对我龙昆还算不薄，好歹还给我个儿子，虽然是独种，龙家的香火毕竟也可以传递下去了。罢了，罢了，日后就在龙王身上多倾注点精力便是。

　　龙王还真没辜负了龙昆给他的好名字。小的时候，断文识字虽跟他不沾边，但舞枪弄炮什么的，竟无师自通。十五六岁的年纪，便带上一支人马，背着龙昆走起了货，最后竟然还走成了。龙昆看着少年得志的儿子，责备的话一句未说、、还反过来称兄道弟般地拍了拍他的肩膀，不错，是个爷们，咱龙家后继有人啦！

　　就那么一次，龙王就惯上了天不怕、地不怕的狠脾气，连龙昆也觉得轻飘飘起来。

　　后来，龙昆也有意让龙王在风口上摔打。小龙王天生是这块料，货走起来还真像模像样的。

　　然而天也有不测的风云。龙王十九岁生日的这天，他又自说自话，说要给爹送上一份大礼。龙昆拍拍他的肩，说那你就去吧，爹相信你的能力。这趟龙王一帮人在边境线上遭到泰国警察的伏击,一单十多公斤的海洛因弄丢了不说,好端端的一条腿,还吃了狙击步枪的子儿。侥幸逃脱的龙王是被两个亲信架着回来了,好治歹治,那条吃了枪子的腿总算保证了,可也落下了瘸腿的后遗症。这把龙昆心痛的呀。

那几天,龙昆见啥啥不顺眼,一个做饭的厨子,因为煲的鸡汤里少放了些盐,被龙昆一枪撂在餐桌旁。这下子,周遭人谁也不敢出大气,自家的老爷枪子儿可不认人。海洛因丢就丢了,可儿子的一条好腿得值多少高纯度的海洛因啊?

龙昆冷眼睃巡着四周,他眼里射出去的光,就如同一把把刀子,让人不寒而栗。徒子徒孙谁敢接招,敢紧的,很识相地低下头来,唯恐稍一疏忽,项上人头就别指望吃上下顿饭了。

伤了腿的龙王脸上也没了往日的得意。大概他已经弄明白了初生牛犊不怕虎的意思。天底下哪有他妈的牛不怕虎的,牛犊子自以为可以一统天生,只是它从未吃过老虎的苦头罢了。让它们跟恶虎周旋一遭试试,保管它们吓得屁滚尿流。

这时候的龙昆也从昔日盲目的兴奋中冷静了下来。走货事小,香火事大。龙王是龙家的命根子,往后再走货,绝对不能再让他沾手。

龙王心犹不甘,难道就这样便宜他们了?龙王咬着牙,脸憋得铁青。龙昆瞪了他一眼,你还想怎样,把那条腿也弄折了?龙王狠劲地朝自己伤腿上拍了一巴掌,铁青的脸一下变得煞白,那是痛的。龙王大吼了声,我要用他们的血来祭我这条伤腿!

龙昆见说服不了龙王,胸脯子起伏不定,躁得在屋里乱转,目光无意间撞上供桌上那只前清青瓷瓶,他几步上前,拎起瓶,举过头顶。

老爷,不能啊,那可是咱们的镇寨之宝呀!龙王娘嘤嘤上前,一把抱住龙昆,苦苦哀求。

龙昆更是气不打一处来,啐道,狗屁镇寨之宝,老子每天把它当亲爹一样供着,它都没能保下我儿子的一双好腿。

　　骂完,提足气,一把将青瓷瓶摔得四分五裂。

　　摔完了瓶,龙昆走到儿子跟前,一把捞起身上的上衣,儿子,你细看看吧,爹这身上的伤少说也有十多处,爹之所以一次次地出生入死,为的是啥? 还不是为了咱龙家的一份基业,让我的子孙后代能过上衣食无忧的日子了。儿啊,你能理解你爹的心思吗?

　　龙王的目光一下被龙昆身上的伤给牵住了。他知道,爹的身上,至今还有两块弹片没法取出来,爹又图希个啥,说到底,还不是为了自己吗?

　　龙王动容了,泪跟着就流了出来,爹,您啥也别说了,您让我再想想,好好想想。

　　龙昆定定地看着儿子,粗糙的手拭去龙王脸上的泪,大老爷们,咱们不信这个。

十七

　　龙王歇了下来。

　　早习惯了打打杀杀的龙王一旦歇了下来,还真够难为他的了。

　　可是时间一长,龙王身上不安分的因子又火碌碌地忙乎开了。

　　龙王又开始跟龙昆提起雪耻的事。

　　龙昆紧锁着眉头,报仇,真枪实弹的,那是万万不行的。龙昆也知道,儿子的话也绝非是说着逗乐的,这小子天生就是个不怕事的主,背着自己寻仇去,也不是说豁不出去。

　　龙王十五六岁带上一帮人,背着他走货的事,又一次浮在了龙昆眼前。这小子豁得出去,不行,绝对的不行!

　　龙王沉着脸,说,那你还不如一枪崩了我。爹呀,再这样下去,我会被憋死的!

　　龙王血气越旺,龙昆越觉得非出事不可。家里出啥事龙昆都能忍了,唯独宝贝儿子不能再出丁点儿的事情。

龙昆说,你不是憋屈吗? 那好,你好好准备准备,下个月就给你成婚。

龙王瞪大了眼,惊讶道,什么,你让我结婚? 就我这年纪,爹您不会是开玩笑吧?

龙昆拉下脸,不悦地盯着龙王,你眼看着也是加冠之年了,你还以为自己是个小孩? 爹像你这年纪,你大姐、二姐、三姐都生出来了。结了婚,安安心心、踏踏实实过你的小日子去。真想干事了,就给爹打个下手,爹创下的这份家业你迟早得接手管起来。

龙王还想说什么,龙昆道,这事就这么定了,不用再商议了,你看上了谁,跟爹言语一声,心里要是还没有主,那爹就替你张罗了。

龙王两眼空茫地看着远处,他知道,爹作出的决定是不容违拗的。半晌,龙王叹了口气,说,爹,我听你的。

就这样,一个叫丽花的女子进入了龙家人的视野。

丽花不仅人长得跟她的名字一样好看,更主要的是,她心善得很。龙昆在托媒人时说过一句话,这女方家一定得干净,干净,还是干净!

龙昆所说的干净,媒人自然是心知肚明。她还暗地里还笑过,这龙老爷真有意思,看来这些年吃香的、喝辣的,倒品出了自家的不干净来,有意思,有意思。

丽花芳龄十六,阿妈在小弟出生三个月后生了场怪病,先是不吃不喝,持续的高烧,后来,见光怕光,见水骇水,人瘦得像一把干柴。丽花的阿爸用尽家里全部积蓄,最后还是没留住她阿妈的性命。阿妈走后,阿爸一次上山打猎,也不知道咋的了,就踏上了一颗不知道谁人埋下的地雷,阿爸的整个身子就飞了起来。命倒是挽住了,但两条腿连根齐刷刷截断了。

丽花的遭遇自然少不了周边人的唏嘘。可山涧溪水流长了,丽花家的不幸也随着日子渐渐地被冲淡了。东家也好,西家也罢,该忙啥还是忙啥。为了生计,寨子里再没人把丽花家的不幸当回事体,仿佛丽花家的所有遭遇从来就没发生过。突然间有那么一天,当已出落成大姑娘的丽花再度出现在寨子人视野里时,他们像是猛然间发现,那个不显山不露水的小丽花还真不简单哩。小弟被他领得活蹦乱跳,就连她少了一双腿的阿爸脸上都泛出了红润。

龙昆一听,朝媒人缓缓点点头,这门亲事不错。龙王听龙昆这么一说,自然对相片上的媳妇也露出这些日子难见的笑。

爷俩都中意,哪还等啥呀,就抓紧把亲事订下来呗。媒人催促。

于是,一番吹吹打打,寨子里又被龙家造出浓浓的喜气,婚事就这样敲定了下来。

原本这桩和和美美的喜事,最后,竟然被龙家视为毛头小伙的乌飚给使劲搅和了一下。

这不他妈太岁头上动土吗?龙昆黑红的脸一下换上了紫青色。龙昆怒道,我龙家就不信这个邪,我倒要看看到底是他胆子大,还是我龙昆的手条子辣!龙昆的牙咬着咯嘣嘣生响。

牙咬了,誓也发了。可最后,龙昆的辣手条子还是惨败给乌飚抱天的胆子。否则,他龙昆怎么也不会跑镇西头的小白楼来,给当自己儿子还差不多的乌飚祝寿,还无辜受人冷遇之礼。

龙王的婚期本来是定在年前的腊月二十八。这天下午,一干披红挂绿,敲敲打打下山去了。龙昆清楚地记得,前后也就屁大点工夫,一干人垂头丧气地转回到了山上。龙昆一看眼都绿了,冲着领头的大声吼,说说,都咋回事?

领头是管家。管家弯着腰,垂着头,嗫嚅着,他老丽不是人,吼着叫着要退亲。管家指指脚边的一堆贺礼,老爷,您都看到了,连订亲时候的礼品都退回来了。

龙昆转过头,走到贺礼跟前,抬腿就是一脚。那一脚,仿佛对付的不是贺礼,而是让他这刻恨得掉牙的丽瘫子。

让人退婚的奇耻大辱,龙昆不能忍,同样血气方刚的儿子龙王也不能忍。

龙王脸膛涨红，双目如炬，脖颈上的筋如同蠕动的蚯蚓起伏着。

这个死瘫子！龙王顾不上自个儿差点也是个瘫子，张口顺嘴就来，老王八蛋，也不撒泡尿照照，竟然爬到我们龙家头上拉屎拉尿了，这回不掀翻了你，我就不是爹妈造的龙王！

龙王就是龙王，原本他骨子里就是个不安份的主，碍于这些日子龙昆的安抚，他面上才故意温顺得像只绵羊。现在丽瘫子的退婚成了被点着的导火索，嗤嗤地火星直蹿，他龙王要炸了。一干人，就这样，红了眼，杀下了山。

气头上的龙昆，对儿子的举动也未多加阻止，他这刻，权当睁着眼闭着眼。龙昆知道，这时候说啥好？儿子能听得进吗？寨子里，来了那么多有头有面的人物，甭说儿子了，连自己都觉得老脸没地方搁。更别说以后彼此间合作做生意了，谁他妈的还拿你当盘菜。

这样想，龙昆心一横，儿啊，就随你的意出口恶气吧。

山下的枪声倒是响了好一阵子，可胜券在握的龙昆这回可是连纸片也没捞着一条。

二十多人的队伍，除了扔下的四五具尸体，还有他们被人生擒了的少爷，灰头土脸溜回到山上。

不见了自家儿子，龙昆急了，少爷呐？龙昆声音杀气腾腾，让人听了心尖发颤。

陪伺的抱着一条伤臂，颤声道，少爷被他们活捉了。

啪！一记耳光，陪伺的眼前立刻扬起了满天星。

立刻给我下山！记住，不救回少爷，今天我剥了你的皮！龙昆吼道。

陪伺的立马在众手下面前转换回了角色，都给我听好了，不救回少爷，谁他妈的也别想活着回来！

这回，重杀下山的一帮人又被对方包了饺子，留下几具尸体不说，领头的也被对方活捉了。

领头被人蒙上眼睛带至一山洞。摘下蒙眼布，领头几乎不相信自己的眼睛了，他使劲地眨巴了几下，没错，是自家少爷。领头的眼里就汪出了泪，声音也颤抖了起来，少爷，怎么会是你呀？他们没难为你吧？

龙王被人束缚在一根大石柱上，独立难支的身子不安分地挣扎着，乌飚，你这个狗杂种，我操你亲娘，我不会放过你的！

龙王的声音有些嘶哑，看来他被带至山洞后，一直都没停止过詈骂。

啪！啪！啪！乌飚拍着掌，不知从哪里走了出来。

乌飚面带假笑，骂得好，骂得好呀！新郎信见不着新娘子，急昏了头，竟然对七十多岁的老婆子有了想法，新鲜，新鲜啊。龙昆真是培养了个了不得的儿子！嘿嘿！嘿嘿！嘿嘿嘿嘿！

乌飚，你这个人渣，你快放我出去！

乌飚难得好心情，他并未动怒，而是慢条斯理地回道，大少爷啊，劝你省点儿力气吧，你觉得有放你回去的可能吗？

乌飚踱到领头的跟前，猛然间一把薅住了他的头发，小子，抬起头来，瞧瞧还认不认得你乌大爷？

领头的挣扎着瞪了乌飚一眼，呸！你这个吃千家饭不记千家情的小人，我跟你这号忘恩负义的东西懒得啰嗦。

乌飚把领头的脑袋往空里使劲一送，鼻头不屑地哼了声，骨头倒他妈的挺硬的。告诉你小子，大爷我今天心情特爽，不打算大开杀戒。

领头的挺挺身，哪你想怎样？

乌飚嘿嘿一笑，怎样？大爷我今天放你一条生路！

乌飚拍拍领头的脸颊，不过，有件事你可得给大爷办好了。你现在立刻下山，把这封信送给龙昆老家伙。

说着，乌飚从随从手里接过信，一把揣进领头的上衣口袋里。

带走！

乌飚手一挥,有人立刻给领头的蒙上眼睛,又利索地将其架出了山洞。

十八

客人留下宽慰的话,悉数下山去了。

夜凉如冰。

有不多的寒星在头顶上不住地跳闪着。

龙昆仰天长叹,难道我龙昆的劫数到了?

寒星依然闪烁,龙昆觉出了它们在朝自己挤眉弄眼。

是嘲讽,作弄,还是怜悯?

龙昆又感到身后袭来一股阴寒。

龙家大喜的日子竟然撞上如此霉运,外人日子还怎么看龙家?刚刚下山的那些客人,都是跟龙家合作了几十年的熟家,往后生意还能否持续得下去?

人为财死,鸟为食亡。龙昆不是不懂这么个理儿。别看客人下山前说了几大筐的宽心话,可谁能保证他们明天不掉转船头,跟势力比龙家大的主做生意。要重新挽回面子,眼面前就是在这场突发的冲突中稳住阵势,止住颓势。糟糕的是,现在的敌人是谁都不知道,攥紧的拳头往哪打都没个方向。

龙昆急归急,火归火,头脑还算清醒。龙昆明白,让丽瘫子断然退婚,你借他一百个胆他都不敢,一定是有人从中作梗,或者要挟他。为人父母的,谁还不希望自己的女儿有个好归属呢,除非丽瘫子真的疯了。那样的话,他坏了的绝不仅仅是一双腿,连脑子都进了水。

这陡然间蹦出来的敌人会是谁呢?

龙昆百思不得其解。这些年行走江湖,凭心而论,龙家霸道是霸道了些,但要说跟谁结下了深仇大恨,好像还没有。特别是这些年,自己做的都是熟面孔,更不存在攻城掠地、刨人祖坟的事。

凤尾竹丛在黛青色的夜幕里抖动着，龙昆紧了紧衣襟，执拗的寒气还是如同枪膛里射出来的子弹，让他在寂静的夜里几欲坍塌。

龙昆使劲硬撑着，他暗自告诫自己，这时候绝不能认输，绝对不能！

管家鬼魅似地飘了过来，他躬着身，喏喏地报告道，老爷，领头的回来了，说是给您带了封信。

他人呐？龙昆没好气地问了一句。

在竹楼那边候着哩。管家恭谦道。

一群尽吃饭不干事的猪，还有脸回来见我。走，瞧瞧去！龙昆嘴里骂骂咧咧的。

颇会察颜观色的管家像是做错了事的孩子，低着脑袋，跟在龙昆的身后。

见到领头的，龙昆劈脸盖脸就是一句，你还有脸回来？

领头的扑通一声跪在了地上，哭丧着脸，老爷，都怪小的无能，我愿意接受老爷的任何惩罚。

龙昆不耐烦地盯了眼，信呐？

在这哩。说着，领头的抖抖豁豁从上衣口袋里掏出了那只牛皮信封。

借着苍白的烛光，龙昆展开了信纸。看着看着，龙昆整个的表情都扭曲了，手也跟着抖了起来。

乌飚，原来是你这小杂种在作祟，还敢跟老子讨价还价，去死吧你！龙昆愤懑地啐道。

龙昆也曾列出了几个假想敌，可他无论如何也不会想到是乌飚。乌飚是个什么东西？用领头的话说，他不就是千家饭长大的主嘛。他妈的，现在羽毛丰满了，也想在达显镇上张翅了。

龙昆将信纸一团，往地上一跺，又狠狠地碾了几碾，仿佛不这么做，不足以平息他心中怒气。

跟我龙昆叫号，你他妈的做大头梦去吧！

龙昆骂完,大步往外走去。

管家见状,一把拉住龙昆,苦苦哀求道,老爷,你一定得冷静呀,少爷还在他手里呀。

管家带着哭腔的声音,在龙昆听来就如同一把钝刀,在一下一下拉割着他的心脏。龙昆身子摇晃了记,但他还是很快稳住身型。仿佛也就是眨眼间的工夫,龙昆就像是被秋霜打过的茄子,一下子蔫了。

龙爷,我扶您回房歇着去吧。管家上前跨了一步,托住龙昆的小臂,请求道。

龙昆没吭声,也没挣脱管家递过来的热情,由着他引着,慢慢往自己的卧室走去。

服待好自家老爷躺下,管家很知趣地向外退来。

你要走了? 是龙昆的声音。

正欲迈步出门的管家,闻言一惊,忙收回已迈出门的一只脚。他回转过身子,恭敬地问道,老爷,您还有事? 瞧您这脸色,好好睡上一觉,有事还是明天再议吧。

哪想到,龙昆立马像换了个人似的,鱼跃龙门般地从床上一跃而起,两眼瞪得像对铃铛。

龙昆说,家里出了天大的事,我能安生歇着? 放心吧,我这棵大树还能扛得住几场风雨。

那是,那是。管家忙躬身点头。

管家原本倒是想说上几句溜须的话,可话到了嘴边还是生生压了回去。这时候,一句不对老爷的心思,老爷极可能迁怒于自己,罢了,还是莫引火烧身为好。

信你都看过?

管家朝龙昆看了看,最后还是实打实地点了点头。

你有啥想法,说出来听听。

龙昆的目光并未在管家的脸上停顿。

管家清了清嗓子,这时候再不说上几句,的确也有些说不过去了。

管家躬身上前,小心翼翼地说道,老爷,都这时候了,小的以为,把少爷尽快弄回来才是正事,余下的,咱们可以从长计议啊。

你的意思是向小杂种妥协?龙昆收回目光,全都聚焦到了管家的脸上。

管家觉出脸上一片灼痛,忙低下头,小声道,凡成大事者,受胯下之辱也在所不惜,何况咱们也只是向乌飚作了小小的让步,来日方长啊,老爷!

他提出的条件,咱们全都认了?

眼下还是救少爷要紧啊。

管家紧紧抱着少爷不放,利与少爷的命比起来,孰轻孰重,想必寨子里谁都掂量得出来。

龙昆沉吟了半晌,无奈道,那就按你说的,天亮后下山跟那杂碎谈判去!

十九

戴着眼罩的龙昆还有管家,被乌飚的手下引上山来。

除却眼罩,龙昆马上不咸不淡地向满脸堆笑的乌飚甩过去一句话。

龙昆道,乌老板几年不见,长本事了,我龙某人敬仰敬仰啊!

乌飚嘴上客气,不敢,不敢啊。承蒙龙老爷抬举,我乌飚也就是混口饭吃吃罢了。

龙昆显然没兴趣跟乌飚多纠缠,他话锋一转,乌飚,咱们就废话少话,直奔主题,说说你的条件吧!

好,龙老爷到底是爽快人,那我乌飚也就不客气了。乌飚言语一出,脸上马上现出平日的不羁来。

慢!

龙昆手一挥,乌老板在开出条件前,我看还是先让我看一下儿子。

乌飚冷笑,你儿子在我这有吃有喝,还有乐子玩,好着哩。

接着,乌飚一甩头,龙王在两个衣着暴露的女子搀扶下,真跟个龙王似的,走了出来。

见了自家的爹,龙王吃一惊,忙甩开女人搀扶的手,赶紧颠步上前,爹,你咋来了?

龙昆细细打量了龙王一眼,车转过身对乌飚道,你乌飚还算言而无信,龙王的确被你伺候得挺滋润的。

嘿嘿!乌飚一乐,小事一桩,咱们以后不还得合作吗?既然都快成一家人了那咱们就不说两家话了。

呸!谁他妈的跟你个小杂种一家人?!龙昆在心里啐了一句,脸上露出来的还是对乌飚不屑的神色。

龙昆皱着眉,开你的条件吧!

乌飚自个点了支烟,贪婪地吸了一大口,得意地说道,我乌飚做事向来有个原则,就是不把事情做绝。这年头嘛,给人留条活路,也是给自己预留了条退路,龙老爷子,你说呢?

乌飚瞟了龙昆一眼,龙昆眉头皱了皱。

乌飚继续道,昨夜里龙老爷想必跟我一样,也是一宿没睡踏实。我哩,想来想去,还是刚才给您龙老爷丢下的那句话,不要把事情做绝。你龙老爷哩,生意还归生意做,至于往后怎么个做法,你龙老爷必须得听我乌飚的,谈到分成,咱们先暂定五五开。当然了,这个比例也不是铁定的,日后咱们还可以再商量。啊,哈哈哈哈!

龙昆听了肺都快炸了,自家的生意凭什么让外人指手划脚,还他妈的五五分成。

龙昆反诘,就凭你绑了我的儿子?

乌飚嘴角边掠过一丝得意的笑,你以为呢?

突然间,乌飚拔高了声音,言语中透着一股子杀气,想必你龙老爷的骨头比我乌飚的还硬了?!实话告诉你,今天请你上山来,我乌飚已给足了你龙老爷面子,你不要敬酒不吃,吃罚酒。你已经不再是过去那个不可一世的龙老爷了。你给我听好了,哪天我乌飚不高兴了,我让你窝在寨子里,一两粉都甭想收上来。到哪个时候,你就会尝到什么叫坐吃山空的滋味。你老了,真的老了!

龙昆脸都快气歪了,哼,你小子好大的气魄呀。我龙昆闯荡江湖一辈子,从来还没有人敢跟这么说话,你乌飚得意得是不是也太早也点?

乌飚嘴角叼着烟,拍了拍巴掌,龙老爷说得不错,没副铁拳头,也不敢进山打老虎,我乌飚话撂这了,你自个儿掂量着办。

龙昆冷笑了声,你以为你这么张狂,我的生意就真的做不成了?告诉你乌飚,我几十年建起来的网络,那是兄弟们的情谊在撑着,不是谁喷上几点唾沫就散了架。想当第二个坤沙,你建议你还是先想想你爹娘到底埋啥地方了!

乌飚嘿嘿笑了几声。显然他并没把龙昆放在眼里,更没被龙昆的讥讽而刺恼。乌飚装着很大度地挥了挥手,道,算起来你龙老爷也是个长辈,你在气头上说的这些话,我乌飚也不跟你计较。

说着,乌飚走到龙王跟前,很是亲昵般地拍了拍龙王的面颊,一会儿呢下山好好迎娶你的新娘子吧。你爹老了,脑筋都快锈死了,往后还得靠你多帮他清洗清洗。

说完,乌飚朝身边的马仔一努嘴,送客!

下山之后的龙昆,就像是生了场大病,人蔫不拉叽的不说,肝火旺得吓人。

有个叫麻雀的下人,那几天稀拉得他人像是被掏空了的壳,似乎一阵风吹过来就可以将他放倒。那天吃午饭,食欲不振的麻雀将剩下的半碗饭给倒了。本来就这么桩小事,不曾想被蔫不拉叽的龙昆撞上了,麻雀认错的话还没完哩,龙昆气急败坏地一挥手,给我拉出去毙了!都他妈的跟你学,咱寨子不坐吃山空了吗?

这些日子,乌飚送给龙昆的那句坐吃山空的话,就跟鬼魅似的,一直缠着他不放，把龙昆缠得是食不甘味，心力憔悴，苦不堪言。枪毙麻雀的枪声，晃得喽罗们再张嘴吃饭时，一个个恨不得把吃饭的碗都吞进肚里。他们琢磨不透，自家老板为啥因为这么点小事，怒得跟火上房梁似的。

昨天，境外又来位神秘的客人，客人的口气听上去很不友好，这周务必出货，再拖下去，我们将另寻上家！

龙昆清楚，这是客人在下最后的通牒，他们一趟趟寻上门来，好歹还算给自己面子。人家做到了仁至义尽，你手头上没货怪谁呢？做生意的，本来就图个利，你不能授人以渔，谁还会笑着脸跟你谈生意呢。

乌飚说过的话终于灵验了。

这些日子领头的罪没少受，话没少说，到头来，手头上就是搞不来一两白粉。

龙昆望着头顶上被浮云罩着的日头，心里陡然间涌入无限的伤感，看来乌飚这小子说得不错，我真的老了。

龙昆也能体会他的那些所谓铁哥们的处境。他们领头的说得不错，人家都说了，挣钱究竟图个啥？不就是花得开心，花得尽兴嘛。现在连自家的性命都难保了，挣再多的钱回来又有啥用？龙昆的那些铁哥们言之暧昧，回去跟你们龙老爷说，不是兄弟们无情，而是兄弟们也有难言之隐，老哥一人玩完了也就算了，谁的身后还没个一大家子啊。乌飚毕竟光棍一条，他连中国的警察都敢杀，咱们在他的眼睛里就更算不上什么了。包涵呀，多多包涵！

龙昆立在寨子通往山下的路上，远远望去，就如同一棵枯萎了的老树。一对灰喜鹊吱吱喳喳飞来，在龙昆头顶上扑棱了几圈，便落在了他身边不远的椿树上。回到属于它们的巢里，两只鹊儿异常的兴奋，那长长短短的叫声多少给林子里平添了一份的喜气。

爹，你这是干嘛呢？

龙王驾着一辆摩托，从山下驶上山来。龙王的身后坐着的是刚过门不久的媳妇丽花。

丽花见着公公，低着头，一脸羞红。

龙王这些日子显然从男女恩爱中稀释了乌飚带给他们的羞辱，活脱脱像换了个人似的。儿子龙王能重新振作起来，这是龙昆所希望的。做父亲的，龙昆当然不愿意看到血腥与自家儿子捆绑在一起。

龙昆忙赶走脸上的不悦，努力使自己脸上铺上点笑来。龙昆道，你俩回去歇着吧，我再转转，再转转。

龙王小两口在喜鹊吱吱喳喳的欢叫声中轰着油门走了。

龙昆招起头来，日头恰巧钻出浮云。强烈的光麦芒似的，又直往鼻腔内钻，龙昆感觉到了鼻腔内痒酥酥的，还没等到他抽出手来揉上几揉，一个通心通肺的喷嚏就打了出来。

就这么一个畅快淋漓的喷嚏，让龙昆突然间省悟出了什么。老兄弟们说得不错，挣钱图希啥呀？不就是花嘛。给谁花？当然是子孙了。现在连饭都快断顿了，还打肿脸充什么胖子？

龙昆搓了把脸，心里一下舒坦多了。算了，单为了龙家血脉，让这张老脸受点儿委屈值。退一步海阔天空，谁都有老了的那一天，就当自己彻彻底底的老了。

龙昆的退让，乌飚也没食言。前些日子还怕得要命的老哥老弟们，这会儿再不用龙昆的人走上门去，自个儿主动带着货，乐颠颠地上山来了。

二十

孙三爷走进白色小楼的步子，看上去明显有点儿拖沓，但脸上的笑与先前倒没太大的分别。

管家岩山眼睛一亮，随即高亮起嗓门，孙三爷驾到！

岩山一得意，做作的声音如同林梢上兴起的风片，在院子悠游了几圈，便直奔孙三爷的耳鼓而去。

孙三爷微蹙了下眉,岩山的声音在他孙三爷听来,就像带着毛刺的鞭子,抽得心里头生疼生疼。满院子忙活的下人懂事般地停下了手里头的活,憔悴的脸上挤着笑,恭谦地朝孙三爷点头行礼。孙三爷点点头,就算打过了招呼。

岩山赶紧上前,一手握着孙三爷的左掌,一手托着他的胳膊肘儿,那模样就跟昔日宫廷里太监伺候皇上似的,

岩山一脸巴结相,谄笑道,我说三爷您老人家也真是的,您大驾光临,通知小的们一声,我也好放下手头上的活去接您老人家不是?

岩山的话听起来是像责备自己,但是对他的溜须拍马,孙三爷心里头还是厌恶地哼了声,当然啦孙三爷的脸上并未显露出来,进门是怎样,现在还怎样。

孙三爷挣了挣岩山多情的手,话里有话地挖苦道,岩大管家也太客气了吧,你这里一大摊子的事,我孙某人怎敢劳你的大驾呀。

孙三爷手上的动作,还有说出来的言语,岩山当然感觉得到。岩山知晓,这时候,大愚就是大智。

岩山忙接过话茬,三爷,这就是您老人家不对了,您言重啦。我岩山的腿就是替老爷您长的,日后您就把它当作是自己的拐。

两人装模作样客客气气走进厅堂,一位下人早就训练有素般端着一杯刚沏好的茶候在一边。岩山朝方桌朝南一侧的红木座椅一伸手,三爷,您请上座。

孙三爷轻点下了头,径自走了过去。屁股刚落定,孙三爷猛地瞥见了来贺寿的生熟面孔中龙昆的脸。

孙三爷忙站起来招呼,龙老板!

孙三爷这头的话还没完呢,龙昆马上伸手止住了他。就见龙昆从沙发上站起身,面带讥讽地说道,也不知道你孙老板何时成了这白楼的座上宾的呀。世事难料,世事难料啊。看来我这老脑筋真的跟不上趟了,老啦,老啦!

孙三爷略显羞愧地打着哈哈,龙老板抬举孙某了,一言难尽,一

言难尽啊!

孙三爷之所以这般说,先前他对龙昆危难之际未出援手,心里多多少少还是过意不去的。

想当年,他孙三爷跟龙昆年轻气盛,为争地盘和货源,打打杀杀,再和和打打,压根不明白受制于人是啥滋味。现如今,跟前的龙昆就像是被人抽了板筋的老虎,徒有一副杀相,却不得不服软认输。三十年河东,三十河西。与龙昆一年未见,龙昆满头已换上了层层白发。

孙三爷心生自怜,还是忍不住问了句,龙老板,别来无恙吧?

别人无恙不无恙,就甭用你操心了,还是好好当好你的山大王。龙昆故意说得特别认真。

孙三爷并未多计较,而是当着龙昆周边他那些供货的上家,感叹道,龙老板说得不错,这世道是变了,而且变得出乎我们所料。大家看看吧,这里有多少我们彼此熟悉的面孔啊,谁会想过,我们今天是在新人的小楼里碰面?而且,今天碰面的方式,说起来都让人脸红。算了,人都躲不过老了的这一天,就权当我们提前歇手了吧,啊,哈哈。

孙三爷的手在空里划拉了一下,径自笑出了声,滑稽,滑稽呀!

众人看着孙三爷,皆面露尴尬之色。岩山眼里狡黠的光四下里一闪,忙恭谦地对孙三爷说,今天大喜的日子,咱们就把那些陈芝麻、烂谷子的事,都丢爪哇国里。心通则畅,畅则生爽,爽了,人长寿了,想啥啥没有啊,你们大家伙说呢。

岩山朝众人看了眼,复又对孙三爷谦恭道,三爷您老人家先用茶,我家主人马上下楼,我这就过去请主子。

孙三爷轻轻摇了摇头,不再言语。

二十一

孙三爷刚喝了几口茶,就听外头院子内荡起了串串他熟悉的声音。

声到人近，是孙三爷过去的几个铁杆上家石滚、谷里流、黑瞎子他们几个。

孙三爷心头一惊，表情一下凝固住了。

黑瞎子马上抱拳施礼，三爷，恭喜恭喜啊！

龙昆狠狠瞪了黑瞎子一眼，心里骂道，吃里扒外的东西，有奶便是娘！

孙三爷还僵在那。这刻儿他孙三爷是彻底整明白了，乌飚这杂种原来跟自己打的还是有准备之仗，准备得比自己想象的还要充分。

三爷，往后咱们还得靠你老人家抬爱了。黑瞎子还在喷着唾沫。

孙三爷转醒过神来，语气里就不乏多上些不屑的成份。

孙三爷道，难得咱们多少年合作的交情啊，劳你们还这么惦记我这个老头子。

孙三爷说着，眼里朝这几个来人放出冷冷的光。

谷里流看在眼里，忙附声道，三爷呀，咱一家人就莫两家话了，肉炸烂了，不还在锅里嘛。

孙三爷吐了口气，是啊，我三爷承你们的情呀。否则，我不早成了孤家寡人了。

这边正说着，就听岩山喊了一嗓子，乌老板到！

众人皆转过头朝向楼梯口。

就见乌飚的怀里搂着那只他颇为得意的幼狮，嘴角边叼着根长雪茄，大模大样走了出来。

众人忙不迭上前道喜，龙昆鼻头一哼，摆的哪家子谱。孙三爷也跟着坐着未动。乌飚对龙昆、孙三爷视若无人的表情也没放心上，他噗地吐掉嘴边的雪茄，嘿嘿一乐，露出满口黑牙，连道，同喜，同喜！

跟着岩山冲院子里的厨子又叫了一嗓子，开席！

院子里的下人们早就在等他们的管家下达号令了。一时间，端菜的，提酒的，鱼贯般地穿梭在楼内楼外。仿佛眨眼工夫，厅堂内，三桌丰盛的宴席就置齐了。

乌飚嘿嘿笑了声，端起酒杯，得意地说道，今天是我乌飚三十大寿，承蒙各位新老朋友赏我乌飚一个薄面。喝这杯酒前，我还要向大家宣布一个好消息，今天也是乌飚定婚的大喜日子，一喜连两喜，喜上加喜，啊，嘿嘿。今天在座的就请你们放开肚皮，咱们喝它个一醉方休！

乌飚一仰脖，喝了头杯酒。一旁立着的岩山拍拍掌，讨好地喊了声好，众人也跟着干了杯中酒。

放下杯，乌飚志得意满地朝众人扫了扫，高声说道，大杯喝酒，大块吃肉。往后有我乌飚罩着，你们就放心大胆挣你们的钱去吧。谁敢在咱们太岁头上动土，我乌飚第一灭了谁！

乌飚不这般说倒罢了。乌飚这一说，把龙昆心里的怒气又撩了起来。他瞟了乌飚一眼，嘲讽道，乌老板刚才提到了定亲的事，在座的大概还没人知道。乌老板能不能先透露一点，到底是谁家的女儿，能享上如此的福分呀？

问得好！

乌飚乜了眼龙昆，得意地一拍桌，提起已斟满的酒，高声道，咱们喝了这杯酒，接着我就给大家宣布，在座的到底谁是我的泰山大人。

二十二

这回众人吆喝着喝干了杯中酒，唯独孙三爷坐着没动。

龙昆纳闷了，莫非孙三爷跟自己一样，对乌飚的一通张狂不待见？

众人的目光也齐刷刷地转到了孙三爷的身上，他们在猜哩，孙三爷不会哪根筋搭错了吧？酒杯连提都没提，更不用说伸出舌头舔舔酒了。

是对乌飚订亲有想法？不可能啊。即便你孙三爷有想法，也不至于当着众人的面扫了乌飚的兴致呀。

当然了，个中缘由石滚、谷里流、黑瞎子三个心知肚明。他哥仨个要说都是人精，江湖上闯荡了一辈子，场面上啥话能说，啥话不能说，啥话又说到啥份上，这些都拿捏不住，岂不是在江湖上白混了一场。人家主人都想给众人来个惊喜，他们哥仨个那就更不便开口了。老哥仨脸上堆着笑，一副成竹在胸的样子。

不明就里的一帮人目光又齐刷刷地聚到了乌飚身上。他们想象不出，接下来乌飚会耍出怎样的威风。一个个心脏紧缩了起来。

然而他们都想错了，而且是大错特错。

乌飚不但没耍出让他们胆颤的威风，相反，脸上倒像是沐浴着林子里游荡着的风。

乌飚让身后立着的岩山又斟了杯酒，满脸堆笑地朝孙三爷伸过了杯子，三爷是想让我乌飚单独敬杯酒呀，好，我乌飚喝！

乌飚喝完酒腾地站起身，嘴一抹，岩山马上会意地给他又斟满了一大杯。

这杯酒，乌飚移动了身子，他涎着脸走到孙三爷跟前，又恭恭敬敬弯了弯腰，像是请求道，三爷，请容许小婿再敬您老人家一杯！

说罢，乌飚一仰脖，喝干了酒。

众人像是猛然间醒悟到了什么，就几秒钟的工夫，齐鼓掌叫好。

孙三爷嘴角动了动，似乎想说点儿什么。在众人催促的目光中，他还是迟迟疑疑端起了酒杯，又迟迟疑疑喝下了杯中酒。

众人再一次击掌叫好。

龙昆不屑地瞥了孙三爷一眼，开席前的那点好感倏忽间已荡然无存。他妈的，刚才那点顺毛话，原来是你这个老王八蛋在猫戏老鼠。哼，有意思，乌飚这小杂碎竟然成了你孙三爷的金龟婿，有意思啊！看来想平了老子的寨子，多半是你这个老王八蛋的主意，难怪老子落难那会，你一直在看笑话。

想到这，龙昆就气不打一处来。龙昆快捷地在脸上挤足笑，提起酒杯,递到孙三爷面前,三爷,恭喜恭喜呀,可惜我龙某人命运不济,家里丫头片子倒是一大串,可是没有一个上得了厅堂,我龙某人也只好嫉妒你了,来,我敬你一杯!

龙昆说完,手腕一抖,一杯酒就如同一粒花生米,精准无误地飞进了他的嗓眼。

一旁的岩山见状,半是揶揄半是挖苦地说道,龙老板真是虎威不倒呀,老当益壮,老当益壮啊!

乌飚冷眼睃了下龙昆,那光犹如一股子阴风,让人顿觉有股子寒气。

继而,乌飚转向孙三爷,脸上立时又堆满了笑,三爷,这杯酒就让小婿替你喝了。

二十三

都说看人品相,说话听音。

龙昆的话他孙三爷能扒拉不出刺来?孙三爷暗叹,看来这个老家伙真曲解我孙某人了,其实我孙某人跟龙昆又有多大的分别呀。江湖上打打杀杀一辈子,谁愿意听人摆布,说白了,你我就是乌飚砧板上的两条鱼。罢了,我孙某人为人如何,日后这些误会自会大白江湖。

孙三爷朝龙昆歉意地笑了笑,谢谢龙老板的抬举,我哩还是刚才的那句话,江山自有新人出,既然我们都老了,就当安下心襟放下架子,在一只锅里太太平平地摸勺子,多好的事情呀。

听孙三爷这般说,乌飚的嘴边又倏地掠过一丝阴笑,算你老东西识时务。

岩山给乌飚递了支已燃好的雪茄,乌飚接手抽了几口,道,本来我要说的话,我泰山大人都替我说过了。他老人家说得真好,从今往后咱们就摸一只勺子了,希望在座的不要忘了自己说过的,做过的,这就是我乌飚的规矩。

喝！乌飚又酣畅地吼了一嗓子。

被乌飚奉为掌上明珠的卷毛幼狮，先是扑腾着前爪，稍后嫌不过瘾，又在乌飚的脚边打起滚来。乌飚用脚背蹭了蹭它，这畜生就像是收到了恩准的信号似的，猛地跃起身向厅外窜去。

幼狮这一窜不要紧，它却害了别人。

端菜的下人阿泉是个十四五岁的小伙子，这刻他正好端着一盘清蒸娃娃鱼走进厅堂，小伙子哪见过如此怪异的畜生，它张着血红的大嘴，直冲自己而来。

阿泉一惊，一盘鲜美的娃娃鱼就扣在了地上。

这下子轮到众人吃惊了。待他们弄清楚是端菜的下人闯了祸，拱起的心这才安生了下来。众人像是不经意地瞟了乌飚一眼，他们倒想看看接下来乌飚会怎么处理阿泉。

按常理，大喜的日子，打碎只盘盘盏盏，放在平常人家，主人家顶多说句岁岁平安的吉利话也就过去了。可是，这只盘子打碎在乌飚家，而且还是达显镇上凸起的，跺一跺脚，整个镇子都跟着抖上三抖的主家，这事就变得不那么简单了。

果然，就见乌飚脸一冷，桌一拍，拉出去，给我去去晦气！

管家岩山见自家主子真的动了肝火，忙俯身求情，这大喜的日子，是不是？

岩山的话还没完哩，乌飚狠狠地瞪了岩山一眼，岩山马上转换了口气，我这不是看他还是个孩子嘛。

乌飚猛地抓起酒杯，又猛地喝了一口，他将酒杯将桌上一顿，黑着脸，道，我他妈的最烦别人不守规矩办事，没个规矩还能有方圆？拉出去，再多一句，今儿个连你一块收拾。

岩山忙低下头，哈着腰，说了声是。跟着也学着乌飚的样，瘦削的手掌空里一划拉，几个立着的壮汉，就老鹰抓小鸡般的，架着阿泉就往外走。

龙昆心里明镜似的,这个小阿泉也是时运不济,他哪知道自家老爷今儿个就想演出杀鸡敬猴的戏,他竟没眼没识地撞上了枪口。

被架着的阿泉眼泪水就跟他名字似的直往外涌,从他求生的嗷嗷喊叫声中不难发现他竟然是个哑巴。

哑巴怎么了? 哑巴犯了错跟常人一样处罚。乌飚吆喝了声,来,咱们接着喝!

几桌人又不紧不慢地喝了起来。

像是犯了错的岩山见幼狮又活蹦乱跳地窜进厅来,忙俯下身去,一把将幼狮抱在了怀里,嘴里还娘们似的说道,宝贝听话,好好歇会吧!

心里有气的龙昆见不得岩山的哈巴相,故意挖苦道,瞧岩山管家的慈母样,我怎么看你都不像在抱狮子,倒好像抱的自家的儿子呀。

岩山也不恼,一张刀条脸任幼狮伸着猩红的舌头乱舔。岩山回道,龙老板就是有眼力,它可是比我家的儿子还金贵哩。

戏演到这份上,乌飚大概也觉出戏份足够了,就嘴一抹,屁股一抬,道了声,诸位慢慢用,乌某有些倦了,先退席一步。

岩山忙不迭地帮乌飚的座椅往后挪了挪,等乌飚离了座,遂抱着幼狮,跟乌飚上楼去了。

二十四

倘若不是他那双不甘阖上的眼睛,仿佛还在叙说自己的惊愕与怨懑的话,长脚的死面上看倒没太大的痛苦。

水兴运急吼吼地跑到倒地的长脚跟前时,长脚脑瓜子还在汩汩地往外涌着血气泡。

水兴运禁不住头皮一阵发麻,脑袋也就跟着晕眩了起来。

这他妈的都咋的啦? 这枪弹咋就让长脚撞上了呢?

骂过之后,又发了会呆,水兴运有些紊乱的心绪总算理清了点头绪。

黑哥被杀，警察来娱乐城找事，这些个闹心事，绝非如前阵子自认为的纯属巧合，这些事跟我水兴运分毫不占，人家冲着的就是黑哥。现在看来，当初的判断大失准头。明摆着，长脚又被人好端端的放倒在自家的场子里，人家不是冲着我水兴运还能会是谁呢？

水兴运脑子里飞快转着，他在想，谁他妈的会把枪口对着自己呢？

大地飞歌？不可能，绝对不可能。他们就是吃了豹子胆，也不敢拿人命不当回事。再说这些年，自己一向明面上和气做事，就像在自个儿轨道里运行的星星，从没跟人撕下脸皮真刀真枪正面碰擦过，这他妈的都哪跟哪呢？

水兴运心里憋着一团火，五短的胖身子气得呼呼直冒粗气。猛然间，他一拍脑袋，仿佛灵魂陡然出窍，他妈的，这根子肯定出在死鬼黑哥身上。他生前嗜财好色，说不定就得罪了道上的某股势力。他现在一蹬腿去极乐世界里享大福了，留下这么一大摊子屎，让我水兴运替他收拾，我他妈的冤不冤呀！

这样一想，水兴运仿佛一下掉进了冰之窟里，身子也禁不住打起了寒颤。

美食城门脸上，把它涂抹得花里胡哨的霓虹灯压根就没把长脚的死放在心上，它们一如大街上穿着露脐装的靓女们，毫不羞涩地展露着自己的妖冶与妩媚。

从城楼子往下俯瞰，这时候美食城门里门外，已经是阵脚大乱，枪响前还在胡吃海喝的食客们，这会儿就像是身陷咆哮的弹雨之中，唯恐放慢了步子，乱飞的子弹就追上了自己的屁股。偶尔还能见地上被踩踏掉的鞋子。

水兴运痛苦地闭了闭眼睛，黯然长叹，完了，我的美食城也跟着完蛋了！

夜幕中，城楼上那幅透着实足霸气的澜沧江美食城大招牌，懵懵懵懂看着发生的一切。这块曾让水兴运无数次得意非凡的招牌，眼看着就要流星般地淡出小镇人的视野，而且没有半点儿的先兆。它曾经是那样的张扬，那样自得，又那样的鹤立鸡群。

水兴运无奈地看了它一眼，散淡的目光又收回到了倒地的长脚身上。

长脚那张他熟悉得不能在熟的马脸苍白得如同一块打碎了的碗片，不甘阖上的金鱼眼，似乎还欲对他抱怨点什么。

水兴运双腿一软，蹲下身子，闭着眼，兄弟，就好好走吧，去了天国，也省得我整日为你提心吊胆了。

水兴运粗短的手缓缓地给长脚合上了眼睛，去吧，兄弟，阳间这头我会替你尽心的。

警车闪着灯，拉着警笛，戛然而至。

车上呼地跳下几名荷枪实弹的警察。

水兴运站起身，无奈地冲走在最前头的络腮胡子警察摇摇头，气绝了！

这时候，又有几辆警车闪着灯急驰了过来。

你们认识？络腮胡子问。

水兴运点点头。

水兴运点点头。

这时候，就见络腮胡子挥了挥手，先期赶来现场的警察就麻利地在长脚四周拉上了警戒带。

那些还在往美食城外奔突的食客，被威严的警察冷峻地挡了回去。

争执声，抱怨声，詈骂声，不绝于耳。

仿佛也就是眨眼间工夫，澜沧江美食城已被警察围得水泄不通。

跟我们来！络腮胡子板着脸冲水兴运说。

水兴运被带到美食城前厅一侧的沙发旁。

坐吧。络腮胡子威严道，介绍一下死者的身份。

水兴运给跟前两位警察敬烟，均被挡了回来。

水兴运放下烟，清清有些发涩的嗓门，这就介绍开了。

二十五

说起来，长脚跟我也有些年头了。

水兴运语调缓慢而沉重，看得出他心里的憋屈。

也是的，一个大活人说没就没了，而且还是身边的人，毕竟不是条小猫小狗。

水兴运说，五年前，我的澜沧江娱乐城开张那会儿，经朋友介绍，长脚就到了我的手底下。老实说，起先我倒没过多地注意他，也只是碍于朋友的面子，给他碗饭吃。后来呢，我渐渐地发现，长脚身上的优点还真是不少。这么说吧，他是个很有眼力界的人，你交办他的事，他往往把你的心思拿捏得恰到好处。接下去，我就有意识地摔打他，把他从吧台调到我的总经理室。长脚也是长眼，之后，我直接提他当了经理，娱乐城那头基本上就让他打理了。你们还别说，长脚天生就是块经商的料，不长工夫，娱乐城被他打理得风风火火，在咱们这块也算创出了一块牌子。

你认为长脚最有可能遭了谁的黑手？络腮胡子问。

这个吗，这个还真不好说。

水兴运挠挠发茬，这么些年，娱乐城那头生意做得那么红火，遭人嫉恨免不了的，要说真到了拿人的性命来说事，我想还不至于。

你刚才提到的遭人嫉恨怎么理解？

比方说吧，澜沧江娱乐城对面的大地飞歌，他们的老板，甚至包括他们的员工，见了我们澜沧江的人，那家伙，脸不是脸，鼻子不是鼻子的。他们的员工还在外头瞎传，说我们澜沧江之所以生意红火，完全是占了那玩意的光，这不是笑话吗？

水兴运面露不屑。

他们指的那玩意是啥？络腮胡子再问。

哼，还能有啥，就是摇头丸、白粉那些个玩意呗。水兴运不屑地回了句。

你们当真没碰过？

水兴运呼地抬起屁股，眉头一皱，似乎有点儿急了。

水兴运道，笑话，我水兴运就是个糊涂虫也不会瞎到这份上，那玩意是啥？靠它来赚钱，伤天害理，天理难容，是要掉脑袋的。生意玩不过别人，就想着法子造谣中伤，我看咱们整个小城也就是大地飞歌的人能想得出，真他妈的有劲。

络腮胡子往下压了压腕，示意水兴运坐下。

水兴运放下身子，长长地呼出了口气。

那你以为大地飞歌会不会暗中朝长脚放黑枪？络腮胡子问。

不能，绝对不能！水兴运脑袋摇得像拨浪鼓。

水兴运道，我还是那句话，大地飞歌的人再坏，还不至于对我们动刀动枪，当然了，他们也没那个胆量。话又得说回来了，他们真想那样做，不能不考虑我们的感受。生意人嘛，背后说说闲话，发泄发泄也属正常，谁也不想两败俱伤嘛。

凭你对长脚的了解，他最近是不是得罪过什么人？

水兴运沉吟了一会儿，说，应该不会吧。

何以见得呢？再问。

水兴运说，长脚别看他处事圆滑，但他生性胆小，从没见他跟人闹过大的不愉快。此外，他虽说三十岁的人了，似乎对女人也没太大的兴趣。整日里，除了上班还是上班，人二十四小时窝在娱乐城里，用他的话说，娱乐城就是他的家，是他的白发亲娘。

络腮胡子顿了顿，继续问，你刚才提到，长脚是你的一个朋友介绍来的，你那位朋友叫什么？现在在哪？

这个嘛。水兴运轻轻弹了弹烟灰，现在找他，的确有点难度，我们俩也好多年没见面了。水兴运有些为难地说。

他失踪了？或者说跟水汽一样蒸发了？

水兴运点点头,说,差不多吧。

询问还在继续着。

美食城大门口,强光灯下,老局长戴着白手套,在细细察看遗落在现场的一只镶白玉的烟嘴。

这时候,就听见技术员小刀叫了一声,发现弹壳!

小刀在现场地毯式搜了一遍,终于在大门口的芭蕉丛中发现了黄灿灿的弹壳。

小刀兴奋地拿着弹壳,走到老局长跟前,激动地说,局长,您看,这颗子弹肯定是凶手的枪械里射出的。

老局长接过弹壳,对着灯光,又细细察看一番,接着对小刀说道,立刻送技术室检验,争取在尽可能短的时间内,拿出检验报告。

是!

小刀向老局长敬礼,转身向警戒带外的勘察车跑去。

狐狸终于露出尾巴了!

二十六

这是间寨子里随处可见的小屋。

说它是小屋,倒不如称它为简易小棚更确切些。

寨子四周满目的是翠生生绿。太阳跃上山坳,把大把大把银片似的光往下一撒,翠生生的绿里就映出了不同层次的墨绿、深绿、浅绿和鹅黄色的淡绿来。硕壮的大青树,墨绿的叶片上浮着一屋虚光,让人远处一瞧,仿佛绿得滴油。而淡绿的油树、榛树,却不动声色地保持着自己一向处事的低调,绿不高俏,也不让人生望,平淡得宛若一池清水。那些平日里让人不屑的灌木们,倒像是竭尽了全身的力气,尽力张显着自己的鹅黄或嫩绿,大有不把人眼球吸引过去绝不甘休的味道。

　　绿丛中有鸟儿在鸣叫,间或也有硬翅的鸟们箭簇一般如飞鱼在海水蓝的天穹穿来梭去,这让平静的山寨又映衬出它的古朴与原始来。

　　小棚的竹门吱啊一声从里推开了。不一会儿,衣着褴褛,蓬头垢面,身材瘦长的男人走了出来。男人的脊柱似乎失去了弹性,腰被太阳的光芒压得一如被飓风吹歪了的树。

　　男人揉了揉眼角粘着的眼屎,仰头打量了下炫目的光,阿嚏! 一只喷嚏淋漓畅快地打了出来,他跟前的阳光里腾着密密的沫雾。

　　男人定定地朝四周看了看,似乎拿定住了主意,抬脚向小棚前的缓坡慢慢挪去。

　　烟鬼,你往哪走!

　　一声断喝,一个端枪的小伙不知从林子哪闪出身来。

　　被称着烟鬼的男人苦笑了笑,指着自己一双脚,道,你都看到了,有这么个十几公斤宝贝护着,我还能往哪去? 你就是真想让我跑,我跑得了吗?

　　烟鬼无奈地摇摇头,头顶的光里马上扬起一层灰尘。

　　小伙一脸冷落地朝烟鬼看了看,又低头扫了扫他脚踝上新加上的脚镣,没放声,只是在他的身后,缓缓跟着。

　　烟鬼拖着沉重的铁镣,咣当咣当挣扎到缓坡上,稍作了停留,便一屁股坐到还沾着露水的草地上,热气在烟鬼肮脏的发丛里袅袅腾起。

　　一年两个月零三天了。烟鬼在内心里又默念了一遍,怆然的心又平生起一股感伤。

　　福兮祸所倚,祸兮福所依。这句话,烟鬼早前压根没在意过,现在在林子里藏着属于他的棚子内,戴着本不该属于他的这副脚镣,伴林风啸雨,晨昏颠倒,竟也琢磨出了其间所隐含的汤汤水水。

　　烟鬼随手截了一段草茎,在嘴里有一搭没一搭地嚼起来。眼面前,两只山雀骨碌碌地扑闪着眼睛,嘴里吱吱喳喳唱个不停,它们踌踏着,游移着,像举棋不定,又裹足不前。看得出,两只小雀是多想靠近泛着金光的铁镣,可它们又有些担心人心叵测,随时招来杀身之祸。

烟鬼没心思答理这些林子里随处可见的小鸟,索性躺下身子,任阳光在身上肆意抚摸。

是啊,日头昼夜出伏,人生反复无常。这之前,咋就没静下心来细细品品这么个理呢?

都说男人有钱就变坏,自己虽没坏到遭人唾弃的拥有三妻六妾,却也是欲火难填自绝活路,偷偷提着密码箱越境赌上了。这下好了,百十万玩得精光,还背着一身的赌债。唯一的赢项,就是双脚上这副让他没了自由的脚镣。而且,赠他这副脚镣的,还是这里的后起之辈,人称穿山甲的乌飚。

对于乌飚,烟鬼倒没有因为被扣在深山里,而加重对他的仇恨。相反,他倒觉得乌飚多多少少还算条汉子。乌飚这么做,虽谈不上人道,最起码,人家一天三顿饭没少了自己。尽管每餐饭没啥大的油水,小肚子混个溜溜圆还不成问题。

自由算个啥,愿赌服输。自古杀人偿命,欠债还钱,人家没要你的老命,算是客气的了。

二十七

那些日子,男人在达显镇上混得还算滋润。

男人是一年前一个下着细雨的清早,从边境小城的便道偷偷溜出境的。

进入了达显镇,男人身上不算挺括的西装被雨水濡湿了,密码箱里一溜百万大钞却没沾上丝毫的水气。

住时宾馆,男人打开密码箱,手在挺括的人民币上一游走,脸上的笑便吐露了出来。现在是一百万,哈哈,过上些日子,我要让它成五百万,一千万。男子甚至都幻化出了背着满满一麻袋人民币,气喘嘘嘘入境的情景。

到那时候,哈哈,我烟鬼可就是边境小城的风云人物了。我也可以有模有样地学着黑哥,再像模像样地圈块地,做些只有我自己心里有数的生意。

赌场叫黄金谷,合男人的心思。男人想,这黄金谷,莫要说赌了,就是光着屁股走上一遭,也会沾上不少的珠光宝气。

黄金谷的主人叫乌飚,据说他对黄金谷不光护得严实,出出进进,赢多赢少,把场护院的对客人都必须高看一眼。用乌飚的话说,每个来黄金谷做梦的,咱们都得让他们好好梦上一回。

男人就在想,这么好的场子都不进,还进哪家的场子呀? 就冲着黄金谷的喜兴,冲着它的信誉,好好地玩它一回。

黄金谷确实给初进的男人带来了好运气。

男人这次试水,一天下来,不多不少,净挣了五万块。

第二日再去。

这趟男人收获的就不再是十万块了,连上头天的赢项,男人沾着唾沫一数,这他妈哪是苦钱啊,简直就是天上掉银子呀。这可比做那种偷偷摸摸的生意还要大快人心。动动腿,抬抬步,投投注,收收钱,无风无险,坐享其成。

男人的欲望不知不觉中又膨胀了许多。

第三日,这天临收工,男人的脸都快笑歪了。这天下来,已有了二十五万的进项。

男人暗自抽了口气,妈啊,这钱也来得忒快了,三天,没费多大力气,又没有明里暗中的雷子盯着,再这样下去,真他妈背着麻袋荣归故里了。

男人飘飘然起来。男人对自己说,今晚上好好犒劳一下自己,明天,神清气爽,也捞它个大的。

这晚上,男人喝了酒,未尽兴,又搂了个如花的大姑娘。

次日，男人是被周遭的鸟们唤醒的。男人长长伸了个懒腰，这才穿衣下床。

收拾定当，喂饱了肚子，男人这才吹着口哨来到了黄金谷。

这趟男人出门的派头与前几次不太一样，男人的手里多了只挺括的密码箱。

老板您来啦！黄金谷多情的门童殷勤地将男人引入门内。

男人挺了挺并不十分雄健的胸，跟许多赌客一样，径自走到正对大厅正门的财神跟前，恭恭敬敬又极其虔诚地上了三炷香。接着，男人在吧台兑换出二十万的筹码，这才转身向赌台走去。

如同钓鱼试钩，男人自然忘不了先热下身子。他很潇洒地掏出五万筹码，压在了轮盘上。

身着比基尼的轮盘女郎，见客人们投注，莞尔地朝众人一笑，优雅地转动起轮盘。赌客们的情绪被激发了出来。他们火辣辣的目光就像大舞台的追光灯，一下从女郎凹凸有致的热辣身材上转向旋转着的轮盘。

轮盘在旋转。

一个个发财梦也跟着旋转。

大厅里满是寻梦的赌客，四周是群蜂飞舞的嗡嗡嘈声。

停！停！！停！！！

赌客们的唾沫，如漫天的雪花，在轮盘四周翻飞。

叫好声，叹息声，热脸，苦脸，还有那些像突然间没了双亲的丧脸，这些全然没影响到男人的兴致。

轮盘终于停了下来。就见轮盘女郎带着职业般的笑，牌箍四下里一划拉，男人的跟前又多了一堆筹码。

男人压住心头涌起的喜浪，像是宠辱不惊般地非常绅士地抽了支烟。

几轮下来，男人运道旺得连他自己都暗自吃惊。半小时不到的时间里，男人粗粗估摸了一下，少说已赢了二十多万。

　　按常理,不长的时间内赢了这许多的钱,是该歇歇手了。有句话叫见好就收,何况这又是在赌场。偏偏赌徒天生就有种野兽嗜血的习性。赢了,梦想着赢得更多。输了,则咬着牙,憋着气,全然不顾拼命搏本,明知前头布满了一只只的陷阱。

　　男人还算没被暂时的胜利彻底冲昏了头脑。这些天的手气,使他有理由自信自己的运道。再说了,今天来黄金谷,男人原本就准备好好大搏它一场的。

　　情势的逆转是在第十八盘上。

　　男人终于栽了,而且没头没脑栽进了被花花绿绿票子铺盖的陷阱中。

　　18——多少人眼里的吉祥数字啊,何况又置身在转瞬可以让自己变成大亨的黄金谷里。

　　男人也未脱俗。平缓的血流在血管里加速,原本的就壮士断腕的豪气一如冲天的巨浪咆哮着。晕眩,还是晕眩。谁能抵御它的炫光。

　　轮盘女郎手里举着显示牌,这时候在男人眼里,它多像刚刚出生的红日,它赐予着自已光芒,赏予着无边的希望。

　　男人觉出了身子已飘了起来,激越的心脏已跃至喉口。他猛地吸了口烟,一把将跟前的筹码全推了出去。

　　女郎涂抹得猩红的大嘴朝男人嫣然一笑。这一笑,男人就有了种飘飘欲仙的感觉。极短的时间内,男人脑海里甚至幻化出了大亨即将横空出世的场景。

　　轮盘在旋转。

　　男人极自信地眯上了眼睛,他要好好享受一番成为大亨的瞬间。

　　轮盘四周静极了,唯有它裹挟的劲风在赌客心头掠过。

　　风声,渐行渐远。

　　停!

　　陡起的声音,犹如劲风掠过后遗下了逼人的寒气,赌客们的四散唾沫,顿时间又化着了漫天飞舞的雪花。

啊! 又一片重重叹息声。

眯缝着眼睛的男人,嘴角边依然印着一抹微笑。他在想,这黄金谷今天又将造出一群灰头土脸的赌棍。

正得意着,远处仿佛有女人的嘤嘤哭声风片似地飘来。

男人一惊,这声音乍一听多像自家的婆娘。男人赶紧收住嘴边的笑,打开眼,这一看,身子瞬间变得冰凉。

怎么会是这样?

男人不信似的揉揉双眼,先看看轮盘前箍着的赌友,再看看那个映着猩红大嘴的性感女郎,女郎冲他职业般的一笑,牌箍已伸到了他的跟前。

五十万筹码就如同头顶划过的小鸟,天空未留下一丝痕迹,消失了。

男人抹了把脑门心上瞬间沁出的汗,狠狠地朝着让他沉浮不定的轮盘使劲瞪了一眼,拎着脚边的密码箱,便着着大厅方向走去。

可是男人并未离开黄金谷,倘若就此收手,至少留给他的还有一副自由身。

男人想,这么些天就这样白忙乎了? 煮熟了的鸭子,怎么的也不该在我的手上飞走。黄金谷呀,黄金谷,你是我烟鬼的福地啊! 我不相信我会栽在你的地界。

男人给自己打气,我一定能赢,我一定会成为家乡小城的大亨!一盘失手算不了什么,谁走路还不跌个把跟头。跌倒了,那就爬起来,掸掸尘,后面的路一样得走。

男人紧着脸,把密码箱往吧台上一甩,说,全兑了!

二十八

重回到轮盘前的男人再没找到赢钱的感觉,倒是跟前的筹码流水般归向了别处。

男人这回真正体会到了黄金谷绝非属于他的福地,这里一样有吃人不吐骨头的血盆大门,还有女人让人掉向的媚笑。

男人使劲搓了把有点发木的脸,他在竭力试图驱逐着不该属于他的不吉。

男人最后还是输惨了。

那只盛着他大亨梦想的密码箱无息地蹲在脚下,就如同遭人遗弃的孩子。男人盯着它看了足有一分钟,猛然间,他抬起腿,狠狠地朝它踢了过去。

男人痛苦地闭上眼,抱着头,犹如被暴风摧垮的土墙,轰然坍塌在昨天他还认为顺风顺水的座椅上。

也不知道过了多长时间,男人的胳膊被人轻轻捅了一下。他睁开眼,女郎张着一对媚眼在冲着他笑。女郎的身边立着位戴墨镜的小伙。小伙的衣着纹丝不乱,打着摩丝的发型似乎也很合他的年纪。

想不想再玩一把? 小伙盯着男人。

心犹不甘的男人正为没有筹码翻本而懊恼呢。小伙的话无疑如一股飓风,男人本已波澜激烈的心海,一时间,浊浪滔天,电闪雷鸣。细若游丝般的呼号随着摧枯拉朽的狂涛,在男人的耳鼓山崩地裂般轰响,搏一记! 再搏一记! 谁都甭想阻止你成为大亨,大亨!

血一下涌到男人的脸上,男人的呼吸急促了。他朝小伙定定地看了一眼,站起身,随小伙往吧台走去。

重回到轮盘前,急于翻本的男人,并未多加思索,一古脑将借来的五十万筹码悉数推了出去。

世界仿佛停止了呼吸,空气也歇下了它灵巧的律动,男人的眼里只有旋转的转盘,那面主宰他命运的转盘,余下的似乎一切皆与他无缘。

待男人醒过神来,世界仿佛又恢复到了原来的样子。女郎朝他灿烂一笑,女郎的笑灼得他好痛好痛。就见女郎灵巧的手很优雅地将他面前的筹码划拉到庄家一边。

冷汗再次从男人脑门心沁了出来。他失神地坐了会。他想到了五十万的借款。欠债还钱，还不出借款，项上脑袋怕是不保了。

男人想得没错。

戴墨镜的小伙轻轻捣了下男人的胳膊，面无表情，走吧，别在这妨碍别人发财了。

男人随小伙往大厅外走去。

男人被带至一客房内。

小伙走了。

男人现在可有足够多的时间来想眼面前的事了。

借款合同白纸黑字，期限五天！五天还清全款，否则，自己想去吧。

男人浑身禁不住起了一层鸡皮疙瘩，他不敢再往深处想。得了，赶紧想法子弄钱吧。弄回来钱，老实回家过自己从前的日子。

男人想到了水兴运。周围一大帮子人，也就是这家伙还有点人味。念在自己多年帮衬他的份上，这家伙总不至于见死不救的。

电话打了过去，水兴运还是从前嘻嘻哈哈的作派，揶揄，我说烟鬼呀，你又跑哪发财去了？有好事可不能总忘了你老弟呀。啊，哈哈哈哈！

男人这时候哪还有心情听他哈哈，他叹息着拖着长音，老弟啊，快别跟你哥哥哈哈了，哥哥我落难了，你得伸出手救哥哥我一把呀！

水兴运马上警觉了起来，哥哥你这是咋的啦？快说说。

男人说，我被对面这边囚了，我欠了他们五十万的赌债，五天还清，否则、否则你再见不着活命的哥哥啦。看在咱哥俩这些年交情的份上，这回你无论如何救哥哥一命啊！

听男人提起钱的事，水兴运这头马上审慎了起来。他沉吟了半晌回答道，这钱嘛，按说也不是个大数目，你可能也听说了，眼下我上了几个项目，这手头上也有些吃紧。这样吧，我出去想想办法，过两天咱们再联系一趟,你看如何?

听水兴运这么一说,男人忙不迭道了串谢谢,老弟啊,老哥我这边向你磕头了,你一定得快点!

放下电话,男人悬着的心终于平实了。他点了支烟,美美吸了一口,心里头在默念,还是兄弟情深啊,关键时刻就得靠兄弟出手相帮。

可是,男人这回似乎高兴得早了点儿。

五天在焦灼中倏然过去了。

男人能想象得出黄金谷带给自己什么。

不错。男人被押出客房,蒙上眼罩,在吉普车里颠簸了半天,最后被投进深山一处漏风的篱笆棚子里。当然,脚上的铁镣是少不得的。给男人戴镣的墨镜小伙说,烟鬼,别记恨黄金谷,也别记恨脚上这副铐子,这就是命,安心在这养着吧!

男人站起身子,屁股上早已被草地上露水濡湿。他转过身子,朝着边境线上家乡小城方向看了一眼,暗自笑了笑,又想家了? 你烟鬼还回得去家吗?

走!

持枪小伙大喝了一声。

烟鬼一惊,忙冲持枪的小伙惨然一笑,好,我这就回,这就回!

二十九

射杀长脚的那把手枪被锁定了。

刑技人员在对枪弹检验时发现,射杀吴桂的同样也是那把手枪。

既然吴桂、长脚丧命同一把枪下,两人与枪手到底存在怎样的关联?

警方不得其解。

就在案情向纵深推进之际,蟋蟀露了出来。

难道说蟋蟀就是那个神秘的枪手？

抓捕蟋蟀的队伍出发了，可祖德的眉还是重重地纠缠在一起。

从眼下掌握的情况，蟋蟀一直暗中为水兴运做事，而长脚却是水兴运身边的红人。说蟋蟀动手射杀了吴桂尚可以理解，如果说长脚也死于他之手，这恐怕有点儿牵强，除非两人背底里结下了深仇，而水兴运一直又充当局外人。否则的话，这个推断很难成立。

祖德抱着水烟筒呼呼地吸了一阵子，烟气在屋内袅袅地腾着。隐隐中，影子杀手在祖德的脑海里越来越清晰。

太阳才落山，药农贡稼悄悄给祖德打来电话，说是在双龙山看到过蟋蟀。

祖德听后一惊，喜悦随之又涌了出来。祖德催促，老贡，快说说，蟋蟀他爷爷蹲守的草棚子在双龙山的哪一侧？

贡稼说，他爷爷的草棚子就在甘蔗地那边。偌大的甘蔗地，就孤零零那么一个草棚，很容易找的。

提到双龙山的甘蔗地，祖德马上明白了过来。说起来，那片甘蔗地种植成功，他祖德还有一份功劳呢。

先前，这里的山民一直以种植大麻为生。后来，政府加大了禁毒力度，禁种大麻，要求改植其他作物。省里、市里的农科专家也来双龙山实地考察过，他们一致认为，双龙山的土壤对甘蔗的种植比较适宜。这多好的一件事呀，利国利民，造福后代。可那里的山民却不热心，过去大把大把的大麻籽地里一撒，再不需要人力管理，待到大麻熟透了，籽该采则采，皮该剥则剥，的确不需要费太多的力气。虽然挣得钱不像专家们说的，种甘蔗的收益可能超过大麻的十好几倍。前景虽然诱人，可这里的祖祖辈辈谁都没种过甘蔗，他们担心，万一一年下来，甘蔗没收成咋办？吃啥，喝啥呢？

祖德知道，这里的山民散漫惯了，说破大天，他们就是不想费这份力气，懒！

那些天，祖德带着缉毒队的一帮子弟兄，爬坡越岭，访东串西，给山民们算细账,讲种植大麻的危害,还把宣传栏办到了寨子里。硬话软话说了百大筐,最后改植的事总算弄成了。

蟋蟀呆在草棚里又在捣鼓些啥呢? 祖德再问。

贡稼说,蟋蟀他还能干啥。当时,天已进午,我大清早就进了山,到这当口,肚子里已饿得咕嘟嘟直叫。我背着装着药材的竹篓,人还没怎么靠近那草棚,大老远的,就飘过来一股鸡香。等到我近身草棚,好家伙,蟋蟀光着个背,一手抓着鸡大腿,一手把着酒杯,整个一副神仙的样子。这小子见了我,连哼都没哼一声,就跟陌生人似的,倒是他一旁坐着的爷爷客气地跟我打招呼,还非要我留下来喝杯酒。你们知道蟋蟀是个怎样的人,整个一个混世魔王,我见了他连躲都怕来不及,还敢坐下来陪他喝酒? 赶紧的下山去吧。回到家,突然想起你前些日子悄悄给我说过的话,这不,我饭没顾上吃,就给你打电话了。

蟋蟀突然现身,队里上上下下着实高兴了那么一下子。祖德当即给华容下达了抓捕指令。

天光渐渐隐退了,此刻的祖德还在被那个可恶的影子杀手纠缠着。

现在基本可以断定,毛三就是个子虚乌有的人。

给吴桂放风说有个叫毛三的人,将赴零号界桩附近的月季山接货,放风人真正的意图,就是为了伏击中国的缉毒警察。既然吴桂的线人身份已暴露,那么好,干脆来它个一石二鸟了,把吴桂顺带捎上,一块做了。

可是给吴桂放风的家伙会是谁呢? 吴桂没说。

是对面缅国人,还是受缅国人指使的国内某个毒贩?

也好,等蟋蟀归了案,顺着他带吴桂出去的这条线索走下去,说不定那个影子杀手就会露出真容。

祖德在办公室里泡了袋方便面,安慰了下肚皮,索性又将近期案件的卷宗拿出来,仔仔细细琢磨起来。

这一琢磨,小城不觉中已滑进了深夜。

祖德揉了揉有些干涩的眼,尽力舒展下疲惫的身子。墙上的电子钟时针已指向了凌晨两点,祖德朝桌上的电话下意识看了一眼,干脆站起身,端着脸盆往水房走去。

祖德的身子刚出了办公室,桌上的电话骤然间响了。

祖德赶忙折过身,急切地抓起电话,就听电话里华容在报,蟋蟀死了!

祖德心里猛地一沉,身子也一下愣怔住了。

三十

华容带着抓捕队员悄无声息地摸上了双龙山,天已黝黑了起来。

抓捕人员先围住草棚,观察了好一阵,草棚内悄无声息,没有灯光,也不闻人语。

莫非酒足饭饱的蟋蟀趁黑躺下了?

华容借着微落的天光看了下表,现在这时间,说他爷爷躺下了还差不多,像蟋蟀这样的夜猫子,除非你把他绑在床上。

华容一挥手,机警的雷光惦着脚尖,人便向草棚贴了过去。

雷光凝神屏息听了好一阵,草棚内静得出奇,倒是有一丝丝的怪味儿从棚内隐隐散出。

雷光轻轻抽了抽鼻子,那味道似乎带点儿血腥气。

雷光预感到不妙,又轻手轻脚回到华容身边。

一番细说,华容当即决定,不等了,咱们现在就动手!

几名抓捕队员接近到草棚身边,就见华容猛然提气,一脚朝草棚的竹门踹去。

竹门轰然倒下。

雷光默契般地飞身闪了进去。一股浓重的血腥气扑面而来。

强光电筒的光柱里,蟋蟀躺倒在床上,满脸是血。他爷爷倚靠在竹床边，一样浑身是血。

华容探了探蟋蟀的鼻息，再把把他的脉搏，表情沮丧地摇了摇头。

一边雷光则欣喜地叫了声，老爷爷还活着！

华容又搭了搭老人的脉，老人的脉相虽细若游丝，至少还在挣扎着。

快，背老人下山抢救！

雷光接指令，没作犹豫，与抓捕队员岩鹏，火速将老人往山下抬去。

老人还活着？祖德进一步证实。

华容报告，老人这会正在往医院抢救的路上。

好，我马上协调医院方，咱们一定得设法救活老人。祖德道。

然而令人遗憾与沮丧的是，送老人救治的吉普车还没驶下山道，老人就咽了气。

老局长接到祖德的报告也显得非常吃惊，怎么会是这样？

经法医检验，蟋蟀和他爷爷的致命伤都在头部。

刑技人员在草棚内还提取了两根粘血的铁棍。

杀人灭口！祖德脑子里马上闪出让这样的判断来。

看来，这些日子，对手也没消停过。他们一直在暗处寻找蟋蟀的下落。

祖德愤愤地在办公桌上拍了一巴掌，这些个浑蛋，自以为灭了蟋蟀，吴桂的死就成了千古之谜，做梦！

一干人重又坐到会议室内，案情铺开，焦点，长脚的死是否与蟋蟀有直接的关系？或者说，蟋蟀是否是杀害长脚的真凶？

祖德先将自己的感觉说了一通，一干人立刻七嘴八舌议论开了。

会议室内，烟雾腾腾。华容使劲吸了口烟，将烟蒂往烟缸内重重一揿，道，祖队，我能谈谈自己的感受吗？

华容看了眼祖德,祖德朝他点点头,道,集思广益,你尽快放开讲,无论说对说错,多多少少也能给大家一点儿启发。

华容复又点了支烟,道,我以为,现在就排除蟋蟀一定不是杀害长脚的凶手还为时过早。理由很简单,蟋蟀是个什么样的人,这里我就不必多解释了。他成天介打打杀杀,滋事生非,被他砍伤的对象少说也有十多人,这些记录我们有案底可查。就这么个狠主,让他杀个把人,他大概眼皮都不会眨一下。这就是说,蟋蟀杀人完全有这个条件。

华容吸了口烟,继续道,更为重要的是,小军的牺牲,明摆着就缘自国内外贩毒集团的精心策划。蟋蟀搅在其中,他在起什么样的作用? 说他是集团的骨干恐怕一点也不过分。连参与策划并实施杀害警察的事都敢干,让他蟋蟀去杀一个长脚又是什么难事呢? 大家伙可别忘了,遗落在长脚被枪杀现场的那只镶玉烟嘴就是蟋蟀本人的。

华容说完,大家伙又议论开了。

有人反问,蟋蟀是水兴运的人,难道水兴运能容忍或者准许他杀了自己的身边红人?

华容从容应答,这个不难解释,他一样可以背着水兴运偷偷干掉长脚。

动机呢?

长脚很可能无意中影响到了蟋蟀另一个主子的利益。

又一个不同声音发问。

发问的是一直凝目思索的岩鹏。岩鹏道,我认为蟋蟀的杀人动机值得商榷。长脚无论怎样也只是水兴运手底一个跑堂的。假如换种思路,说是水兴运影响到了蟋蟀另一个主子的利益,这恐怕更加站得住脚些。接下来,蟋蟀听命杀了长脚,敲山震虎也好,杀鸡儆猴也罢,一切也就顺理成章了。

岩鹏无疑说出了大多数人的意见,一干人的目光不由自主投射了祖德的身上。

祖德的脸上倒没现出让人不自在的尴尬神色来。他豁达地朝众人说，刚才华容、岩鹏的想法大家伙都听了，我看有一定的道理。我们搞案子，倡导的就是群策群力，集思广益，大家不必担心谁都说了什么，谁没说什么，更无需顾忌说了与别人相佐的意见会伤了和气。这些个想法万万要不得。这里我再申明一下，刚才我分析到的蟋蟀很可能不是杀害吴桂的凶手，充其量也就是我的一家之言，大家尽可能地跳出我推断的那个圈圈，哪怕你们认为另外还有凶手，都可以说出来，放开来谈。搞案子就是这样，几种声音一碰撞，火花撞出来了，案子离大白的日子也就不远了。

我可以说说个人观点吗？大家顺着声音，扭转过头去，是坐在角落里的雷光。雷光脸腾地红了。

其实刚才几位的推断，大家伙心里头还是有个基本评估的，谁搞案子都不是一天两天了。这会儿，他们都竖着耳朵，张着热辣辣的目光，静等着小字辈雷光到底能谈点儿什么。

雷光的声音听上去明显有点儿紧张。他匆匆瞥了华容一眼，结结巴巴地说道，华队，我不同意你刚才的意见。

华容朝他笑笑，鼓励道，你就放心大胆地说。

有了华容的鼓励，雷光一下感到心里轻松了许多，再说出来的话也变得流畅多了。

雷光道，我认为蟋蟀不是直接杀死长脚的凶手。首先，射杀吴桂与长脚的是同一把手枪，而且这把枪是世界上颇有些名气的勃朗宁系列，也就是说，那些走私的黑枪与这把价格不菲的枪是不可同日而语的。蟋蟀到底拥不拥有这把枪？刚才在蟋蟀死亡的现场，我们经过仔细的勘查，并没有发现他藏有手枪。再者，吴桂案发后，我也曾询问过四五个蟋蟀过去所谓的兄弟，他们都一口咬定，从没见过蟋蟀玩过枪，更没听说过他私藏有枪支。据我们了解，对面缅国能拥有勃朗宁手枪的，都是些身价不菲的大亨。

有没有这样的可能，蟋蟀枪杀两人时，枪是从别人手里取来的？

这回提问的是祖德。

雷光断然回道，不可能！

你的理由？

会议室出奇地静。

雷光从容答道，吴桂、长脚的枪伤，在座的都看过。这两人的枪伤有一个共同的特点，都是头部中弹，一枪毙命，而且入口几乎在同一个点上。枪手的身手绝对够得上特等。从两人的弹着点分析，枪手都不是抵近射击，吴桂的弹着点相隔枪手距离至少五至八米，而射杀长脚要更远些，至少十一二米。我们可以试想一下，当时在澜沧江美食城那种人多嘈杂的地方，一个大家伙从没见其玩过枪的主，能有如此过硬的心理，如此过硬的枪法，一枪杀了长脚？另外，我们在走访调查中获悉，蟋蟀平常大大咧咧的，还特好显摆，他如果拥有枪支，没有不炫耀的理由。

那你认为射杀长脚的真正凶手是谁？华容问。

他就是我们目前需要查证的影子杀手！雷光道。

祖德赏识地朝雷光点了点头，说得好！你再接着分析分析，蟋蟀的死因到底是什么？

雷光想都没想就回道，我以为，蟋蟀的死因就一条，杀人灭口！而且他的死极可能隐藏着一个惊天的秘密。

那会是什么呢？祖德问。

雷光没有直接说出自己的推断，他回道，这些天，我们下了大力气在寻找蟋蟀，而我们的对手也没有歇下寻找他的步子。蟋蟀这边刚露了头，对手就抢在我们头里动作了。我断定，灭了蟋蟀，很可能与小军的牺牲有关。杀手之所以在长脚被杀的现场扔下他那只烟嘴，目的就为了造一个假相，他们想制造一个窝里斗的现场，把我们往另外一条岔路上引。

雷光这一说完，会议室里一下又炸开了。

虽说这次的案情分析会并没取得太大的进展，但有一条，大家伙的意见还是统一的,那就是长脚的死,他水兴运绝对不是局外人。

矛头再一次指向了水兴运。

三十一

浓雾薄丝绸似的,在风的撕扯下,碎了。

刚刚还忽隐忽现的日头,终于抹净了灰头土脸的面孔,露出金灿灿的光颜来。

达显镇又热闹了起来。

镇子不大,三面由葱郁的土山包着,一条碎石铺就的马路穿镇而过,两边是高高低低的木楼,还有新旧不一的砖木结构瓦房。

镇街上,满是身背肩扛的匆匆行人,扶着推车吆喝的生意人,还有一脸菜色,在路边小摊挑挑拣拣、讨价还价的妇女。围着镇街的是一长溜叫卖米线的摊头,总是少不了氤氲着香辣的雾气,吃得满头油汗的食客们,他们的脚边一定会有几只披着肮脏毛发的流浪狗。狗们呼呼喘着粗气,发紫的舌头伸得老长,眼睛一眨不眨地盯着食客们蠕动着的嘴巴,指望着能从那里施舍点那怕一节还未嚼烂的乌鸡骨。而不远处那些土里刨食的猪们,则比这些流浪狗悠游和平实得多,它们巴叽巴叽着嘴巴,不时还哼哼几声。看得出,猪们对自己的日子够满足的了。

镇街上,最抓人眼球的还是那帮身着迷彩服的混混们。他们手指头套着摊头随处可见的玉戒,嘴角总叼着支烟,三五成群在土路上游荡。碰上稍有点姿色的女人,总会捺不住心动,一哄上前趁乱在女人的身上捞上一把。等换来了唾骂声,又满足地吹着口哨,再开始寻猎下一个目标。

滚!没长眼睛呀!有叫骂声山洪般地从镇街的西头奔突了过来。

街道上的生意人马上换上一脸的惊惶,遛狮的时间又到了。

带孩子的赶紧把孩子往胸前搂了搂,乖,千万别出声。

摆摊头的马上知趣地把家什往路边挪挪,再挪挪。

先前还显得十分闲适又不可一世的混混们,这时候也如惊弓之鸟,全都躲进了暗处,他们从不同的角落,大张着眼睛,流着哈喇子,等待着镇街上让他们血脉贲张的时刻。他们幻想着有朝一日,也能成为达显镇上让人又惊又惧的新星。啥叫人嘛?这才算人呢。

嘈杂声排浪般地转眼就推到了跟前。

十多位身着山地作战服,端着苏制冲锋枪的小伙,迈着闲散的步子,松松垮垮在排浪前开道。

乌飚戴着墨镜,嘴里叼着支雪茄,脖子上黄灿灿的粗项链,阳光下闪着麦穗色的光芒。而他牵着的那头幼狮,也就是镇上人已经认可的主角,快活得在镇街上直翻跟头。远处的狗们也识趣地立在街边,它们漠然的眼神里,似乎早已见怪不怪了,谁叫自己不脱胎换骨成为它的同类呢。狗们报着嘴巴,呜呜地哀了一长声,认命吧!

乌飚身后十多米,跟着辆无蓬吉普车。车子的正前方,架着一挺闪着寒光的苏式 SG－43 型重机枪。车上,至少还挤着五六个挎着短枪的打手。

乌飚这阵势,非但没给已喧嚷起来的镇街注入些热乎劲,相反,倒像是给刚熊熊燃火的炉膛泼进了一瓢凉水。

镇街上的行人停止了动作,做生意的小商小贩们也歇下了手头的秤砣,他们就如同虔诚的臣民,在默默地向他们的主子行注目礼。而那些食客们则双手握着乌黑的筷子,躬着身子,一概停住了嘴里的咀嚼。

镇街上的这一切,略有点眼力界的人都能瞧出它的异常来。

可是,就有那么一个叫巴江的汉子,他偏偏就不长眼色。

巴江头上扣着一顶草帽,身上穿着当地最常见的迷彩服,他肩挑一担有红有绿的蔬菜,埋着头,从连接镇街一头的小巷里走了出来。

巴江黝黑的脚踏上镇街,当头就被一声断喝,收住了身子。

你他妈的找死啊！

首次进城卖菜的巴江心里一紧，赶紧抬起头，这一抬眼里马上露出惶恐来。明晃晃的镇街，分明活着的呀，却跟死了一般。镇街两侧男男女女、老老少少，一大片惊愕的眼睛齐刷刷地盯着自己。

巴江心慌了，腿也跟着软了。今天到底咋的了，怎么这么多人目无表情地看着自己？巴江不安地问着自己，莫非是自己误闯进了别人的地界？这问号，还没容巴江在脑子里拉直，一位持枪的小伙一枪托就砸到他还在纳闷的脑瓜上。

巴江听到了脑瓜里一声轰响，眼前一道闪电倏地闪掠过，跟着眼前就是无数点翻飞的星星。

巴江趔趄了下，下意识地稳住了身子，两只盛菜的竹筐才勉强止住。

还不快滚！又是一声断喝。

巴江木然地抬起头，从发际里涌出的血，马上顺着脖颈向前胸后背奔去，转眼工夫，那件已洗得有些发白的迷彩服就洇上了殷红的血色。

又一道劲风向他的脑后袭来，伴随劲风的是一声山崩地裂的巨响。

血红的镇街在摇晃，血红的看客在旋转。巴江朝前踉跄了一步，没定住，身子接着又向后趔趄了小半步，轰！巴江如同被风暴摧毁的大树塌然倒下。

镇街上一片颤栗，有红有绿的蔬菜在巴江的四周撒落一地。

巴江泉涌似的血激起了幼狮的兽性。它訇吠着，奋力挣脱主人的束缚，张着血红大口，呼地一跃，向巴江扑去。

啊！一个不知名姓的小姑娘张着惊恐的眼，失声叫了起来。她大气不敢出的母亲跟着身子也是一惊，眼珠子赶紧地四下里偷偷睃了一下，忙伸手捂住了女孩的嘴巴。

幸亏幼狮最后没真下口，也许它已知道这时候得为主人留点口德,这畜生只是在昏迷的巴江身上拱了拱,又伸长舌头舔了舔了他身上的血,最后也觉出了无趣,这才摇头摆尾向主人跑去。

可怜的巴江如同一具陈尸,被提枪的拖到街边一扔,一干人啥事没有般的又风光无限地向前荡去。

三十二

这段日子,乌飚的心情就如同走出了雨季的小镇,热烈而又透亮。

孙三爷的被制伏,现在整个达显镇上,他乌飚就是个名副其实的龙头老大了。

乌飚清楚,顺清了内部的事,下一步必须眼睛往外,把与外部的关系进一步地趟趟平。

前期的工作,乌飚大体上还是满意的。

黑哥毙命,吴桂消魂,还有那个以为自家老板多了不得的长脚,尤其是那两个含金量较高的中国警察,这一套组合拳打出去,不光彻底泄了龙昆和孙三爷的元气,而且,给境外那帮子至今不肯跟自己合作的人也是重创。

乌飚就是霸道,好啊,既然你们不愿跟我乌飚做生意,那我就成全你们,我要让你们一个个跟着完蛋。

乌飚自信,过不了多长时间,对面那些包装得挺像回事的生意人,保管哭着喊着要跟自己合作,只要手里有货,前头的路还怕趟不出来? 啊,嘿嘿嘿嘿!

岩山! 乌飚嘴角边的雪茄烟跳了跳。

管家岩山忙躬着身,俯到乌飚跟前,老爷,您吩咐吧。

乌飚抬头看看了雾岚不再的天,自得地吐了口烟,说,咱们去趟笆篱子看看。

好嘞! 岩山转过身,马上在手下人跟前恢复了二当家的气派,手一挥,一大帮子遛狮的队伍立刻调转方向,向着乌飚说的笆篱子涌去。

尖厉的嚎叫声从身后滚了过来,乌飚,你给我站住,你这个不得好死的畜生!

乌飚皱了皱眉,车转过身子,一帮子随从都呆住了。

达显镇上,还真有人吃了豹子胆哩。

詈骂乌飚的是一个身着白长裙、披头散发的年轻女子。

三十三

女子的嚎叫无疑如一枚重磅炸弹,在镇街上骤然炸响。

镇街两侧,先前腿肚子就打着颤的路人,刚稍稍放下的心,又猛地提到了嗓眼上。

出事了,出大事了!

路人们懵了,他们实在是弄不明白,这雾气刚刚儿散了,这祸事咋就一个跟着一个来了呢? 他们大气儿不敢出,纷纷低着头,装着啥也没听见,啥都不想知道的样子,唯恐祸事及身。要知道,这时候,哪怕稍稍一个多余动作,惹得乌飚不高兴了,他手底人持枪满街一突突,谁都甭想活命。

街边躺着的巴江,被路人闪了脑壳。自个儿的小命都悬着,谁还有心思牵挂不长眼力的山野卖菜的。

镇街凝固了。

活了的镇街仿佛又一次死了。

乌飚噗地吐掉了雪茄,阴着脸,把这娘们拖回去!

低沉的声音犹如挟着疾风的闪电,在镇街的上空一掠,街镇上空就像被拉了一道划痕。

管家岩山面无表情,朝身后的护卫做了个手势,几个护卫愣怔了下,还是赶紧地朝扑向乌飚的女子挡去。

乌飚你这个没良心的东西,你不得好死!

女人试图冲破人墙。她的声音如同一把刀子,扎得路人的心口直疼。

路人们在默祷,别闹了,千万别再闹了! 你这一折腾,男人们手里的枪弹真就不知道落谁身上了。

乌飚铁青着脸,他倒不是因为女子骂了他什么,骂什么他都不在乎。都这么些年滚过来了,难道被一个小女子骂几声就受不了啦? 恰恰,今天的乌飚真真的受不了。现如今的乌飚,早不是几年前受人挤兑的乌飚了,他是达显镇上的能人,不高兴了,跺一跺脚,谁心里头不慌一阵子? 他乌飚能在跟着他讨活路的人跟前丢脸吗? 笑话,绝对的笑话!

乌飚使劲地剜了眼还在往前扑腾的女子,就见他猛地从腰带上拔出六七式军用手枪。

管家岩山见状,忙上前抱住乌飚手里的枪,嘴里不停在劝说,老爷,不能啊,真的不能啊!

乌飚胸脯子起伏着,他一发力,一把推开岩山,滚! 给我拖回去,挂起来!

女人没有被乌飚的霸气吓住,她大声嘶叫,你弄死我得了! 我就是变成鬼,也绝不放过你!

乌飚嘴里喷着气,转着头,四处看看,他没想到自己大庭之下会受人挑战,而且一点回旋的余地都没有。一个弱女子,一个平日里压根就没拿她当回事的弱女子,竟然有如此这般的爆发力。乌飚想到了人的潜能,心里还是禁不住打了个寒噤。

乌飚的目光落到了街边还躺着的巴江身上。

满脸是血的巴江,都到这时候了还没长一点见识,看来他今天大祸临头,一点也不冤枉。

这个第一次走进镇街的乡野汉子,被人揍肿的眼睛在使力地睁着。巴江的这双眼,这时候在乌飚看来,分明像咧着的大嘴在嘲笑自己。

这样一想,巴江的大祸终于临头了。

乌飚眼一瞪,手里的枪就有发泄的目标。今天让老子威风扫地,都是你这个乡巴佬给招来的。你他妈的竟然也敢拿老子不当盘菜,那好,老子今天就成全了你。

枪响了。

连续两声的枪响。

路人的眼里仿佛印下了两道血红的印子。

可怜的巴江这回再用不着靠卖菜养家糊口了。

女人显然被突发枪声击懵了。

她停止了冲击的动作,身子一下杵在了原地,惊恐的眼睛一眨不眨盯着巴江胸口噗噗吐出的血泡。

少顷,女子后退了步,人突然间像重新活了过来。她仰起头,没一丝血色的脸上泪珠子就涌了出来。女人怎么也不能想象,一个活生生的人,举手之间就风片般地消逝了。而刽子手竟然是跟前这个她曾想死心塌地为他生男育女的男人,一个十足的地痞,恶棍,流氓。

女人感到自己的心都碎了。她复又朝前跨去,怒目圆睁,乌飚,老天看着你呢!

女人哇地吐了口鲜血,一头栽倒在碎石路上。

女子猝然倒地,同样怒火中烧的乌飚并未恻之动隐心。

乌飚嘴角掠过一丝奸笑,一挥手,除留下两家丁送女人回家,其余的复又向笆篱子方向扬长而去。

遛狮扬起的尘土歇了下来,镇街像潮起的海又活泛了起来。这时候的路人,他们的眼睛仿佛不够用了似的,一半追着刚刚栽倒在地上的女人,另一半则忙着中枪的巴江。

女人缓缓睁开眼,发现自己被人抬了起来,她使劲扭动了身子,命令道,放我下来!

两名家丁不敢怠慢,小心地放下他们眼里的女主人,躬着身,低着头，一旁呆立着。

女人抹了抹嘴角的血，低吼道，还愣着干什么？赶紧伺候你们的主子去啊！

略胖点儿的家丁脸上挤着笑，吭哧道，可是，可是我得送您回家啊。

另一位家丁也赶紧地哀求，主子，就您这身子，咱们还是回吧。说着颤颤惊惊上前，伸出手，欲扶女人往回走。

女人气恼地甩开家丁伸过来的手，警告道，你们两个给我听好了，你们若是再敢碰我一下，看我会不会剁了你们的爪子。

两家丁对视了眼，这下子他俩无所适从了。

他们只好在心里头哀叹，管家怎么就偏偏让我俩干这事哩。

两家丁心里叹着，嘴上可不敢说出来。这会儿，他俩真正体会到了什么是风箱里的老鼠了，两头的气都得受。而且，哪一头都不能得罪。得罪了自家男主人，小命不保。得罪了女主人，同样小命也不保。虽然女主人平日里挺谦和的，对手底下人说话也总是慢声细语的，碰上谁家里有个小灾小难的，她还会援手帮上一把。可是，现在是此一时彼一时，他们俩即便是再傻的傻瓜，也瞧得出今天这出戏的份量。女主人明摆着跟嫡亲主子闹崩了。

也好，不知道怎么办，干脆啥都别办。

女人挣脱了家丁的手，便疯了似的向倒地的巴江身边扑去，两家丁也忙紧着步随了过去。

女人蹲在咽气了的巴江身边，轻轻托起他的头，那泪就倾盆大雨般地狂泄了下来。

三十四

女人最见不得大活人说去就去了。

五岁的那年，是个除夕的晚上。

　　寒冬的风如同鹅毛般地轻轻撩拂着脸颊,寨子里四处飘散着煮肉的清香。

　　放完鞭炮,油灯下,一家三口围坐在一起吃压岁酒,长相出俏的娘被爹来年的憧憬激动得满脸绯红。

　　年轻的娘心疼爹,看你今年累得,人也黑瘦了许多,现在屋里有吃有喝的,来年再犯不上去外头打拼了。

　　爹抿了口酒,眼睛里满是笑意,趁现在一身的劲,多挣点儿,将来孩子大了,花钱的地方多着哩。

　　年轻的娘朝爹笑了笑,她能感觉得出家在爹心目中的份量。

　　年轻的娘说,我真不舍得看你成天累的,那样的话,我钱花起来心里头也不舒坦。

　　女人记得,年轻的娘说完了这句话,爹还亲昵地摸了下她的红面颊。

　　爹说,放心,累不着,我会给你一个铁打的身子的。

　　年轻的娘情意绵绵地看了眼爹,有些羞涩地低下了头。油灯里,年轻的娘整个儿一片红灿。

　　那时的女人看在眼里,就在想,多喜气啊,要是天天过年该多好啊。

　　也不知道过了多久,竹楼外的林子里就传来了沓沓的声音。

　　爹侧耳一听,脸色突变,忙低下头,噗地吹灭了油灯。

　　那时的女人忙叫出了声,爹,我喜欢光亮。

　　年轻的娘一把堵上她的嘴,乖,宝贝,千万别出声。

　　爹从怀里掏出手枪,低声对年轻的娘说,你俩赶紧藏起来,我到外头看看去。

　　年轻的娘一把拉住爹的袖管,孩子他爹,你可得当心呀。

　　爹风刮了似的身子卷出了门外,不多时,骇人的枪声就响了,炮仗似的。起先零零落落几声,接着便雨点般的密集了起来。

　　当时的女人和年轻的娘就藏在墙角的箱子里,她能感觉到年轻的娘身子跟自己一样发抖,年轻的娘将她的身子搂得更紧了。

孩子别怕,你爹有一身好功夫哩。

年轻的娘低语还算连贯。

密集的枪声渐渐向远处移去。枪声远了,可竹楼四周杂沓的脚步声却倒密了。

竹门像被人摧倒的大树似的,室内涌进来一股寒风。那股风非但强劲,还有非常的穿透力。它不仅穿透了木箱,还穿透了娘的心。

年轻的娘身子又跟着一惊,搂着女儿的手劲道无意中又加上了一层,唯恐这时候谁会夺走她怀中的孩子。

搜!低沉的声音,如同惊雷,再一次在竹楼内炸响。

年轻的娘知道,该自己出场的时候了。

年轻的娘对着当时的女人耳语了几句,不管外头发生了啥,一定不得出声,你爹会很快回来救你的。

当时的女人带着哭腔,低声劝阻,娘,别离开我,我怕。

乖女儿,别怕,你一定要听娘的话。

当时的女人清楚地记得,她在有限的空间里噙着泪还是朝娘点了点头。

年轻的娘从容地打开箱盖,独自爬了出来。

年轻的娘这时候的声音,再没了刚刚喝压岁酒时的灿烂,她非常非常的从容,你们就别费劲了,我在这儿!

年轻的娘话音还未落地,几束手电光柱就密集地照在她的脸上。

一个男人出声了。还是刚才那个低沉的声音。当时的女人就猜,他一定是这群人的头。

男人的声音里透着杀气,哼,你们有吃有喝,快快活活过大年,你知道我的兄弟们是怎么过的吗?他们家里连一粒肉沫都没有。这都是谁干的呀?是你的男人,你的男人!

男人的话是咬着牙挤出来的。

你男人现在本事大了,他竟然领着一帮子人抢了我的生意。

　　年轻的娘似乎啥都明白了，她鼻头哼了声，话说起来也格外的冷峻。

　　说我的男人抢了你的生意，这话听起来好像委屈了你。可再一细想，你这话好像不该是男人说的。大路你我走，生意人人做，为什么生意你们做得，我们就做不得？

　　男人显然被年轻的娘戳中了软肋，但他不想轻易就败在一个女人的手里。

　　男人气急败坏，做生意得讲究个规矩，世界上有你男人这么干事的吗？有本事，自己找下家呀，凭什么把勺子伸到别家的饭锅里？

　　年轻的娘冷笑了声，她豁出去了，就凭你这点本事，这么点心眼，还好意思大过年的跑我这谈规矩。你过去的客户不愿意跟你合作，这怪谁？难道是我们？笑话，天底下最大的笑话！

　　男人吼叫，哪你说怪谁，难道是我？

　　年轻的娘提了口气，是的！怪只能怪你自己无能！你们这帮人，整天就知道打打杀杀的，谁敢放宽心跟你们做生意？放在我，也绝不会搭理你们。

　　男人嘿嘿笑了几声，好家伙，这年没过上，倒碰上了个教书先生。既然你也敢教训老子不会做生意，那好，我今天就用你这个教书先生的血，来冲冲我们的晦气，再祭祭财神老爷，让他老人家保佑我们来年见红！

　　男人手里的枪响了。

　　年轻的娘胸口处瞬间洇上了一朵盛开着的茶花。

　　年轻的娘身子晃了几晃，咚地倒下了。

　　木箱里，当时的女人听到枪声，下意识地紧闭了眼睛，两只手死死堵着耳朵。不能出声！千万不能出声！娘的话在耳畔荡着，小小的身子瑟瑟发抖。

　　也不知道过了多久，竹楼内终于复于静寂。

　　当时的女人先将木箱顶了条缝，然后再顶开一些，再顶开一些。

待她颤着身子爬出箱子，就见着黑里倒地的娘。她飞快地爬到娘身边，推推娘，娘，你醒醒，你醒醒啊！

年轻的娘无语。

这时候，当时的女人看见了娘胸口那团盛开的茶花，而且竹楼内那股子令她犯呕的血腥气就来自这朵茶花。

当时的女人哭了。哭声尖厉扎耳，细长细长，一如山野里的不眠鸟，在竹楼的四周盘旋。

多少年过去了，现在的女人怎么也忘不了娘胸口那朵盛开的茶花。后来，尽管爹告诉她，你娘的仇报了。女人现在最见不得血，还见不得死人。一个活扎扎的人，眨眼间就死在了她的跟前，死在了他男人的枪口之下。

茶花显了。

茶花开了。

作孽啊，这黑心男人咋就这般的恶呢？

三十五

昨夜里，女人跟乌飚闹了小半宿。

女人哭泣，你就是拿我爹不当人！

这话说起来日子也不短了。

孙兰记得打结婚之日起，她跟乌飚就或长或短地闹上一阵子。

昨天午后，孙兰回娘家，爹躺在竹床上，头上捂着一块毛巾，瞧那阵势，爹又发烧了。

孙兰快步走到床前，眼睛里就起了水色，泪就大颗大颗地落了下来。

爹，你这是怎么啦？请医生看过吗？

爹接连咳嗽了几声，摇了摇手，说没事的，没事。都这把年纪了，谁还没个头疼脑热的。

后来,父女俩聊了点家常。当时,孙兰还也没把爹的话往深里想,爹说得也许不错,上了年纪的人,小病小灾的也属正常。

孙兰在爹的床跟前坐了一会儿,想着一会儿还得到镇街上扯几尺布做副窗帘,就跟爹说了几句宽心话,忙自己的事去了。

爹当时的表现还算正常,他朝孙兰挥挥手,算是身子不便,就不起身相送了。

孙兰走出寨门,管家悄悄跟了上来。管家道,小姐,咱寨子出大事了!

孙兰一惊,出啥大事了? 你快点儿告诉我。

管家道,前些日子咱们有批货给弄丢了,现在货家三天两头上门逼债,那可是几百万的一批货啊。拿人家货,自然得给人家钱,这天经地义,咱家的底子还算厚实。现在的问题是,这批货究竟落入了谁手? 直到现在咱们还没一点眉目。是对面的中国警察,还是对咱们看不过眼的仇家? 老爷一急,急火攻心,人就跟着躺下了。

孙兰急了,这么大的事,爹咋就只字不提呢? 不行,我得亲自问问爹。

管家马上拦住了她,你就别过去了,老爷不提这事,说明他不想让更多的人知道,自然也包括他最亲的人。你现在折回去,非但对这事没一点帮助,相反还会给老爷心里添堵。

孙兰没了主张,带着哭腔,那你说说这事该怎么办?

管家看看她,欲言又止。

孙兰说,我知道你心里肯定有谱,求你就别掖掖藏藏的了,你快说吧。

管家又一次看看孙兰,最后像下定了决心似的说道,小姐,我把我的想法倒出来,你千万别动气。

孙兰点点头。

管家说,据我分析,咱们的那批货,很可能就在姑爷乌飚手里。那天,走货的回来讲,货是在界桩附近被中国的警察截住了。事后,我们动用老关系,暗地里查了一下,压根没这回事。再说了,这么些年,我们做的都是熟生意,跟同道人少有磕碰,谁会挤兑咱们呢?

孙兰问,你是说截这货的人是乌飚派人装扮的?

管家点点头,除了姑爷我想不出别人。

孙兰再问,你这想法爹他知道吗?

管家摇了摇头,道,我想这事老爷他不会想不到。

孙兰气咻咻地发狠道,我这就回去责问他,他不把那批货交出来,我跟他没完。

孙兰万万没有想到,平日里言语上就表现出对爹不恭的乌飚,竟然打起她娘家的主意。孙兰即便修养再好,这会儿也是火冒三丈,多少日子的压抑,就像点着了炮仗捻子,孙兰感到整个身子都要炸了。

管家劝道,小姐,你回去大可不必跟姑爷来硬的,你不妨先探探姑爷的底。

吃罢晚饭,孙兰这头早酝酿好的争吵还是挑开了头。

孙兰冷着脸朝乌飚,你乌飚拿捏我爹,就是拿捏我孙兰。

乌飚捋着幼狮的毛发,脸上阴阳怪气,我倒想听听,我乌飚到底怎么拿捏你老爹了?

老实说,都到这时候了,孙兰对乌飚还是存有一丝念想的。自己整个儿都给了乌飚,而且嫁过来也是铁了心跟他过日子,从没存过二心。都说将心比心,乌飚就是块石头,也早该焐热了。

孙兰板着脸,盯着乌飚,你给我说实话,你把我爹的那批货弄哪儿去了?

乌飚故意装着惊讶状,什么货? 你这话我听起来咋那么滑稽呢。

还在撒谎! 孙兰的目光紧盯着乌飚不放。

乌飚放下幼狮,径自点了根烟,我撒谎? 我撒哪门子谎? 你还有脸责问我那批货。实话告诉你,你老爹是聪明一世,糊涂一时,自作自受。现在人家的枪顶他屁门上了,他想起我这个姑爷来了,早干嘛去了?

你别得意。我爹没让我寻你，是我要你交出那批货。孙兰气咻咻道。

凭什么？就凭你是我老婆，那批货的主人是我的老丈人？岂有此理！乌飚一脸的不屑。

孙兰提高着嗓门，这些理由难道还不够吗？你给我句准话，这批货你到底是还，还是不还？

乌飚吐了口烟，轻蔑道，都跟你爹似的背着我做生意，我这个老大岂不成了摆设。我且不说威望、收益的事了，我手底下一帮子也要养家糊口，你让他们喝西北风去呀？就为了省点上交款，竟干个三岁毛孩的勾当。做生意，讲的就是守规矩。你爹做了一辈子的生意，难道连这点的江湖规矩都不懂？老实告诉你，我算对你爹客气的了，下次，谁胆敢背着我走货，格杀勿论，不论他是谁，是哪一路神仙。明天天一亮，上山告诉你爹，这批货充公了！

孙兰脸气得煞白，嘴唇哆嗦着，我真没想到你竟然坏到了六亲不认的程度。就为了保老大的位置，你连老婆、老丈人都不要了吗？你说，你说啊！

乌飚努了努嘴，凶神恶煞地盯着孙兰，你是谁啊？你还真以为你就是宫殿里的公主？实话跟你说，咱们一开始就是场骗局，或者说是一场交易。你以为我乌飚真的很稀罕你？我就是想征服你，来击垮你老爹的意志。意志，你懂吗？

说着，乌飚还煞有其事地点了点自己的脑袋。

乌飚的话，无疑如一把利刃，将孙兰的心割得鲜血淋淋。

你，你，你！孙兰气得说不出话来，任眼泪冲决而出。

原以为自己委曲求全，倾心相献，能焐暖他的冷酷，让绝情的他不再无情，引他在化敌为友的路上安生走下去。哪想到啊，最后换来的竟是如此薄情寡义的话语。禽兽的本性暴露了，彻底地暴露了！

畜生！孙兰一声长吼，捂着脸向白楼外冲去。

孙兰有生以来第一次感到黑夜竟是如此般的漫长。等到鸟啼黎明,她挣扎着酸胀的身子,她必须马上离开白楼,永远离开这个禽兽不如的畜生。而且越快越好,一分钟都不能耽搁。

孙兰不知道接下来日子该怎么面对。这时候,乌飚那句六月飞雪的话又刀片似的向自己飞来,咱俩一开始就是一场骗局,或者说就是一场交易。交易!交易!交易!你懂吗?!

乌飚的声音在头顶上盘旋,伴着无数把飞旋的刀片。飞片愈旋愈快,眼看着,她被吸进了寒光四射的旋涡中。

啊!孙兰大叫了一声,整个身子仿佛脱离了地面。

孙兰两眼一黑,头顶上无数只乌鸦也吃惊似的扑棱着翅膀,呼地炸开了。

三十六

孙兰睁开眼睛时,太阳已露出了大半片的红脸。

小姐,你终于醒了!说话的是许五婆婆。

许五婆婆的脸也如同初升的日头一样的橙红。

许五婆婆在小镇上也算是有点儿名声的郎中,尤以看妇科出名。

恭喜你了,小姐,你有喜啦!

许五婆婆灿烂地看着孙兰,仿佛孙兰受孕都亏她一手促成。

孙兰的脸上并没现出许五婆期待的那种兴奋,两颗硕大的泪就从眼角涌了出来。

许五婆哪知道孙兰此刻的心思。她打起哈哈,宽慰道,小姐,好事啊。担心个啥嘛,做女人的不都盼着这一天嘛。等到来年,大胖小子怀里一抱,那滋味啊,没做过母亲的人是体会不出的。日后有啥需要,你尽管吩咐我老婆子,我许五婆的长腿镇街上出了名的。

孙兰脸上强挤着笑,她不想让许五婆瞧出她的心思,婆婆,谢谢你,这一大早就把你请过来,耽搁你做事了。

小姐,你这啥话啊。许五婆倒没忘记自己的身份,她诚心道,我老婆子能伺候小姐,是我的福分,小姐你只要不嫌我老婆子粗道,你可着劲使。

许五婆走时,楼外腾起了浓雾。不一会儿,乌飚抱着幼狮踱了过来。显然,许五婆已把孙兰怀孕的大好喜讯告诉了他。

乌飚扫了眼床上眼角流泪的孙兰,阴阳怪气地说道,你这是怎么了?我乌飚得罪你不假,可我儿子没得罪你呀。是不是也该起床给我儿子一口吃的?

孙兰紧闭双眼,不想答理乌飚,脸脯子如环抱小镇的山峦起伏着,你给我滚!滚得越远越好!

乌飚哼了声,有意思啊,有意思!你让我滚,可我儿子不想让他爹滚啊!

乌飚马上现出了本性,你他妈的给我听好了,老子现在不想动你,是因为你怀了我的儿子。等儿子生下来,老子立刻让你卷铺盖走人。到那个时候,你就窝在寨子里,跟你那个马上成为穷光蛋的老子一块啃地瓜干吧!嘿嘿!嘿嘿嘿嘿!

滚!你这个畜生!

这时候,就听有声音从院墙外飞进来。

小姐!小姐!家里出大事了!

是家丁马尾子的声音。

孙兰一骨碌从床上跃起,顾不得披头散发,赤着脚,就往楼下冲去。

马尾子脸色苍白,上气不接下气,小姐,老爷,老爷他快不行了!

孙兰一听,拉着马尾子就匆匆往寨子赶。

孙三爷的卧室内,几个心腹在叽哩咕噜商量着什么,他们一色的愤怒相。面色焦黄的的孙三爷身下垫了只枕头,身子半靠在床头,被单上涸着红殷殷的血块。

见了爹,孙兰是大雨倾盆,爹,你这是怎么啦?怎么一下子就成这样了?

孙三爷有气无力地抚了抚孙兰的散发,孩子,别哭了,爹不会有事的。说着,孙三爷指指自己的胸口,爹就是这里头不舒坦。

孙三爷帮孙兰擦了擦泪,劝道,真的不哭了,那样会伤了身子的。孙三爷这般说,自个儿的眼里也噙满了老泪,孩子,真是苦了你啦,爹日后见了你娘,没法子交待啊。

爹这么一说,孙兰决堤的泪更是一发不可收拾。

多日的感伤,唯有在至诚至爱的亲人面前才能得以慰藉。

管家想上前劝慰几句,孙三爷朝他挥挥手,你们都退了吧,让她好好哭一场,哭出来她心里会好过些。

许久,孙兰的哭声才落潮般地退了下来。

见孙兰心绪稳定了些,孙三爷这才将这些年如磐石般压在心口的话倒了出来。

孙三爷喘口气,道,这些话,爹原本不打算告诉你,这段日子,爹总觉得精力不比从前了,家里头的事该让你知道些了。上个月咱们走丢了一批货,这个想必你也听说了,至于是谁从中作祟,估计你也猜得出来。乌飚是个怎样的人爹能不知道?当初,爹之所以答应让你嫁给他,想的也是保咱们的家业。爹辛辛苦苦这么多年,创下这份不易,那里头有你娘用鲜血拼来的。爹实指望,你俩成了亲,乌飚能看在你的份上,放咱们一马。

可是,唉! 说到这,孙三爷又气喘了起来,可是,乌飚,乌飚他不拿我当老丈人待啊,还变本加厉暗中使坏。上个月跑丢的那批货,只是今年来最大的一笔。这一年里,我前思后想,咱们大大小小跑丢过三笔,哪笔跟乌飚都脱不了干系,他是榨干咱们呀。唉,爹怎么也不会想到,他咋就变成了地道的白眼狼了呢? 爹是既悔又恨,好端端的姑娘让这个畜生给精品了。

孙三爷又猛地咳了声,一口鲜血随将喷了出来。孙兰一惊,忙搂住嘴边挂血的爹,爹,您千万别窝气,跟这畜生你犯不上,您这一躺倒,说不定这畜生还偷着乐呢。

孙兰帮爹擦干净嘴边的血,身上的血管都气贲张了,欺负人还没见这样子的,我竟然还替他怀了个娃。

孙兰道,爹,您别急,这畜生不把那批货给吐出来,我一把火把他的窝给点了!

说着,孙兰朝门外叫出了声,管家! 管家!

管家赶紧走进卧室,躬身问,小姐,你有啥吩咐?

好好伺候我爹,我去去就来。

小姐,你这是往哪去啊?

让那个畜生把货给吐出来!

孙兰说着,往门外冲去。

孩子,你给我回来! 孙三爷屏着气喊了声,随后,又叹口气,摇了摇头,我这是作的哪门子孽啊!

三十七

两家丁立在一旁,默默地看着自家女主人在落泪。

说心里话,他们倒想着上前劝慰几句,话几次都到了嘴边,又生生地给压了回去。也是的,女主家在这儿动情,俩男丁说什么,又怎样说?

不觉间,巴江周边就里三层外三层围了一大群的路人。也许他们已觉出了女人心肠还善,性命不会有虞,甚至还有人发出了唏嘘声。

这一来,两家丁不乐意了,啥意思啊,这不明摆着挑战主人的权威吗?

两家丁眼一瞪,手里的枪栓一哗啦,嗓子也跟着爆响了起来,都他妈的给我滚回去! 不想活的就留下来陪葬!

两人一发怒,无疑像是在巴江跟前扔了枚带拉弦的手榴弹,围观的路人哗地一下向四周弹开了。还是赶紧地走吧,千万别干那种老鼠追饥猫的事,别没事找事啦。

女人愤怒地瞪了两家丁一眼,都这份上了,还忘不了耍威风。良心都叫那个没心没肺的畜生剜吃了。

女人抹了抹脸上的泪,站起身,指着巴江朝两家丁,你们现在就将他抬回他的寨子去。

两家丁知道又触怒女主人了。让他俩抬个死人送寨子去,心里头还真不乐意。且不说这坏了主人的规矩,辱没主人的荣誉,他俩真去了寨子,回得来回不来还两说。死者那头不把他俩砸成稀泥才怪。

一家丁似乎还想着让他们的女主人收回成命,颇有些为难地说道,我俩真不知道他到底是哪山头的人啊。

女人这回也像是跟家丁较上了劲,她理了理散乱的头发,我不管。他从哪里来,你们就给我送哪儿去!否则,别怪我不客气!

女人拖着吃力的步子慢慢往回走了。

两家丁苦笑着摇摇头,这都他妈的哪是哪呀!

三十八

太阳还没到西沉的点,就被不知道从何方拱上来的云团给捂了个严严实实。

到了傍晚时分,天上开始飘起了雨丝。起先,落雨顶多也就是给人一点雨过地泼湿的感觉。不曾想,等到澜沧江娱乐城开始上客,这雨就由着性子噼里啪啦地闹腾了起来。

本来下场雨再正常不过了,压根不值得大惊小怪的。可是接下来,这个雨夜却让水兴运感觉到怪事连连的。

这段日子,水兴运感觉到自己的神经就像是不断拧紧的琴弦,冷不丁咯巴一声就会断了,成天都有种薄冰上行走的感觉。特别是长脚被人枪杀后,仿佛半边天都塌了下来。

现在满天的雨任着性子嬉着,水兴运突然间有了种置身泉边的感觉,叮叮咚咚,叮叮咚咚！雨的敲击,身子骨就一点点地酥软了下来。他长长嘘了口气,是得回家好好睡上一觉了。

水兴运离开娱乐城,跟谁都没打招呼。他是从后门直接去了停车场。遥控钥匙一揿,车嘟地叫了一声。拉开车门,点火。车噌地向大街上窜去。

躺在自家的席梦思大床上,水兴运立马有了种久违的感觉。放松身子骨,合上眼,水兴运迫切祈望大睡起去。可是越这么想,这脑瓜子就是顽童般地不肯歇下脚来。水兴运心里有点躁了,他想到了疲劳过度一说,莫非自己真的疲劳过度了？操,还不都是他妈的钱闹的！水兴运懑懑地骂了自己一句。

骂归骂,做归做,真的舍却了钱,自个儿未必就清静得了。水兴运又想到了人的尊严,一个江湖男人的尊严。

男人的尊严是什么？不就是搏得周围人对自己的尊重嘛。一个大男人活在世界上,一点儿尊严没有,哪还有啥活头,说白了,就是一具行尸走肉。真是哪样的话,他水兴运恐怕一天都活不下去。尊严不能舍,那是男人风光的底线。

可是眼下的烦恼,或者说一桩连着一桩的闹心事,恰恰又是钱给搅乎的。

水兴运的思绪就如同夜行的流浪狗,在小城的街巷里无序乱窜。也不知道兜了多长时间,水兴运最后一铁心,去他妈的,头掉了不过碗大的疤,让我水兴运再回到从前,去过清汤寡水的日子,那是万万不行的。即便前头布满了雷场,脚下是万丈深渊,我还得一如既往地搏下去。我得向尊严而去,为男人的尊严而战！

这样一想,水兴运的思绪总算是平缓了点。这时候,长脚又蹦了出来。

水兴运当然知道长脚的死与自己脱不了干系。可是扪心自问,他真的想不出到底得罪了何方神圣,还非得舞刀动枪,弄得血珠子四溅。

水兴运自信,他跟黑哥的生意一向做得是滴水不漏,面上人只知道他跟黑哥好,但就是这个好,你要问都到了啥程度,整个小城除了死鬼长脚,几乎没人知道。让水兴运犹感困惑的,取黑哥性命的人为什么总是缠着自己不放? 你跟黑哥仇深似海,总不至于把气撒到我水某人头上吧。

都说世界上没有无缘无故的爱,当然也没有无缘无故的恨了。现在被人盯上了,恨上了,而且还动了真格,这仇恨到底是怎样结成的呢?

水兴运苦笑笑,我实在想不通,想不通啊。

雨点依旧不疾不徐地敲击着芭蕉。泉水般的叮咚声随着夜风,声声撞击耳帘,不知不觉间,水兴运竟然迷糊了过去。

也不知道过了多久,水兴运被长脚的呼救声惊了一记。

他抬起头,向长脚呼救的方向望去。天上的雨哗哗地倾着,身边的芭蕉丛被击打得嘭嘭直响,硕长的凤尾竹苦撑着身子,似乎在向老天乞怜。

水兴运觉得自己的血管都快爆了。他使劲吼了一嗓子,长脚,我来了!

水兴运顾不上还没穿鞋的脚,赤着,向长脚狂奔。

长脚在地上倒着,面色苍白,四周的血水映得水兴运眼里也是一片血红。

水兴运头皮炸了,谁干的? 这他妈的都是谁干的?

水兴运仰天长啸,愤怒的拳头捶得胸口山崩般的雷响。

怎么啦? 你水老板不是挺绅士的嘛。

水兴运感觉到生铁般的阴冷硬梆梆顶到了颅上。

是你杀了长脚?

水兴运愤怒地转过头,持枪的男人脸一片模糊。

你水老板聪明绝顶之人,这话不显得多余吗? 冷笑。

长脚与你无怨无仇,你为什么杀了他?!

都是因为你!

一道闪光掠过,水兴运终于看清了男人清晰的嘴。

我与你素来无怨,甚至连你的真容都未见过,你何以对我大动干戈?

持枪男人怪笑了声,这就得问你了!

水兴运听到了令他胆颤心寒的声音,那是他熟悉的金属与金属挤压的声音,是死亡之音。

水兴运的心提到了嗓眼上,他能感觉得出手枪的板机在一点点地后压,击锤即将打击的声音,已如天边之水,哗啦啦,轰隆隆,直朝自己压来。

不!

水兴运拼足全力大吼了一声,他的声音穿透雨柱,掠过陌巷,在雨夜的天际间拖得老长老长。

三十九

水兴运是被自己的吼声给震醒的。

他睁开眼,身子就像是刚从水里爬上来一样。

水兴运抹了把脑门上的汗,使劲甩了甩被压麻了的胳膊,欠起身,径自点根烟,烟头在黑黑的竹楼里忽明忽暗。

想到刚才那个噩梦,水兴运还是禁不住身子颤了一下。

都说日有所思,夜有所梦。但水兴运能感觉得出,刚才的梦,并非空穴来风,黑黢黢的枪口正一点一点地朝自己移来。

烟才抽了几口,枕头边的手机突然叫了起来。水兴运脸上不悦,这他妈的都几点的,深更半夜的,还给老子找事。

心里不爽,水兴运还是接了手机。这不,找事的还真的来了。

娱乐城领班白梅拖着哭腔,道,老板,您快过来吧,咱们澜沧江快被人砸完了!

水兴运一惊,一丝不祥倏地掠过,你慢慢说,是哪帮子人在砸咱们的店?

这回白梅哭出了声,他们嘴里骂骂咧咧的,下手也是特别特别的重,我也弄不清楚他们到底是哪一路子的人。

水兴运骨碌跃下床,叮嘱道,白梅,你给我听好,让大家伙都不要惊慌,我这刻就赶回店里,我倒要看看是哪帮王八蛋吃了豹子胆。

冲出竹楼,雨还一个劲地下着,甚至比水兴运回家时还略显大些。水兴运顾不了这许多,匆匆穿戴好,就一头扎进雨幕里。很快,有汽车引擎发动的声音响了起来。

跑进娱乐城,水兴运一下愣怔住了。

大厅吧台被砸开了一个大口子,仿佛豁嘴人张着大口,在冲他滑稽地大笑。吧巴的筋骨明显受伤了,两截松松垮垮向前倾着。地上,是散落的酒瓶碎片,一地的碎片,在顶灯的映射下,就像是商量好似的,忽闪忽闪地朝他挤眉弄眼。

老板,你可来了。白梅俏脸上挂着泪水,抬步迈前。白梅往包间方向指了指,里头也被他们砸得一塌糊涂。

走,看看去!水兴运醒过神来,气咻咻地带着白梅,向被砸的包房一侧走去。

这一看,水兴运就像只涨满了气的气球,脚跺得地板轰响。

一排十多个包房,里头的电视、点歌台,还有茶几,没一样躲得过此劫。就连那些牛皮沙发,也被拉了一道道的大口子。

水兴运咬牙切齿,老子要查出谁,非扒了他的皮,抽了他筋不可!

这不太岁头上动土吗?水兴运怎么也没有料到,在边境这座小城,竟然有人撕下面罩,明目张胆地向自己叫号。

水兴运瞟了白梅一眼,刚才有谁报警了没有?

白梅喏喏道,刚才我们都吓傻了,就没想到这层。

白梅担心老板怪罪她没有及时报警,红着脸赶紧认错,都怪我,遇上了事就没了主张,要是长脚哥在就好了。

听白梅又提到了长脚,水兴运就气不打一处来,他挥挥手,好了,别它妈的婆婆妈妈的了,我没怪你,没报警就好。

白梅有点吃不住劲了,这么大的失误,老板竟然没有怪罪。她实在悟不出老板葫芦里到底装的是啥药。

这帮人临走前没留下点什么线索?

白梅马上调整好情绪,回道,他们说了,一周内不把钱凑齐,他们还要来砸,直到把澜沧江彻底砸趴下。

水兴运似乎啥都明白了。他板着脸,轻声对白梅说,好了,你让手底下人赶紧收拾收拾,余下的事,咱们明天来说。

白梅噘着嘴,临了也没忘了讨好一番,谁呀,坝子里这么牛气?这回不给他们点教训,他们还真以为如来佛斗不过孙猴子呢。

雨依然哗哗地下着,澜沧江娱乐城那块大的霓虹招牌,还在不倦地招摇着它媚俗的脸蛋。

四十

烟鬼闹不清是对被林子里的鸟们给吵醒的,还是被辘辘饥肠给搅和醒的。

烟鬼揉了揉惺忪的眼,又长长地伸了个懒腰。棚子外头的太阳估计升得不低了,烟鬼接着又打了个哈欠,欠起身,得了,还是起来喂喂脑袋吧。

烟鬼蜷缩起身子,单薄的床单里,一串子生铁碰擦的声音穿透了出来。

烟鬼微蹙了蹙眉,转而又自嘲般地笑了起来,操,跟谁动气哩,这些不都是自找的嘛。

烟鬼盘地腿,弯腰将脚镣上一米有余的铁链提起来,朝床上轻轻放去。跟着,身子也挪到床下。

棚子外的太阳果然升得不低了,麦芒似的光芒扎得刚露头的烟鬼眼睛眯缝了一下，双手下意识地护住了眼睛。

许是听到了脚镣传出的叮当声，端枪的小伙闪出身来。小伙对他已明显不像前些日子那样有敌意了，也学着别人样，朝他调侃了句，烟鬼老板早啊！

烟鬼咳了几声，算是清干净了嗓子，回道，落毛的凤凰不如鸡啊。还老板哩，算了吧！说着，烟鬼拖着脚镣，一步一步地朝着不远处的缓坡挪去。

端枪小伙将枪身往肩上一送，在烟鬼身后不近不远地跟着。

林子里鸟儿鸣唱，阳光在树枝头跳跃，四周腾地的薄岚清水洗过一般的明澈，脚边的淙淙溪水银练般向远处展去。

持枪小伙好心情地继续调侃，我说烟鬼老板，你享受专职警卫的待遇啥时候能了结啊？你都看到了吧，我这成天陪你歇着，这小肚皮都快富态起来了。

烟鬼挪到缓坡前，往坡上一坐，朝小伙咧嘴一笑，你就跟着我享清福吧。这大好的日子啥时候是个头，我想得等我咽气的那一天了。

持枪小伙故作苦相，看来我这手好枪法真得废了。

也好！持枪小伙眉头一扬，继续道，那咱俩就说好了，你烟鬼老板哩，就在这笆篱子里喘你的气，我哩，也捺下性子来，陪你在这儿吃饭睡觉晒太阳，小肚子它想发起来就尽管发，晒晒太阳总比打打杀杀强。

说着，持枪小伙竟嘻嘻笑了起来。

听持枪小伙提到自己的肚子，烟鬼马上条件反射似地觉出饿来。烟鬼笑道，小阿哥，你提到吃饭，我这瘪肚皮还真跟我抗议哩。你若想在笆篱子坐着享福，得每顿饭让我的肚皮不空下来才行。

持枪小伙往远处的山道看了看，身子往椿树上一倚，道，我说烟鬼老板，我看你这日子过得真是晨昏颠倒了，你眼睛一闭，这笆篱子外头的世界，你是一概不管呀。

持枪小伙噗地吐掉了嘴里叼着的青草，继续道，我告诉你吧，今早这漫山遍野下起了大雾，你老人家起身时，浓雾才算淡了。这会儿，我估摸着送饭的人还在道上哩，你瞧瞧，我这肚皮还不跟你一样空着。

说着，持枪小伙还嘭嘭拍了拍自己的肚皮。

烟鬼嘀咕，我也纳闷哩，今早上的天咋亮得这般的迟，原来老天爷体恤咱苦命人，变着法儿让我多睡几个时辰哩。

两人有一搭没一搭地说着。这时候，就见持枪小伙直起了身了，脑袋机灵地转了转，身子一下就紧绷了起来。持枪小伙马上变戏法似的将枪端于手上，嘴里不停地催促，快快快，到棚子的门口坐着。

烟鬼不解，这太阳暖洋洋的，碰到鬼了？

少啰嗦！

持枪小伙突然间像换了个人似的，一改了刚刚还热络的脾气。

烟鬼想到了，大概又是那个魔王上山了。

烟鬼晓事般地抬起身，讪笑了笑，好吧，我这从命就是了。

言罢，在持枪小伙的配合下，一步一步向棚子挪去。

很快，有闹哄哄的声音从缓坡脚下传来。卷着落叶的吉普车出现在视野里。

持枪小伙马上立正，向一行人敬礼。

车至棚子跟前，嘎地刹住了车。

烟鬼故意低着头，一副两耳不闻山外事的模样。他猜想得不错，从持枪小伙的架势上，那个魔王又来了。

持枪小伙就是机灵，他马屁精般的朝烟鬼的大腿上就是一脚，吼道，抬起头来，装什么孙子相，是不是这几天给你弄了个饱肚，神气起来了？

烟鬼脖子一梗，冷冷地朝持枪小伙瞥了一眼。

哎，长本事了不是？持枪小伙咬着牙，举起枪托，作欲砸状。

烟鬼无所畏惧地将目光迎上去，头似乎抻得更直了。

乌飚夹着雪茄的手往外撇了撇，持枪小伙忙退到了一边。

乌飚蹲下身，马上有一家兵恰到好处地将马扎垫于他的身下。乌飚坐实了身子，放下幼狮，那狮子就围着乌飚脚前脚后翻开了。

乌飚一副主子体恤下属的模样，怎么样，烟鬼老板山上的这段日子还好吧？

托乌老板的福哩。不知道乌老板啥时候送小的上路啊？烟鬼不阴不阳地回了一句。

乌飚故作不解状，怎么，这里不好吗？说着，抬了下脖子，石贝，你过来！持枪的小伙马上点头哈腰地走了过来。

被唤着石贝的持枪小伙，脸上的肌肉有点僵着，他在担心自己的老板为了做戏，让自己演一出苦肉计。

乌飚脸上挂着奸笑，石贝，你怎么搞的嘛，这段日子我没过来，你竟然把烟鬼老板搞得这般的郁闷啊。

石贝见自家老板并没有责备自己的意思，马上接口，回老板的话哩，一日三餐，饭没少烟鬼老板一口，巴掌没碰过烟鬼老板一下，我白天黑夜还得瞪大眼珠子，生怕烟鬼老板被豺狼虎豹伤着，小的我真不明白了，烟鬼老板吃了躺，躺了吃，林子里享着清福，他怎么还郁闷呢？说破大天，也轮不着他郁闷啊。石贝说罢摇摇头，退到了一边。

乌飚马上又作关切状，烟鬼老板啊，这可就是你的不对了，你倒是说说看，人这辈子都在闹腾个啥？不就是图个清福享享嘛。吃不愁，睡有窝，风吹不着，雨淋不透，两耳不闻风尘事，六根清静，那是人生最高境界啊。你看看吧，多少梦想的目标，你烟鬼没费多大的心思，我乌飚全给你办到了，你说你还有什么郁闷的？人啊真是难伺候的生灵，每天大鱼大肉，山珍海味，他马上又吵吵着苦。嗳，你真给他换上青菜萝卜吧，他哩又大叫起来，说这是人过的日子吗？烟鬼老板啊，照我说，你对人生悟得还很肤浅哩。

说到这，乌飚假模假样地一声长叹，就说我乌飚吧，在山下看起来风光无限，其实又有谁知道我的内心。告诉你烟鬼也无妨，我是真他妈的累，真他娘的郁闷。手下一大帮子的生计，你不去算计，别人就会算计你。吃不香,睡不稳。睡着了还得睁只眼啊。你烟鬼不知道我是多么想过过你这样的日子啊。人在小山上,小窝棚一顶,饭来张口,衣来伸手,什么不用想,什么也不用去做,多自由的一个人啊。只可惜,为了一大家子,否则的话,我还真想在山上永远地住下去。

乌飚嘿嘿大笑了起来,我乌飚没这个福气呀,天生一副劳碌命啊!

烟鬼盯着乌飚喋喋不休的嘴,他没想到,那张烟渍涂满了的牙口里,竟然还能吐出这番宏论来。

烟鬼不屑地摇摇头,心里满是鄙夷。乌飚那张自以为真诚的脸上,怎么看,怎么都隐不去张狂与不驯。

烟鬼无奈地抖了抖扣在脚踝上的镣铐,冷笑出了声,这难道就是你乌飚向往的自由生活?

乌飚并未动气,他又张开了那张烟渍涂满的牙口,也像是无奈般地说道,烟鬼老板啊,你这又曲解我的好意了不是? 我这么做,其实也是不得已而为之啊。你说说看,我让你收收心性有何不好? 这山野空旷无人,不限制点你,你四处一遛达,被只猛兽什么的叼了怎么办? 啊,嘿嘿!

莫非乌爷你怀疑我烟鬼没这个定力了? 烟鬼把头扭向了一边。

乌飚点点头,道,不错,最起码,目前你还不具备这样的定力。所以啊,我还让石贝整天的陪着你,你得多体会体会我这份苦心啊。烟鬼老板,你该知足啦。

烟鬼本来还想跟他多理论几句,转念一想,算了吧,跟这个人面兽心的家伙费口舌全是枉然。他知道乌飚这番上山的用意,不就是又在卖弄他的那个所谓的我们共同的事业吗?

烟鬼暗自啐了声,操你祖宗十八代的,还他妈的共同的事业呢,别以为旁人都是三岁的小毛孩子。

啐过之后,烟鬼又暗自长叹,我真他妈的悔啊,肠子都悔青色了,竟然提着一箱子钱来黄金谷淘金。后来又为了保命,连自己的朋友都出卖了。

烟鬼不知道水兴运现在活得怎样,但他能预感得到,眼前的乌飚为了他所谓的事业,啥事都干得出来。

前几天,烟鬼就听石贝无意中提过,说乌飚手底下有个得力的杀手,枪法出奇的神,他想搞谁,没人躲得过他的枪口。这家伙居然还几次越境,枪杀了好几个中国的缉毒警察,胆子也他妈忒大了。

石贝还提到,那个本事大得惊人的杀手,除了他们的乌爷,这边谁都没见过他的面,他一直跟乌爷单线联系。

烟鬼就在想,有这么个对谁都敢动粗的杀手,他水兴运在乌飚的眼里又算得了什么,还不就是树叶上的毛毛虫一条,想什么时候捏死就什么时候捏死。

被囚在山上的这一年多时间,他烟鬼也无数次骂过自己苟且偷生,可每当看到第二天上升起的红日,求生的本能又住进了他的整个身心。说到底,他不想死,他还想活着,哪怕就这样成天跟重刑犯似的铁镣加身。

四十一

那天乌飚上山,烟鬼的腿肚子抖得不行,虽然天上的太阳不阴不阳地照着,烟鬼还是觉出了乌飚身上散发出的阵阵寒气。

烟鬼预感到自己断气的这天终于来了。欠了一屁股的债,还有吃有喝的被人伺候着,天底下谁他妈的愿意干这赔本的事。

烟鬼的眼里满是绝望与无奈,他下意识地朝日头出来的方向看了看,几座山的前头,那里有他的家,还有一帮子为他祈生的亲人。

不觉间就有几滴泪珠子从烟鬼的脸上滑了下来。

乌飚视而不见,身上依旧散发着让烟鬼胆颤的寒气。

寒气威逼了过来。

黑哥的货都给了谁家?

求生的本能，烟鬼竟然想都没想，张口就说出了澜沧江娱乐城水兴运的名字。

乌飚再问，要是我断了黑哥的货，水兴运会不会反过来跟我合作？

烟鬼又是想都未想，连连摇头，说，这不可能，绝对不可能。

乌飚眉头一蹙，烟鬼见状一慌，差点跌坐在地上。他连忙解释，水兴运这个人精明得很，这么些年，他除了认黑哥，别人寻上门去，他连面都不着。

乌飚冷冷地说，那我做了黑哥呢？

烟鬼苦笑笑，摇了摇头，没用的。没准他手里头还有备着的主。这些年，水老板虽然跟黑哥处得热络，但他也不会不想到黑哥万一翻船的那天。玩粉的，谁敢保证永远抱着棵长青树呀。

你是说水兴运一头跟黑哥做生意，一边还暗中物色其他的主？

不错。

烟鬼肯定地点点头。

乌飚听罢，脸上拧起了笑，那好，那咱们就代替黑哥跟水兴运做！

烟鬼还想说点什么，见乌飚一脸的狠劲，怕说错了话，惹魔头不高兴，招来杀身之祸，只得躬着身，乞怜般地看着他。

我乌飚认准了的事，还没有办不成的，你就看好吧！

丢下话，一帮人扬长而去。

烟鬼终于长长地出了口气，今天让它一劫总算躲过去了，那么接下来呢？

余下的事烟鬼是不得而知的，当然了，乌飚也不会向他透半点口风。

正如烟鬼预言的，等乌飚下令做了黑哥，澜沧江的生意照样做得风生水起。

水兴运似乎对发生在自己场子里的事漠不关心，连警察介入了此案，他也是尽力装傻。

其间,乌飚还差人给水兴运送了封言辞还算客气的信,哪想到,水兴运是油盐不进,该怎么干还怎么干,压根就没把信的事放在心上。

乌飚憋了一肚子的气,他妈的,敬酒不吃吃罚酒!

盛怒之下,乌飚甚至动起了做了水兴运的念头。可转念再一想,做了姓水的,解气是解气,对生意却是无半点益处。据他手下人打探,水兴运在道上也不是一般的主,他可以说是境外最大的吃家,打通水兴运这个关节,自己手头上的货至少可以销出一大半。

冷静下来,乌飚想到了慢火煨母鸡。那就慢慢地收服他!

乌飚再修书一封。

水兴运倒好,接到了信,依旧是水波不兴,把个乌飚气得。

乌飚悟不出水兴运的软肋究竟在哪儿,于是,率着一帮子随从又前呼后拥地来到了笆篱子。

烟鬼正坐在棚子门口晒太阳,见到乌飚气冲冲的脸,烟鬼马上谄笑着站起来,巴结道,乌爷,怎么样,我烟鬼说得不错吧?

乌飚吧嗒吧嗒吸了几口雪茄,阴沉着脸,你告诉我,怎样才能让水兴运听老子的?

烟鬼心里一乐,他终于从魔王的言语里听出有求自己的意思。至少这一趟,这魔王还不至于要了自己的性命。

烟鬼故意把铁链弄得叮叮当当响,就是不忙于发声。

乌飚嘴边掠过一些奸笑,冷眼朝烟鬼一瞪,心里狠狠地啐道,软骨头东西,跟老子做起交易来了。好,老子今天先让你尝点甜头,等水兴运那头做通了,看我怎么送你上西天!

乌飚吐了口烟,你烟鬼不就是想早一天出山嘛,好,我乌飚说话算数,等跟澜沧江那边的生意做成了,我放你回家。

难得你乌爷发善心,那几十万的赌债你不怕我赖了?烟鬼不相信似的问了一句。

乌飚回答得很干脆,小事一桩,为了咱们共同的事业,从现在起,我乌某再不把你当外人了。

烟鬼不失时机地抖了抖铁链，既然乌爷这么想，那么这链子？

乌飚的脸上马上又现出了不悦，一码归一码。既然是交易，那就等交易成了再说。

好！烟鬼也提高了声音，乌爷你快人快语，我烟鬼就冲着你说的共同事业，今天再支你一招。

烟鬼说，乌爷，你杀了黑哥没用，你得卸了水兴运的左膀右臂才行。

谁？乌飚问。

他身边的得力红人，长脚啊。烟鬼说。

乌飚一听，曬地站起身，再没多说一句话，匆匆下山去了。

四十二

这会儿，烟鬼甚至还暗自敬佩水兴运的硬气来。

今天乌飚再度上山，烟鬼闭着眼睛都能想到，这魔头一定是做了长脚之后，并没得到他想要的结果。

爷们，绝对是个爷们呀！

你乌飚自以为在达显镇上说一不二，全世界的人都得听你吆喝，做你的大头梦去吧！还为了咱们共同的事业呢，哈哈，笑话。落入你魔王手里，就别再指望重生。罢了，就按你魔王说的，好好蹲自己的笆篱子，捱一天，算一天吧。

烟鬼虽这般想，心里头还是多多少少生出些愧意来。

他知道乌飚留给他的日子不多了，不过在他卸磨杀驴之前总该表现点什么吧。烟鬼自问了一句，到底该表现点什么呢？

还用得着费思量吗？有声音从心里底里发出。得拿出点爷们的范儿来！像爷们，就得硬气点！像爷们，缺德的事半件都玩不得！

拿定了主意，烟鬼陡然间觉得，心里头竟然透进一片光亮来。自打被囚上了山,心境从未像今天这样松快过。

有几只灰喜鹊喳喳着从头顶掠过,乌飚抬起头,瞄了眼,像在感慨,多好的修身养性处啊,这里没有打斗,没有流血,有花香,有鸟鸣,烟鬼老板你知足吧。

烟鬼也像是触景生情,乌爷高人慧目,一眼洞穿红尘,既然如此,乌爷何不与烟鬼为邻呢?

身不由己,身不由己啊!乌飚俨然一副高深莫测样。

烟鬼笑笑,乌爷今日上山,就是为了跟烟鬼说点修生养性之道?

乌飚未急于回答。

烟鬼之所以主动撩开主题,心想着还是趁早送走瘟神。这好太阳,好景致,浪费了怪可惜的。何况自己注定来日无多,这样耗着,着实也没多大意思。

乌飚低下头,在幼狮身上捋了几捋,这才开口道,烟鬼老板你倒是好好说说,这个水兴运怎么就攻不下来呢?

魔王此行的真正用意暴露了。

你乌爷让我怎么说好呢?

烟鬼突然间迸出了个念头,他妈的,你乌飚让我求生不得,求死不能,我也不能让你见好,我得让你吃点儿苦头才是。

烟鬼猜想得到,乌飚因为水兴运枪杀了黑哥,现在还是因为水兴运而灭了长脚,中国警察肯定不会轻易放了水兴运这条线索,说不定,这些日子盯得正紧呢。石贝不是说你乌飚有个天大本事的枪手吗,那我也设条计卸了你这条胳膊,看你乌飚还怎么蹦达。

此念头一出,话就不自觉地从烟鬼的嘴里吐了出来。

烟鬼嗤了下鼻涕道,我们这些日子之所以拿不下水兴运,我想问题还是出在水兴运身上。水兴运这人的脾气我多少还是了解一点的,他是吃软不吃硬的主。前一段,咱们给他来了点硬的,现在不妨换种手段,单给他施些软的,我估摸着他肯定会上钩的。你想啊,黑哥都挂了这么些日子了,他说不定也在为找上家的事愁着呢。

　　一只山蜂嗡嗡地落在乌飚的脸上，乌飚转过脸，一巴掌拍了上去，朝两边的林子看了看，你继续说！

　　烟鬼接着道，当然了，我们也不排除他早有了相中的主家。但有一点我们是不可以忽视的，做生意，图的就是利润。那好，我们可以暂时让出比别家少几成的价，跟他谈判，而且带着诚意去谈，我想凭我对他的了解，他水兴运不会不动心的。咱们软硬两只拳头一起出，我看这事准成。

　　乌飚不觉间钻进了烟鬼设置的套。他赞许地点了点头，是个好主意，可是让谁跟他谈呢？

　　我啊！烟鬼故作夸张地说。

　　烟鬼知道，乌飚怎么也不会让他出这趟美差。他之所以这么说，无非也就是在乌飚面前放一放烟幕弹，让乌飚对自己刚刚的那番话深信不疑。

　　乌飚笑笑，你呢，就别参乎这事了，还是在笆篱子里享你的清福吧。说说看，除却你，还有谁比较合适？

　　乌飚之所以囚着烟鬼，当然并非如烟鬼所认为真的欠了他几十万的赌债。乌飚现在急于开辟自己走货的渠道，自然少不了熟悉对面道上情况的人。烟鬼恰恰是上天送给他的最佳人选。他不光是对面的人，而且又在道上混过。当中最为重要的一点，若放了烟鬼回去，这边的事迟早会让他泄出去，到那时候，他乌飚就真成了不折不扣的赤膊鸡了。放他走，那是万万不行的。

　　烟鬼故作凝思，我看还有一个人比较合适？

　　谁？乌飚追问。

　　就是你那个做事比较得力的干将。烟鬼道。

　　乌飚皱起了眉头，你知道他？

　　烟鬼轻松一笑，想想吧，你手底下少这么个做事利落的人？难道对面的事都靠你亲力亲为？

　　乌飚站起身，眉头不经意间越皱越紧。

乌飚在正午好的阳光里踱着,猛然间,他招呼道,石贝,你好生伺候着烟鬼老板,他的命比你值钱得多。

石贝忙趋步上前,老爷放心,小的会尽职的。说罢,意味深长地朝烟鬼睃了一眼。

乌飚一挥手,正襟听候的一帮随从旋即掉转过身子,拥着他们的主子向坡下走去。

跟我斗!一抹难以捉摸的笑在烟鬼的唇边忽地一现。

四十三

雨夜的坝子少有行人,灵透的芭蕉树在路灯的光影里,流泻着水银涂抹过的质地。

水兴运驾着车,在坑坑洼洼的绕城公路上发疯地开着,路上的积水如箭簇般不时向车身两侧冲去,远远打量,车身仿佛一叶冲锋的飞舟。

水兴运在绕城公路上发泄了好几圈,这才慢慢收回车速。

水兴运有个习惯,用过去长脚的话说,咱们澜沧江啊所有的决策,都是老板在行车途中酝酿而成的。长脚的话也非全对,难道说水兴运在他的办公室里就思考不出问题? 作不了决定? 非也。只不过有些棘手的问题,水兴运还是喜欢边开车,边运筹帷幄罢了。

水兴运将车停在离澜沧江美食城不远的一个道口,思忖了好一会儿,这才掏出了手机。

电话通了。水兴运调整了下坐姿,尽量使自己坐得舒服些。水兴运的口气还算和缓,恭敬,毕竟人在屋檐下,总得低回头嘛。

大哥,这么晚了打扰您真是不好意思啊!

说吧,什么事? 对方不急不慢。

哦,是这样子的。水兴运笑笑,大哥如果方便的话,能不能来我美食城赏个面?

现在？

如果大哥方便的话。水兴运说得很诚恳。

电话那头略略迟疑了下，好吧，等到了美食城，我给你电话。

那我就候着大哥了。

水兴运电话里的那位大哥，其实就是他一直感觉十份傲气的林锋。

合上手机，水兴运马上发动了车，小车屏了口气，便朝着主人经营的美食城欢腾而去。

车窗两侧的芭蕉丛一闪而过，透过车窗的路灯光不时拍打在水兴运的脸上，从车前的雨刮器来看，雨似乎小了许多。

水兴运掏出支烟来，点上美美吸了一口，这刻儿，他觉得自己再没有理由不高兴，马上就要云开日出了，忧郁的日子终将过去，快乐的日子就要来临。大哥肯出来见面，他预感，他希望的事情已成功了一大半。

车进美食城。

停当。

水兴运径直向他一向用来招待贵宾的包房走去。

包房内早有人候着了。是前台经理绅邦，还有一位是娱乐城的领班白梅，另外两个妙龄女子水兴运不熟，但他知道一定是白梅手底下的小姐。

绅邦凑上前来，老板，这夜宵您看排什么档次？

水兴运白了他一眼，不满地发泄道，真是不长眼力，就按接待贵宾的档次，给我往死里整。

绅邦行完礼匆匆走了，水兴运朝屋里人看了看，白梅红着脸，一副做了错事的孩子样。她想象得出，老板夜里的这顿饭，一定是在为自己刚才的失误补台。

这样一想，此刻的白梅一点儿也不像平时那个风风火火，做事干脆利落的白梅了。

水兴运看看表,估计客人一会儿便到,他用和缓的语气对白梅道,别再有什么压力了,我说过的,今晚上的事跟你无关。等会客人来了,你好好发挥便是了。

说着,水兴运又朝另两位小姐逡了一眼。

白梅听了主人的话,马上像获得大赦似的,忙表忠心般说道,老板您放心吧,等会儿我一定唱好这台戏。

水兴运点点头,你先带她俩在一边候着。

白梅兴奋地哎了声,领着她的两个姐妹就往一侧的休息室走去。

包房内,法国巴黎香水的味道在四处喧腾着,给不眠的夜增添了不少暧昧的味道。

水兴运将身子深深埋进沙发里,几近一夜的折腾,这刻的轻松让他觉得特别的惬意。水兴运笑笑,自言自语道,好你个刀疤,跟我玩这套,真以为我水某人玩完了,哼,你他妈的嫩着呢!

水兴运得意地摇摇头,嘴角边荡着笑。他说的这个刀疤,其实不是别人,就是今晚上带人砸他场子的主。当然,白梅是不可能知道这个刀疤的。

细说起来,水兴运跟刀疤的关系一向还可以。黑哥还喘气的时候,刀疤所要的货,基本上都是从水兴运手里得来的。现在两人之所以弄得有点儿不开心,问题就出在黑哥身上。

黑哥没中枪前,刀疤给了水兴远五百万订金,水兴运也没含糊,第一笔就出了三百万的货,余下的货,水兴运说等下趟再交割。

刀疤想也没想,嘿嘿一乐,说,水老板你看着办,咱俩合作也不是一天两天了,你的信义我服。

可是谁能想到,很快水兴运在刀疤跟前发了信义上的危机,根子就在于黑哥这时候偏偏让人给做了。黑哥两眼一闭,水兴运手头上的货跟着也就断了顿。水兴运这下傻眼了,刀疤还有两百万的货欠着呢,急火着忙的,到哪给他弄去啊?

这些年在道上滚来滚去的,水兴运深知票子的诸多妙处,按说这时候他将余下的两百万客客气气退给刀疤,两下里,啥事没有,两清了!可是票子攥在水兴运手里头,水兴运就像是搂着自家儿子,岂肯轻言许人?刀疤一趟趟催货,水兴运总是慢条斯理地打着哈哈,慌啥嘛,心急吃不成热豆腐,雷子们现在眼睛贼亮,盯得紧哩。先缓一缓,等风头过了再说。

刀疤心里头虽不痛快,面上还算是通情达理,干他们这行,本来就是提着脑袋过活,今天不知道明天的事,大家都谨慎点,没有坏处。刀疤无奈地朝水兴运笑笑,能理解,能理解。

水兴运见刀疤这么好说话,起先悬着的心也就慢慢地放了下来。他在想哩,黑哥虽然死了,可世界玩货的绝不止他黑哥一个,四周边断少不了白哥、黄哥、红哥、绿哥什么的,只是再找个像黑哥这样知根知底的主尚需些时间罢了。当然了,水兴运这时候也不希望眼面前立马跳出个白哥、黄哥来,刀尖上蹦达,一不小心,小命不保,家园不再。

老实说,水兴运对寻个把新上家,这一点上他还是满有信心的。这些年,想从他这里走货的大有人在,倘若不是忌于项上人头,他早就做成小城一哥了。

刀疤那头一缓,水兴运竟然把他的事给耽搁了下来。

其实,水兴运不想把钱退给刀疤,还有另外一层原因,他的澜沧江娱乐城正等着扩建。对面的大地飞歌,无论是规模,还是软件,哪一项都比他的澜沧江强。澜沧江眼下上客虽然还算可以,但水兴运明白,他这里的客基本上都是熟面孔,人家就是冲着这里的粉来的。

水兴运看在眼里,能不着急上火?都说同行是冤家哩。水兴运暗自发狠,他一定得把大地挤出娱乐圈,坝子里的娱乐业就得他澜沧江一统天下。

哪还等什么?说干就干,早一天开工,早一天得益。

水兴运心里还揣着个小九九,即使眼下找不到合适的主,等到时候投进澜沧江的钱快速收回来,钱一退,他刀疤也没啥好抱怨的。边境对过打得紧嘛,谁敢豁出脑袋把货从对面弄过来嘛。

这时候,水兴运最需要的就是时间,还是时间。时间于他来讲,就是哗哗作响的真金白银。

可是人算不如天算,老天爷偏偏就不愿眷顾他。扩建一新的娱乐城开张没几天,长脚就不明不白地咽了气。

这时候的刀疤即便再迟钝,也悟出了中间的门道,何况他在道上也滚打了这么些年。

刀疤想,就冲澜沧江频频让人找麻烦,明摆着,过去一可不世的水老板已是江河日下,日薄西山了。

刀疤再一次寻到了门上。

这回刀疤讲得还算策略,水老板,我知道这些日子对过吃紧,我好好思谋了一番,还是决定金盆洗手。钱挣多少才算有钱呢,咱们毕竟捞的是偏门,说不准哪天就翻了船。

水兴运能听不出刀疤的弦外之音?他意味深长地朝刀疤一笑,就这么点理由?恕我直言,你这个想转行的理由似乎不太站得住脚。

刀疤嘿嘿一笑,说给你水老板听听也无妨,我准备去对面玩玩玉石,跟合作方私下里谈得还算不错。

哦,大手笔啊,真是大手笔!水兴运嘲讽了一句。

刀疤没接这个茬,继续道,玩玉石虽说比做白货安全些,但是前期投入也不是个小数目,我估算了一下,没个四五百万恐怕拿不下来。所以说啊,我这趟来,还望水老板能多多理解啊!

刀疤话已至此,水兴运觉得再没必要掖掖藏藏了。

水兴运笑道,刀疤老板看来对我水某人已经失去信心了?

刀疤依旧一团和气,哪里的话哩。你水老板家大业大,你的实力坝子里没人匹敌啊。

刀疤油盐不进,水兴运也只有干着急的份了。

说实话,与刀疤合作这么些年,他水兴运对刀疤感觉还好,只是苦于时间仓促,才让自己一时英雄气短。

水兴运打心眼里也不想玩丢了刀疤这么个伴,更不想让他跟自己反目,都这时候了,水兴运还没忘了再给刀疤设个套,无论他刀疤钻还是不钻。水兴运在想哩,就算是垂死挣扎,我也要尽量多地争取点时间。

水兴运努力调整了下心绪,口气也力求使刀疤能接受些,兄弟,既然你去意已决,我也就实话实说,不再隐瞒了。其实,你给我的五百万,我在黑哥死前就作为订金交给了他。你知道的,做咱们这行,规矩一向如此,你不给订金,粉是一两都甭想拿到。黑哥这么一折腾,我知道,余下两百万货肯定泡汤了。怎么办呢? 我前思后想了好多天,无论怎样,我水某人都得给你刀疤兄弟一个交待不是?

刀疤一听,真的急了,赶忙插道,你是说余下的两百万的货烂在黑哥的手里了?

水兴运见刀疤的焦急样,暗乐一乐,这家伙还真钻套子了。

水兴运的脸上却还是一副真诚状,他挥了挥手,道,刀疤兄弟,你先别急,容我慢慢给你说完。

水兴运接着说,这些天啊,我就在想,咱俩合作了这么多年,关系又处得亲兄弟似的,我总不能因为黑哥死了就跟你赖账吧,还是尽快把货给你找上。你说钱这玩意儿算什么,生不带来,死不带走,在咱们的地头,还有什么比咱俩兄弟的情分重呢。刀疤兄弟,今天我撂下话,我水某人绝不是个无赖,我吐口唾沫是钉,请你再容我些日子,我一定把上好的货一两不差送到你手里。

水兴运故作热辣辣地看着刀疤,刀疤似乎也动了感情。其实,水兴运的判断错了,而且还是大错特错。

刀疤在想,跟我玩这套小孩子过家家的把戏! 你水兴运早不再是当初的那个水兴运了。你说找货就能找着,那么容易的话,我刀疤还反过头来跟你做生意? 做你的白日梦吧! 你水兴运不就是想给我拖些时日嘛。过去放个几百万在你手上,我还能落枕,可问题是你水兴运今非昔比了啊!

不过，刀疤这回倒没把话说绝，还很体面地给了水兴运一个台阶下。

刀疤笑道，听你水老板一番话，我刀疤还是挺感动的。这年头，江湖上混，谁都不容易，我能理解你的苦衷。可是眼下我手头上的确有些吃紧，否则的话，放个三五百万的在你手上不算个事，还望水老板能多多的理解啊！

刀疤都这样说了，水兴运就不得不来句兜底的话了，刀疤兄弟你放心，我水某人说过的话绝对算数，请再容我些日子，货肯定给你备齐。

两人又装模作样地唠了不多会。分了手，水兴运哼了声，钱肯定是不会退的，两百万的货，我水某人从中一倒手，心再黑点，少说也能赚回个七八十万，刀疤你他妈的就知足吧！都到嘴里的鱼了，你让我再吐出来，除非我水某人真是脑子进水了。

此后，刀疤又找了水兴运几趟，那脸色就像是阴沉沉的天，话再出口就夹带点火药的味道了。

水兴运不管刀疤怎么急，他就抱着一条，我水某人说过的话，句句是钉，绝不食言，到时候绝不差你刀疤一两一毫的粉就是了。

水兴运之所以敢这么说，敢这么拖，实际上他手头上还攥着一张底牌。

水兴运道，刀疤兄弟你可要想好了，如果你实在不念及咱们多年的交情，逼急了，大家一块完蛋。你要知道雷子们一下网住两个大毒枭，那是怎样的大好心情？

大前天，刀疤又在电话里逼债，水兴运还戏谑他，你实在憋屈得慌，就找几个打手，把我的场子砸掉算了。

哪想到，刀疤还真是天不怕地不怕的主，竟领着人把澜沧江娱乐城给砸了。

娱乐城被砸，水兴运心里头真的慌了起来。这次，刀疤还算是手下留情，看来这事不抓紧了掉，这小子不定哪天连美食城一块儿端了。

四十四

手机响了。水兴运拿起一听,脸上马上像盛开了两朵花。

石笑一进门,乐哈哈的大嗓门就亮了起来,水老弟,你可是不够意思呀。今天的事,明摆着,林老兄在你的心目中更胜我一筹啊!

水兴运一听,赶紧打起哈哈,哪里的话,两位兄长,在老弟的心里头都是衣食父母。刚才小弟也就是随手打了个电话,这不,一翻,就先看到了林兄的号码了嘛。

石笑笑笑,玩笑话,玩笑话。

说着,石笑指指一脸傲气的林锋,你水老弟都看到了,这深更半夜的,你一个电话把我们招来,一来哩说明我们兄弟俩与你水老弟的确投缘,二来哩,你也看出来,我们兄弟俩就跟穿一条裤子似的,瓜不离秧,秧不离果。

水兴运马上接口,那是,那是。搅了两位兄长的美梦,你们这是给老弟天大的面子啊。

三人落定。进门一直没开口的林锋发话了,水老弟有啥话就放开了说吧,都是自家兄弟,没必要客气。

听两人口口声声把自己当成了兄弟,水兴运的脸上兴奋得泛起了潮红。那滋味绝不亚于初出道时做成的第一笔交易。

谢谢,谢谢两位兄长看得起水弟。

水兴运恭谦地说,既然两位哥哥把小弟当自家人,那小弟就实话实说了。

林锋朝他扬了扬下巴,算是鼓励。

水兴运道,小弟最近哩遇上了点麻烦,说起来也没太大的事,主要还是生意做得不太顺,这些日子在海里苦苦挣扎了好几番,差点没被淹死。这不,好不容易拣了条命回来,否则,两位哥哥就见不上小弟了。

石笑笑出了声,水老弟还挺幽默的嘛,凭你这脑子不该有麻烦呀。

水兴运自嘲地笑笑,两位哥哥见笑了。

水兴运用余光瞥了眼林锋,接着道,记得上次两位哥哥说过,有机会带小弟闯荡闯荡码头。我原本想,不到万不得已绝不给两位哥哥添乱,你们也挺忙的,小弟哪能不识抬举尽给哥哥们找麻烦呢。这回,小弟真的不要这张脸了,两位哥哥再不拉小弟一把,小弟必死无疑啊!

林锋的脸上依旧没有笑容,你说说看,要我们怎么个帮法?

水兴运一咧嘴,两位哥哥让我跑哪只码头,小弟便跑哪只就是了。

林锋眉头不觉间皱了一下,石笑马上乐哈哈地说道,咱们兄弟都到这份上了,话说得就别留半句了,说说看,你到底想跑哪只码头?

哪只都行,只要它来钱快,又来钱多就行。这回,水兴运说得倒很干脆。

照你说码头,风险你应该知道,你就不怕掉了脑袋?石笑这句话问得比较严肃。

水兴运眼珠子骨碌碌转了几转,脸上马上就挤满了讨好的笑,两位哥哥都不怕,小弟就更没理由怕了。我这颗脑袋才值几个钱呀,何况又有两位哥哥罩着,弟弟我就更不担心了。

林锋点了点头,故作思忖样。不多会,他抬起头,朝水兴运看了眼,你实话告诉我,干那个有多长时间了?

水兴运脸上一僵,他搓着肥嘟嘟的手指头,欲言又止。

水兴运能不知道林锋说的那营生?话虽然到了这份上,可这层纸真让他亲自捅开,他还是觉得有点难,那感觉就像是做暗娼的人,你还非逼她在人前说自己是婊子一样。

你这人啊,怎么又吭哧起来了呢?石笑抱怨。

也许是石笑这句话起了作用,水兴运感到体内的血又一次快速涌动了起来。

水兴运正了正色，一脸严肃，告诉两位哥哥也无妨，那买卖这些年小弟就没断过。这不，眼下锅里等不来米，小弟正为无米之炊犯愁哩。

就因为黑哥被人给做了？林锋问。

这回水兴运啥也没说，只是苦着脸重重地点了点头。

好吧，你的事大哥我知道了！林锋强调，这些年在道上混，我们一向有个为人处事的准则，那就是低调，低调，再低调。枪打出头鸟的道理想必你懂，特别是干咱们这种营生的。

两位哥哥尽管放心，这点规矩我懂。这些年弟弟之所以在道上能好好地活着，心里头多少还装着点体会的。水兴运颇为自信地说。

好了，天亮之后，咱们没特别重要的事情就别急着见面了，有啥话，电话里说。说罢，林锋从公文包里掏出一部手机，递给水兴运。

水兴运疑惑地望着林锋，林兄，你这是？

石笑哈哈地乐了起来，水老弟啊，这是部新手机，以后跟咱们联系，就用这部手机。记住，一定得专机专用，马虎不得，切切不可以拿它跟外界联系！

水兴运一听，泪花子都快涌出来了，多够意思的好兄弟啊！

水兴运站起身，双拳一抱，两位哥哥的好，小弟永志不忘，永远铭刻在心！

石笑调侃，大老爷们不兴玩煽情这一套。这一大桌子好酒好菜，再不动它们，我这肚子可要提抗议了。

水兴运肥掌一拍脑门，操，光顾着说话了，两位哥哥请！请！

杯酒入肚，水兴运明显活跃了起来，他嚷嚷着，良辰美酒，咱们的桌上似乎还少了点什么，两位你们说呢？

水兴运很是夸张看看林锋，再看看石笑。两人的脸上虽然一个高傲，一个和气，但都没表现出反对的意思来。

水兴运笑着拍了拍肥嘟嘟的手，这时候，就见白梅娇羞地领着两位神态同样娇羞的女子,从一侧的边门走了出来。

水兴运大大咧咧地支使,白梅呀,接下来就看你的了,你得设法让我的两位哥哥喝好乐好了。

白梅笑了笑,老板放心,白梅尽力就是了。说完,又娇滴滴地朝林锋、石笑嫣然一笑。

四十五

银盘似的月亮升了起来,翠林掩映的山寨在如水的月光里睡着了。有夜风徐徐吹来,风中除了甜丝丝的茶花香,还夹杂着不远处小溪的淙淙流水声。

孙兰觉得自己跑累了,索性一屁股坐在小溪旁。清澈的溪水在孙兰的眼里如同一抹绿绸飘荡着。绿绸里,一条条石板鱼像群无邪的孩子似的欢腾着。一朵映山红沿着溪水流过来,那群孩子似的石板鱼大概也被花的红润和光鲜牵住了眼球,它们不动声色地跟了三两秒,接着便呼地向映山红冲去。许是长年生活在泽国,它们也梦想着有朝一日能像岸上的人,头戴朵红艳艳的鲜花,美丽着,招摇着。现在机会来了,它们哪还有轻易放脱的理由。欢腾的溪水逐起朵朵的浪花,那是溪水欢快的笑声。

孙兰也笑了,她褪了脚蹬着的鞋,两条洁白圆润的腿就伸进了溪水里。溪水清凉恬畅,一股惬意从脚底传遍全身。孙兰闭上了眼睛,这时候,又有一群石板鱼摇摆着尾巴,用它们鲜嫩的唇轻轻触摸它们很少见过的尤物。孙兰被吮酥了,被感动了,脸上满是幸福的眼泪。她想到了腹中的孩子,母爱也如溪水般流入心田。溪水边很快荡起了一圈又一圈的笑声。

有几滴雨点打到了脸上。天上太阳光耀,白云朵朵,哪里飞来的雨点?孙兰使劲地抬起头,费力地睁大眼睛搜寻。她终于醒了。

有女人的惊呼。

老爷，快看啊，小姐她醒了！又一颗眼泪落在了她的脸上，是婉娘的惊叫声。

孙兰吃力地转了转头，竹楼外，月光如洗。室内，柔和的灯光下，爹、管家、婉娘，还有许五婆婆，他们围在竹床前，憔悴的脸上，含泪的眼窝子里，满是流淌着的笑意。

哎哟，好乖乖，你终于醒了。你知道吗？你这一昏倒，可是整整昏睡了两天啊。许五娘拿着手绢抹着眼泪，心痛地叨着。

这下好了，谢天谢地，谢天谢地啊！

婉娘高兴得直搓手，身子四下里在竹楼晃动着，神明保佑，神明保佑，我这就烧香献佛去！说罢，麻利地朝神龛走去。

爹！孙兰叫了声，泪水便潮水似地涌了出来。灯光下，爹脸上的沟壑明显加深了，头上又像是落上了一层严霜，松垮垮的眼袋也如乞讨人肩上的布袋，无半点儿生气。

爹，都怨我，女儿让您受罪了！孙兰抽搐着。孙三爷心痛地攥着孙兰的手，兰儿，快别这么说，是爹害了你呀！

两行浊泪无声地挂在孙三爷的脸上。

许五婆婆也在一旁抹泪。还好，这一屋子的伤感气总算没毁乱了她的心绪。许五婆婆马上醒过神来，她帮孙兰抹了抹脸上的泪，好乖乖，别哭了，听话。月子里的人流泪，会做下根的。

听许五婆婆这么一说，孙兰心里头陡起了一股不祥，她下意识地挪了挪身子，头上有一条缠着的毛巾。孙兰知道，寨子里的女人生孩子，谁的脑门上都少不了围上条毛巾，说是为了驱风。

孙兰的身子僵住了，眼睛睁得老大，婆婆，你是说孩子小产了？

许五婆婆没做声，只是无息地点了点头。

恍如一道闪电在孙兰眼前倏地惊过，旋即是山崩地裂的巨响。孩子没了，还没见着亲娘的孩子没了，他是一条活生生的命啊！

孙兰眼里一片血红。

哇！

孙兰的哭声一如寒彻的风暴,在竹楼里旋地而起,呼天抢地,撞得人的心扉生疼生疼。

孩子有什么错,他也是一条命啊!哇!

许五婆婆抹着扑簌簌的眼泪,又欲劝阻。孙三爷说,婆婆你就别劝了,这孩子心里头实在是太苦太苦了。说着,孙三爷也哽咽了起来。

那天,披头散发的孙兰冲进院子,正忙着做饭的婉娘一见,心里头就像是突然被人捅了一刀,手里提着的一大淘箩大米,扑地掉在了地上。

小姐,你这是怎么了?婉娘忙扑向倒地的孙兰。

打着赤脚的孙兰,面色苍白,双目紧闭,洁白的纱裙下摆映着触目的血迹。脚下被划开的口子,在不停地淌血。

婉娘哪见过这阵势,眼泪哗地涌了出来,她高声呼救,快来人啊!小姐出事了!

病中的孙三爷听到婉娘的呼救,知道家里出大事了。情急之下,孙三爷呼地跃下床,冲出门去。

这时候,管家带着几个家丁已围了上来。孙三爷拨开围着的人,孙兰的样子着实吓了他一大跳。

啊,怎么回事?怎么回事啊?!孙三爷几乎是吼了起来。

一旁的婉娘双腿颤抖,两手无措地哆嗦着,她带着哭腔,我见到小姐时,小姐就倒地人事不省了。

管家还算镇静。他蹲下身,搭了搭孙兰的脉,忙冲身边的一个家丁叫,快,快去请许五婆婆来!

家丁飞也似地跑了。管家又赶紧地张罗人将孙兰抬进了卧室。

婉娘掩上门,一边收拾孙兰的白纱裙,一边语无伦次地叨着,这可如何是好,如何是好啊?

突然间,婉娘又啊地惊叫了一声,只觉眼前一黑,身子险些栽倒。

孙兰人身底下印着一大团殷红的血。

小姐,你快睁睁眼,你这是怎么的啦?

婉娘作为一个过来人,一个生育过的女人,她能看不出到底出了啥事?婉娘利落地拉过来一条床单,往孙兰身上一盖,人就往门外冲去。

老爷,小姐小产了!

婉娘将正欲进门的许五婆婆撞了个趔趄。

一见着许五婆婆,婉娘就像是见着了救星,不由分说拉住还没稳住身型的许五婆婆,就往屋里拉,快,小姐出大事,你得救救她!

边跑边气喘嘘嘘的许五婆婆一把甩脱婉娘拉扯的胳膊,慌什么,慢慢说。

婉娘的泪又急了出来,小姐她,她见红了!

楼下的孙三爷听此消息,身子晃了几晃,颓然跌坐在竹楼前的躺椅上。

阳光苍白地流淌,一阵风吹来,竹林旁的一只白色塑料袋被卷得老高老高。

四十六

孙兰的哭泣声渐次低了下来,射进屋来的月光依旧苍白无语。

半晌,孙兰抹了抹泪,咬着牙,我要杀了他!说罢,就挣扎着下床。

许五婆婆上前一把抱住了她,好乖乖,听话,往后的日子还长着呢,养好身子比什么都重要。

孙兰在许五婆婆的怀里挣扎了几下,扭动着的身子终于停了下来。我要杀了他!我一定要杀了他!

孙三爷黯然摇摇头,叹口气,你一个弱女子,手无缚鸡之力,你拿什么去杀他啊。

竹楼内,长时间的无语。

孩子,算了吧,咱得认命!孙三爷缓缓开口道。

孙兰使劲咬着滑到嘴边的发梢,她不相信爹说的是心里话。一个当年说一不二的铮铮汉子,能说出如此的软话来,可想爹的心里头有多不甘啊!

孩子,心气再高,也高不过命。常言道,退一步海阔天空,能忍则忍吧。孙三爷继续劝道。

孙兰冒出了一句,忍,忍,再忍咱们家就退到悬崖边上了!

孙三爷又一声长叹,道,那又怎样?想当年,龙昆心劲多高的一个人,他就想在圈子里成个说一不二的人,一辈子打拼,眼看着离目标越来越近,到临了,怎样?还不是乌飚手里的败将,还不一样听乌飚差遣。兰儿啊,爹老啦,再没了过去那份心力了,做梦都想着守住家园,无奈何,猛虎也有垂暮的时候,罢了,咱就听老天爷一回吧!

这一夜,孙兰几乎没闭上过眼睛,她先是怜悯一阵子日趋苍老的爹,接着又悲叹了一阵子自己磕磕绊绊的人生。

现下里,寨子里的家不能为家,家人被折腾得不再像人,所有的这些,还不都是一味退让的结果。乌飚这畜生,得寸进尺,为了自己的野心,不择手段,甚至连最起码的亲情都不顾及了。

孙兰又想到了自己的娘,想到了那个茶花绽放的除夕夜。娘血洒竹楼,保全自己,难道就为了自己眼下的这段姻缘?

娘活着的时候,竹楼里,小溪边,娘教他读诗断文的声音总是不绝于耳,爹就笑笑,不错,不错,咱家的闺女也快成才女了。娘回笑,姑娘家家的哪能腹中空空,等将来嫁了人会让婆家看不起的。爹朝她扮了个鬼脸,又刮了下她嫩嫩的小鼻头,那你就好好听你娘的话,当个出色的小才女。

孙兰还记得,有个晚上,爹吃了枪子捱到家,娘疯了似的扑上去,快让我看看,伤到了哪儿?爹强撑着笑脸,不打紧,也就是擦破了点皮而已。娘的眼泪倏地涌了出来,都被枪伤着了,还能没事?最后,爹倒反过来哄着伤心的娘。

爹娘共同编织的那段日子,断断续续在孙兰的心头跳闪,眼窝里,那泪也越发地难以收拾。孙兰的心里哭诉,娘啊,你可知道女儿现在过的日子吗? 女儿也梦想着过相夫教子的生活,可是,可是他是个吃人不吐骨头的畜生,女儿让地下的您难以瞑目了!

孙兰难抑自己,终于失声喊了声娘!

月华一颤。月,被一片云翳遮住了身子。

窗外,夜幕渐渐收笼了起来。先是听到几声早醒鸟儿的鸣叫,渐次,单调的鸟声,就被各色鸟们嘈杂的啁啾覆盖了。

天光大亮了起来。

寨子里升起的炊烟,柴火焦糊的香味儿随着晨风飘进室来,那香味儿是孙兰再熟悉不过的了。孙兰竟觉出饿来。她欠身下床,脑袋阵阵晕眩,毕竟两天没有进食了,身上一点儿的力气都没有。孙兰咬咬牙,一狠心,接下去的饭一定得吃饱吃撑,只有吃饱吃撑了,才有力气跟那个畜生较量!

坐上餐桌,婉娘的眼睛就像缓缓启开的门扉,她有点愣,也有点儿怔,小姐今儿个到底怎么了,我可是从未见过她如此的吃相啊。

婉娘开口了,小姐,你几天没进过米粒了,一下子吃这许多,会伤身子的啊。

孙兰听婉娘这般说,头也不动,依旧不紧不慢地嚼着,咽着。

孙三爷也停止了手上的动作,他微张着嘴吃惊地望着孙兰。

许久,孙兰才抬头,朝自家爹和婉娘看了眼,嘴一抹,站起身,摇摇晃晃往外走去。

孙三爷朝婉娘努了努嘴,婉娘马上会意地跟了出去。

小姐,你这是往哪去啊? 你这身子是经不得风吹的。

婉娘在身后道。

孙兰心里一热,眼睛里就现出了水色。

她回过头朝婉娘浅浅笑笑,婉娘谢谢你,我没那么娇气。

娘活着时关切的神态又浮动在眼前。婉娘她多像自己记忆中的亲娘啊。娘死后,婉娘知寒知热,对自己百般呵护,她对自己的孩子都没像对自己这般上心。

孙兰的眼泪水就涌了出来。

泪水,太阳光里,多像两条晶莹透剔的瀑布。

婉娘,你回去吧,我没事,真的没事。孙兰流着泪在说。

婉娘一脸的凄楚,小姐,你骗不了婉娘的。婉娘跟了你这么多年,能吃不透你的心思?小姐,回屋去吧。听婉娘一句劝,有些事,天生就该男人做的。既然老天爷都这么定了,那咱们做女人的,就别去瞎折腾了。

孙兰抚了抚蓬松的乱发,脸上瞬间换上了欲出门的神态,婉娘,狗急跳墙,兔急咬人,我孙兰就是不信,那畜生到底有多大的能耐!

孙兰眼里寒光一闪。冷漠。冰凉。

婉娘心头一紧,这下如何是好,小姐铁心豁出去了。

小姐,听婉娘的话,你是斗不过他们的!

婉娘带着哭腔。

孙兰的脸上像浮上了一层冰,她凛然道,婉娘,你就等着吧,不让那畜生威风扫地,颜面抖尽,我就不是孙家的人。

说罢,一扭头,孙兰决绝地下山去了。

婉娘嘴唇翕动着,泪径自涌了出来。

四十七

满天的豪雨让岩鹏对自己的判断产生了怀疑,莫非这山洪真的要暴发了?

送完病人,岩鹏驾着车急急地往前赶路。吉普车出了坝子大约二十公里路,一个他意想不到的险情出现了。

缠着茶山的山路被豪雨给冲塌了一块。远远看过来,山路就像豁开了的口。

　　岩鹏下车,在塌了的路基跟前细致地查看。山上滚涌而下的雨水,顺着豁口,就像找到了自由喧腾的出处,不时将豁口内的红土一块一块掰撕下来。这样,雨水就像粗暴的牙医,痛得豁口的嘴巴越张越大。

　　岩鹏目测豁口与山脚的宽度,硬闯,吉普车必定翻入崖谷。

　　咋办? 咋办??

　　岩鹏急急地思寻着对策。

　　今天说啥吉普车都必须跃过豁口,不容许丝毫商量。没了车,一百多公里的山路,谁有这个体力能最后坚持到伏击点? 即便最后赶到了伏击点,那时机也早错失了。

　　咋办? 咋办??

　　岩鹏抹了把脸上流淌的雨水,要过,看来也只有借助茶山的山背了。

　　时间容不得耽搁,岩鹏鼓励自己,就这么干了!

　　借用茶山的山背,就必须抢在豁口进一步扩张前,将山背砍下一块,重新整出条过道来。

　　岩鹏回到车上,索性将雨衣一甩,从后备箱取出工兵铲,下车后便对茶山动起了手。

　　豁口的水欢实地叫着。岩鹏给自己打气,它娘的,豁出去了,今天咱们就赛一赛,看我岩鹏到底是怎样打败鬼天气的!

　　豁口被雨水冲激得缓缓膨胀,岩鹏这边也在全力为残了的路基扩大地盘。人与自然的较量,在茶山被一个缉毒警察演绎得活灵活现。

　　约莫半个把小时,岩鹏累了,他停下了手里的工兵铲,再看看喧嚣的豁口,笑了,跟我斗!

　　稍稍喘了口气,岩鹏又挥动开了工兵铲。

　　这一次,他估摸车身差不多可以通行了,才停下手来。

　　全身的力气短时间内释放,这刻,岩鹏多想好好地点上一根烟来提提精神。可理智告诉他，这刻儿还不行，必须得把车开过去才行。

岩鹏放回工兵铲，又伸出手，让雨水冲刷泥浆，这才登上车，如履薄冰般地将车往他新辟的通道挪去。

一米，两米，三米。

豁口终于被扔在了车后。

岩鹏又往前开了大约十多米，这才掏出烟来，点上，美美地吸了一口。过瘾啊，但愿前头的路别再为难我岩鹏了！

四十八

凤凰山位于坝子的东北侧。

相传早些年，傣家人因为择居与哈尼族的人发生了争执，最后两族头人商定，以比试智慧的方向决定去留。赢者，就将永居在土地肥美的山脚下。输者，则无条件搬到缺水的山上。

比试开始了，第一项是比文字。傣家人满脸含笑，他们成竹在胸，因为他们有着业已成熟的本民族的语言文字。而哈尼族的人呢，则急得抓耳挠腮，他们其实并非缺乏本民族的语言文字，他们的祖先也曾将文字写在了牛皮上，只是后来的一个荒年，那些留有文字的牛皮，无奈被饥肠辘辘的本族人给煮吃了。肚子倒是得了一时之快，从此后，本族的语言文字也跟着迹绝了。

第一回合，傣族人赢。

第二回合，比试射术。

先输了一局的哈尼人岂能再败在傣家人的手下？他们自恃本族的彪悍，弓箭手们使足了吃奶的力气，弦拉得不能再满，箭簇在耳边呼呼生风。遗憾，遗憾啊，悬崖的峭壁虽然被射出的利箭撞击得火星四溅，但没有哪一支箭能在崖石上停留片刻。

轮到傣家人出场了。智慧的傣家人这回在箭簇上裹上了一层厚厚的蜂蜜，利箭飞射出去，撞到崖壁却稳稳当当立了起来。

按照约定,第二轮哈尼人又输了。

第三回合,谁要是在水上点燃一团火,谁就将是胜者。

这有啥难的。感到终于可以出口长气的哈尼人马上转回到林中,四下里寻了些又干又轻的柴火。点上火,放至水上。可是,转眼工夫,火被水吞灭了。傣家人面对清澈的河水,略略思忖了下,主意来了。他们抬来一筐牛粪饼,点上,再放水上。粪饼上的火,那一夜将河水映得通红通红。

哈尼族人长叹一声,还有啥好说的,拔腿走人呗。

傣族人从此在山脚安定了。

傣族头人升天的那一日,满脸是泪的族人都见着了坝子东北侧的一座山上腾起了一对凤凰。没人招呼,族人们齐刷刷跪在滋润的红土上,朝着凤凰升起的山头开始磕拜,凤凰庇护族人,先人在庇护族人呐!从此后,坝子北侧那座无名山便成了傣家人眼中的凤凰山。

古老的凤凰山有着美丽而神奇的故事,现如今它再次扬名,是因为在它这里新建了一座地区中心戒毒所。

太阳升了起来,凤凰山的山腰罩起了淡淡的清岚。

盘山公路上,一前一后,两辆吉普车不急不慢向山顶那座戒毒所缓缓盘去。

前头的一辆车内,坐着老局长,驾车的是祖德。另一辆车内,则坐着林锋、石笑他们几个。

一大早,祖德接石笑报告,说是水兴运那边有重要情报急需商讨。

祖德略略思忖了下,再一个电话打到了老局长那里。

老局长有先见之明似的,似乎早在等这个电话了。

老局长朗声一笑,我正琢磨着呢,你们那边也该有消息了。好吧,一会儿我们一块去凤凰山一趟,那这扩容的事也该定下来了。

说到这,老局长显得很兴奋,祖德啊,昨天的省报你读了吧,好啊,《凤凰涅槃》,多有气度的标题呀,这是对我们戒毒工作的肯定啊。

文章读下来，老实说，我还是感到压力不小，咱们的后续工作还需要加大力度啊！

两台车一前一后驶进了戒毒所大门，直接朝一座白色的办公楼驶去。

胖墩墩的吴所长笑眯眯的早就候在了楼前。

握完手，老局长诙谐地说道，看你吴所长神清气爽的，过大年了？啊，成绩面前一定要保持清醒头脑啊！

吴所长知道老局长在说昨天省报的事，笑道，那是，那是，我们也只是刚刚挪了些步子，老局长您手里的鞭子该怎么抽打就怎样抽打，千万别惜力。

老局长高兴地看了吴所长一眼，算你脑子还清醒。这样吧，你把会议室给我们准备一下，我跟祖德他们几个先研究一下案情，等会儿再来商讨你这边的事。

几个人落定，石笑朝林锋看了眼，先自汇报开了。

石笑道，经过前段时间的工作，水兴运终于认咱们为自家兄弟了。从他露出的尾巴看，这家伙十足一个毒枭。黑哥遭枪杀前，一直是他的上线，他那些所谓的药材种植园，其实就是为他洗黑钱服务的。昨天夜里，水兴运急于找到我们俩，意图十分明了，他现在的日子非常不好过，说是一个叫刀疤的人很难缠，最近正找他麻烦，他恳请我们能施以援手，跟他合作，帮他渡过难关。

那个刀疤咋回事？老局长边问边在笔记本上写下了刀疤的名字。

林锋接口，就是前几天砸了水兴运场子的那个人。听水兴运跟我们诉苦，黑哥死前，刀疤曾在水兴运这边定了一批货，有一多半的货按期付了，现在大约还有两百万的货未结清。这个水兴运呢，说起来也并非想黑了刀疤的货，他在坝子里家大业大的，光娱乐城、美食城加起来资产就超千万，只是苦于手头上缺货。我们不难想到，现在真要他将余下的两百万现金退还给刀疤，他心里头肯定一万个不情愿,眼见到手的进项飞了,他能心甘? 所以,昨夜里他猴急似的找到我们,主动揭开了面纱,这回看来这小子真的急了。

林锋说得很得意。

老局长揿灭了烟头,作沉思状。

老局长道,事情怕是不像面上表现的这么简单。我们不妨设想一下,水兴运这些年暗中生意做得这么红火,他的上线难道就黑哥一个? 他会不会也在打探我们的底牌?

祖德接过话头,我还是比较赞同他们两个的感觉。水兴运平时仗着黑哥这棵大树,自信得很。另外,这个人也颇有心机,做卖粉这种生意的,本来就是提着脑袋过日子,他不会不珍惜自己的性命,当然也希望自己生意越隐蔽越好。理论上讲,多一个上线,发财的概率就多一分,但同时相伴的风险也多了十分。在这一点上,我相信他水兴运不会不想到。同时几条线进货,在道上也是很忌讳的。当然最重要的一点,我们认为,水兴运一向对黑哥抱有信心,他绝对想象不出,黑哥会遭人暗杀。

你的意见是说,水兴运除了黑哥这条上线,再没别的人了? 老局长再问。

祖德点头称是。

老局长缓缓摇摇头,你的理由似乎还不十分的充分。

祖德道,自黑哥被杀之后,我们实施了对水兴运的监控。这些日子,他除了跟林锋、石笑他们单独接触过几次,其余时间就是店里、家里两头跑,没发现他与其他人单独约会。从电话侦控的情况看,水兴运似乎也很消停。

这回老局长总算认可似的点了下头,下步你们有何打算?

祖德看了几个手下一眼,回答道,我们初步设想先将计就计,把水兴运先这么养着。这趟就给他准备一批真货,等刀疤接了货,我们再在刀疤向他的下线出货时抓现行,把刀疤这颗瘤子先割了。现在我们的人已盯上了刀疤。

好,这方案我同意。不过,刀疤那头一定不能出丝毫的差错。老局长交待。

说到这,老局长又不放心地问了句,那个影子杀手还没查出点眉目来?

祖德无奈地摇摇头,不过我总有个感觉,这个影子杀手很快就会蹦跶出来的。

祖德指指林锋、石笑两个,继续道,据他们俩侧面打探,水兴运也否认长脚为蟋蟀所杀。水兴运说蟋蟀他是了解的,单凭长脚枪杀现场落下的玉烟嘴,就认定长脚被蟋蟀所杀,这种小儿科的把戏,连三岁的孩子都能揭穿。知道水兴运为什么这般自信吗?其实这些年,蟋蟀就一直暗中为水兴运做事,他说他了解蟋蟀是真话。现在案情明摆着,吴桂与长脚的死均为一人所为,弹道分析报告已作出了结论。现在我们基本可以判定,蟋蟀对吴桂的死肯定掌握点什么,所以杀手为了灭口,不惜取了他的性命,还画蛇添足在长脚被枪杀的现场扔了一只玉烟嘴,目的就是误导我们的侦查方向。连续的几起案件,包括黑哥被枪杀,每一起都指向水兴运,这绝不是偶然。只是目前我们还没琢磨透影子杀手的真正意图,不过有水兴运这个饵在,答案会不期而至的。

老局长最后强调,蟋蟀这条线还得抓紧往下走,这条线是整个案件的突破口。蟋蟀为什么能帮那个影子杀手做事?说明他们之间一定相识。既然他们相识,就不可能不留下点蛛丝马迹。从蟋蟀的关系人入手,一个一个过,工作做扎实点,看他到底还能藏多久。

接收完任务,祖德正欲带几个干警下山,老局长唤住了他,笑道,好你个祖德啊,想把我老头子一人扔山上。这戒毒所的事可也有你祖德一份呀,坐下吧,接下来咱们跟所长商量商量扩容的事,中午我请你吃水煮黄牛。

华容朝老局长笑笑,局长你可真偏心啊,什么时候也请我们几个撮一顿呀?

老局长今天难得好心情,行啊,等你们把案子给我结了,我请你们全队饱餐一顿。

那局长你就准备好两头大黄牛吧!

说罢,华容领着几个人说笑着先行下山去了。

四十九

这一夜,与孙兰同样无眠的还有龙昆父子。

龙昆打被家人抬进卧室,父子俩就关紧门来,轻声絮叨开了。这场密谈,直到鸟啼黎明时分,话题才基本告一段落。

龙王长长打了个哈欠,站起身,拖着他的一条残腿,在卧室里晃荡了几圈,这才转过身,对躺着的龙昆说,爹,就这么定了,别在犹豫了,咱们一味地退让,说不定哪一天,一大家子人的命全搭他手里。

龙昆似乎还有点吃不准,他像是很不放心地看了看龙王,缓声道,儿子,此事事关龙家人生死,我看还是慎着点好了,万不可露丁点儿风声,真那样的话,龙家的血脉可就绝了。

爹,你就放宽心吧,这事我知道怎么办的。

龙王成竹在胸。

龙昆微微点了点头。龙王的能力和胆识他信。

这一大段日子,龙王虽说是养尊处优惯了,身上的斗志和锐气也不如了从前,但他龙昆深信,兽就是兽,你花再大的心力调教它,兽性也不会因此而绝了。一旦环境变了,它身体内那些不安分的东西被激活,它一样会张开血盆大口伤人。

龙王在龙昆的眼里就是一只猛兽。

龙家昨天黄昏发生了一起让人心颤的怪事。

若是时间倒流个三五年,这怪事简直匪夷所思。怎么可能嘛,敢在龙家人头上动土,不是对方脑子进水就是真的吃了豹子胆。

龙昆被人用摩托车给撞了。

而且，还是在红霞满天的时分。

那一刹间，若不是龙昆反应略略快一丁点儿，顺势将身子滚进坡下满是积水的沟里，说不定啊，这时候龙家上上下下在为他们的老爷忙丧事哩。

望着摔断了胳膊的自家老爷，龙家人怯怯地抽着凉气，妈啊，幸亏只是摔断了胳膊，要是摔散了身子，那可咋办啊？

大难不死，必有后福！大难不死，必有后福！女眷们在太太的领头下，嘴里跟尼姑念经似的，虔诚地跪在神龛前上香。

听家人这么嘀咕，龙昆气得头一扭，嘴里直喷粗气。

还他妈必有后福呢，不定哪天，全家人都得见阎王！

气头上的话从龙昆的嘴里嘣出来，无疑如寒夜里的阴山风，让家人的心像是被人狠狠地一拧。

龙昆瞪着眼，高叫，抬我进卧室去！

昨天上午浓雾散尽之后，龙昆的心境也是别样的好。这样说，并不因为雾开日出之后，潮湿的心里头跟着亮堂了起来，龙昆还没这么儒雅。

之所以说他心境好，恰恰还得归功于早起的浓雾。是浓雾帮了他龙昆一个大忙，帮他掩盖了一个不可示人的秘密。

自从屈从了乌飚，龙昆全然将自己装扮成了冬日里的大葱，皮蔫心子旺。

龙昆不服，还真以为我一切都听你乌飚的，笑话！你乌飚不是搅了我的关系网吗？好，你就等着瞧。我龙昆既然有本事建起那张网，不出几年，我一样还能织出另一张网来。

当然，织网得悄悄来，得无声无息地干，不能让外人有半点儿的察觉。

客人的身子融进了浓雾，龙昆紧绷着的神经总算是彻底放松了下来。

跟客人聊了大半宿，客人的胃口似乎还真不小，一张口就得一百公斤的货。

龙昆笑笑,好家伙,大手笔啊。

客人也笑得露出一口黄牙,小意思,小意思,也只是沾点玩玩,日后还望你龙老板提携哩。

龙昆得意道,没问题的。我龙昆在道上闯荡了一辈子,玩的就是信誉,你乔老板一看也是个实在人,咱俩的合作差不了。

两人对视,皆哈哈大笑起来。

最后敲定了验货的日子,这笔生意原则上就算告成了。

龙昆刚顺下身子想美美地睡上一觉,这时候,龙王一瘸一拐晃了进来。

龙昆不悦,你这放着美梦不做,跑我这里干嘛?

龙王不满地扫了龙昆一眼,爹,我是你亲生儿子吧?

龙昆纳闷,这小子,不知道又想起啥妖蛾子,肯定是夜里头睡觉把哪根筋给压坏了。

龙王的犟劲上来了,直视龙昆,爹,你回答我!

龙昆干笑笑,你这不是明知故问吗?

龙王说,好,既然我是你的亲生儿子,这么重大的事,你竟然撇开了我,是不是因为我腿废了,真的就是个废人了?

龙王的眼里像燃着火。

龙昆算是听明白了,他哈哈一笑,好儿子,爹还以为你咋了呢。说给爹听听,你怎么知道这事的?

龙王气咻咻地一哼,只要我想知道的事,这林子里就是添只兔子都休想瞒了我,爹你也太小看你儿子了。

龙昆看看龙王,没作声。

龙王接着道,爹,这事你真的想好了?

龙昆反问,难道你就甘心成天看乌飚的脸子?

龙王在屋里又晃了晃,你能确定这人就一定靠得住?

龙昆笑笑,你可能早忘了你爹是个啥出身。你爹天生就是个玩粉的。职业玩粉的人最厉害的是什么？告诉你儿子，就是你爹这双眼睛。

龙王对龙昆的话倒不怀疑。他也从来没有怀疑过，面上屈从乌飚的爹，真的老眼昏花了。无论什么人，往爹跟前一站，他的那点儿心思，爹无需思量，也能猜个大概来。

龙王道，爹，我不是对你的眼睛有所怀疑，这回你可真要想好了，乌飚他是个怎样的种。他魔头为了达到目的，啥损招都想得出来。咱们还是多个心眼为妙，万万不能急于翻身，再着了那家伙的道。

龙昆笑笑，颇为自信道，爹心里有数，你尽管伸了腿睡你的大觉去。

见龙王脸上还是疑云不散，龙昆故意激了激他，哎，我说儿子啊，你跟爹说实话，你是不是被乌飚给弄怕了？

龙昆嘴上虽这么说，心里头还是抑制不住乐，儿子总算是长大了，做事也知道分寸了。

龙王不屑地回道，还真以为我服他了？笑话！

龙王退后，龙昆径自朝自家的密室走去。

林子里雾气腾腾，龙昆四下里瞧瞧，身前身后没眼睛跟着，这才甩开步子往林子的深处走。

龙昆此番用意，也就是进林子里密室看一看货。

自打被乌飚拿捏之后，粉，面上看起来，都集中到了乌飚手里，统一由乌飚出货。可龙昆还是多了个心眼，怎么着也得为龙家人留一手，少部分的货就被他转移至了林子里。龙昆总算吐了口气，妈的，还真以为老子没余粮了，跟你乌飚混，不定哪天，恐怕连西北风都没得喝。

老爷！身后传来急促的声音。

龙昆赶紧收住脚，掉转过身子，一家丁喘着粗气吭哧吭哧跑了上来。

龙昆脸一沉，斥道，慌里慌张的，子弹撵着你跑啊！

被自家老爷一斥,家丁抬起眼皮,目光却不敢在龙昆的脸上停留。

龙昆问,找我什么事?

家丁诺诺道,老爷,少爷请您立刻回屋,说是有重大的事情相商。

龙昆虎着脸哼了声,手一挥,家丁后退几步,赶紧地转身溜了。

五十

龙王院子里晃荡着。

龙昆劈头盖脸就是一句,啥事这般急啊? 啊?! 大火上房了?

龙王也没顾及爹的不悦,道,乌飚刚才让人捎信,说是中午请你下山赴宴。

龙昆皱了皱眉,立在原地思忖,不年不节的,这厮咋想起来请我吃饭?

龙昆一边想,一边在阳光铺满的院子里踱着,他的身后,是一截短短的影子。

龙王的目光也随着龙王的身子踱着。

龙王轻声道,爹,这魔头啥意思啊,不会安啥好心吧?

龙昆没吭声,继续踱他的步。

半晌,龙昆抬起头,道,甭管这小子安的啥心,等去了,一切自会明了。不去想他了。

龙王收住晃荡的身子,问龙昆,你是说这顿饭你去吃了?

龙昆点点头,饭,肯定得吃,而且还得装成很迫切的样子。你想过没有,我们这边越显得热乎,乌飚那头对我们的戒心就会越小。

可是,我总觉得这事有点儿不踏实。乔老板这刚一走,乌飚不赶早,不赶晚,偏偏这时候想起了请客,你说那个乔老板会不会是乌飚放出来的鸽子呢? 龙王起疑。

龙昆朝龙王定定看了眼,哈哈笑了起来,你看,又来了不是。不就吃顿饭嘛,又不是什么鸿门宴,犯得着这样草木皆兵嘛。

龙王嘟囔,我就是心里探不过底。他乔老板主动找上门来,话绕来绕去,你就被他牵住了鼻子,还好吃好喝招待了一番,啥事都爽快地答应了人家。这事是不是有点欠妥啊?

龙昆拍拍龙王的肩膀,宽慰道,放心吧,儿子,怎么着他也不敢取你老子的性命,我身后有儿子立着哩。该干什么干什么去吧,爹心里头有数。

说罢,龙昆竟出人意料般地不带一兵一卒,独自下山赴宴去了。

龙王在他身后又叮嘱了一句,爹,你谨慎点!

走进乌飚的小楼,乌飚今天也是出乎龙昆所料地在院门口相迎。

乌飚嘿嘿一笑,龙老板今天以步当车,怎么连个家丁都不带啊?

说着,还故意睁大了眼睛,很是夸张地朝龙昆的身后看了看。

龙昆笑道,到你乌老板的白楼来,还用得着带家丁嘛。达显镇上,现在谁都知道我龙昆是你乌老板的人。即便有人打我的主意,他们也不得不有所忌讳。这不,打狗还得看主人嘛。

乌飚咧着大嘴,又是嘿嘿一笑,他得意道,龙老板可真会说笑,不过,这话我愿意听。说罢,一伸手,龙老板,请!

龙昆谦虚地推让了下,乌飚大咧咧地走在了前头。

厅内,一桌子菜已经置齐。落定,乌飚便提起了酒盅,龙老板,今天就咱弟兄俩,其他人乌某一个没叫,请吧!

龙昆面上谦和着,心里头却犯不住嘀咕,妈的,跟老子称兄道弟来了,把你小子得瑟的。论年龄,论资历,我龙某人当你一回爹都不过分。

心里不悦,脸上还是一片盎然,乌老板请!

几盅入肚,乌飚东一榔头又一棒子胡侃着,那意思,无非也就是吹自己够兄弟情分。

乌飚的脸上始终浮着笑,龙老板啊,自打咱们合作开始,你老哥对我乌某怎样,我心里有本账,我乌飚是重情分之人,咱俩打是缘,聚还是缘,日后还得好好合作下去啊。

那是,那是!

听乌飚从未在自己跟前说过如此般的软乎话,龙昆也一反了常态,改了往日话里藏针的作派。也说了,龙昆今天心里头毕竟藏着鬼,背着乌飚又偷偷做起了生意,心里头确实有点儿虚。

两人推杯问盏,虚情假意,你来我往,只喝得太阳西坠。

回寨子的路上,龙昆还在想,乌飚今儿个请自己吃饭到底啥意思呢? 难道真如他说的,没啥意思,就是弟兄们联络联络感情?

龙昆越是寻不着答案,这心里头就越是轻放不下。这时候,连身后头突起的摩托引擎声也是听而不闻。

摩托的引擎声越来越近,越来越响。

龙昆终于被扎耳的突突声唤醒过神来。

他调过头,心一惊,背上马上冒出一层冷汗,妈的,这小子要老子的命呢!

五十一

落霞里的摩托如同一头红了眼的狮子,直冲龙昆而来。

龙昆感觉到了强大的挤压气流。

退,肯定是来不急了。

龙昆的左侧,与山体相连,山壁仿佛一堵高墙,欲爬上山壁,绝对枉然。右侧,直通山脚,是一条百余米长的陡坡,跃下去,险,自然是险,眼下也是唯一的求生通道了。

就在摩托快接触到身体的那一瞬,龙昆猛地提口气,身体腾空往坡下一跃,摩托裹着劲风,几乎擦着他的衣摆,呼地一闪而过。

龙昆的眼里,顿时金光飞溅。耳畔,风声呼呼。天在旋,地不转。龙昆索性闭上了眼睛,我命休矣!

龙昆好像先是听到一记沉闷的撞击声,跟着,胳膊像是遭人猛地一击,突起的揪心疼痛,龙昆昏死了过去。

也不知道过了多长时间,龙昆似乎被什么激灵了一下。

他睁开眼,思绪被唤醒了回来。

夜风重重,山风抖动,有点点星光从层层叠叠的树缝里抖落下来。

龙昆使劲地动了动身子,知觉一恢复,他这才发现自己正躺在水沟里。

龙昆挣扎着爬出沟,支起身子,身底下很快就洇湿了一大片。

他想起了昏死前那致命的一击,禁不住暗自庆幸,多亏了那棵硕壮的油树挡了一下,否则啊,真的老命不保了。

夜幕里,大油树树梢在山风的撩拂下,尽情地洒着笑着,它肯定也为自己能救人一命而兴高采烈哩。

龙昆眼里一热,老泪就流了出来。没想到啊,我龙昆英雄一世,竟遭小人暗算,等老夫身子硬朗了,一定领着儿子来答谢你的救命之恩。

跟着,龙昆还朝油树恭恭敬敬磕了三个响头。

龙昆也说不清楚是怎么捱到自家院落的。

龙昆身子刚入了院门,双腿一软,人便重重瘫坐在地上。

咱到龙昆病狗似的呼叫,自家院子里贪睡的护院犬先可着嗓门吼了起来。接着院子里的灯三三两两相点亮了起来。

龙王你别看他腿瘸,脑瓜子却很清醒。他朝早吓傻了的哨兵猛抽几巴掌,抢在家人头里一跳一蹦至龙昆跟前。

龙王蹲下身,一把搂住浑身精湿的龙昆,爹,你这是咋的啦?

龙昆的话有气无力,人家要你老爹的性命啊。

告诉我,是谁朝你下黑手? 龙王追问。

龙昆嘘了口气,无奈叹道,还能是谁呢? 老了,垂暮老虫也遭人欺啊!

寨子里外,竟有人欲取自家的性命。龙家上上下下皆惊出一身冷汗。

　　凭心而论,龙家生意被乌飚收编了的这些日子,一大家子人虽说憋着股恶气,日子过得还算风平浪静的。龙昆对乌飚的所谓指令,似乎也是言听计从的。有时候龙王不知深浅地在外头发几句牢骚,龙昆也少不了给他冷脸子,就你能? 平安是福,记牢! 这句话龙昆是当着外人的面故意喊出来的。外人也的确没看到过龙昆背着乌飚干些越轨的事。这些当然都是面上的。但暗地里,或者说深入龙家人骨髓里的到底又是咋回事呢? 哪就随便别人琢磨去吧!

　　从龙昆方面讲,几十年,呼风唤雨,称王称霸惯了,现在真让他在别人面前俯首称臣,的确也难为他了。不错,他心里头的确窝着一团火,只是出于对家族的庇护,一直这么干忍着。龙昆知道,作为龙家的主心骨,自己的一句话,一个决定,龙家人都会奉为圣旨,他主导和左右着龙家老小的思想。

　　这会儿,龙昆最难以忍受的,并非因为自己没听进儿子的话而自责,龙王的提醒当然没错,自己也就是病急乱投医,以至于今天才折进乌飚设下的局。龙昆最痛心疾首的是,乌飚竟然要取他的老命!

　　先前龙王也跟龙昆叨叨过好多次,乌飚既然都不想让咱们活了,你还忍个什么忍,心头上的这把刀是该拔掉的时候啦!

　　这把刀肯定得拔,但问题是怎么个拔法,这里头是大有说道的。姓孙的到底会不会跟自己一条心? 龙昆一直是顾虑重重。

　　接下来,爷俩商谈一夜的结果非常明确。

　　龙王一拍胸脯,爹,这事就包在你儿子身上了,不剐了这魔王,我枉为龙家的子孙!

五十二

　　雨蕉餐馆在寨子中间一条碎石铺就的小街南侧。它的北侧,严格地说,也就是向前大步跨出十多步的样子,过了这条碎石路的中轴线,那它就归属于另一个国家管辖了。

一寨两国,大概也是这个叫丁春寨的边境村落与其他众多的山寨最最不同的地方了。

此刻,亮得晃眼的太阳已稳稳蹲居在寨子东侧的砣砣岭上,是寨子开市的时分了。

碎石路的两侧,店家的柴门一律地启开了,廉价音响里飞出的男星女星的嘶哑声,转瞬间把整条街填得满满当当,给本来还不算热闹的土街积聚了不少的人气。

店门口,瓜果菜蔬,针头线脑,布匹鞋袜,设摆看相,投注搏彩,应有尽有。远远看去,虽为嘈杂,交易还算有序。

晨练完的阿冲洗完凉水澡,这会正站在雨蕉餐馆的店门口,满脸是笑地冲着人头攒动的土街张望。餐馆内,不时散发的米线的香味儿在土街上飘荡。不远处,终日不歇的北汀河水在太阳强光的照射下,如一条银练伸展着向南迤逦而去,能听得见它冲击碎石的细碎声。

阿冲,来雨蕉打牙祭啊!一位身着隆基,肩扛锄头的中年汉子在高声打招呼。

阿冲露出一口白牙,回道,伯涛您这么早就下地了,今年水田里的米肯定多得可以喂牛啦!

被称着伯涛的中年汉子高兴地叫道,等咱们阿冲哪天办酒席了,伯涛白送你两斗大米。

中年汉子扛着锄头走远了。阿冲冲着土街又看了会,这才踅过身去,就着店门口一张小桌的空位,坐了下来。

阿冲朝店里喊了声,老板,来碗米线,外加两只鸡腿。

店里的老板娘也真有耳力,很快就有声音从腾腾热气中穿了过来,是阿冲吧,啥时候回的啊?你这一走就是许多年,再不进家门,咱寨子里漂亮的小卜哨都被人娶光了!

阿冲又笑着亮出了白牙,他冲店里又回了一嗓子,有你哩,我不怕,咱这边的小卜哨被人娶光了,你帮我在对面寻个中国的小卜哨好了,我还真想着有桩国际姻缘哩。

哎哟,阿冲的野心不小啊。腾腾的热气里现出了一张脸来,那张脸带有当地常见的黑红的肤色。

老板娘脸上挂着笑,手里端着油汪汪的米线。

看你阿冲把我高抬的,别看咱们跟人家一街之隔,那边的要价比咱们这边高得多呢。老板娘笑道。

阿冲笑笑,那我就打光棍算了,一个人,活得才算自在。

老板娘胎用指头戳了一下阿冲的头,别在这跟我日头里面说白话,等月亮升上来了,看你竹楼里熬得住。

阿冲捧着油汪汪的米线,朝老板娘笑笑,没出声。

老板娘嗔了他一句,边吃边跟我想着,相中寨子里谁家的小卜哨了,等这边的生意打理完,我给你当一回媒人。

老板娘闪身进入腾腾的热气里,阿冲就低着头哧溜哧溜地吃了起来。

阿冲边吃边在想,这些年在外头打拼,活了 25 岁了,还真的把自己成家的事给忘了。是啊,谁家的小卜哨可以给自己当婆娘呢?

阿冲先是在自家一侧细细过了个遍,但很快就摇起了头。

那就再想想对面一侧的小卜哨吧,阿冲对自己说。

毕竟自小都在寨子里玩大,对面那边的还真有几个小卜哨给阿冲留下过记忆。

阿冲搜肠刮肚地思想了一番她们的名字。半晌,阿冲径自摇起头来,这事也太难为了自己了。

阿冲笑了,自慰道,想不清就不想了,你阿冲即便想得起来,人家小卜哨就能看得上你?

一股怅然恍若砣砣岭腾起的烟岚,莫名其妙地在阿冲的心头盘旋。

阿冲在想,你们谁知道我阿冲是什么人吗?偌大的寨子,恐怕也只有我自己才知道。倘若我把自己真实的身份告诉伯涛米涛们,他们不吓得拔腿逃跑才怪哩。讨个对面的小卜哨做婆娘,痴人说梦哩。算了,婚姻的事就不再想了,吃完米线早早回竹楼陪米涛说说话吧。

走在回家的路上,阿冲说不上是怎样的一副心情,他在劝慰自己,莫多想了,其实就现在这样活着还是不错的。

你想想吧,自己也才 25 岁,现在一跃成了达显镇上乌飚的大红人,容易吗? 爹娘过世得早,他们临死前不还在巴望自己有朝一日能出息吗? 现在我怎样? 凭着自己的一身本事终于熬出头来。只是在自己的寨子没法张扬罢了,否则的话,否则会怎样? 阿冲又自问了一句。

阿冲突然间想起了一个人的名字,一个土街对过的小卜哨姣姣。

姣姣生得真像她的名字。小的时候,阿冲躺在竹楼内,常常会对着明月问,月儿啊月儿,你的面孔跟姣姣到底哪一个更白更姣呢?

童年的阿冲就因为爹娘走得早,在寨子里常常受同伴的欺负,姣姣见上了,总会护在他的胸前,虽然那时候他还不会说,姣姣你就是我的港湾。但在同伴的拳脚下,还是实实感觉到了姣姣身上的温暖。

那次,阿冲的鼻头被土司的儿子打出了血,姣姣见了,眼泪跟着就流了出来,仿佛挨打的不是阿冲,倒像是她自己。

阿冲记得,姣姣牵着他来到北汀河边,捧着河水为他洗脸。那一刻,阿冲被感动得哭了。阿冲说,姣姣,等我长大了,我一定要挣许多的钱,把你娶回家做婆娘。姣姣小脸一红,低着头说,那你就快快长大成人吧。

阿冲真的不敢再想下去了,现在自己是长大成人了,也有了足够的能力替人遮挡风雨,可是,可是儿时的誓言呢,早忘得一干二净。童年的那个姣姣,说不定早为人妻,早是人母了。

世事沧桑,阿冲禁不住黯然失笑。

米涛在芭蕉树下打着糍粑。见阿冲过来,米涛停止了手里的活,咋不在土街上逛逛,这么早就回来了?

阿冲朝米涛笑笑,问,您这是?

米涛笑道,明儿个不是要走嘛,家里也没啥好东西让你带走的,我就打点糍粑,家里条件就这样,你不要怪米涛。

说罢,米涛倒有点愧疚似地低下头来。

阿冲不觉鼻头一酸,动情地看着日渐苍老的米涛,您就放心吧,阿冲会让您过上好日子的。等我那边的生意做成了,我就回寨子,接您跟我一块过好日子去。

米涛赶紧摆手,快别这么说,我一个老婆子在寨子里过得挺自在的,再说米涛斗大的字不识一个,走了寨子能做点什么? 让你陪着我,那不是给你添累嘛。寨子里的日子再苦,这里毕竟是自己的家。只是你一个在外,身边也没个人照应,你要学会知冷知热啊!

听米涛提到了家,阿冲下意识地抬起了头,感叹,多蓝的天,多白的云啊,这里就是自己的故乡。

故乡,盛产着蓝天白云,盛产着亲情和自由清新的空气。

一鸡鸣两国,饭菜两国香。那边的瓜藤伸进这头结瓜,这边的鸡跑到那头下蛋。米涛的日子虽然过得比现在的自己清贫,但这里却聚积着少有的宁静,少有的祥和,少有的舒坦。

这些年,阿冲对自己西装革履的日子,也曾多少次厌倦过,上船容易下船难啊,心里的苦闷他无法对外人叙说。一身洋装看似风光,那可是用自家性命,用灵魂的折磨,用漫漫长夜的难眠,一点一点换回来的啊!

当年阿冲挣着命,非要离开米涛,离开他熟悉的丁春寨,去山外打天下。在达显镇上,他饿得连说话的力气都没有了,是一个叫乌飚的大哥把他扶进了馆子,镇子上一家简陋得不能再简陋的馆子。乌飚掏出皱巴巴的票子,冲店家要了只烧鸡,外加两碗米线,乌飚就坐在一边静静地看着他吃。那顿饭,可以说是他阿冲出生以后吃得最香的一顿,多少年过去了,还觉得是满口的余香。

吃完了饭,乌飚又把他带到自己四面透风的家里。从此后,这四面透风的家,就成了他入道的一个新家。

都说滴水之恩,乃涌泉相报。乌飚教他长本事,让他过上了人上人的日子,自己的翅膀硬了,岂能一飞了之。

多少个梦里,阿冲曾回到自己的故乡。一觉醒来,脸上湿漉漉的,一摸,尽是冰冷的眼泪。

家啊,我熟悉的丁春寨,我阿冲离你到底是近了,还是远了呢?

阿冲望着远处的砣砣岭独自出神。

五十三

水兴运翘着二郎腿,晃荡着靠背椅,手里端着一只快见了底的高脚杯,优哉游哉望着天上的浮云。能看得出,水兴运这会儿的心情不错。

大约半小时前,刀疤打来电话,先前那种拔刀见血的气势没了,口气难得的谦恭。

水兴运心里哪能没数,便戏谑道,几日不见,刀疤老板忽地变得文雅起来了,少见啊,少见。这还得归功变化太快的大千世界啊!

刀疤忙自嘲,这不你也看出来了嘛,我刀疤肚子里这点水,也只配给你水老板打打下手。前些日子你也别怪我刀疤昏了头,干了点出格的事,我还不就是有点儿担心嘛。水老板,你老要是觉得这一页翻过去了,就给我刀疤一个改过自新的机会,歌厅的修理费我刀疤认账。

哈哈,哈哈!水兴运还想戏谑刀疤一番,我水某在道上混,多少年就是不缺念情的朋友。看来,这些年我水某在这方面投入的精力是多了些,念情份的朋友圈子也大了些,是要精简一些啦。往后哩,什么人能交,什么人不可交,你刀疤还得给我多指点指点啊!

刀疤在道上好歹也算个人物,听这话心里不免一惊,电话这头他尴尬地一笑,水老板,你骨头上剔肉的功夫,我刀疤多少也知道一些,这次你老人家不会就因为我刀疤一时性乱,也跟剔肉似的真把我给剔了吧?我刀疤书没念过几天,你就权当我刀疤长了只猪脑子吧。

说到这,刀疤还没忘了巴结一句,你给的这批货成色比以往来得都好,你对我刀疤怎样我心里记着哩。往后,你想要我刀疤的人头,我亲自提过来献给你老人家。

水兴运笑了,人头嘛我就不要了,你还是留着它随时用来对我犯浑吧。好了,这趟子生意咱们总算是两清了,谁也不欠谁的了,以后的事咱们以后再说吧。

放下电话,水兴运觉出整个身子一阵的舒坦,他倒过来问自己,我水兴运的财运咋就这么的旺呢?

水兴运一个大白天脸上都乐哈哈的,可到了晚上,这脸上凝固了起来。

在美食城自个儿吃了点饭,正准备着找几个据说还是处女身的姑娘消消食,白梅香汗淋漓地寻了过来。

白梅递上一只小木盒,道,老板你快看看吧,我怕耽搁了大事。

水兴运回到自己在娱乐城的办公室。打开木盒,不由得惊出一身冷汗,盒子里躺着一把玩具手枪,还有两粒黄澄澄的手枪子弹。不过,这两粒弹子绝对货真价实。

水兴运稍一停手,忙又在盒子里扒拉。翻遍了整个盒子,水兴运也没找着他想要的只言片语。

白天的好心情被冲得一干二净。他愤然地啐道,跟老子玩这个?有种就他妈的站出来啊!

黑哥、长脚的死,又一幕幕地在眼前跳将起来。

来者不善,善者不来啊!他们到底想干什么?

这晚上,在江源大酒店入住的林锋、石笑两兄弟也碰上了件怪事。

晚上大约九点钟的光景,楼道服务员手捧木盒,敲开了他们居住的2109号房,说是十分钟前,有人指名将这只木盒送到他们手里。

石笑问，送礼物的是个什么样的人呀？

楼道服务员道，是大堂领班通知我下楼取回来的。

关上门，两人打开木盒，盒子里装着的与水兴一样的礼物。不过，这只盒子里比水兴运多了一张纸条，上书，收拾行李，立即滚蛋！

石笑捧着木盒匆匆下楼，忙问大堂经理，这盒子到底是长什么样的人送来的？

大堂经理回道，就是马路上满天飞的快递啊。那个快递戴着头盔，脸都被遮住了。

回到客房，林锋、石笑俩又琢磨开了。

与水兴运暗中做的这笔生意会是谁透出去的呢？

对方又怎么知道他们俩悄悄入住江源酒店的？

看来他俩一走进澜沧江娱乐城，就已经被一双眼睛给盯上了。

石笑朝林锋笑笑，对方不会因为我们在他们的地盘上抢了生意吧？

林锋沉吟了会，道，恐怕还不全是。

正琢磨着，石笑的手机响了。

石笑冲林锋一笑，是水兴运。

石笑按了免提键，水兴运有些低落的声音就传了过来。

水兴运道，又打扰两位兄长了，小弟今天遇上点麻烦事，两位若是有空的话，小弟想跟两位哥哥絮叨絮叨。

石笑一乐，多大的事嘛，犯得着天下雨似的。你老弟的事就是我们哥俩的事，说吧，在哪碰面？

水兴运道，那小弟就在美食城候着？

石笑故意停顿了下，道，那好吧。不过你得稍等一会儿，我俩手头这会儿有点事，处理完，我们就赶过去。

半小时后，当林锋、石笑见着那只同样的小木盒时，所有的疑问瞬间消解。

对手原来在阻止他们跟水兴运做生意。

再联想到黑哥被杀,一切似乎再明了不过,对手在胁迫水兴运与他们单线做生意。

现在再回过头来看黑哥的被杀,明摆着就是悄悄为水兴运干活的蟋蟀给对手出的主意。

林锋、石笑俩给水兴运打了番气,无非就是那套烂得不能再烂的,诸如兵来将挡,水来土掩的老语。

凌晨两点多,他俩才离开美食城。

案情逐级上报。

老局长听了祖德汇报后,高兴得拍案而起,盯紧水兴运,以静制动,相信那个影子杀子很快就将登场。

影子杀手会如所料般地登场吗?

五十四

孙兰穿着白纱裙,如风一般地飘到了龙昆所在的山寨。

孙兰的面色如白裙一般苍白。

走进寨门,孙兰对守门的说,我要见你们的龙爷!

把门的是个入行时间不长的毛头小伙,他自然不知道孙兰是何方神圣。他皱了皱眉,不满地盯着跟前憔悴的女子,语言极不客气,你是什么人? 寻我们老爷干啥? 你以为谁想见我们家老爷就得见?

把门的口气,傲得很。

孙兰没心思跟他多费口舌。她杏眼撇向别处,阴沉着脸,不满地回道,这些是你该问的吗? 回去通报你们家老爷就是了!

这口气,把护门的毛头小伙问怔住了。跟前这女子绝不是一般的来头。

刚才的那点傲劲马上被孙兰的冷艳击得一干二净。护门的有些犯难,不去吧,这女子绝不像个善茬,闹不好,等会在自家老爷面前奏上一本,自己有苦头吃了。通报吧,老爷那头也没法交待。你小子连个啥来头的人都没弄清,就跑过来禀报,你找死啊?万一老爷再遇上点不顺心的事,正愁没地方撒气,自己不正好往枪口上撞嘛。

把门的想,我一个小看门的,再没读过书,这点事还能悟得出来。

把门的看着孙兰,眼睛里现出了恭敬的神色,这,这?

正左右为难,恰巧管家经过寨门。

乍见着孙兰,管家还以为自己的眼睛花了哩。

怎么会是她?

她来寨子干嘛?

揉揉眼细瞧,还真的是她哩。

管家马上在脸上酝酿起一层笑,小跑着到了寨门口。

哎哟,大小姐啊!什么风把你给吹来了?欢迎欢迎啊!

孙兰以前见过这位管家几次,马上也客气起来,哟,是大管家啊。我今天进寨子,是想跟你们家老爷商量点事。

管家笑着回道,那就请吧。

说着,还摆出了个请的手势。

孙兰也没谦让,目不斜视地走在头里。

把门的长长松了口气,真他妈的悬啊,今儿个若不是管家神来相助,还真的麻烦不小哩。

孙兰头里走,管家后头跟着。

管家是边走边想,她来寨子到底要干什么?

当然了,管家的盘算比护门的要深刻得多。

莫非因为自家老爷受伤的事,她受了乌飚的委托,虚情假意进寨子慰问来了?

管家当然也知道,孙兰这段日子跟乌飚闹得是不可开交。他还知道,这些日子孙三爷是卧床不起,吐起了血。

至于孙兰为何跟乌飚闹腾,孙三爷又为啥吐血,深里的原因他是不知道的。

管家还明白,这夫妻嘛,天生就是对冤家。天上下雨地上流,白天打架晚上又睡一头。

莫非她真的是受了乌飚的委托,来看望老爷子?

管家的脑子飞快地转了一圈。无妨,等会看看再说。假使她真的猫哭耗子,不妨也送她出戏看看。

龙王眯着眼在陪躺椅上的龙昆晒太阳。父子俩皆一脸的倦容,谁也没开口说话,想必这对父子在想着同样一个心思。

老爷,咱家来稀客了!

大老远,管家热络络地打了声招呼。

龙昆睁开眼,这一睁,整个身子便僵硬了起来。

龙王脸上的表情跟他爹差不多。他转了转头,疑惑地问龙昆,她来咱们寨子干啥啊?

龙昆没出声,以他多年的经验,还是静观其变,以静制动,等看看再说。

龙王还是年轻,远不及他爹龙昆有城府。他站起身,尽量使自己的身子平稳点,脸上挂着含义不清的笑,道,今天可是咱们寨子大喜日子啊,难怪一大早喜鹊枝上直叫唤。乌夫人这趟来寨子,是视察呢还是访贫问苦来了?

孙兰没急于回龙王的话。

她静静看着躺椅上的龙昆,龙昆的眼睛微闭着,显然,孙兰进寨子他并未过多地放在心上。

孙兰的嘴唇微颤着,含泪的眼睛里,盛满了忧郁。

龙老爷,孙兰是求你来了。孙兰开口道。

龙昆微微张了张眼,双稍稍欠了欠身子,嘴角边像是艰难地挤出了一丝笑,乌夫人高抬老夫了,我一个糟老头子竟然有这么大的面子?你乌夫人在达显镇上可以说呼风唤雨,你有事求老夫?你不会是闲来无事,跑寨子来拿老夫开涮吧?

说着,龙昆故意动了动被绑带缠着的左胳膊,揶揄道,老夫都一个废人了,明天一觉醒来,还不知道能不能喘上这口气。老夫有心为夫人做事,只怕心力难支了!说罢,又像是万般无奈地摇了摇头。

龙昆缠着绑带的胳膊孙兰不会视而不见,她有些不明白,道,龙老爷您这胳膊?

龙昆苦笑笑,不说也罢,都过去了,过去了。

您是说被人弄的?孙兰疑惑。

一边立着的龙王哼了声,反问道,乌夫人真不知道我爹的胳膊咋回事?我们龙家向来在道上讲的就是个信字,我们说过的话,从来不打诳语,你们为什么就不能放过我们呢?即便有些事做得未遂你们的愿,也犯不着取人的性命说事吧?我爹都这把年纪了,哪里经得起这般折腾。

龙王是越说越气,身子也跟着晃动了起来。

他使劲地按了按瘸腿。这一按,憋在心里头的恨又升腾了起来。

龙王气咻咻地说道,别总以为我们龙家软弱可欺,兔子急了还咬人呢!

躺椅上的龙昆挥了下手,阻止龙王再继续往下说。

对自己的儿子,龙昆再清楚不过。冷静下来,做事还有条有理,有板有眼。一旦激动起来,就是个天不怕地不怕的主。

龙昆故意拉下脸,训斥,越说越不像话了,乌夫人是你指责的吗?这么多年的饭白吃了,真是越长越不懂规矩了。

听话听音,龙王心里一凛,暗叹,到底是自己的爹呀。自己刚才再由着性子说下去,肯定会误了大事。

意识到自己失言,龙王马上恰到好处地补救道,乌夫人,对不起,我失礼了!

说着,晃动着身子,朝孙兰鞠了个质量不是太高的躬。

孙兰说得很诚恳,龙少爷不必自责,该自责的应该是我们。

孙兰从龙昆父子的话语里已经悟到,龙老爷的伤,那个禽兽肯定脱不了干系。

悟归悟,想归想,孙兰还是想弄清楚到底是怎么回事。

龙老爷,你这伤?孙兰的眼睛里又显出关切来。

龙昆依旧笑着摇摇头,不说也罢,不说也罢,都过去了。

龙王又朝孙兰晃了晃身子,心犹不甘,猫又在嬉鼠了!

龙王刚刚压下去的火突然间又蹿出了火星子。

乌夫人是真不知道,还是假作糊涂啊?龙王问。

混账!真是越说越不像话了,这里有你说话的份吗?滚!龙昆突然间朝龙王吼了一声。

倘若说先前他对儿子的训斥多少带点做戏的成份,这次的训斥那可不掺杂任何虚假,实打实的。

龙昆的脸色很难看,再不好好压压这小子,昨夜里爷俩商量的大事泡汤不说,搞不好,一家人还要惨遭灭顶。别看眼前的孙家小姐凄凄惨惨戚戚的,她心里到底在想什么,脉络还没打探出来,你这小子倒先露出马脚来。

龙昆叹口气,暗道,愚蠢,愚蠢至极啊!

龙王气鼓鼓一扭头,身子跟着一晃,一瘸一拐走了。

龙王的这一连串反问,再次印证了孙兰对龙昆受伤的猜测。

孙兰上前一步,歉然地对龙昆说,龙老爷您别动气,你这伤了的身子骨受不得气。这事,你不说也罢,我猜想肯定是那厮犯下的恶。

说着,泪就滚落下来。猛然间,联起到自己的不幸与遭遇,孙兰便哽咽了起来。

我前世里到底犯下什么恶,老天爷这般地惩罚我啊?!

孙兰直觉得一阵晕眩。

见孙兰确实是动了真感情,龙昆再这样躺着,就有点说不过去了。

龙昆支起身子,劝慰道,乌夫人,你千万别听那混小子胡言,我这伤其实跟你们家没一点关系,龙王也仅仅是猜测而已。昨夜里这小子也说了这番混账话,被我好一番的训斥,等会儿我是不会放过他的,也该让他长长记性了。

说到这，龙昆故意地叹口气，装出哀其不幸的样子，继续道，多大的人啦，话一出口，还这么不上道，我这里向夫人赔不是了，看在老夫这些日子给乌老板效力的份上，乌夫人念他无知，就放他一马吧！

孙兰抹了把泪，反过来劝龙昆，龙老爷您快别这样说，乌飚是个什么东西我能不知道？他连自己的亲骨肉都不顾的人，什么恶做不出来啊！

乌夫人，你快别这么说，孩子的话信不得，信不得的！

龙昆还是不想把话说透，他必须得进一步打探孙兰的底牌。

龙昆道，乌夫人你大概也知道的，我龙某人跟着你们家干，纯粹是自觉自愿的，也没人拿着枪逼我们这样做。说句心里话，乌老板对我龙某人还算尊重的，我们之间的合作也比较愉快。如果说，我这伤是乌老板指使人干的，你就是打死我，我龙某人也一定不会相信！

龙昆越是这般说，孙兰越是觉得心口隐隐作痛。

这天打雷劈的，咋就不遭报应呢！孙兰在心里喊了一句。

孙兰身子晃了一记，脸色越发的苍白。

龙昆问了句，乌夫人，你没事吧？

孙兰摇摇头。

孙兰越是这样，龙昆觉得更得加把火。

龙昆说，昨天中午，乌老板还请我去了你们的白楼喝了场酒，我们聊得也比较开心。回寨子前，乌老板还想着让人开车送老夫回来，被我挡了。哪想到，哪想到就碰上这么件晦气的事。老夫还算幸运，只是摔断了条胳膊。假若真被那辆摩托撞上了，老夫今天也没这个福气跟夫人言语了。回来寨子，我一直在想，会是谁想取老夫的性命呢？想来想去，这脑囊子都想疼了，就是想不出个所以然来。

龙昆的这番话到底还是起了作用，孙兰的底牌不觉间露了出来。

孙兰冷笑了声，甭去想它了，这事除了那畜生还能有谁？龙老爷，我也就不跟你拐弯抹角了，咱就实话实说了吧。今天上山，我的确有事跟您相商，万望龙老爷能助小女子一臂之力。

　　话都说到这份上了，龙昆尽力做出倾听的样子。

　　他豪爽地说，夫人有用得着老夫的地方，你尽管吩咐，为夫人做事，老夫当在所不辞，怕只怕，老夫没这个力道啊。

　　孙兰紧盯着龙昆，咬着牙，一字一顿地说，杀了乌飚！

五十五

　　龙昆一惊，身子一下跌坐在躺椅上。

　　看面前女人的模样，绝不像是在说假话。

　　龙昆还是禁不住手心沁出了汗。

　　龙昆想到昨夜里跟龙王密谋的那件事，居然跟孙兰的如出一辙。

　　莫非隔墙有耳，乌飚派她出来演双簧，再深探底细？

　　龙昆毕竟老辣，他很快打定了主意，不管孙兰的话是否属实，自己这边必须谨慎再谨慎些，这玩儿脑袋的事，不能出丝毫的偏差，万万马虎不得。

　　龙昆脱口道，乌夫人，你是不是疯了？这事能随便乱说吗？

　　孙兰冷脸相向，是的，我是疯了，我的疯就是那个禽兽给逼的！

　　龙昆低着头，道，都说一日夫妻百日恩，他乌飚对你再怎么的，你们毕竟夫妻一场，犯得着刀光相见嘛。气话说说也就罢了，千万不可当真，不可当真啊。大小姐，这事恕老夫不能相助，你还是请回吧。

　　龙昆嘴上这么说着，目光虽然也没在孙兰的身上停留，但他的心却像无数双腾飞的眼睛，围着孙兰绕来绕去，他在感觉着孙兰和她周围的一切。

　　见龙昆一副漠不关心的样子，孙兰的泪就汹汹地涌了出来。

　　龙昆只听到咚的一声，不用抬头，就能感觉出是孙兰跪在了自己的跟前。

　　孙兰泪水滂沱，身子就像寒风里弱不禁风的小树，龙老爷，求您啦！

龙昆朝四周看看，赶忙扶起跪地的孙兰，夫人快快起来，让人见了会笑话的！

到这刻，龙昆的警惕的心总算是彻底烫贴了。龙昆心里一阵窃喜，这女人看来真的是铁了心了。

孙兰执拗着，您龙老爷不答应，我直到在您的寨子里跪死！

好好好，大小姐你先请起来，容老夫再思量思量。龙昆的口气似乎也软了下来。

孙兰站起身，龙老爷，您答应了？

龙昆摇着头，踱着方步，沉吟了好一会，说道，按说大小姐的面子老夫不能驳，也不该驳，你知道的，这些日子，老夫随遇而安，得过且过，一切顺其自然，活得也其乐融融，心如止水啊。现在你大小姐要老夫援手相帮，不是逼老夫弃眼下的好日子不过吗？

龙昆的话听上去就像是一块乌云，孙兰刚刚露出的一点希望，很快又被遮住了。

孙兰不甘，道，龙老爷，您一世英名，难道就甘愿屈从于乌飚这个乳臭未干的坏小子。我与乌飚夫妻一场，他那点黑肠子我能不解，他是在利用您，盘剥您，末了榨干您最后一滴油，再一脚蹬开您，让您人财两空，空悲明月。

龙昆自嘲地笑笑，无奈道，我老了，没有这个实力，也没有这个精力去与人打斗了。这江山啊，本来就是代代新人出，人再硬，他最终扛不过命，乌飚也会有老了的那一天的。

这回，孙兰终于从龙昆看似平谈的话语中捕捉到了他的无奈与不甘。

她还在为龙昆打气，道，龙老爷，都说英雄宝刀不老，我相信龙家的实力。您老爷肯出手帮忙，我孙兰敢昂着头跟您说，您这些年憋着的恶气会很快释尽的。

有意思，有意思！我倒想听听，您怎么帮我龙某人出这口恶气。

龙老爷,您可能都听说了,我爹这些日子为啥气得吐血。

龙昆佯装不解,怎么,孙三爷近些日子身子有恙?

孙兰恨恨道,还不是那个禽兽给闹的。他竟然不顾及丁点儿亲情,连我爹的货都敢掳。爹的货丢了,货主上门讨债,爹被他这么一搅,一下就赔了好几百万。

龙昆这下彻底释然了。

原来这个孙三爷跟自己没什么两样,也是强装在乌飚面前做好人,暗地里却一直琢磨跑私底下的货,看来自己前些日子的判断没错。

龙昆马上扮出一副同情相,道,还有这事?听起来倒够新鲜的。按说孙三爷是他的岳丈,小姐你又是他的妻子,他没理由这般地绝情啊。倘若这事放在我们外人身上还说得通。唉,真不知道这个乌飚是怎样想的。

他怎么办?孙兰接口,他就是想赶尽杀绝。龙老板,我爹那边的话由我来说,我相信,我能说动爹跟您一起联手灭了那个禽兽的。当初你们为啥被乌飚各个击败,还不是各怀各的心思,没联起手来吗。这血的教训,你们都该清醒啦!

龙昆感慨,孙三爷家的丫头片子还真不可小觑哩,连跟乌飚斗的招数都替你设计好了,看来,她想灭了乌飚,绝非是瞬间之念。

女人,女人啊,你别看她们平日里弱不禁风,一旦红了眼,那心可真是比蛇蝎还狠哩。

阳光里,龙昆似乎忘了自己臂上的疼痛,他用一只能动的手搓了搓脸,今天是啥好日子啊,自己正愁没法办的事,仇家的老婆竟跑上门来,哭着喊着要帮自己杀仇家,看来老天并不想灭了我龙昆啊!

龙昆的嘴里却在说,大小姐,这毕竟不是一般的小事,请容我再想想,再想想吧。

一串清脆的枪声,从远处传了过来。

龙昆抬头远望,腿一软,脸上忽地脱了血色。

五十六

老天似乎没想到就这么轻易败在了岩鹏的手下。它铆住了岩鹏,决定好好陪岩鹏再玩上一把。

这不,岩鹏这边刚刚默祷完,险情接着还是来了。

岩鹏真真地急出了一头的热汗,他愤愤地拍拍方向盘,气恼地骂道,这鬼天气,还真它妈的给缠上了。

岩鹏跳下车,险情似乎跟刚才遭遇过的没太大的分别。他不屑地瞅了眼,暗道,大不了再舍他娘的一身力气。

岩鹏取来工兵铲,提足了口气,一铲子就向茶山挖去。

铲子扎出去,这回没得到岩鹏想要的结果。岩鹏先是听到了一声剜心的声音同,跟着掌心一震,工兵铲遇上了石头。

这是岩鹏万万没有想到的。

岩鹏不死心,提着工兵铲像探地雷似的,一寸一寸地扎着软土。这一扎,岩鹏扑崖的心都有了。

红土里竟然藏着一块藐视他岩鹏的大石头。

石头之大,非他岩鹏能撼动的。

岩鹏不甘的心一下沮丧到了极点。今夜里看来真的因我岩鹏而误了战机了。

岩鹏在豁口处,四下里打量,豁口就像是老天设下的捉弄人的大口,一个劲地冲着岩鹏直乐,来啊,征服我啊!

岩鹏盯着豁口出神,他没有因为冰冷的豪雨和随将发生的险情而乱了心智。他朝远处看了看,一点极弱的火花在脑际倏地一闪,是啊,活人还能让泡尿憋死。他复又朝四周看了看,得找块木板。有了这块板,往豁口上一架,凭着自己过硬的驾驶技术,绝对能闯进断路。

可是千年古道,茫茫雨天,哪里能寻到中意的木板?

岩鹏有些犯难了。他收住了已前行了几步的脚,突然间就萌发就地取材,用树棍代替木板的想法。

岩鹏在吉普车的后备箱扒拉了下,脸上忽地漾起了一抹笑意。也不知道是哪位好事者,出于何用意,竟然在后备箱里备了把斧头。有了这把斧头,岩鹏自信,他已经握住了通过豁口的通行证。

岩鹏提着斧头,就朝路边的一棵胳膊肘粗的油树走去。

一阵发力,树被砍倒,截取树干段。岩鹏就想,等再砍下三四棵这般粗的树干,往地上一铺,用铁丝一固定,再往豁口上一架,便也如一块木板了。

岩鹏一鼓作气,又截了两段树干。眼见着大功告成,岩鹏奋力在最后一棵油树上搏击。

哪曾想,有那么一斧子下去,腿上再一发力,脚底被雨水冲软了红土突然间塌坍。失了重心的岩鹏身子一歪,一把没搂住还没斩断的油树,整个人就随着白茫茫的豪雨,向崖下跌去。

抓捕彻底完了! 岩鹏高叫了一声,眼睛一黑,世界顿时消失了。

雨声在山谷中回响,不时传来的滚雷压得茶山抬不起头来。

老天也许捉弄够了它身下的缉毒警。大概一个小时,或许是两个小时,岩鹏觉出了身上一阵寒彻,岩鹏终于被茶山上空的水给浇醒了。

我还活着! 我既然还活着! 岩鹏一阵窃喜。他摸了摸被荆棘划伤的脸,再试着动动身子,腿还能动,右臂似乎也没太大的问题,只是左臂动一动,钻心的疼。岩鹏估摸,可能是摔骨折了。

岩鹏咬着牙,吃力地挺起来,他又想到了那棵还没砍完的油树。借着天上的闪电,他下意识地朝脚下看去,身边草丛里那只斧子回应似的刃口一亮。岩鹏弯下腰,捡起斧头,慢慢向茶山的古道攀去。

老天还算眷顾。

岩鹏艰难地爬上了茶山。

大约又过了两个小时，吉普车终于抖抖豁豁中，压着编排后的树干，一点一点地挪过了塌方路段。最后，吼着嗓门朝它的车头方向疾驰而去。

五十七

毛丽瘆人的呼救声，在刚刚苏醒了的玉石街掀起了一股旋风。

毛丽顶着一头乱糟糟的黄发，身着松垮垮的睡衣，在玉石街上拼命地奔跑。两只脚上，现在也仅剩下了一只拖鞋。

男人阿苏喘着粗气，提着砍刀，在她的身后拼命地追着。

玉石街被他们两口子这么一搅，店门内，转瞬伸出一颗颗或肥或瘦或男或女的头来。

见是这对夫妻在闹，原本已提足了气，正准备见义勇为一把的男人们，就被自家的婆娘拖住了胳膊。

毛丽实指望这么一闹，街面上多多少少也会伸出些援手来。这回她可是弄错了。街面上相帮她的人没有，抄着胳膊笑眯眯地瞧热闹的倒是不少。这回她真的感觉到了阿苏手里那把砍刀的寒气来。

阿苏是出了名的老实人，也是玉石街上出了名的怕老婆的男人。

可眼下的事坏就坏在阿苏的老实上。

毛丽懂，老实人轻易不发火，一旦发起火来那可真是要烧透半边天的。咋办？今天该如何收场啊？

毛丽一急，刚刚还多多少少有些虚张声势的呼叫声就越发地恐怖起来。

再一急，慌不择路，就一跤重重地摔在马路上。毛丽眼一闭，泪就跟着出来了，我毛丽今天肯定是非死即伤了。

店里头的那些女人们见了，掩着嘴扑哧笑出声来，瞧这对活宝得瑟的。

就见吭哧吭哧的阿苏在毛丽跟前急急收住了步，整个人就像头发怒的狮子,你这个不要脸的,看刀!

叫着,砍刀越过了头顶。

倒地的毛丽听阿苏一声叫,刚刚闭上的眼睛很听话似的睁开了,顺着砍刀行走的路线,毛丽第一次发现,杀气腾腾的刀刃竟然还会在太阳光里发出炫目的光。那片光在头顶上猛地一抖,瞬间便改变了路线,闪电般地向她轰来。我命休矣!

毛丽就想到了砍刀砍到肉骨的疼痛,甚至眼前都幻化出了鲜血飞溅的惨状。

可是,可是让毛丽万万没有想到的是,那道裹挟着闪电的风,眼看着与她肌肤遭遇的那一瞬,风,却陡然地停了。

毛丽一愣怔,她明白了,阻断这股阴风肆虐的一个男人的断喝。

男人的断喝声很响,也很亮,中气实足。

阿苏,你想干什么? 你知道你这是在犯罪吗?!

冲自家男人断喝的是坝子里绝大多数人认识的华容。

这几天,华容带着岩鹏、宗泉为查找蟋蟀的关系人,串街走户,脚后跟忙得不沾地。今天按计划,他们是来玉石街寻访。哪想到,刚踏进玉石街,就跟提着砍刀追妻的阿苏不期而遇。

听到了断喝声,阿苏的身子就像猛然间受到了雷击,剧烈地抖动了起来。阿苏用砍刀指了指地上早已是面如白纸的自家女人,华队,她,她偷人!

华容虎着脸,笑话,捉贼拿赃,捉奸拿双,你有证据?

阿苏那张马脸涨得紫红,这还要啥证据? 阿苏愤然砸了手上的砍刀。砍刀与马路上的石块一撞,竟迸出了几点火星子来。

华容走上去,拍了拍他的肩膀,劝慰道,夫妇俩有啥话不好说的,非得到这大街上来动刀动枪的,走,回店里去。

说罢,朝岩鹏、宗泉两个使了个眼色,两人会意,忙上前扶起倒地的毛丽。

夫妇俩回到了店里,华容又好一番劝说之后,这才按分工开始了一天的寻找。

午饭当口,三人重聚在街头小摊,每人要了碗米线,直吃得脸上汪出一层油汗来。

吃罢米线,三人来到了玉石街市场管理所,要了一间闲房,就开始碰起了上午的查访线索。碰下来,有价值的线索似乎没有。

看来今天又得无功而返了。宗泉无奈地说道。

华容笑笑,但愿接下来的访问能给咱们带来好运道。

宗泉嘀咕,这玉石街的人也真是的,说蟋蟀天生就是个游荡子的倒是不少,你这里再一追问,他们又冲你傻笑,说什么,大家都这么认为的。你听听这都是啥话嘛。

宗泉这一嘀咕,华容莫说还真多起了心来。华容问,你们都听到被访者说毛丽什么了吗?

岩鹏接过话来,嗨,还能是啥好东西呀。整个街上都在议论,说毛丽就是只馋猫,三天不吃腥,这心里头爪挠了似的。这事哩,好像就是老实巴交的阿苏独自蒙在鼓里。

是啊,你们说蟋蟀跟毛丽会不会有一腿呢?华容问。

我看啊,难说。岩鹏道。

岩鹏刚说完,宗泉猛地一拍大腿,道,华队,你这么一说,我这里倒有个情况了。跟阿苏邻居的一个叫阿俊的女人你认识吧?就是那个做起事情风风火火的,话一出口就跟打机关枪的那个女人。

华容想想,点点头,道,早上陪阿苏回店里,她不是还冲我们笑过的嘛。

宗泉说,不错,就是她。上午我到阿俊店里访问,无意问起阿苏两口子为何拔刀相向,阿俊悄悄地告诉我,说毛丽偷了人。我就问,毛丽偷了谁家的男人了?阿俊说,这个就说不好了。一大早,就听阿苏嘴里骂骂咧咧,什么死鬼死鬼的,还说要去扒了那死鬼的坟,要让那死鬼永世不得投胎。

说到这,宗泉看了华容一眼,华队啊,你说阿苏提到的那个死鬼,会不会是蟋蟀呢?

华容思忖了会,转过脸再看看岩鹏,你觉得呢?

岩鹏也是一副沉思状,我看有这个可能。

华容说,那好,等一会儿咱们就接触接触阿苏。

华容将三人重新作了分工。岩鹏、宗泉在阿苏的店里跟毛丽谈,他则将阿苏领到了市场办那间空置的办公室。哪想到,两下里这么一谈,还真就谈出了点名堂。

阿苏脖子里的青筋直跳,一口咬定,我们家的贱女人就是跟蟋蟀这个死鬼有一腿!

而毛丽则显得非常的委屈,那表现简直比窦娥还冤。

她一把眼泪一把鼻涕地喊冤叫屈,这死鬼就是送我条金项链,这又能说明啥呢。你们是公家人,这次可得为小女子做主啊!

岩鹏看在眼里,心想着,这女人倒会表演,此地无银的三百两的事,她掩饰起来简直是驾轻就熟。对这女人说话还得采取点策略才行。

岩鹏就劝道,你也知道的,从来都是清官难断家务事,这事情哩我是这样认为的,你要彻底打消阿苏对你的误会,你总得拿出点行动证明自己的清白才行。你这里口口声声说自己是清白人,阿苏那头又哭爹喊娘说你越了轨,两口子就这么斗来斗去的,斗到最后,生意黄了,家也散了,多不值啊。听我一句劝,把整个儿心都扑向阿苏,他就是块榆木疙瘩也会发出新芽的。

毛丽眼泪巴嚓的,道,岩警官,你这话我愿听。

好了,这事咱们哪说哪了,以后就不要再提了,你毛丽为人怎样,我们从街坊的嘴里多少也知道一些,我们绝对相信你对阿苏的好。

毛丽听了岩鹏这番话,竟破涕为笑,这榆木疙瘩要早听了你们的话,也不至于发生早上丢人显眼的事。

见火候已到,岩鹏便将话题很自然地切换到了蟋蟀身上。

岩鹏说,听街上的人讲,他们常看到蟋蟀跟陌生人往来,都是些什么人呀？

宗泉鼓励道，你尽管放开来说，我们也都是了解案子。蟋蟀生前不管别人对他怎么评价，对方还不至于要他性命吧？蟋蟀即便再坏，我们不是还有国家法律管着嘛，你说是吧？

毛丽点头认同。她说，其实，其实蟋蟀也不像别人说的那么坏，他这人还蛮有男人味的。

话一出口，毛丽大概也意识到自己这番话有点暧昧，忙解释道，我说的他有男人味，是说他为人挺那个什么的嘛。

毛丽一时也找不出确切的词汇来。

岩鹏看在眼里，自然也不想去戳破毛丽这点小把戏，便说道，蟋蟀的为人咱们先不说，咱们还是回到正题上吧。

毛丽点点头，沉吟了一会儿，说道，其实我跟蟋蟀认识，算起来也有三五个年头了。玉石街开张的那会，我们也从朋友那东拼西凑找来了十多万，买下了现在的门面。先是做了一段的服装生意，没赚上多少钱，后来听人说还是做玉石生意挣钱快。主意好是好，可我也犯愁，为啥呢？我没门路弄回那些货源。你们也看到了，凭我们家的阿苏，三拳打不出闷屁来，依着他，一家老小早喝西北风去了。

毛丽自顾喝了一口水，继续道，后来，我听人说，蟋蟀外头有路子。我就厚着脸皮求上了门。嗳，蟋蟀兄弟还真是不错，很给我面子，满口答应帮忙。第一笔生意，我托他帮我从对面弄回五万块钱的货，钱给了他三天，货跟着就弄回来了，而且那货的成色，周边几家绝对没得比。第一批的玉器不消多长时间就销完了，之后我又托了他一回，还塞给他三万元的好处费。这一次倒好，托他为我弄十万元的货，他竟然给我弄回来十三万。我不解了，问蟋蟀咋回事？蟋蟀笑笑说，姐，你这不是刚刚起步嘛，等以后没饭吃了，你再施舍我不迟。我一听感动得眼泪水都下来了。

说到这，毛丽吸了吸鼻子，真有两滴泪珠子从眼眶里涌了出来。她抹了抹泪，不好意思地朝岩鹏笑笑，让两位见笑了，我这人特别容易动感情,眼窝子也浅。

岩鹏也顺势说了句,人非草木,孰能无情啊。这年头,无情无义,或者薄情寡义,别说是做生意了,做啥都寸步难行。

岩鹏的话显然很合毛丽的意,她笑道,还是你对世道看得清,我们家那位,唉,咱们不说他了,接着说蟋蟀。

这回毛丽倒主动了起来。她继续道,既然蟋蟀已开口叫了我声姐,他又自称是小弟,我想索性假戏真唱。一个喊姐,一个叫弟,倒也热闹。我俩的关系也仅此而已。你们说说看,阿苏他吃的那门子醋嘛,跟个死人吃醋,值得吗?他还算不算个男人?现在门面上生意做得那么好,没有过去蟋蟀的帮忙,能像现在这样红火吗?

宗泉埋着头在笔记本上沙沙地记着,心想着,这女人果真不一般,一两句可以说清的话,非得来那么一大段的铺垫。

宗泉道,说说你那根项链吧。

毛丽下意识地摸了摸脖子上那根黄灿灿的项链,脸上竟腾起了一片红云。

毛丽说,那是我三十岁生日当天,蟋蟀给我的礼物。那天,他给我戴上时,我幸福之中又有几丝的担忧,就问他,这东西很贵的,你那来这许多钱?蟋蟀冲我笑笑,我又结识了个朋友。我佯装愠色,你又认了个姐?蟋蟀一笑,说,你就是小心眼,我有你这么个好姐姐,哪还能吃在碗里盯着锅里。我就说,姐看你也不敢。过了好一会儿,我还是不放心,就问他那位新结识的朋友我认不认识?蟋蟀摇头说,你没见过,他不是咱们坝子里人。听蟋蟀这么说,我就提醒他,你得当心点,交友不慎,当心被人黑了。蟋蟀一笑,凭他,九根指头还想跟我蟋蟀斗?我被蟋蟀说糊涂了,什么九根指头十根指头的?蟋蟀一把抓住我的左手说,他左手上少了根指头,这下明白了吗?

岩鹏、宗泉同时瞪大了眼睛,几乎又是同时发问,你肯定?

毛丽笑笑,姐的记忆不会错。

也许毛丽的思绪还未从与蟋蟀交好的那段时光里抽出来,待她恍然醒悟过来,脸又蹭地红了,又让两位警察见笑了,我毛丽又说错了话,我那有资格当两位的姐呢。

宗泉调侃,你想当就当回吧,我这边没关系的。说着故意朝岩鹏挤挤眼睛,老岩呀,你今天可算是沾了大便宜了,毛老板就这么一句话,一下就让你年轻了十好几岁。

言毕,宗泉自个儿笑了起来。

五十八

龙昆复仇的念头就如同林子里挨过枪子的小鸟,再不扑棱着翅膀、亮着嗓门在林子里张扬了。

这些天,龙昆把复仇的念头藏得深深的,他不去想,自然也不容许儿子龙王去想。龙昆的怕,说起来跟枪声还真的沾了点边。

那天跟孙兰正谈着,突起的枪声,骤然间如同一盆冰水,将体内刚刚搅腾起来的热血,一下泼得透凉透凉。

龙昆当时就在想,值得跟孙兰去冒这个险吗?

乌飚真的到了欲置自己于死地的程度?

倘若乌飚也只是向自己敲敲警钟,自己再一味地不识抬举,龙家大祸临头的日子真就不远了。

龙昆一怕,行为也就变得更为谨慎了,胆子也就愈发地小了。

龙昆也曾暗地里骂过自己无数遍,英明一世,昔日说一不二的人,咋就变得优柔寡断,愁肠百结了起来?

那天让龙昆瞬间老脸变色的枪声,的的确确发自寨门口。

老实说,龙昆事后也承认,起先他还真以为是乌飚的人闯进寨子问罪来了。乌飚的人来了,哪还有个好? 没事他们都能给你拨弄点事情来。况且,今天的阳光底下,你龙某人竟然跟他的夫人在谋划欲取他项上人头的大事。

那好吧,就等着跟他乌飚过招吧。

　　事情明摆着躲不过去了,那就睁大眼珠,抻长脖子,是死是活,听天由命吧!

　　龙昆黯然一声长叹,龙家在劫难逃了!

　　老爷! 管家从远处跑过来,气还呼哧呼哧地喘着,俯身他面前。龙昆这才回过神来。

　　管家说,是少爷在寨子门口放的枪。

　　龙昆一听,身体内马上有了种绝处逢生的感觉,是喜悦,还是幸运? 这些味道还未及体味,龙昆的体内马上又腾起了一簇怒火,那火候地从龙昆的口里蹿了出来。

　　成不了器的东西! 给老子捆起来!

　　龙王被家丁捆在了院子里硕大的椿树下。

　　龙王冷眼盯着龙昆,身体不服地抗争着。

　　龙王真是不明白,他嚷道,爹,你有什么可怕的?! 人家现在都不屑跟你玩往头上扣屎盆子的游戏了,要直取你的性命,你连句责备的话也不敢说。那娘们来寨子里干什么? 还说有事相求。她有什么事需要咱们帮助,他乌飚真有了事,是咱们能帮得了的吗? 他奶奶的,少来这一套! 这青天大白天的,少在咱寨子里碍眼。

　　龙王被龙昆骂走后,他拖着条残腿,晃进屋子喝了几杯茶水,哪想,肚子里的肝火非但没被茶水压下去,反倒像汽油似的,把一肚子的肝火燃得更旺。

　　龙王越想越不得劲,他愤愤地摔掉茶杯,索性,到外头透气去!

　　身子波浪似地涌到寨门口,持冲锋枪的门卫,啪一个立正,举手敬礼。

　　龙王眼睛一亮,他终于找到了发泄的出口。

　　它奶奶的,自家老爹不让我跟那娘们说话,那我就用枪声跟她说,用枪声代替我龙王的嘴巴给她提抗议! 还真以为咱寨子里的人怕他乌飚了,做你的大头梦去吧!

　　龙王晃过去,一把从门卫的脖子上薅下了冲锋枪。枪栓一拉,对着了明晃晃的天就是一梭子。

伴着枪声，还有龙王歇斯底里的吼叫声。

龙王撩了撩他那条残腿，爹，你别再糊涂了，咱寨子里再不聚点霸气，就该彻底完蛋啦！

龙昆喘着气走过去，抡起巴掌，结结实实给了被捆着的龙王一巴掌。

永远长不大的混账东西！

抡完，龙昆气咻咻地回竹楼去了。

这一巴掌，龙王算是彻底地明白了。爹对自己的信任彻底地完了，昨夜里爷俩的密谋就此不再算数。

碰上了信任危机的龙王，自然得在龙昆面前夹着尾巴做人。

既然老爷不再提复仇的事，咱就得跟着老实点，全当没这档子事。

不过，龙王隐隐还是觉察得出来，爹不会真就将复仇的事束之高阁的。

爹这个人，向来说一不二，一言九鼎，这不符合他的性格。莫非，莫非爹他在……罢了，罢了，还是静观其变吧。咱就老老实实装扮成一只挨过枪子的林鸟吧！

这天夜里，星疏月明，微风习习。龙家却发生了件石破天惊的大事。

龙家上上下下一大帮子人，再见着自家老爷的脸色，心知道，龙家可能遇上了前所未有过的劫难，一如风雨飘摇的扁舟。

一时间，花儿仿佛谢了，乌鸦们也害起了嗓病，失却了活力的寨子里，噤若寒蝉，人人自危。

龙昆林子深处的密室让人放火给烧了！

龙昆咆哮了，我龙某人一忍再忍，你乌飚把我龙家往死里头逼呀。我要复仇！复仇！

五十九

龙昆又显出了昔日猛狮出击相。那样子,兴许乌飚见了也会生出些寒意来。

也许真的因为霸道得过了头,乌飚竟忽视了龙昆昔日道上也是一头猛狮。

乌飚自然想不到给对方留一点后路,更不会想到龙昆往日在道上也算是有脸有面之人,现在连条后路都给对方断了,龙昆哪能不奋起反抗?

束手待毙,死路一条。出手相搏,也许能杀出一条血路,绝处逢生。

乌飚另外有一点也许未能悟透,人一旦变成了兽,那可是比兽凶恶百倍,甚至千倍。

林子深处的这把火终于将龙昆心底复仇的念头喧腾了起来,它成了龙家人向乌飚复仇的狼烟。

龙昆站在林子深处密室的废墟旁,他怎么也无法相信,就连自家儿子都不太知晓的密室,乌飚竟神奇般地在一个月朗星稀的平和之夜,神不知,鬼不觉,给彻底地端了。

龙昆嗅着废墟散发出来的焦糊味,一股怆然惨然而出。他龙昆并非心疼密室被乌飚烧了。密室烧了,还可以重修,其实令他龙昆心疼不已的密室里还没来得及处理掉的家底子,那批足可以换回三百万人民币的高纯度海洛因。

货被乌飚弄走了,最后,那帮人还没忘了再给添把火,绝啊,真他娘的绝!

这天夜里,龙昆记得自己正做着林子里打猎的梦,等他见一条火狐倏地从眼前惊过,接着就听到家丁们吵吵着林子里着火的声音。

龙昆猛地跃起身,抓了件外套就往门外冲。

这时候，就见林子深处，有火光映着。

龙昆从火光腾起处，一眼就判断出火光就出自林子里的密室。

等到龙昆气喘嘘嘘跑到密室处，有几个家丁不住挥舞着树枝，在奋力地扑打密室往外吐射的火焰。

龙昆顾不得许多了，他提足气，冲上前去，一脚踹开密室的门，人呼地钻进了密室内。

几个灭火的家丁一下给吓傻了，那可得要了自家老爷的命啊。

老爷！老爷！

眼见着就有不怕死的跟着冲进了密室。

不长时间，龙昆被几个不怕死的架了出来。

龙昆的眉毛、胡子被燎剩下了茬，身上带洞的外套不断腾着袅袅的青烟，整张老脸都被烟灰覆盖住了。

龙昆面无表情，身子像打摆子似的晃了几下，人一下就往前栽去。

老爷！

幸亏一位家丁出手快，他一把托住了昏厥过去的龙昆。

快！快送老爷回寨子！

几个家丁手忙脚乱，抬着龙昆一路小跑，密室还在燃烧着火被他们渐渐甩在了身后。

龙昆又一次躺倒了。

这回等他重新在寨子里溜达，已经是林子里着火一周之后的事情了。

龙昆能重新在寨子里溜达，龙王表现出了前所未有的兴奋。

这天晚上，龙王差家丁从山下买来了几万响的炮仗。那炮仗的爆响声，在寨子上空足足炸了四个多小时。

放完炮仗，接下来，全体家丁放量饕餮，大块朵颐。

这天，寨子的上空不仅飘着火药香，还有人欢狗跳的酒肉香气。整个寨子热闹得就跟过年似的。

龙王的这番造势,龙昆也是睁只眼,闭着眼,未加丝毫的干预。

龙昆也知道,这时候,寨子里最需要的就是聚气,儿子也真是煞费苦心,让大家伙闹一闹大有必要。龙昆也禁不住提着酒盅,挨个桌上敬酒,这在以往都没有过的。

龙王给龙昆满满碰了一杯,道,爹,我打小就是这么认为的,咱爹就是咱爹,绝对的一个打不怕、压不垮的爹。

龙王还想说,爹,我看得出来,你心里的那个复仇计划活了,复活了!

知子莫如父,龙昆自然知道龙王接下来还想说什么,他只是浅浅抿了口酒,又转身随管家给别桌敬酒去了,再未给龙王多说一句话的机会。

这天夜里散完席,就有了隐隐的雷声从天边传了过来。

也不知道过了多久,从天边拱来的黑云就遮住了头顶上的稀星。有银蛇似的闪电在天空乱舞,舞着,炸雷就爆开了。暴雨兜头倒下。

雷这么哗哗一倒,雷公似乎也来了精神,那雷一个接着一个,震得竹楼直颤,仿佛在寨子的上空摆起了擂台。

雨大,雷响,这些似乎并未影响到了家丁们酒足饭饱后的酣睡。家丁们的呼噜声,与天的雷鸣,很快就连成了一片,

龙王多喝了几杯,索性在厨子的卧室里睡了。

他那副瘦身子一挨着床,两只醉眼很快就粘合上了。

离龙王住处不远的另一处竹楼里,龙昆这时候则是辗转反侧,难以入眠。

又一道闪光划过,不多会,龙昆缓缓从床上欠起身子,披衣下床,顺手抱起床侧搁着的水烟筒,点上,咕嘟咕嘟吸了起来。

约莫一袋烟的工夫,龙昆放下水烟筒,径自披了件雨衣,拿着电筒,就往门外走去。

睡得正香的龙王感觉被推了几下,他缓缓睁开眼,一道电光闪

过,眼前是一张模糊的脸。

龙王一惊,大叫,谁!

嘘!来人轻轻叫出了声。

龙王听出是自家爹的声音,不悦地嘀咕了句,爹,你吓死我了,我还以为遭人暗算了哩。

龙昆压低嗓门,催促,快穿好衣服。

龙王不解,爹,你这是?

动作利落点,出去再说。龙昆又紧着催促。

龙王瘸着腿,跟他爹一样,穿着雨衣,拿着手电,龙家父子就走进了密匝匝的风雨雷电之中。

爹,你这是带我往哪儿去啊?龙王抹了把脸上的雨水,问。

龙昆反问,你觉得这大风大雨天,爹是带你下山玩啊?

龙王晃动着身子,从动作上看,这雨,这风,倒没难住了他。

龙王苦笑笑,我想啊,这雨天跟爹出去逛逛倒不算件坏事。

龙王嘴上虽这么说,其实从被他爹唤着出门的那刻起,他就盘算着,这鬼天气爹搞得如此般神神秘秘的,绝非是带着自己出来溜达。

那么,爹这会儿带着自己去干啥呢?

龙昆在头里走着,让龙王纳闷的是爹并未往寨门走去,而是径直走往后山的一条秘道。

爹,咱们干嘛走这条小道呢?从寨门口下山,那条道多好走啊。龙王嘀咕。

龙昆回过头,狠劲地瞪了龙王一眼,这些日子咋就不见你长脑子呢?你是想让外人知道,咱们龙家父子偷偷摸摸下山去了?

龙昆这么一说,龙王算是彻底明白了,爹这趟带自己下山,肯定跟复仇的事有关。

前些日子,爹轻信了乌飚的探子,险些丢了老命。这回,密室被乌飚的人烧了,好几百万的货又被掳了一空。这两件事一联系,谁敢保证寨子里就没有乌飚的内线?说不定,这雷雨夜里,寨子通往山下的道上就有乌飚的人蛰伏着。

龙昆就想，到底姜还是老的辣，爹办事想事，就是比自己强许多。

龙家父子在夜与雨的掩护下，悄然来到了孙三爷的寨子。

跑到孙三爷的寨子，龙昆即便不对龙王说什么，龙王也能悟得出来，爹这回看来是要对乌飚动真格的了，爹是来孙三爷寨子搬救兵哩。

龙王禁不住内心一阵潮涌。

说实话，爹能跟孙三爷释尽前嫌，这步棋他龙王是没想到的。

当然了，倘若龙、孙两家握手言和，凭两家的实力，跟乌飚绝对有得一搏。可是，龙王不免又有点儿担心，孙三爷不管怎么说，他毕竟是乌飚的岳丈大人。前些日子，龙王也多少知道些乌飚对孙三爷的不恭，但人家毕竟有这层关系摆着，家里头的事，关起门来有啥说不通的？哪怕乌飚给孙三爷递张笑脸，或者说句软话，所有的龃龉也就淡淡释尽了，毕竟自家的女儿还得跟乌飚过下去嘛。

龙王就想，爹今夜里这番做，是否有点儿莽撞？爹的诚意会否打动孙三爷？再往深里说，即便两人相逢一笑泯恩仇了，孙三爷会否答应与爹联手，共同对付乌飚？

站住！什么人？

寨门前几个把门的家丁哗啦啦拉响了枪栓。

龙昆朝龙王使个眼色。龙王就学着爹的样子，拉上雨衣帽，把脸遮了起来。接着，又缓缓把双手举过头顶。

一位家丁端着枪大摇大摆地走了过来，口气很是不恭，他妈的，这大雨天的不在家好好歇着，跑寨里干嘛来了，当贼呀？

龙王一听，火苗子就蹿了出来，他朝家丁一瞪眼，脱口骂道，他妈的，一个看门的，跟谁说话呢？一点规矩都不懂，孙三爷平常就教你们这样待客的？

龙昆马上转过头，朝龙王使了个眼色，意思别让他节外生枝。

龙王气呼呼地哼了声。

那家丁端着枪,围着龙家父子转了一圈,嘴里怪怪地道了声,听起来口气不小嘛,你们俩何方神圣?快报上名来,也好让老子惦量惦量。

说着,家丁还怪怪地笑出了声。

也难怪把枪的家丁小看了龙家父子。想想吧,如果眼面前这两个人真是什么大人物的话,犯得着这雷轰轰的雨夜摸上山吗?把枪的家丁又不是没见过,哪个有头有脸的来寨子,不是青天白日跨着小方步来的,身后还跟着一串的随从。就他们俩这模样,喷,还打肿了脸充胖子来了

龙昆自然猜得透对方的心思。他友好地朝持枪家丁笑笑,随即从脖子上取出一块玉佩,朝家丁说,这一天的大雨,想必你家老爷也不想让我们这么淋着,麻烦你将这块玉速速给你家老爷呈上。

那家丁接过玉佩,在手里掂了掂,又在突起的闪电中看了眼,念道,是块好玉。莫非自己真的看走眼了?再听听来人的口气,看来他跟自家老爷的关系绝不一般。若要真是那样的话,最后吃苦头的莫不了是自己。

这样一想,持枪的家丁口气就软了下来,那就麻烦两位再多淋一会吧,我这就给老爷通报去。说完转过身,往寨门内跑去。

六十

烟鬼玩了点小伎俩,老天多多少少还是让他遂了些愿。

水兴运哩这几天宛若惊弓之鸟,外界稍有点风吹草动,都能惊出他一身的汗来。比如,猛然间听到外头一声响,或者是房间里突然间断了电。再比如,走到外头,陌生人多瞅了他几眼,总弄得他神慌意乱,心神不宁的。

水兴运胖嘟嘟的脸就越发地憔悴起来。

有时候,手下稍稍丁点儿的错,哪怕是稍稍看不上眼,水兴运都

会大发雷霆一番,不想干吗?那就给老子滚蛋去!

老板这些日子到底怎么啦?员工们暗自琢磨,一个乐乐哈哈的人,咋说变就变了哩?

手下一帮子人摸不透老板的心思,这不就如同上路遇上了断桥,那也只好摸着石头过河了。

这几天,水兴运也想跟他新结识的两位老哥说说心里话,人家的枪都快抵住脑门子了,可是每次拿起了电话,键盘还没拨开,就叹口气放了下来。

跟两位哥说些什么呢?让他们出手相援?

那两位哥说白了,也就是生意人,人家可以跟你谈生意,做生意,可没有义务保护你。再说了,自己在坝子里也是个说一不二的主啊,向谁轻言过低头?现在就遇到这么点芝麻绿豆事,自乱阵脚,让别人怎么看?以后的生意别人是跟你做呢,还是不做的好?说不定两位哥现在也是泥菩萨过河,自身难保哩。别看他们平常牛哄哄的,那晚上跟他俩说了自己受恐吓的事,他们面上倒也沉沉稳稳,可他们毕竟不是坝子里的人,大不了,三十六计,走为上。自己呢,往哪走?自己的全部家当都在坝子里,坝子里有自己的家啊!

白梅见自家老板这般模样,替老板堵枪眼、托炸药包的心都有了。

白梅的泪一下拉得老长,再这样下去你不光毁了多少年的家业,恐怕连人都得毁了。

说到这,白梅心疼地望了眼水兴运,她泪一抹,豁出去了,白梅决定用自己的柔情,来抚慰老板内心的的焦虑与不安。

白梅说,从今天开始,你的饮食起居全由我白梅包了,二十四小时,我白梅不离你一步。

水兴运木木地看着她,没吱声,也就算默认了。

天光还没透亮,刚刚有点儿睡意的水兴运被突然响起的电话铃声激起了一身的冷汗。他忙推推身边熟睡的白梅。白梅揉揉眼,矇眬地看了眼水兴运,就见水兴运指了指电话机,那样子,仿佛响铃的倒不是电话,而是一包正燃着导火索的炸药。

白梅欠了欠身,拧亮台灯,拎起电话,喂,找谁?

电话里的人说话了,让你的水老板听电话。

水老板?白梅疑惑地睁大了眼,这时候的睡意彻底跑光了。

白梅的脑子里急速地寻索了一遍,会是谁呢?老板的这个密巢,自己也是三天前才知道,除了自己还有谁知道呢?

水兴运面色一下苍白了许多,忙不迭地朝白梅摇手。白梅会意,就冲电话里的人说,对不起,你电话打错了。

正欲挂电话,电话里的人口气一下威严了起来,告诉你们老板,他如果厌倦了风流乡的日子,明天我就成全他!

白梅急了,你是谁啊?

电话里的人说,我是谁并不重要,重要的是我知道你们是谁就行了。

白梅愠怒地问,你到底想干什么?

电话里的人说,干什么?告诉你的老板,下午三点,在民族风情园白塔广场候着,到时我会见他的。

白梅的火苗子一下窜了出来,你这是威胁!我警告你,你要是再骚扰我们,我就报警!

电话里的口气这回就不是威胁了,而是腾着一股杀气,那你就试试吧!

说罢,咔嚓一声,那头挂断了电话。

两头的对话,一旁的水兴运可是听得清清楚楚,他仿佛看到了从窗外伸进来的黑筒筒的枪口,脸上冷汗涔涔,咬着牙恶狠狠地骂道,是他,肯定是他,就那个送木盒的杂种!

白梅望着水兴运,这下她全明白了,老板真的要遭大劫了,而让老板心境一下跌落至深谷的,正是她那天给老板递过去的小木盒。

白梅不死心,那个木盒里到底装的什么啊?

　　水兴运盯着白梅,那眼神仿佛白梅就是那个杀手。

　　白梅被水兴运盯出一身的冷汗,低声不满道,你这眼神怪吓人的。

　　水兴运马上也意识到了自己的失态,眼里的凶光便风片似的散了。

　　他搂了搂白梅,关灯。

　　白梅还不放心地问,你真要去民族风情园?

　　去,怎么不去?水兴运打定了主意,口气反倒轻松了起来。

　　接下去,他美美地睡了场这些日子难得的好觉,睁开眼,太阳已升到了头顶。

　　鑫顶大酒店17层靠近民族风情园一侧的客房内,阿冲抬腕看了看表,嘴角露了一丝得意的笑,三点整。随后,他拿起桌上的高倍望远镜,朝园内的白塔广场搜索了过去。

　　水兴运其实三点不到就来到了园内。镜筒内,就见水兴运抬腕看表,眼睛还不时地四下里打量。

　　不错,蛮守时的。阿冲径自点点头,想,先让他浴会毒日头再说。

　　阿冲吹着口哨,身子便往卫生间走去。不一会儿,有哗哗的流水声传了出来。

　　大约半个小时,阿冲披着浴袍出来了。从他的神态上看,一派久旱的禾苗喝足了甘霖的神清气爽样。

　　阿冲点了支烟,满满地吸了一口,复又走近窗前,拿起望远镜。

　　这时候的水兴运远不再像半小时前的水兴运了,他就像头被罩上了眼睛的拉磨驴似的,绕着白塔烦躁地转着,间或还见着他伸出肥嘟嘟的手抹一抹挂在脑门心上的汗珠子。他的表情肯定是愤怒的,刚刚还挺括的领带,这时候就像是失血过多的伤兵,松松垮垮地耷拉在胸门上。

　　揿灭了烟头,阿冲这才掏出手机,他还想着再戏谑水兴运一番。

　　阿冲开口了,水老板,怎么样,出来了没有呀?我可是个非常讲究诚信的人,一向说一不二,那份礼物怎么样,喜欢吧?

水兴运急了,他速速地扫了广场一圈,朋友,我他妈咋能不来呢?我水某人可是一个小时前就在这白塔跟前晒太阳了,偌大的广场,除了都快晒出油来的我水某人,找不出第二个傻蛋来。

水兴运强压着内心的不悦。

阿冲打了个哈哈,遂又对电话那头的水兴运说,水老板真不好意思呀,刚才跟你开了个玩笑,实在对不起!三点钟前,我正开车往你那跑,不巧,临时碰上了点紧急的事,我心想着,办完事至多也就十多分钟,就没通知你换时间。你看看,现在这事搞的,手头的事还没处理完,不好意思,真不好意思呀!

被人愚弄的感觉迅速攫住了全身,长时间压抑着的不满于是爆发了出来。

水兴运怒道,朋友,你真他妈的会玩人啊,你狠,你狠啊!你说吧,我水某人到底怎么得罪你了,我杀你儿子,还是奸了你妻子?!

消消火,消消火。火大了,会焚了你水老板白胖胖的身子的。阿冲倒是一副好心情。

水兴运的嗓门又一下提高了许多,他几乎是在吼叫,你他妈的别站着说话不嫌腰疼,你来这太阳底下试试?有屁快放,你见我到底因为啥事?

阿冲电话里笑笑,这事啊我看还是留着见面时谈好。你水老板这会呢身上的血,可流得比澜沧江都要急。这时候谈生意不妥啊。这样吧,晚上七点,老地方,民族风情园的傣家酒楼见。

水兴运合上手机,咬着牙,又愤愤地骂了句粗话。

阿冲似乎对自己的这番表演非常的满意。他下意识地抚了抚左掌上那根残指,他妈的,发哪门子火嘛,我不这样行吗?虽说我阿冲能吃定你水某人不敢报警,但我还是不能不防啊。人在江湖,如履薄冰,当心细毛发,小小差池,也会断了小命,教训太多太多了!

六十一

当年,乌飚还是替人跑货的角色,一回揽了份送货到勘茇村一号公路断桥头的活,乌飚当时考虑这批货的量不算大,总共也才十多公斤的海洛因,就决定让阿冲主打跑一趟。

阿冲有把握吗? 乌飚问。

阿冲一笑,大哥,放心吧,跑货咱们也不是一趟两趟了,到时你就在家踏实睡你的大觉吧。

乌飚说,第一次让你领队,你可得在兄弟们面前长长脸。记住,只能成功,不许失败。咱们走货的,老天爷是不会给你第二次机会的!

阿冲笑道,我记住了!

乌飚的本意其实就是想让阿冲多摔打摔打,日后还得委以重任。

阿冲第一次受领这样的任务,自然也不敢轻松。

出发前的几个晚上,阿冲每天都带着几个手下,潜至边境线,悄悄观察中国缉毒警的动静。

几天下来,阿冲满有把握地对乌飚说,今晚可能动身了。

乌飚拍拍他的肩膀,那就动身吧,速去速回!

一行人趁着夜幕出发了。

走着,几个手下发现脚下的路线突然发生了些变化,便悄悄问阿冲,咱们不去 3 号界桩了?

阿冲诡秘地一笑,今天咱们就反其道行之,对面的中国老警不是总以为跑货的都愿走陆路吗,那好,那咱们今天就从 9 号界桩那边过。

那边可横着一条又深又宽的佤佤河,咱们就从水上过? 一名手下问。

阿冲点点头,说,不错,连你们都能想到那边横着一条佤佤河,对面的老警能想不到? 佤佤河在他们眼里就是一道天然的屏障,他们是绝对不会在那里设伏的。

可是,可是我们没到那边侦察过啊? 手下似乎有点儿担心。

阿冲一笑,不会有事的,我相信自己的感觉。

几个人湿漉漉地爬到佤佤河中方一侧,接下来大约行走不到两百米的样子,阿冲的感觉就出了问题。

事情来了。而且来得非常的突然。

一帮人被中国警察给围上了!

阿冲高叫了声不妙,忙扔下肩背着的口袋,拔腿就往佤佤河冲去。

垂头丧气回到了寨子,乌飚也只是说了句,还好,损失不算太大。遂朝岩山使了个眼色,岩山热络络拉着阿冲喝酒压惊去了。

乌飚越是对自己这样,阿冲的心里头越是过意不去。

十多公斤的货跑丢了,还有一个兄弟被擒,我阿冲怎么就这般无用呢!

阿冲在自责,要是心再细点儿,去佤佤河那边侦察侦察,事情也不至于闹到这份上。

悔啊! 阿冲举起砍刀,一刀剁下了左手的食指,以示警示。

前事难忘啊!

虽说后来查清了那次组织伏击自己的是对面一个叫尹昌纯的缉毒警察,再之后自己又报了断指之辱,但败走麦城的教训绝不能忘,小心行得万年船。

阿冲望着白塔广场上的水兴运,心在想,这些他水老板能悟明白吗? 且让他在广场上独个儿琢磨去吧!

想着离赴会还有一大段时间,阿冲索性往床边走去。

六十二

孙三爷的身子像突然间触电似的,一骨碌从床上腾了起来。

床边立着的管家愣了,不知道寨子里又将发生啥变故。

253

管家喏嚅,老爷,您这是?

孙三爷把着玉佩,又就着灯细看了看,那张老脸涨得通红通红,呼吸也变得急促了起来。

孙三爷朝管家一扬手,催促,快,快跟我迎客去!

管家越发地糊涂了,这到底是何方神圣啊,如此大的法道,竟让一蹶不振的老爷子陡然间像换了个人似的?

刚才家丁来报,说是寨门口有两个身份不明的人,让他将玉佩速给老爷呈上。当时,管家心里就有些不悦,谁啊?摆这么大的谱,深更半夜的,说见自家老爷就见自家老爷。

训斥一通家丁之后,管家甚至都在想,想淋雨就让他们淋去,有啥事不能等到天亮,还嫌自家老爷烦恼得不够。

不悦归不悦。斥退家丁之后,管家还是赶紧起床,抓着玉佩就叫醒了自家老爷。

雨中的孙三爷一点都看不出倦态,他迈出的步子让管家跟着都有些吃力。

龙昆见孙三爷跑出了寨门,马上也跑步迎了上去。

孙三爷一把攥住了龙昆的手,失礼了,失礼了,让你在雨里头淋着。

说着冲管家一摆头,快快备酒,让龙老爷驱驱寒气。

管家朝龙昆施了下礼,龙老爷辛苦,小的这就备酒去。

管家施完礼,转过身,抬脚就往寨子里跑。

孙三爷指指龙昆身后的龙王,笑问,这位是?

龙昆哈哈一笑,犬子,犬子。

孙三爷朝龙王伸过手来,少年英雄,敬仰,敬仰啊!

龙王被孙三爷说红了脸,身子晃了几晃,孙老爷过奖了。

三人遂朝寨门走去。

进了寨门,看门的家丁很夸张地挺了挺胸脯子,朝来人举手行礼。刚才那位有点无礼的家丁,脸上甚至堆满了谄笑,龙王不屑地扫了他一眼。

走进客厅,管家变戏法似的已备好了酒菜。孙三爷朝龙昆一摆手,做了个请的手势。

龙昆客气道,深夜造访,失礼失礼,欠妥之处,三爷海涵。

龙王仿佛不经意地打量了眼孙三爷,明面上,他爹跟孙三爷推来让去,好不亲热,一会儿,待自家老爹说到正题,不知道孙三爷还会不会这般亲热。

唉,龙王暗自叹了口气,谋事在人,成事在天,爹尽心尽力了,一切听天由命吧!

几个人很有礼数地喝了几杯,见龙昆眉头一直蹙着,似有满腹的心事,孙三爷就主动入了正题。

龙老爷雨夜造访寨舍,不会是近段遇上了烦心事吧? 孙三爷笑问。

龙昆浅浅抿了口酒,放下酒杯,道,三爷所言正是。老夫何止是遇上点烦心事,现在有人见老夫还活着喘气已经很不耐烦了。三爷没听大小姐提过?

听龙昆这般说,孙三爷脸上的肌肉陡然间抽搐了下,大约三五秒钟工夫略缓了下来。

龙王见了,先是一惊,接着再一喜,暗忖,看来孙三爷对爹遭人暗算的事真的生了气。难得孙三爷有这么个态度,看来今夜爷儿俩这场雨没有白淋。

龙王一高兴,就提起酒杯,欲向孙三爷敬酒。

龙昆忙向龙王使了个眼色,龙王会意,这就把将欲敬出的酒满满地倒进了自己的嘴里。

孙三爷缓缓地抬起头,这一抬头,龙昆父子发现,孙三爷瞬间像换了个人。

就见孙三爷眼袋松垂,神情倦怠,脸上一道道皱纹仿佛寨子四周深深的沟壑,身子也仿佛如中弹后的猎豹。

管家慌了，老爷，您没事吧？

龙王见状，心里也是吃惊不小，他不明白孙三爷到底怎么了。

爹没说错话啊，而且爹的话您孙三爷也表现出了同情的神态，咋突然间就跟换了个人似的呢？龙王不解。

孙三爷轻轻摇摇头，都放心吧，我没事。

孙三爷看着龙昆，龙老爷，大小姐见你的事，回来她都跟我说了，我没有抱怨孩子的鲁莽。这些天哩，我也想了很多很多，也许，女儿的想法是对的。眼下，龙老爷意下如何，不妨道来一块商量商量。

听孙三爷这般说，龙王断定，爹欲复仇的事那天似乎跟孙兰已相商过，至于爹为啥对他守口如瓶，肯定觉得他心浮气躁，沉不住气，怕他走露了风声。龙王还是不悦地看了自家爹一眼。

龙昆显然是动了感情，他老眼含泪，对孙三爷说，三爷您可能都听说了，他乌飚先是想要我的老命，那天幸亏了一棵大椿树救了老夫。这过后，乌飚还是不肯放过我，前几天，他不光一把火烧了我在林子里的密室，连密室里的几百万存货，他一两都没给老夫留下，全他娘的给掳走了。是可忍，孰不可忍啊！

孙三爷看着他，缓缓点了点头，没有接话。

龙昆继续道，我龙某人以前对你三爷是做过了点，今天之所以落到如此田地，我不怨任何人，真的，怨只怨我自己目光短浅。今天我带着儿子偷偷摸上山来，就一句话，郑重其事地向你道个歉，咱们两家释尽前嫌，联手抗乌！相信，只要我们两家联起手来，不怕玩不趴那小子。以前咱们两家之所以被他给斗趴下了，就是咱俩都有点意气用事，太相信自家的实力了。他乌飚正是瞄准了这一点，各个击破，以至于咱们英名尽失，徒自伤悲，最后不得不听命于一个后生。我是真悔啊，三爷！

龙昆边说边扑打着自己的脑门，脸上满是歉意。

龙昆竹筒倒豆子般把肚子里想说的话说完了，接下来，龙家父子就等着孙三爷回话了。

酒桌上，孙三爷似乎还想着心思，静默无语。

这下子，龙昆有些沉不住气了。半晌，他提杯站起来，三爷，你若是有心咱两家再合作一把，就把面前这杯酒喝了。我龙某人话说在头里，我绝不勉强。今夜里我龙某人没有不尊你的意思，你与乌飚毕竟还是翁婿，乌飚的儿女日后还都得叫你外公。这个我龙某人能理解。

言毕，龙昆径自先喝了杯中酒。

这时候，龙王又见孙三爷脸上的肌肉抽搐了几下，老眼里似乎又噙满了浊泪。

龙王心骇了。

孙三爷提杯的手颤抖着，仰脖喝干了杯中酒，浊泪就汩汩地流了下来。

三爷，你这是？见孙三爷如此表现，龙昆也是大惑不解。

管家歉意地朝龙昆笑笑，龙老爷，您无意中触了我家老爷的痛处了。

龙家父子就更加不解了，他们张着嘴静等着管家往下说。

管家脸上的笑容就如同流云般的隐去了，难过地低下了头，哽咽道，我们家小姐她，她故去了。

啊！龙家父子同时惊出了声，这消息着实让他们吃惊不小。

快说说，这到底是咋回事？龙昆绷着脸，紧盯着管家，催促。

管家的脸上同样也挂着两行泪，悲戚道，还不是被乌飚那个魔王给弄死的。

管家的话无疑如一颗流弹，毫无提防中击中了龙昆的要害。

龙昆陡然跌坐在竹椅上，连道，怎么会是这样？怎么会是这样呢？

这几天，因为乌飚的人在林子里放了把火，烧得龙昆是焦头烂额，龙昆一怒之下病倒在了竹床上。龙昆担心乌飚后头不知还会弄出啥动静来，就下了道死命令，任何人不得离开寨子，违者格杀勿论。

孙家如此不幸,难怪他没听到一点儿风声。

惨呐,小姐她咽气时,身上连块遮羞布都没有啊。孙三爷已经是老泪横流,泣不成声。

六十三

头天早晨,也就是龙昆大病之后从竹床上爬起来的这天,有乌飚的家丁急匆匆来孙三爷的寨子报丧。

家丁见了孙三爷,兀自往地上一跪,哭着道,老爷,咱家老爷派我来报丧,昨天夜里,咱家的女主人,没了!

突然间听到如此噩耗,孙三爷一下惊呆了,啊,咋会这样子呢?我可怜的孩子啊!

孙三爷直觉得天旋地转,一股血腥味直冲嗓门。

老爷!

孙三爷听到管家一声惊叫,之后,眼一黑,什么都不知道了。

孙三爷也不知道自己到底过了多久才睁开的眼睛。他的四周,是一双双焦灼的眼睛和一张张忧戚的脸。

孙三爷突然间似乎想起了什么,他挣扎着欠起身,朝管家瞪了一眼,还愣着干什么? 随我下山去!

孙三爷大口喘着气,一阵猛咳,一口鲜血又从嘴里喷将出来。

老爷! 众人惊呼。

孙三爷抹了抹嘴角,强打起笑容,充硬汉似的朝家丁们来了句,没事的,都别紧张,一切会起来的。

管家俯身孙三爷跟前,老爷,祭奠大小姐的纸钱都准备好了,咱们这就下山?

孙三爷看看身边人,脸上因为内心太重的打击,面部的肌肉还在突突跳着。

稍许,孙三爷轻轻抬了抬手,朝管家,你就带些人下山吧!

管家没听明白，老爷，您不去了？

孙三爷又说了声，去吧！

管家带着一帮家人下山去了。

走出寨门，管家这才悟出了自家老爷的良苦用心。老爷能不知道，他这么一抬腿下山，寨子里必然要乱成一锅粥，而眼下，寨子里最需要的就是安定。作为寨子的顶梁柱，他不能让上上下下的人看他快压垮了。周围的人谁没遭到过失却亲人的切肤之痛，你孙三爷不就死了个女儿吗？日子还得一天天地往下过，所谓的明天还得继续下去。失去了一个女儿，天，塌不下来。

管家这时候又平添了一份对自家老爷的敬仰，多坚强的一个老头啊，他能将痛苦深深埋进心底，给寨子里人一个处变不惊的形象。老爷是在为整个寨子着想啊！

眼泪又涌上了管家的眼窝。他暗暗发誓，为了自家老爷，为了寨子所有的人，日后即便上刀山，下油锅，也绝不皱眉叫屈。

乌飚的小白楼内，香烟缭绕。门脸上，白花，黑布，在见了鬼般抖拂不停，不觉让人阵阵发寒。

孙兰停尸的大厅一侧，十几个俗家和尚围着一张小方桌，嘴里叽叽咕咕，在为亡者超度。

管家一进大厅，喊了声大小姐，泪就止不住涌了出来。

管家在火盆前跪了下来，一边烧着纸钱，一边流着泪在说，小姐啊，我代表寨子里老老小小看你来了！你说你年纪轻轻的，多好的日子在后头啊，咋说走就走了呢？唉，我想不通啊，寨子里的老老少少也想不通。你知道你这一走，让多少人跟着锥心吗？

管家流了一会儿泪，站起身，又冲孙兰连鞠了三个躬，小姐啊，你就安安心心走吧，老爷那边我会代你伺候的。

这时候，乌飚闪了进来。

乌飚看上去也很憔悴，眼睛里布满了一层血丝。

见了乌飚，管家马上施礼，道，乌老板节哀自重，我受老爷之托，特地代他来吊唁小姐的。

乌飚抬了下眼皮，嘴里嗯了声，嘴角边还是滑过一丝让人难以捉摸的笑，这老家伙，够沉得住气的！

管家看在眼里，胸脯子里陡增的恶气，让他恨不得立刻上前砸那畜生几拳，但管家还是隐忍住了，话说得也算得体。

管家道，乌老板，人有旦夕祸福，月有阴晴圆缺，你就别难过了。不过，小的还想斗胆问句乌老板，我家小姐到底是怎么死的，我回寨子也好回我们家老爷的话。

乌飚扫了眼管家，自顾自掏了支雪茄点上，装模作样地说，说来也怪我乌飚不慎啊，你家小姐有夜游的毛病，这病想必你家老爷知道。昨晚上我多喝了几盅，夜时睡得死沉死沉的，就没顾上盯你家的小姐。哪想到，她一失足，竟从阳台上掉了下去。唉，怪我啊，都怪我多贪了几杯。

说着，乌飚还在脸上酝酿出了自责的神色。

哼，你就演戏吧！你这吃人不吐骨头的魔王，别以为别人都是弱智。管家暗自骂了句。

离开了乌飚的小白楼，管家的双腿竟像灌满了铅似的沉重，他不解，乌飚这个魔头咋连自己的结发妻子都不放过呢？说小姐有夜游症，天大的笑话，小姐是他看着长大的，乌飚编这谎话竟然连眼都不带眨一下。

管家带着家丁踽踽前走，几个人走上山道，管家的身子被什么砸了一下。

管家收住脚，扭动脖子四处张望起来。

这时候，就见一蓬树丛里，又有人朝他扔过来一团饭团。

管家突然间预感到了什么。他又朝四周看看，发现没人注意他，这才弯下腰捡起地上的饭团。

揣好饭团，管家催促了句，快，赶紧地回寨子去！

进了寨门，管家这才匆匆掏出饭团，掰开一看，里头果真揣着一张纸条。

纸条上写着歪歪扭扭几行字,你家小姐是屈死的。死时,光溜溜的身上被抽得没一块好肉。

孙三爷接过纸条,浑身又跟着抽搐了起来,畜生,畜生啊! 一口鲜血又喷将了出来。

六十四

听了孙兰的死因,龙王气得叭地一下砸碎了酒杯,还等什么啊?再等下去,我们一个个都人头不保。

龙昆这回没有责备龙王,他只是静静地看着孙三爷。

龙昆没有想到,原来乌飚扎进孙三爷心口的刀子比自己的还要深。

孙三爷沉吟了一会,接着咬紧牙关道,女儿的仇只要我孙某人还剩一口气,就得报!

说着,他反过来看看龙昆,龙老爷不知道想过没有,咱们该从哪朝这个魔头下刀?

孙三爷这么一问,龙昆还真的想起来了,这些天躺在竹床上,满脑子里尽是复仇的事,如何朝乌飚下手? 计策倒是琢磨了一串。

龙昆接口,就用以制人之道,还制其人自身!

孙三爷点点头。

龙王看得出,爹这主意,孙三爷肯定也早想过了。

龙昆、孙三爷会意地碰了碰杯,龙王知道,这一碰杯,龙孙两家联手抗击乌飚的行动就算敲定下来了。但他龙王还是有点儿不太清楚,接下去到底该怎样还制乌飚自身呢?

龙昆一眼就瞧出了儿子的心思,他朝龙王看了看,道,怎么跟乌飚斗? 告诉你,就是各个击破! 先卸了他的左臂右膀,再慢慢地煨透他。现在我们直接朝乌飚下手,时机还不成熟,他身边哪天不围着一大帮子的打手？但你想过没有,百密有一疏,就是猛虎也有打盹的时候,只要我们用了心,就不愁寻不着机会。你再想一想,乌飚身边能给我们提供情报的人是谁?

龙王的眼里顿时放出光来。他恭敬地朝孙三爷还有自家爹敬了杯酒,我知道了!

六十五

阿冲被马蜂蛰了一下,他摸摸立时红肿起来的包包,自嘲地笑笑,多少年没被马蜂蛰过了,看来今天的这只马蜂胆子真是不小。

笑过之后,阿冲的好心致倒没被这只胆大的马蜂给搅了。望着满天的彩霞,阿冲整了整领带,心想着,这回还是主动点吧,也算是给下午已晒出几两人油的水兴运一个体面的台阶吧。

阿冲就信步朝民族风情园方向走去。

阿冲甫一走出鑫顶大酒店,扮作门僮的雷光马上向这次抓捕行动的总指挥祖德报告。

很快,抓捕成员的耳麦里响起了祖德的声音,各点注意,目标已离开鑫顶酒店!

阿冲招了辆墨绿色的出租车,一溜烟走了。

雷光马上返身,跟在酒店里当服务生的刑队技术员小席秘密搜查阿冲的住房。

客房内,除了衣橱内几件换身衣服,别的物什似乎没有。

雷光冲小席说,绝对不可能啊,咱们再细搜一遍。

这一搜,雷光就从床底下摸到一只密码箱。

拉出来,小席三两下,就打开了箱子。

箱子里除了十多万的人民币,再就是一把勃朗宁手枪,还有两只填满了子弹的弹匣。

雷光笑了起来,瞧见了吧,这家伙还蛮自信的哩,见水兴运连枪都不屑带。走,带着枪弹去技术室!

此刻,同处民族风情园的傣家酒楼,远要比白塔广场上的人气旺盛。

酒楼偌大的园子内,风情万种的傣家小卜哨穿着五颜六色的筒裙,端着菜盆,提着饭桶,在凤尾竹、芭蕉丛中来回穿梭着。一幢幢造型别致的竹楼,无疑是园子里的主角。芦笙演奏的背景音乐,宛若叮咚的泉水,凉爽的晚风,在园子里恬静地荡漾着,为酒楼添色了不少的傣家情调。

祖德的声音再次响了起来。

各点注意,目标乘坐的墨绿色出租车已进入傣家酒楼!

阿冲下得车来,引颈四下里看了看,这才很绅士般地朝紧挨着酒楼厨房的 13 号竹楼走去。

祖德看在眼里,心想着,这家伙鬼得很哩,酒楼厨房与园子外的大马路相通,即便真的发生了什么意外,到时候逃起来要便当得多。这家伙之前肯定来园子里侦察过。

三组向 13 号楼收缩! 祖德命令。

一身傣家小卜帽打扮的武警边防总队抽来的五名抓捕队员,接令后,俨然园子里头的打杂人员,很自然地分散在竹楼的周围,各自忙碌着他们手里头的活。

阿冲在小卜哨的引导下,登上了 13 号竹楼。

进入楼内特设的包房,祖德通过望远镜,见阿冲在窗户前立了好大一会儿,过后方才落定,开始喝起小卜哨递上的香茶。

阿冲喝了会茶,抬腕看表,刚好六点。

哎,这个水兴运就像是踏着钟点来的。

走进包房,四目相对。

一双疑愕。

一双含笑。

疑愕的指着肥嘟嘟的手指头,你?

含笑的依旧含笑,欢迎啊,水大老板!

疑愕的很快就不再疑愕了,含笑的依然还在含笑。

阿冲道,水老板,红酒,白酒,洋酒,你选那样?我阿冲今天打算跟水老板一醉方休,还望能给小弟一份薄面啊。

说着,阿冲的眼睛快速地在水兴运身上一睃,马上又滑向了他胳膊肘里的公文包。

水兴运下午憋着的一口恶气到现在还没撒哩,现在总算见着了他添堵的主。

水兴运反讥道,我水某人有这么高的价码吗?你阿冲老板看走眼了吧?你今天三番五次约我见面,到底有何要事?说吧!

阿冲笑道,瞧水老板急的。有些事它是急不得的,它就跟绣女走针,开山放炮。急了,一不小心,走火了,这时候你再想到慢,那机会啊,飞了!

说着,阿冲两小臂朝外微微扬了扬,双掌朝下,抖动着九指,做了个欲飞的动作。

水兴运下意识地瞥了眼手里的公文包,嘴角撇了撇,暗道,啥玩意嘛,在老子面前还这般张狂。

老实说,这之前,他水兴运白天黑夜无数遍地想象过杀手的模样,他猜想,那家伙肯定是个凶神恶煞的家伙,现在见了,不就是乳臭未干的毛孩子嘛。

水兴运盯着阿冲,心底里顿时生起了一层浓浓的悔意,看他这般年纪,也就是干点儿小孩过家家的游戏,瞧这几天把老子吓的,早知道是这么个主,老子至于草木皆兵吗?

这样一想,阿冲这个杀手在水兴运眼里的形象,顿时便大打折扣了。话再出口,味道也多了点不屑来。

水兴运索性坐了下来,道,我在想哩,你阿冲老板既然舍得送我如此贵重的礼物,想必找我的事肯定非同一般,你说我能不急吗?

说完,水兴运抬腕看了看表,行了,我给你五分钟时间,一会儿哩水某还有要紧的事得办。

阿冲仍不急不忙地冲水兴运笑笑，哟，几天不见，你水老板突然间像换了个人似的，弄得我阿冲都不敢相认了。好吧，既然水老板急着要赶场子，那咱们就长话短说，跟那两家伙断了，以后就由我来做你的上线。

阿冲说的那两家伙，其实就是林锋与石笑。水兴运又岂能不知。

水兴运锁着眉，紧盯着阿冲，就为了这事，所以你就不惜制造杀戮？

阿冲笑着点点头，不错，不错，小弟我也是不得已而为之，还望水老板海涵，多有得罪啊！

水兴运气恼地哼了声，你以为我水兴运就一定会成全你？就凭你那点能耐？

阿冲一听，并未现出气恼，他笑道，如果你水老板的脑袋真的比黑哥硬的话，我阿冲倒有兴趣。啊，哈哈，哈哈！

阿冲的这串笑，无疑点着了水兴运强捺着的火气，水兴运黑着脸，呼地站起来，蔑视道，是谁给了你这份豪气，让你如此的放肆？小子，告诉你，我水某人出道时，你还不知道在哪山根底下晒太阳呢。跟我玩心眼，你阿冲还嫩着哩。

说罢，水兴运的手便向餐桌上的公文包伸去。

水兴运没有想到，自己突然间蹦出的这么一个小动作，眨眼之间，却让他蒙上了有生以来最大的耻辱，迫使他不得不静下心来重新审视起阿冲来。

水兴运的手伸向公文包做啥？这一动作，水兴运知道，阿冲当然也不傻。怪只怪他水兴运光顾了说话，却轻视了阿冲一直含笑的眼睛。让他始料未及的是，正是这双笑眼，掩饰了阿冲对餐桌上公文包的警惕。

就在水兴运的手接触到公文包的一瞬，他感到了一股旋风在包房内陡然腾起，跟着自己的整个身子就飞将了起来，随后便是麻袋从高处落地的巨响。一股撕心裂肺的痛如闪电般地迅速传导全身。

水兴运没想到阿冲出手如此之快，快到连阿冲是如何朝自己下手的都没看清。

阿冲从水兴运的公文包里掏出手枪，在掌心里拍拍，笑道，不错，还是中国有名的 64 式军用手枪。

阿冲在包房里踱着，水老板，不知道你是否还记得我早上说过的话，你如果厌倦了风流乡的快活日子，我明天就成全你。现在我改主意了，你水老板也不必开口求我，哪怕给我稍稍一点暗示，明天的事我可以放在今天来做，我阿冲最大的优点，就是成人之美。你意下如何？

水兴运捏着已摔断了的小臂，扭着脸从地上爬起来，虽然脸上尽力地挤着笑，只是受伤的小臂实在太疼，那笑看起来多少就有点滑稽相，说它比哭还难看，一点都不为过。

水兴运道，阿冲老板，都说不打不相识，刚才算我水某无礼了，你大小不记小人过，今晚上我水某人就陪你阿冲老板喝它个一醉方休。

阿冲冲着一脸苦相的水兴运，揶揄道，我阿冲今晚若是误了你水老板的要紧事，我可没那么多的银子赔你呀。我阿冲除了这点身手，可是一文没有。

说到这，阿冲夸张地一拍脑袋，噢，差点忘了说了，今晚上请客的钱我倒是带了。

水兴运是何等精明之人，单凭阿冲刚才的那点身手，他就知道，黑哥死得一点不冤。罢了，好人不吃眼前亏，保命要紧哩，这世上还有什么比有条鲜活的生命重要。人玩完了，留下再多的钱有个鸟用。他水兴运才不会那么傻哩。

水兴运忙道，哎，今晚上哪能让你阿冲老板请客呢，怎么说，这里也是我水某人的地界，初次会面，你阿冲老板总得给我个机会，让我尽一尽地主之谊吧。

两人重新落定，阿冲将手枪揣进了公文包内，笑道，水老板，收好它,走了火,那就不好玩了。

说着,阿冲将公文包推到水兴运跟前。

水兴运忙不迭地朝阿冲点头,见笑了,让阿冲老板见笑了。

阿冲笑道,水老板,我刚才提的事就这么敲定了?你大概对我阿冲还不了解,我阿冲有个坏脾气,认准了的事,谁想挡着,我一定让他下地狱。你们这边的缉毒警察尹昌纯怎样?还有人叫什么小军的,据说他爹还是个公安局长,不一样被我黑了。

水兴运听了心里头还是禁不住一凛,暗道,妈啊,真真的一个狠角哩。

水兴运忙不迭地说道,你阿冲老板的能耐,水某已领教过了。这往后啊,你阿冲老板的事就是我水某人的事。不过,水某还是有点儿担心,你阿冲老板大概早已查清楚了,我水某的胃总是比别人大那么一点点。

阿冲道,这个你尽管放心。我阿冲之所以看中了你,就是冲着你水老板的这点能耐。今天咱俩有缘坐到了一起,我也不妨打开天窗说亮话,我身后的老板一出手,足可以让你们整个云南的粉哥、粉妹们,痛痛快快玩上十年。

啊,是吗?水兴运故作惊讶状。

六十六

竹楼内的闹剧,竹楼外负责外围监听的队员,可是听得真真切切。他们肺都快气炸了,原来让他们泣血的两位战友竟牺牲在这个人模狗样的魔鬼枪下。

宗泉看了眼祖德,请求道,祖队,咱们动手吧?

祖德略作了下思考,果断决定,等端菜的军兰一进包间再行动手。

今晚上扮着酒店传菜的军兰也是缉毒队的一名队员。去年她刚从云南的体院毕业，拳脚功夫也十分的了得。军兰的主要任务，就是端菜进入包房后，借机缠住阿冲，与伺机抓捕的队员一起制伏阿冲。

抓捕小组队员随祖德悄悄摸上了竹楼，贴身在包房大门两侧。

祖德朝军兰举了举拇指，军兰点点头，端着一盘热腾腾的辣子鸡就走进了包房。

不一会儿，就听见包房内军兰发出的啊的叫声。祖德一挥手，五名训练有素的抓捕队员闪身冲了进来。

放下枪！放下枪！！

黑森森的枪口指向阿冲。

军兰揉着被阿冲冷不丁一击的脖子，虎视着阿冲。她没想到，阿冲会如此好功夫。自己身子还没摔倒，阿冲就变戏法似的从桌上的公文包里掏出了手枪。

阿冲冷笑笑，就凭你们？

阿冲一使劲，勒住了已落入他胳膊弯里的水兴运。水兴运疼得大叫了一声，祖队，救我！杀了这个魔王！

阿冲手里的枪，正杀气腾腾地顶着水兴运的脑袋。

祖德警告，口气威严，阿冲，放下枪，也许还能留你条生路，否则，你死无葬身之地！

阿冲冷笑，祖队，我也警告你，让你的人快快撤离园子。否则，我先灭了这手上的人质。

阿冲边说，身子边不自觉地朝窗户一侧慢慢挪去。

祖德看在眼里，暗喜，室外抓捕不失为上上策，那我就成全你阿冲吧。

祖德口气依然威严，那好，那我们今天就借你手里的枪，帮我们除了水兴运这个大毒枭，正好我们还可以节省一颗子弹。阿冲，你开枪吧！

啊，祖队！不要！水兴运的嚎叫如同已上案遭屠宰的生猪一般。

水兴运这边干嚎着，就见他身子往前一趔趄，阿冲已飞身跃出了窗外。

阿冲身子一着地，果然就朝着祖德预料中的厨房方向蹿去。

待他冲出厨房连同马路的大门，阿冲猛地收住了身子，十几支冲锋机早在大门口候着他了。

突围，肯定是一身的马蜂窝。

阿冲暗叹，大意失荆州，这一天终于还是来了！

阿冲看到了枪口后面的林锋和石笑。

阿冲陡然间明白了，螳螂捕蝉，黄雀在后。原来自己早被这两家伙盯上了。

猛然间，阿冲想到了临出门时被马蜂蜇了一口。难道说这是劫数，我阿冲就这么完了？

求生的本能，阿冲又返身冲回店内。

这时候，就见着一名正切菜的女子。阿冲想都没想，上前一把搂住女人的脖子，就往门外边拖。

阿冲手里的枪顶着臂弯里挣扎的女人，吼叫着，快给我准备一台车来，否则，我真的要杀人啦！

被劫持的女人被突然间发生的一幕给镇住了，她手里的刀攥得很紧很紧。

园内的祖德随抓捕队员气喘嘘嘘跑到大门口，见状，高声叫道，阿冲，你别乱来，你要冷静！

阿冲这时候想的就是如何保命，他能冷静得了？他吼道，少啰嗦，快给我准备台车，你们知道的，她可不是玩毒的！

听到阿冲提到了毒品，被劫的女人身子本能地一惊，猛然间转醒过来。

阿冲当然不会知道，包括现场绝大多数人都不会想到，对于毒品，被劫女人比谁都要多一份的仇恨，一份的憎恶。

她曾有过幸福的家，还有个聪明伶俐的儿子。后来就是因为毒品，男人吸光了家里近百万的家产，好端端的一个汽车运输队就化成了青烟飘了。她被视为命根子的儿子，也不知道从何时起染上了毒瘾。她的心碎了，一气之下，离家出走，就从瑞丽大老远跑来现在的酒楼当切菜工。

女人使劲地抬了抬头，当她的目光一触上男人的脸，她的身子跟着又着一惊，她脱口道，你是阿冲？

听被劫的女人叫出了自己的名字，阿冲也下意识地转头看了女人一眼，跟着身子猛一哆嗦，你是姣姣？

阿冲没想到，他今天竟会以这样的方式与他珍藏着的姣姣相见。

姣姣也没想到，童年，北汀河边她捧水为他洗脸的那个阿冲，竟变成今天这般模样。

姣姣还想证实，你现在是贩毒的阿冲？

阿冲苦笑笑，也不想隐瞒，是的，可我得报恩。

姣姣咬着牙，不屑地哼了声，多好的理由，全世界所有跟毒沾边的男人，哪一个人嘴里吐出来的是真话。

姣姣想到了她那个破败的家，想到了她那个不知是死是活的儿子，一股怒火穿膛而出。

姣姣大叫了一声，一发力，挣脱了阿冲的束缚，顺手一刀，斜空里朝阿冲的面门劈去。

阿冲本能地推了把姣姣，枪响了。

姣姣身子晃了几晃，缓缓地朝身后倒去。

胸口涌出的血，顿时洇红了姣姣身上洁白的工作服。阿冲一怔，下意识地看了看还吐着青烟的枪，手一松，枪向脚下滑去。

姣姣！

阿冲悲恸地一声长嚎，忙向倒地的姣姣扑去。他一把搂起倒地的姣姣，叫道，姣姣，你睁睁眼，你睁睁眼看看我啊！

阿冲被抓捕队员铁桶似地围着。

这时雷光飞跑了过来。

雷光道，弹道检验出来了。现在可以证实，吴桂和长脚就是被阿冲的那把勃朗宁手枪给射杀的!

阿冲流着泪朝负责抓捕的祖德惨然一笑,祖队,犯不着再弄脏你们的手了。我知道,入了这条道,迟早会有这么一天,我这就陪姣姣去了!

话音刚落,阿冲扬了扬断指的左掌,一口向装着氰化钾的领子咬去。

六十七

料理完孙兰的后事,岩山打了一长串的喷嚏,接下来清汤鼻涕就沥沥啦啦地流了起来。

乌飚调侃,哟,想不到咱们的大管家身子骨还这般的不经扛。看你这段日子累的,好吧,明儿个放你一天长假,记住,在家好好歇着,不要动不动往尼朵那里跑,尼朵她那口井会吸干了你的阳气。

岩山一听,脸马上腾地红了。他低着头,用余光瞥了下乌飚,道,老爷,哪有的事哩,我成天忙得脚后跟打后脑勺的,有这心也没那空啊。

乌飚一听,马上嘿嘿嘿嘿地笑了起来,好的,回去好生歇着吧。

岩山朝乌飚施完礼,道声老爷您也保重的话,就退了出去。

出了小白楼,岩山长长出了口气,这几天为处理孙兰的事,岩山忙得眼皮子都没空粘,板起指头数起来,整整一周没挨过女人身子了。

走进镇子里那条叫达显的小街,岩山不知咋的就收住了脚。

达显街往南,再过一条土路,就是他手下人说的岩宅了。那套宅子的布局、式样,几乎跟乌飚的白楼没啥二致。

当年乌飚把宅子造起来,拍着岩山肩膀说,咱兄弟俩是有福同享,有难同当,往后我乌飚有的,就少不了你岩山的。当时,把岩山感动得心里头热辣辣的,要不是当时周围有手下看着他,他汪在眼里的泪肯定会涌出来。

　　当然了,面上看,乌飚的白楼与岩山的小楼没啥区别,其实岩山那天走进宅子就发现,这两套小楼还是有点儿不同的,那就是他住的这套楼,层高比乌飚的那套稍稍低了尺余。

　　岩山当时就明白了过来,乌飚对自己不错,称得上够兄弟意思,但乌飚又暗底里提醒他,我乌飚虽与你岩山情同手足,我俩还是有区别的,所谓长子老幼,没个规矩不行。

　　尽管如此,岩山对乌飚的报恩之心丝毫没受到影响。岩山对自家婆娘说,没个规矩哪能成方圆啊。乌老板对咱家这般,咱们就得豁了身家效忠啊。

　　岩山婆娘是个心灵手巧之人,加上平日里又闲不着,在院子里又是栽花又是搭架的,不长时间,就把整个宅子伺候得像个大花园。一年四季,满院子绿肥红瘦。这么一来,岩山越发地觉出乌飚对自己的好来,人一辈子图希个啥?士为知己者死,足够了。甚至乌飚为何弄得面子上跟自己平起平坐,岩山不愿去想。人其实不能活得太过明白,把身边的一切都看透了,那活着还有啥滋味?岩山也时常拿这句话对自家婆娘讲。

　　达显小街往北,同样也穿过一条土路,那边也立着一处宅院。不过那处宅院不像岩山家的那般气派,完全是镇子上常见的那种上部镂空的木板房。木板房虽说一般,可它里头的主人在达显镇上还真不一般。

　　木板房里的主人就是乌飚刚刚提过的尼朵。

　　尼朵二十五六岁,长着当地人少有的杏仁脸,两只眼珠子笑起来不时地放射出琥珀色的光来。尼朵的鼻梁直而挺,瀑布似的长发,再配上一副凹凸有致的颀长身材,特别是她那身古铜色的皮肤,活脱脱一个美人胚子。

　　尼朵的父亲原来在镇上也是个小有名气的跑粉的,后来被他一个叫着灵狐的小弟暗算了,丢了一大笔货不说,还丧了性命。尼朵的娘也是个了不起的人物，她狠狠心，就将当时还不到十岁的尼朵托人送到邻国的清迈读书，自己继续操持丈夫的营生，最后在跟灵狐的较量中，双双中弹身亡。

尼朵十八岁那年重回到达显镇，书念了不少，还弹得一手的好钢琴。尼朵没有像她这个年龄段的姑娘，急急把自己嫁了，她恰恰在众人的猜疑中办起了一个读书班，专收那些家境寒碜人家的孩子念书。

一个人过日子，尼朵倒也落得轻松，所谓一人吃饱，全家不饿。

至于说到尼朵手头上到底有多少钱，这个别人是无法知晓的。其实尼朵的娘生前给她挣的钱，说出来能让镇上的人大眼惊瞪，尼朵就是胡吃海喝，三辈子也花不完。

尼朵不想急急地把自己嫁了，可偏偏就有好事的不厌其烦上门来说合，尼朵倒好，对上门的人，礼道悉数到位，让人挑剔不出什么。后来，尼朵干脆对媒婆们说，我这辈子肯定不会嫁人。一个人，自由自在，就跟林子里快活的小鸟，谁愿意成日里端茶倒水，没完没了伺候个男人。后来，尼朵又花了番心思，终于将已显老态的奶娘从深山里找了出来。接回家，两人的日子过得也算自在。

现在的尼朵之所以能激起全镇子男男女女的兴趣，其实她并不像镇子里人当初的想象的，她对男人压根就没有兴趣。尼朵不想嫁人，其实有她自己的一套。尼朵还在泰国读书时，她就有了自己的想法，女人一辈子肯定是不能离了男人的，包括自己。离了男人的女人，就像娇艳的花儿没了露水，花一旦脱了露水，那花终究不成其花。

尼朵就给自己定了调调，出嫁不必再谈，但身边的男人必须长青。

这样一来，尼朵的那对琥珀色的眼里漾起的春波，就不能不让男人们心痒难耐了。

说起来，岩山能挨上尼朵凹凸有致的身子，功劳还当归于他至今还蒙在鼓里的婆娘。

岩山此前结过两次婚，最后都因为婆娘生不出孩子，两下里就散了伙。

对于为啥生不出孩子，岩山倒没有仔细琢磨过。岩山感到，这有啥好琢磨的，世界上会唱歌不会下蛋的母鸡多的是。甚至他自己到底是不是只光会唱歌不会打雄的公鸡，他就更不愿去想了。

岩山现在的婆娘，也就是他第三任妻子，绝对比她的前两任聪明得多。她不光断文识字，居家也有自己的一套。嫁到岩家，她就在冥想，岩山为啥短短几年时间内，休了两任婆娘？这一来二去的，她还真琢磨出了点名堂，原来是这般啊！

唏嘘过后，岩山的第三任婆娘便开始暗地里寻起了方子。

方子寻来了，怎样让自家男人痛痛快快地吃下去，同时还不能伤了他的自尊？岩山的第三任婆娘又煞费苦心，最后想到将熬好的中药掺进饭菜里。

岩山稀里糊涂吃了大半年，哎，他婆娘惊喜地发现，有了！

有喜后吐出的第一口，那个喜悦劲啊，绝不亚于淘金人掘到了一块狗头金。

晚上，岩山把自家婆娘还未隆起的肚皮当孩子亲，我就知道你不会再丢我岩山的脸。怎么样？啊，一块上好的种植罂粟的土地啊。

岩山亲着婆娘的肚皮，不无得意地说道。

婆娘揶揄他，地都是上好的地，关键得看你播什么种子了。

岩山当然没听出婆娘的话外之音，仍很得意道，你这块地就是比别人肥嘛。

婆娘就想，如今好梦成真，不妨就给自家男人道一点实情。

当然了，岩山的婆娘之所以敢这些想，她对控制自家男人还是有些手腕子的。

婆娘就道，男子汉有点大男子主义是好事，那个女人也不希望自家男人灰头土脸，或者焉头耷脑的，可问题是这大男子主义过了头就不是桩好事了。说轻点，夫妇俩劳燕分飞，随处可见。说重一点，家破人亡，妻离子散也不少见。你啊哪点都好，就是往后得改改身上这大男子主义,我可不许你日后对我们娘俩吹胡子瞪眼睛的。

说着,岩山婆娘不自觉地又陶醉在了当母亲的幸福之中。

岩山在镇子里毕竟还算个有文化水的人,婆娘的这番话这回他总算听出了一点味道来,哎,我说儿子他娘,你觉得我这人有大男子主义?

婆娘娇嗔道,你自己觉得呢? 实话告诉你,你可不是一般的大男子主义,要不是我比前两位姐姐多长个心眼,说不定啊,我现在还不知道在哪旮旯里哭鼻子哩。

岩山这下可是完全听出味道来了,哎,你细说说,我愿意听。

婆娘反问,你真愿听?

岩山笑笑,大丈夫光明磊落,说说无妨。

婆娘笑道,你细想想,以前两位姐姐的肚子真的有问题?

岩山不解,是,这些我都跟你说过的啊。

婆娘浅浅亲了岩山一口,娇嗔,不是两位姐姐的土地长不出庄稼,而是你的种子不行。

岩山不屑,笑话,你这土地不是很能说明问题嘛,我的种子绝对世上一流。

婆娘说,我就实话跟你说了吧,这大半年时间里,你知道我给你吃了多少草药吗? 少说用小车推都不为过。最后怎样,这回你得好好感谢你婆娘圆了你当爹的梦。

岩山无语了,怎么会是这样呢?

婆娘抚了抚岩山瘦削的脸颊,好了,现在一切都过去了,余下的,我们得好好思量思量,怎样把我们的孩子教导成人?

转眼间,日子一晃七八年过去了。岩山一家三口小日子过得是红红火火的。

尼朵走进岩山婆娘的视线,起初还是缘于她的琴声。

岩山的儿子起初听见琴声,两条小腿就挪不开步了,任他的娘怎样扯拉,儿子就像中了邪似的,就是要去听那悦耳的琴声。

儿子这般，当娘的当然也只有顺了，况且儿子学点音乐也不是坏事。

晚上，岩山婆娘把心思跟岩山一说，岩山想都没想就回绝了她。

岩山说，一个男儿家，学啥不行，非得学那不着边的玩意？

岩山婆娘不高兴了，学琴怎么就不着边了呢？

岩山说，弹琴绣花，那是女儿家的事，好男儿就该舞枪操炮，那才正点。

婆娘一声叹息，我早说过了，你这大男子主义这辈子怕是难改了。你又不是没看过电视，那里头弹琴的男人多的是，人家还是正经的洋人哩，怎么就没想过这是女儿家的事呢？今天我也跟你说句你不想听的话，我就是不希望咱们的儿子长大后跟他爹一样，整个一根筋，成天琢磨的就是打打杀杀。男子汉成就一番事业，靠的不是这个。你现在身子骨还硬朗，没觉出啥，等你老了，打啊杀啊的难以为继了，到那一天，你再回过头看看吧，我说的还正不正点？

婆娘不悦，现在放在眼面前的先生你不用，我真不知道你到底是怎么想的？

婆娘的话可谓字字珠玑，岩山还真的不得不静下心来好好收拾收拾自己的想法了。

有的时候，岩山也不得不承认，婆娘在过日子方面想的就是比自己周正、深刻。这回难道又落下了趟？

罢了，既然儿子想学，婆娘也成全，那就让他去吧。反正技不压身，荒年饿不死手艺人。

岩山侧身看了看身边脸着愠色的婆娘，口气就软了下来，好了，好了，明天我带儿子拜师就是了。

尼朵对岩山的名字自然也不陌生。

那天早上，当尼朵听说了一个叫岩山的了不得的男人带儿子来投师学琴时，她起初还怔了怔，这男人会有此雅兴？

当她的目光第一眼与岩山撞上时，她的心不由得被宛若毛茸茸的灯芯草给撩拂了下。

尼朵对男人还是小有研究的,别看眼前这男人身材不算魁梧,你瞧瞧他那双也不算太大的眼睛,那光贼亮贼亮的,忽忽闪闪犹如道道电光。尼朵就看傻了眼,心也跟着慌慌了起来。

尼朵知道,她被眼面前的男人给电着了。

岩山呢,自然也早听人说过尼朵的名字,当然还有些对她名节不太友好的事情。当时,岩山也仅仅听听而已,并未表现出跟见着了鱼的馋猫似的,有事没事总想着寻个像是很得体的理由,往尼朵的身边凑。毕竟自己是乌飚的军师,在达显镇上好歹还算个体面人。

这回见到尼朵,岩山顿时眼睛一亮,清水出芙蓉,天然来雕饰。深山真是飞俊鸟哩。

岩山就想,尼朵的美,那是超凡脱俗之美,我岩山长这般年纪,何曾见过如此貌美之人啊。

岩山就感觉有股热流自小腹升腾起来。

岩山与尼朵两人呆望着,就把急于投师学艺的小岩山给凉在了一边。

小岩山仰着头,忽闪着大眼睛,小手扯了扯岩山的衣角。

岩山被儿子一扯,马上转醒过神来,他意识到了自己的失态,忙笑着掩饰,哦,你看,我这是带儿子拜师学艺来了。

尼朵听岩山这么说,脸也红透了半边天,话说出口便有些儿慌乱,岩管家,你快别这么说,外人看了弄得跟真的似的,孩子想学琴我教就是了,还拜什么师嘛。你今天能来小舍,我这里已经是蓬筚生辉了。

岩山就越发地局促了,听尼朵的口气,他俩哪像是头次见面啊,还说什么让外人看了跟真的似的,听听,这话就偏偏从尼朵的嘴里吐了出来。

好了,别让孩子这样愣站着了。

尼朵笑笑,提声叫了奶娘。奶娘听到唤,快步走了过来。

奶娘向岩山施了礼,问尼朵,小姐你有啥吩咐的?

尼朵笑笑,岩山老爷光临小舍,总不能连口水都不让人喝吧。

岩山不得不承认,尼朵在处理男女之间的尴尬事情上,远比自己老道得多。

奶娘一听,忙佯装自责样。她轻轻掸掸衣角,冲岩山笑道,岩山老爷,真对不起,你看我,贵客到了,光顾了高兴,忘记了请老爷用茶了,老爷您千万莫怪我老婆子无礼。

奶娘跟了尼朵这么些年,小姐的喜好她哪能一点不知,见自家小姐今天这神态,再听她那说话的口气,分明,自家小姐看上岩山老爷了。

儿子学开了琴,家里头总不能连架钢琴都没有。这回,岩山没等到自家婆娘催,就花了一笔不菲的钱,让人从泰国弄来一架正经德国产的钢琴。从此后,岩宅花园般的院子里,再不光是那些娇艳欲滴的鲜花了。那琴声,在岩山老婆听来,就如天籁之音,阳光头里的朝露,把满院子涂抹得更加绚丽妩媚。

岩山那边跟尼朵也是小露滴荷花。

他婆娘还不止一次地感叹,儿子学琴,自家男人也跟换了个人似的。这人啊,就是近朱者赤,高雅的东西就是养人。

岩山一听,面上也只是憨憨地一笑,心里偷着乐哩。

六十八

岩山朝南里看了看,自家的白楼兀自在那立着。

岩山略略迟疑了下,就抬起腿,往着自家那处漾着琴声吐着花香的宅院走去。

岩山不急不慢地走了几步,不知怎么了,脚步就停了下来。

抬头望天,瓦蓝瓦蓝的天上纤尘不染,太阳就这样笑眯眯地挂在天空。

岩山觉出了身体内陡地腾起热流来。

有两只黄鹂在树梢上鸣叫着,岩山想,是该好好款待款待自己了。这几天哪里是人过的日子啊。

岩山擤了下鼻涕,乌飚刚刚对他说过的别伤了元气的话,被他远远地扔向了一边。他催促自己,走吧,还磨蹭个啥?

岩山扭了扭脖颈,转过身,快步朝有木板房子的宅院走去。

正斜在躺椅上看书的尼朵,听出是岩山的脚步声传了过来,她忙跃起身向门后闪去。

门外传进来奶娘与岩山对话声。

岩山轻声问奶娘,尼朵这会在干啥呢?

奶娘的声音听上去有点儿神神秘秘的,尼朵甚至都在想,奶娘说话时,指不定手头上还配一些动作,手指在衣摆前朝书房方向直捅。

尼朵抿着嘴,捂住笑,竖着耳朵静等着岩山进屋。

岩山进得屋来,屋里屋外忽明忽暗的光线,使岩山一下子难以适应。

岩山微微闭了闭眼睛,重新睁开眼来,书房未见着尼朵的身影。

岩山笑着摇摇头,这丫头。

岩山正犹豫着是否出了书房找,这时候,他就被门后闪出的尼朵从身后一下蒙住了眼睛。

尼朵身上香气如兰。她明知道岩山肯定猜出了自己,还是娇情地叫道,猜猜,我是谁?

岩山笑着正欲开口,尼朵的香唇就一下堵住了他的嘴,跟着舌尖毫不费力地进入了它的领地。

一时间,彤云翻飞,红雨作浪,尼朵的身子就如同带露的缠藤,将岩山越缠越紧。

岩山的呼吸急促了,一股热浪从小腹深处昂扬升起。

岩山一把抱起同样呼吸急促的尼朵,径自往书房一侧的卧室走去。

风歇了。潮退了。神清气爽的岩山平展着身子，他还在刚刚的缠绵里倘佯。

尼朵俯在岩山的耳边，这些天看把你累的，你好好歇着，我这就给你端鸡汤去。

岩山喝完了鸡汤，两人又风起云涌了一番，这才调匀喘息，相拥而眠。

待到两人睁开眼，宅院内已铺上了一层落霞。

岩山跟尼朵是在奶娘气短的叩门声中被唤醒的。

奶娘慌慌道，老爷，家，家里，出事情了！

岩山一听，猛地挣脱了尼朵胳膊的缠绕，他几乎是裸着身子叫，奶娘，快说说，家里到底出啥大事啦？

岩山匆匆套好衣裳，打开门，奶娘的两腿打着颤，嘴唇也在不停地抖动。

岩山安慰道，奶娘别怕，慢慢说。

于是，奶娘就把方才街上看到的，磕磕巴巴讲了出来。

原来，奶娘想着小姐晚上可能留岩山在家里用餐，就提着篮子上街买点儿菜。

走进菜场，奶娘就听人嘀咕，哎，你们说说来，谁这么大的胆子啊，他不看岩山的面子，总得给乌飚留几分脸面吧？这回啊咱们可见着钢头顶着铁头了，接下来有好戏看了。

奶娘凑上去，笑问那几个嘀咕的人，岩山老爷家出啥事情啦？

几个嘀咕的人见是奶娘，马上缄默了口，他们不安地朝四周看看，又转过脸好一番打量着奶娘，脸上不悦道，你到他家看看不就全知道了。说罢，又各自忙开了手头上的活。

岩山老爷家的事可不是小事。奶娘买菜的心思也没了。

奶娘在想，那几个嘀咕的人说得对，我这挪几步不就全都明白了，求人不若求自己。

奶娘提着菜篮子，索性朝不远处的岩山家宅院走去。

奶娘还没走到,大老远的就见院门口围着一大帮子人。

奶娘走过去,这回不用她再开口问,她什么都明白了。

岩山的婆娘披头散发,一屁股坐在院子里的花丛边,一把眼泪一把鼻涕,哭得活像个泪人。

儿子!我可怜的儿啊!你到底跑哪去了!

奶娘心一惊,手里头的菜篮子差点落到地上。这会儿,岩山老爷还躺在小姐的床上,家里儿子丢了的事他全然不知。

不行,我得赶紧回去找岩山老爷报信去!

奶娘又看了眼伤心欲绝的岩家夫人,提腿就往回走。

一路上,路人的嘀咕声还是断断续续往耳朵里钻。

报应啊!干缺德事,早晚得还!嘀咕这话的人声音听上去有点儿幸灾乐祸。

唉,这都他妈的什么世道啊,老子再混,也不该把气往孩子身上撒啊。小孩子家有啥错的嘛!

这嘀咕声奶娘听了基本还能接受,她觉得这话才像是人说的。

岩山衣衫不整冲出木楼,尼朵望着他飞速离去的身影,身子无奈地靠在了门框上。她能想象得出,这刻岩山家已乱成了啥样。

岩山家里的确如尼朵想象的已乱成锅粥。见着自家男人走进了院子,岩山婆娘仿佛汤汤大水中捞到了一把救命的稻草,她噌地从花丛边跳将起来,一下跑到男人跟前,泪一抹,决绝道,快,快给我找孩子去!

岩山瞪了婆娘一眼,镇静点,头掉了不过碗口粗的疤。慢慢说!

接着岩山婆娘就一五一十地将儿子中午吃完饭,如何在院子里玩耍,自己关起门来洗了把澡,出来后,就寻不着儿子,之后,自己又是如何院里院外,从大中午一直找到太阳偏西,也没寻着儿子的经过,原原本本给岩山说了个遍。

岩山婆娘哽咽,我就差把地翻开了找了,我的儿啊!

岩山的脸越发地沉了。他安慰自家婆娘几句,扶婆娘进屋,自己就一屁股坐下来抽起了闷烟。

婆娘见状,泪跟着又涌了出来,你怎么干坐着啊? 你快去找儿子啊!

婆娘有些声嘶力竭了。

岩山依然如一块岩石坐着不动,任自家婆娘怎么摇着扯着,屁股始终未挪过窝。

岩山不想对自家婆娘对什么,说什么? 怎么说? 告诉她孩子遭人绑架了? 这些让人揪心的话说出来又有何用。

依他岩山这些年道上打拼的经验,儿子现在肯定活着,绝对不可能遭遇不测。儿子之所以让人绑了,始作俑者自有他们认准的理由。这理由他们现在是猜不出,但他也不想猜。

岩山就干脆对自己说,那就拿出超乎寻常的定力来,兵来将挡,水来土掩,阵脚一定不能乱了,世上就没有过不去的坎。

岩山甚至很自信,无需太长的时间,也许是今晚,或许是明天,绑票的肯定会给他透信,当然还少不得他们连带开出的筹码。

这价码会是多少呢? 岩山还真的思索了起来。

夜幕在婆娘的哭声中铺天盖地倾泄了下来。

岩宅门不关,灯不开,倘大的宅子里唯有岩山嘴边的烟火忽明忽暗,就同一只夏日里的萤火虫,还有就是婆娘时断时续的哭声,让外头人觉得院子里还有一息的生气。

时间流水般静静淌着。

子夜时分,一直竖着耳朵倾听院子动静的岩山,终于等到了他预料中的脚步声。他一甩刚抽了几口的纸烟,噌地冲进院子。

一位年近中年的汉子抱着小岩山已在院子里站着。

婆娘也是紧随着岩山冲进了院子。她一拉灯绳,院子里的黑哗地分向了四周。

儿子! 婆娘一步上前,从中年汉子手里夺过儿子。儿子睁开眼,懵懵懂懂地叫了声娘,就将整张脸埋在了她的怀里。

岩山冲着院子里汉子,声音带着杀气,你是谁?我孩子是怎么到你手里的?

中年汉子木讷地看着岩山,显然他被岩山的气势给镇住了。

中年汉子道,回老爷话,我是外乡人,在镇子里摆菜摊有了些日子了,送少爷回家,我也是受人之托。

谁?岩山紧逼。

中年汉子搓着手,局促地说,回老爷话,那人我真的不认识。就在刚才我正准备回家,那人来到我跟前,塞给我两百块钱,说是让我给他办件事。我说我就一卖菜的,能为你办啥事呢?那人瞪着我,问我是不是嫌钱少?我说不是,我是怕办不到。那人说,这事非常简单,你跟我来吧。当时我就想,我每天两头摸黑才赚几个钱啊,这两百块,够我干好几天了。我动心了,就随那人走了。那个人把我带到镇东口山道上的一个草棚子里,手一指,说你把这孩子送岩山白楼里去。分手时,那个人还让我捎话给老爷,叫你们看好孩子,千万别再让孩子乱跑了。

中年汉子可怜巴巴地看着岩山。

岩山看他那模样,断定他并没有说假话,再问他别的,估计也掏不出自己想要的东西,便不耐烦地挥挥手,你可以走了!

中年汉子走了。岩山跟着就在想,他们到底是想干什么呢?

高人,高人啊!岩山喟叹。

六十九

雨中几个小时的跋涉,祖德他们几个已显得疲惫不堪。

宗泉看了看祖德,请求道,队长,咱们就歇会儿吧,把力气全耗尽了,等会战斗还怎么打啊?

祖德征询似望望华容,要不,咱们就地歇会儿?

华容道,行,那就地喘口气。

雨虽然还下着,明显不像前几个小时那样,三五米开外就见不着人影。

祖德让大伙聚拢在路边,借着湿漉漉的路面盘膝而坐。

宗泉掏出烟来,每人递上一支,就连平日里烟酒不沾的雷光,也被他劝着点上了一支。

宗泉吸了口烟,问雷光,怎么样? 累了一根烟,快活赛神仙。

雷光吸了一口,呛得直咳,眼泪水都被弄了出来。

宗泉逗道,就别弄出副苦大仇深的样子了,生活这般美好,你还有啥不满足的。

雷光顺了口气,摆了宗泉一拳,去你的,你快活赛神仙哩,整个一谋杀计划。

华容接口,宗泉啊,你老小子行呀,没看出来,你引诱童子军还设计了套严丝合缝的计划。

宗泉故意哭丧着脸,这就跟咱们童男子没吃过仙桃一个理,等他体会到了神仙的滋味啊,保不准,他会全世界里宣传,我得好好感谢我的师傅宗泉同志,希望你们也不要忘记他为世界烟草业所作出的杰出贡献。

几人说笑着,祖德似乎对他们的说笑无动于衷,脸上尽是心思。

宗泉一笑,队长,老人家有句名言,不会休息的人,就不会工作。你再这样愁眉苦脸的,老人家地下有知,会不高兴的哟。

祖德长长吐了口烟,缓缓说道,还不知道岩鹏啥样啊,这都过去几个小时了,按说他四个轮子早该追上咱们啦。我是担心他会不会有事。

宗泉哈哈一乐,队长啊,不是我批评领导,你这叫着啥?

雷光不屑,还有啥,杞人忧天呗!

宗泉刮了雷光一下鼻头,对了,还是童男反应快。

说着,宗泉脑袋转向祖德,队长,你都听到了吧,童男子都说了,你这就叫杞人忧天。你想啊,岩鹏也是个老把式了,反应快,身手好,什么事能难倒他？

祖德缄默着，华容却是叹了口气，自责道，都怪我想得不细，我把手机让给他就好了，也不至于弄得大家伙牵肠挂肚的。

祖德摇摇头，这些不去说它了，谁也不是先知先觉。岩鹏出点事小，车子过不来，咱们一干子人就误大事了。这里离伏击点至少还有八十公里的山路，以咱们现在的速度，到天亮，也不定能赶到。

华容劝道，别急，别急，我有种感觉，岩鹏的车子一会就到，一会就到。

正说着哩，前方不远处有手电的光亮在晃动。

祖德赶紧招呼大伙揿灭了烟头。

祖德朝华容使了个眼色，华容带着雷光，躬着身，贴着山路一侧，往来时的方向跑去。

大约三五十米，华容跟雷光利用山道边的荆棘丛潜伏了下来。

手电光越来越近。

待到来人刚越过祖德与宗泉潜伏的位置，两人同时吼叫了声，倏地从道边弹了出来。

就见持手电的身子猛地一惊，遂扔下手里的口袋，撒开腿就往前跑。

华容、雷光也快速地弹了出来。

持手电的这下懵了，前后夹击，他知道遇上克星了。跑，肯定没门。就见他腿一软，扑通跪在了地上，嘴里直叨叨，我是初次，求你们放过我吧。

放你？宗泉踢了地上男人一脚。

男子忙求饶，我孩子躺在医院里等钱动手术，我这才答应替他们背货的。

宗泉再问，他们给了你多少钱？

男子哭丧着脸，还没给哩。他们说等货背进坝子，给我五千块。

宗泉一把将男子从地上提起来，手一抖，手铐就结结实实锁住了男人的腕。

华容上前掀开男子的雨帽,手电光一照,笑了起来,好啊,还初次? 乐好德!

男子悚然一惊。

你好好看看我是谁?

华容说罢,用手电照了下自己的脸。

男人这下发出了哭声,华队啊,我怎么这么倒霉啊,偏偏又栽在你手里,我乐好德前辈子肯定做过对不起你的事。我他妈的简直倒霉透顶了!

雷光提着乐好德扔掉的口袋,跑过来,高兴地冲祖德道,队长,我看至少得三四公斤。

祖德冲已焉了的乐好德没好气地吼了声,等会儿一块收拾你!

雨还在沥沥地下着,一行人背着武器,押着乐好德,又往前路赶去。

七十

失去了女主人的白楼,日子依旧一天天过着。略略不同的是,这些日子,白楼的男主人变得有点儿不安分起来了。

没了阿冲的日子,乌飚真正尝到了啥叫睁眼瞎子的滋味。

以往的阿冲,无论有多忙,也不论时间有多晚,每天总少不了报一下他在对面的进展。这几天音信全无,这个阿冲也不知道怎么了。

出去巡游了? 不会。

病了? 当然也不会。

被对面的警察逮了? 这个更不会。

乌飚设想过好多种的理由,最后都被他一一地否了。

那么,阿冲到底怎么了呢?

这些天乌飚思来想去,心里还是隐隐地不安起来。尽管他不希望这是真的,但他又实在找不出理由反驳自己。

乌飚初步断定,阿冲肯定被对面的雷子给弄起来了!

思维一定格,乌飚就越发地变得焦灼起来。

阿冲跟别的手下不同。这些年,他天马行空,独来独往,一直受自己直接调遣。阿冲的任务,用他乌飚的话说,就是以最快的速度,在对面建张新的出货网络。

现在阿冲像在人间蒸发了,家里这头,让他乌飚一直担心的事还是发生了。

据乌飚的内线报,再度联手的孙、龙两家,明天就要来逼宫。

凭心而论,孙、龙两家联手逼宫,从道理上讲,一点也不过分。你乌飚控制着两家的货,又没别的渠道给销出去,这不明摆着占着茅坑不拉屎嘛。那么好,既然你乌飚拉不出屎来,就别怪孙、龙两家不再给你乌飚面子。人家凭什么再捧你当老大,谁家还没个几百口子的人在张嘴等饭。

以前他乌飚之所以没费多大力气,就轻易地拿下了两家,瞧准的就是两家长年的不和。于是,他各个击败。现在两家心齐了,联手了,明天来逼宫,他乌飚到底还有几分的胜算?

不觉中,乌飚就踱到了院子西檐下。

西檐上头有个平台,平日里乌飚总喜欢放张躺椅,有事没事躺上一躺,再看看远处姥姥峰的景色,思考思考他所谓的霸业,确实是无比的惬意。

自从孙兰死后,乌飚就再没走进平台一步,更不用说再在躺椅上躺上一躺,思考思考霸业了,甚至连院子西檐的一侧也不愿多迈一步。乌飚总觉得这两处现在还游着孙兰不散的魂。

那天夜里,乌飚回到白楼,顺手喝了杯凉水,就蹬蹬上楼朝卧室走去。

乌飚朝床上溜了眼,嘴角马上就露出坏笑来,哟,在家哩。

乌飚的心里头就被异样的东西给撩拨了一下。

　　乌飚飞快地褪了衣服,被单一掀,就想上床成了自己的好事。

　　哪曾想,乌飚的一只脚刚踏上床,就见眼前白光一闪,孙兰屏着气,眼吐凶光,手头一柄匕首直冲他胸口而来。

　　乌飚一侧身,一把擒住了孙兰的手腕,再一发力,刀咣地落地了。

　　你他妈的活够了!

　　乌飚顺手就给孙兰一巴掌。

　　孙兰暴跳而起,她脸色苍白,狠劲地抹了把嘴角的血,怒斥道,你不打死,我就得弄死你,为民除害!

　　乌飚冷笑,好,我让你杀!

　　乌飚猛地拎起着地的孙兰,像掼物什似的往床上一扔,三两下,扒光孙兰的内衣,随后,恶狼般地扑了上去。

　　你这个禽兽不如的东西!

　　孙兰边骂边挣扎着。无奈孙兰哪是乌飚的对手,挣扎了一会儿,孙兰的力气用尽了。

　　孙兰眼角淌着泪,一任乌飚疯狂地发泄着兽欲。

　　风潮退后,乌飚满足地滚到了一边。就在他准备闭眼美美地睡上一番,身边的孙兰又一下蹦了起来。

　　乌飚还未来得及出手阻拦,下体还流着血的孙兰已跳到了地上。

　　孙兰急急地捡起地上的刀,吼了句,今天有你没我,有我没你!

　　吼罢,刀尖又向乌飚扎去。

　　乌飚的火气又腾地被点着了,这番火可比刚刚的那把火要猛烈得多。

　　抱着一死的孙兰哪还管这许多,刀尖乱扎,一刻也不甘停下。

　　乌飚躲闪了几下,终于攥住了孙兰的手腕,随手抽出床头上挂着的牛皮裤腰带。腰带呼呼生风,不一会儿,裸着身子的孙兰被抽得是皮开肉绽。

　　乌飚边抽边吼,你他妈服不服?

　　孙兰歇斯底里,大叫,我要杀了你!

好,那老子今天就成全了你!

乌飚眼里血红,他扔了手里的皮带,一把拉住孙兰,就往平台上拖。

到了平台,孙兰几乎使出了最后全部的力气,狠狠地朝乌飚的胳膊咬去。

孙兰这一口,无疑如火上浇油,抱薪救火。乌飚大吼了一声,一把拉起孙兰,举过头顶,往平台下掼去。

随后,夜幕深重的院子内,便响起了重重的撞击声。

这刻,当乌飚意识到自己误进了西檐下,还是调转身来向院中的花园走去。

老实说,对于孙兰,他乌飚心里头多少还是有点愧疚的。不管孙兰心里是不是真的愿意,自她嫁进白楼,你还真的挑不出她的不是来。乌飚也能感觉得出,孙兰是抱着嫁鸡随鸡、嫁狗随狗的心态跟他过日子的。可他乌飚知道,他一刻都不能心软,更不能为了一个女人而缠绵。为了自己的霸业,女人算什么,充其量也就是身上的一件衣服,脏了,就扔掉,随便再搞它一件,男人心该硬时就得硬!

管家岩山来了。

岩山的脸上没有了往日跟初升红日那样的光亮。他面色憔悴,细看还掺杂着忧戚的成分。

见了自家老爷,岩山忙躬身施礼。

乌飚哼了声。

岩山声音低沉,道,老爷,我从那边得到了消息,阿冲,阿冲他死了!

乌飚一惊,眼睛瞪得溜圆,你说什么,阿冲他死了?

岩山点点头,说没错。

你的消息可靠? 乌飚再紧着追问。

岩山说,绝对错不了。提供消息的是对面我多年的一个相好。刚才我出门时,她突然跑来我家,说让我帮忙给她进一批玉货。说话间,她问我认识不认识这边有个叫阿冲的年轻人？我一听,忙问她,你说的这个阿冲怎么了？相好的回我,还能怎样？他跟人争一个女人,跟情敌动起了手,把对方给弄死了。这下闯大祸了,警察不可能饶他。就在双方拔枪对射的时候,阿冲被警察的乱枪给打烂了。

岩山看了看乌飚同样憔悴的脸,叹口气,继续道,我还是不放心,接着追问,说你肯定消息准确？相好的急了,说绝对不会错,她们那边的报纸、电视都报道过。她还让我去她那边瞧瞧。我相信相好的没说假话,就先稳住了她,让她在家歇着,我这就跑府上来了。

岩山报来的的确不是好消息。

乌飚兀自坐在花园的石凳上,像在自言自语,阿冲一向是个稳重人,他怎么就被女人家给缠上了呢？

岩山凑上前,黯然道,人会随着环境变化的,现说了,阿冲也老大不小了,追追自己相中的女人也属正常。只是让人费解的是,这个阿冲平时很有定力,他怎么就为色乱性了呢？

乌飚丧着脸,两道剑眉纠缠在一起,半晌无语。

见乌飚这副神态,岩山站也不是,走也不是,只好勾着脑袋,在一旁立着。

好长一段时间,乌飚这才抬起头。

乌飚说,岩山,你这样,马上到对面走一趟,再敲实一下这消息。回来之后,咱们有要事相商。记住,速去速回,不得耽搁！

太阳向姥姥山滑去的时分,岩山回来了。

乌飚迫不及待迎了上去,咋样？

岩山一边擦汗,一边从口袋里掏出了份报纸,老爷,你看看吧,不错,是阿冲。

岩山边说边指着报纸上的一张图片。

乌飚细细打量了一会,愤愤地把报纸一摔,道,死的走了,没死的还得活着,而且还要好好地活着。

岩山不知道乌飚说这话到底什么目的，就这样愣愣地看着他。

乌飚瞅了眼岩山，别发愣了，阿冲走了，对咱们是有力的一击，这事先不想它，咱们合计合计明天的事。

岩山迟疑，明天的事？明天有啥重要的事情吗？

乌飚灼灼地看着岩山，明天的事于我们非同寻常，此事的成败得失，它牵涉到咱们日后还能不能在达显镇上立足。

有这么严重？岩山自语。

乌飚顿了一下，道，孙、龙两个老东西又开始度起了蜜月，他们联手向咱们发难了。明天，就是明天，这两个老东西约我在姥姥峰的望月台见面，他们要讨个说法。

岩山浅浅地笑笑，就凭他们两个？哼，这年头啊，不自量力的还是大有人在啊。

岩山嘴上这般说，心里倒没真这么想。凭他岩山的脑子，孙、龙两家联合发难，他岩山能掂量不出其中的利害来？

岩山之所以这么说，他肚子里也揣了副小算盘。这不，机会来了嘛。

自从那天儿子丢而复得，岩山的眼珠子转了几圈，马上就转醒了过来。明摆着，这事是孙、龙两家，或者其中的一家，向他岩山发难哩。

只是有一点，岩山始终没有悟透，对方这样做，最终的目的到底是什么？现在，现在一切全明透了。

岩山想哩，原来孙、龙两家是在利用我岩山，我岩山在他们的心目中份量不轻啊。孙、龙两家我岩山断然不能开罪，兔子急了也咬人，真把他们惹急了，往后自家儿子还能不能活蹦乱跳的，一切都他们说了算了。现在机会终于来了，来得就跟坝子里行了场及时雨。孙、龙两家我是不能开罪，那好，那就让你们跟自家老爷斗，我奈何不了你们，自家老爷可以替我收拾你们。当然了，再退一步说，即便自家老爷斗输了，我岩山还有话说，这不正是你们想要的结果吗？

岩山长长嘘了口气，暗道，机会啊，机会，你对我岩山总是不薄啊！

岩山这点心思，乌飚定然是无法知晓。

乌飚说，这事咱们绝对不能轻心，以前我们之所以轻易击垮了他们，就是号准了他们不和那根软肋。现在他们联合了，拧成了一股绳，这事再处理起来就费思量了。

岩山恭谦地点点头，老爷所言极是，是得好好合计合计。

乌飚略有所思，往日的张狂劲又露了出来。

岩山心里暗喜，老爷，您就狂吧，越狂越好。

乌飚猛地掐了朵硕大的茶花，在手里搓了搓，啐道，跟我斗，那就别怪我乌飚制造灭门惨案了！

岩山！乌飚叫了声。

岩山一哈腰，老爷您吩咐！

乌飚顿了顿，明天这样，你带上三十多个身手最好的家丁，对，把那挺重机枪也给我带上，趁着黎明前的黑暗，悄悄潜伏在通往望月台的那个制高点，我亲自带两路人马，控制姥姥峰的入口，等他们两路人马进去，我这边把口袋一扎，咱们两头一起开火，彻底灭了这两个老东西的血脉。

岩山听了眼睛一亮，老爷，您这招高，这招高啊！

乌飚的本性又彻底显露了，他点了根雪茄，满满吸了一口，随后嘿嘿狂笑了起来，跟我斗，我没了阿冲，照样把你们一个个收拾得龟孙子似的。

那是，那是。跟我们斗，他们是自取其辱，自取灭亡！

岩山讨好道。

还有，笆篱子那扣着的烟鬼，你去烧了他。我要让所有的人都明白，给我乱出主意，藏着掖着心眼，死路一条！

乌飚突然间提高了声音，恶狠狠地说道。

七十一

岩鹏真想好好睡上一觉,体力的严重透支,加之左胳膊的骨折,他觉得整个身体的零件都快散了。

岩鹏跑了一段,不得不把车停下来,好好喘息上几口气。强撑肯定不行,稍一疏忽,吉普车不是撞上山体,便是掉下崖下河水激荡的佤汀河。

短暂的喘息过后,岩鹏又开车上路。

时间不等人,多给大伙一点富余的时间,战斗的胜算就会增加几分。眼皮实在粘得睁不开了,岩鹏就有意识地动动受伤的左臂,这一动,钻心的疼痛,又让他的思维片刻间清晰一些。

无形的时间,分分秒秒都在捶打着岩鹏的意志。岩鹏咬着牙,心里焦急地喊,岩鹏,祖队和弟兄们盼着你啊!你得顶住,一定得顶住!

这边祖队押着乐好德急急地朝前走着。这会儿,从身后望过来,这行人的脚步明显比平常滞重了许多。长途跋涉山顶雨下,他们的体力也在大幅度的损耗。

雷光走上一段就禁不住掉过头来看看,他巴望着岩鹏的车能梦幻般出现在身后。

而这时候,都快虚脱了的岩鹏,正向着身体的极限挑战。这些,队员是万万想象不到的。

突然间,就听雷光惊喜地叫了声,一行人急急地掉转过头来。

雷光道,祖队,我听到马达声了!

一行人屏息,竖直耳朵,他们不解地望着雷光,没听着啊。这四周除了雨声,还有佤汀河的湍急声,再没有别的声音啦。

雷光再凝神细听,没错,肯定是汽车的马达声。

宗泉笑了,你这个童男子,想车子都快走火入魔了。

华容没出声,他脱掉雨衣,往湿答答的山路上一铺,俯下身,耳朵紧贴着山道。

一会儿,华容的脸上就像是拨云见日似的晴朗了起来。

华容爬起身,冲雷光笑笑,童男子,没想到你还有这么一副值钱的耳朵。

说着,华容笑对祖德,祖队,岩鹏这小子到底赶来了。

一行人又活跃了起来。

祖德高兴道,那咱们就保存点体力,原地休息。

大约又过了十多分钟,马达的声音隐隐传了过来。

不一会儿,有光亮在弯弯曲曲的山道上闪现。

一行人站起身,像迎接远方的客人似的,翘等着岩鹏。

岩鹏看到了朝自己挥手的队友。他强打着精神,但终因气力尽耗,一脚刹车,吉普车扭了几扭身子,这才很不情愿地停了下来。

华容冲上去,一拉车门,高声叫道,岩鹏,你这是怎么了?

满身是血的岩鹏,身子匐在方向盘上,人已昏死了过去。

几个人急吼吼地将岩鹏弄下车,又是喊叫,又是掐人中,岩鹏终于缓缓睁开了眼睛。

岩鹏朝祖德无力地一笑,祖德,没误事吧?

祖德的眼眶刹那间湿润了,没误事,没误事!

七十二

这几天,缉毒队上上下下都像是卸下了心口的石头,说话也带上笑声,一个个的脸上像涂抹上了红淡淡的胭脂。

影子杀子自毙,刀疤贩毒网络被撕,幕后毒枭水兴运被擒,一连串的胜利,让缉毒队员们很舒展地吐了口气。

为鼓励士气,推进缉毒工作向纵深发展,阿冲自毙后的第二天,局党委召开了一次隆重的祝功大会。庆功会的规格,在县局新组建三十多年的历史上,完全可以大书特书一把。

会议召开的那天,省公安厅的领导来了,地区行署的领导来了。县里四套班子,包括政法委、检察院、法院的领导齐齐出席了会议。

当祖德、华容、岩鹏、宗泉、雷光,还有女将军兰等,戴着大红花,走上领奖台时,县局礼堂内顿时沸腾了。

这是压抑了好久的总爆发,这是活着的战友对远逝战友的追念。

掌声潮水般经久不息。

县委彭书记受会场气氛的感染,还即兴朗诵了军兰的《我不得不走》。

> 你因短暂的相聚绽放着喜悦的温柔
>
> 忍不住紧紧将你拥进悸痛的胸门
>
> 你的眼里写满着浅浅的离愁
>
> 多么想相依相偎能够能长长久久
>
> 夕阳已消失在天的尽头
>
> 亲爱的
>
> 我不得不走
>
> 即便沉沉的暮色溢满着祈求
>
> 要知道
>
> 我这一走
>
> 有几多的人儿可以长相厮守……

泪,挂在脸上,在无声地滴落。

会散了,祖德一头扎进自己那间简陋的宿舍内,门窗紧闭。

老局长敲开门,朗声笑笑,怎么了,嫌给了你个三等功?

祖德仍低着头抽烟,陋室里烟雾腾腾。

老局长上前,一把拉开窗帘,推开窗户,阳光钻进屋来,宿舍内一下明亮了许多。

老局长揶揄,我印象中的祖德是不太计较名利的人嘛,怎们今天突然间钻进名利的小铺子里啦？我不是提前给你打过招呼嘛，这受奖的等级是有一定权限的，你们这次的几场漂亮仗，集体一等功的材料已报到行署，放心，它跑不了！

见祖德还在闷头抽烟，老局长捅了捅他，哎，打足点精神。

祖德撅灭烟头，抬起头，搓了把脸，局长，你以为我是为了三等功的事吗？

老局长故意地说道，最起码，你这架势让外人看来是真的。

祖德看着老局长，满脸的沉重，说心里话，让我佩戴这枚军功章，我真是愧得慌，这份光荣它应当属于我们牺牲了的队友。每当我想起昌纯和小军，这心里头就跟刀搅了似的，他们才是真正的功臣。

见老局长神情肃穆了下来，祖德沉吟了好大一会，局长，您以为这场战斗真的结束了？

老局长看着他，祖德也看到了老局长眼里瞬间放出的锐利光芒。

老局长点点头，赞道，不愧是缉毒英雄。今天我找你，就是想告诉你，战斗正未有穷期，我们随时都得保持清醒的头脑。

老局长在床沿坐了下来，接着跟祖德商量开了下步的工作。

老局长说，从水兴运的交代分析，阿冲身后还有一个未露头的大老板，这话我看有一定的可信度。

祖德点头赞同。

现在的问题是，我们怎么才能将这个大老板吊出来？这里头啊大有嚼头。

老局长缓缓道。

祖德说，昨天审讯完水兴运，我也一直在思考这个问题。

老局长问，琢磨出点眉目没有？

祖德顿了顿，思路倒是有几个，只是还不太成熟，都是关在屋子里苦思冥想的。

老局长跟祖德要了支烟点上，催促，说说看，咱们再合计合计。

祖德说，我在想，阿冲身后的老板之所以不惜花如此大的力气，急于在水兴运身上打开销货通道，一是说明他们之前对水兴运已摸得很透，知道他是坝子里最大的吃家，所以就从他身边人下手，不断朝他施压，迫其就范。二是说明阿冲背后的这个大老板，现在手头上肯定囤积了不少的货，否则，他随便找个下家，也犯不着如此大动干戈。基于这两点，我就在想，如何把阿冲自毙、水兴运落网的事做得天衣无缝，滴水不漏，让外人一点都看不出破绽，这才是咱们当前首先要做到的。只有把这问题处理好了，咱们才能实现下一步的计划。

引蛇出洞。老局长接口。

祖德点头称是。

不错，这事看来你真的动了番脑筋。

老局长赞许过后接着道，这十多个小时里，我也是睡意全无，一直在琢磨着该如何引蛇出洞。一会呢，咱俩去趟电视台，把这个消息今晚上就播出去。之后，再去趟州报，让他们明天一早见报。

说罢，老局长从兜里掏出了那份新闻稿。

祖德接手看了看，神情马上变得兴奋起来，老局长，真有您的，想的做的，总是比我们超前一步。阿冲为了女人丧命，这个死因安得好，安得妙，可信度实在是太高了。相信经过媒体这么一操作，对面他那个老板不会充耳不闻的。只是？

说到这，祖德突然打住了。

只是什么？你尽管说。老局长催促。

祖德道，我只是有点儿担心，咱们做了这番工作，对面阿冲的那个老板蛰伏起来了怎么办？

老局长一笑，那就得看我们后一步的棋怎么个下法了？

您是说让水兴运来做诱饵？祖德问。

老局长点头，不错。你想啊，阿冲的老板看着水兴运那么风风光光活着，他能蛰伏？这就如同挖井，你这边都闻到甜水味了，愿意收手？我断定，阿冲的老板不但不愿收手，而且还会加快行动的速度。不信咱俩等着瞧，只要水兴运面上活蹦乱跳的，又一个阿冲很快就会现身。

祖德显然被老局长缜密的方案给弄兴奋了,他笑着道,那就从明天起,我们的人就带着水兴运,让他继续在澜沧江娱乐城做庄,让他的美食城也照常营业!

七十三

岩山带着几个手下趁着夜幕摸到了笆篱子。

持枪的看守见是自家的管家上山来了,忙不迭上前施礼。

岩山冷冰冰地问道,他睡了?

看守当然知道岩山问的是谁,忙点头回道,太阳刚滚进姥姥山,他就一步一挪进窝睡了。

这段日子他的情绪怎样?岩山的口气依然夜一般的冷。

看守道,回大管家话,打上次老爷上山与他会过面,烟鬼他就像换了个人。话也不多,对吃喝再也不计较。每天放风时间,就坐在太阳底下,面朝着太阳升起的方向,两眼发呆。这几天他好像病似的,人瘦了不少,精神头也不如了以前,问他哪不舒服,他总是笑笑,说他这心病没人治得了。

岩山抬头看了看从树缝里漏下来的不多的星光,心里不觉生出一股悲凉。

看守说的烟鬼每天面朝的方向,那里有烟鬼的家,有他想念的老爹老娘,还有跟他一样愁眉苦脸的老婆孩子。

岩山暗叹,何苦呢,放着老婆孩子热炕头不享用,孤身跑出来淘金。黄金谷啊,黄金谷,你到底成就了多少赌徒的发迹梦啊?

岩山浅浅一笑,摇了摇头,像在自问自答,反正我岩山是一个也没见着啊。

现在身陷他乡,每天受着灵魂的拷问,那滋味,真真的生不如死。

岩山默道,烟鬼啊,莫怪我岩山无情,早走了不失为彻底的解脱,苟活的日子又有啥意思,还不如及早赴极乐世界神游!烟鬼,你安息吧!

岩山的意念中还向烟鬼鞠了个躬。

随后,岩山朝拎着汽油桶的家丁歪了歪头,家丁马上提着桶朝烟鬼窝居的草棚四周泼去。

岩山点了支烟,顺手递给了一名家丁。

家丁接过烟,又使劲地吸了一口,这就往棚子扔去。

闪着红点的烟火,在空中优雅地划了个弧,紧接着,就在跌落处腾起了一簇火苗。火苗如同毒蛇的引信,闪电般地朝草棚的四周蹿去。

岩山闭着眼,他在等着火海里烟鬼垂死的哀嚎。

一分钟。

两分钟。

十分钟。

棚子轰然坍塌。

直到这刻,岩山都未能听到火海里传出的救生的动响。

这不可能啊,这怎么可能呢?

岩山愣怔住了。

他不忍再朝已烧成灰烬的草棚看上一眼,挥挥手,提空桶的家丁走头里,一行人迈着杂沓的步子下山去了。

回到自家的小楼,岩山觉出了身上彻骨的寒意,鞋一蹬,上床倒头便睡。如果说岩山这番倒头睡踏实了也就罢了,可偏偏那团火一直在眼前、在脑海里这么烧着,好容易有了点困意,后来又被一团火给烧醒了。

婆娘望着满头是汗的岩山,你这是怎么了?

岩山回道,火!一团火!

婆娘更是不解了,她试了试岩山的额头,没发烧啊,你这是在说梦话哩。

岩山看了看床头上那只闹钟，猛地推开了婆娘，婆娘怒道，你这是发哪门子疯啊？

岩山飞快地套上衣服，说，你安生睡着，我得出去办点事。

穿衣下床，人就跟着了火似的，向夜幕里冲去。

凌晨的姥姥峰安静地对着空阔的夜空。姥姥峰东侧天际，几颗晶亮的启明星眨巴着精神头十足的眼睛，饶有兴味地瞅着身底下一群不太安分的早起人。

疑惑？抑或嘲讽？

岩山抹了抹被露水打湿的头发，那团火又在眼里烧了起来，只是没先前那般的灼热罢了。

岩山看了看已进入伏击阵地的伙计们，自个儿叮嘱，岩山你得给我瞪大了眼睛，一会战斗打响了，那可是要死人的，万万不可大意。

家丁们趴在被薄雾包裹着的丛林里，一双双眼睛瞪得大大的，枪口无一例外地指向月亮台。身边那挺黑沉的重机枪如猛兽般窝伏着，岩山知道，一旦战事打响，瞬间它将迸发出比猛兽大十倍乃至百倍的威力，一条条鲜活的生命将被它撕扯得支离破碎。

难熬的等待中，东方现出了鱼肚白。接着，鱼肚白里泛起了淡红，大红。不久，透过丛林的枝蔓，蛋黄色的火球从远处的山背后拱了出来，火球缓缓提升着，蛋黄色渐渐被炽目的光所取代。这时候，在林子里悠转了一夜的薄雾，一经得到太阳的温暖，立马间变得手舞足蹈起来。太阳也好心情地隐却了红扑扑身子，且让这些薄命的精灵在林子里多闹腾一会吧。

战斗是在林雾散尽，太阳亮得晃眼时分打响的。

岩山听到第一声枪响，本能地看了看表，那一刻是上午的十点半，距离他们潜伏进林子大约七个小时左右。

枪响的前一刻，岩山透过望远镜，看到往姥姥峰的队伍拉得很长很长。岩山粗粗估了一下，足有三四百人，也就是说，孙、龙两家过半的家丁都拉了出来。岩山再细细调整望远镜的焦距，这回他又看到了两家与他一样身份的管家。

岩山暗叹，这哪里是来月亮台逼宫啊，分明就是取自家老爷的小命来的。

再看，岩山心里又是一惊，妈啊，这支队伍里竟然还藏着不知天高地厚的龙王。

岩山一声长叹，犯得着吗？龙家这回怕真要绝后了！

按约定的时间，月亮台会面应该是正午的十二点。孙、龙两家之所以这样急吼吼的，而且还组织了这么一支庞大的队伍，是想对乌飚形成威慑，还是想抢在乌家军之前占领有利地形？

岩山摇摇头，跟乌家军干，你们两家还差得远啊！

孙、龙两支队伍进入了姥姥峰的谷口。岩山这回不借望远镜也看清楚了，打头的是孙家的，由管家带着。后头跟着的是龙家，打头的自然是他们家少爷龙王。

龙王手里提着枪，身子上上下下起伏着，随着两臂大幅度的划拉，远远望去，弹性十足。

龙王的嘴上似乎还叼了支烟，没错，岩山看清楚了。一团烟雾从他打理得流光锃亮的脑袋上空腾着。

岩山突然间就想到了什么叫志得意满，其实它跟得意忘形就是邻居。

砰！

枪响了。

孙、龙两家队伍顿时像炸开了锅。

这时候的枪声于孙、龙两家意味着什么？打头的自然不会弄不清楚。枪声来自谷口，明摆着有人在等着断他们的后路。

龙王晃动的身体更加地激烈起来，前有伏兵，后有断路人！这么一想，龙王吃惊不小，往日失败的惨烈就如同一缕青烟，从记忆的深处腾了起来。

龙王朝天就是一枪，吼叫，想活命的，快给我撤！

　　龙家的家丁们听自家少爷这么叫，哪还有不撤的理。保命要紧哩！

　　已乱成一团的家丁，马上像打了鸡血，狠命地朝谷口突去。

　　密集的枪声爆响了起来。岩山按照与乌飚的约定，他那头一打响，岩山这边也跟着开火。

　　岩山看了眼重机枪手，命令，准备开火，把他们当饺子包了！

　　重机枪手手指头刚一触到板机，一个突发的情况冒了出来。

　　重机枪手透过准星发现，刚刚还打头阵的的孙家军反水了，他们在自家管家的指挥下，利用道路两侧的有利地形，一反常态地朝龙家军的身后开起了火。

　　岩山突然间明白了乌飚给他提过的内线，此人竟是孙家上上下下尊敬的大管家。

　　孙家军一反水，岩山这边倒麻烦起来了，重机枪手迷茫地看着他，意思是打还是不打？很简单，打，连反水的孙家军一块收拾掉。不打，那就一边看热闹。

　　岩山没出声，他又操起了望远镜。

　　岩山很快捕捉到了龙王。

　　龙王以一条好腿为轴，身子四下里转着，把枪的手不停地舞动着，显然，孙家军的突然反水他也是万万没有想到的。

　　突然间，岩山就见龙王身子怔了一下，白衬衣的胸口上顿时一片殷红，龙王强撑着身子再次怔了怔，随后，向着谷口的方向扑去。

　　龙王这一倒，岩山能想象得出，龙王对乌飚的仇恨要远胜于反水后的孙家军。

　　龙王中弹倒地后，乌飚还没有收手的意思，岩山明白，自家老爷要斩草除根啊。

　　岩山心里不禁又升起了一股悲凉，为乌飚，为自己，还是为死去的龙王，包括龙家即将咽气的残丁？

　　岩山说不上，真的说不上。

一场蓄谋已久的逼宫戏,就如同姥姥峰的晨风,远逝了。

孙家管家拉上队伍正式投了乌飚,孙三爷成了孤家寡人。而龙昆呢,也只能撑着老迈的腿,伴着野风残云,在瘸儿子的土坟前,一遍遍饱尝白发人送黑发人裂肺般的疼痛。

七十四

毛丽真没有想到,就那么几天的工夫,她那个叫岩山的干哥就给她弄来了一批上好的玉货,而且还亲自送上了门。

毛丽满脸绯红,抚着玉器,那神态就像是触摸着沐浴的婴儿。

毛丽细细地溜了一遍,猛然间想起还没招呼岩山喝茶,她的脸就更红了。

毛丽说,干哥,你瞧我高兴的,都忘了给你倒茶。

岩山脸上含笑,眼里似在喷火,他抚着掌,说没关系的,我不喝。

毛丽一眼就看穿了岩山的心思,她放下手头的玉镯,冲一边憨笑的自家男人嗔责了句,瞧你傻站着,还不快去弄点酒菜回来,中午陪干哥好好喝几杯。

干哥弄来了货,阿苏自然也很高兴,喝,今天是该陪干哥好好喝一顿。

阿苏朝毛丽伸出手,毛丽笑嗔,瞧你出息的。说着,掏出钥匙,打开柜台上的小铁箱,拿出两百块钱塞到阿苏的手里。

阿苏拿着钱正准备走,毛丽又特地叮嘱了句,别急火朝忙的,货比三家,看准了再买。

阿苏笑着朝岩山点点头,提着竹篮出门去了。

阿苏走后,岩山说道,有必要这么客气嘛。

毛丽笑嗔,这像咱俩说的话吗?见外了不是。

岩山笑道,那好吧,等会吃了你这道大餐,我都不说谢。

毛丽用葱般的手指点了下岩山的脑门,娇嗔道,你就想着吃大餐,没见着阿苏跟我大兵似的寸步不离嘛。

说罢,毛丽主动将身子往岩山身上靠了靠,抱怨,你啊也真是的,前几天妹妹我主动送上门去,你倒好,装得跟个出家人似的。今天怎么了,不吃顿大餐心里头就慌了?

岩山将毛丽往怀里一搂,嘴便往前凑了过去。

毛丽朝门外瞧瞧,赶忙推开岩山,你要死了,这大白天的,满街的人,让人看见可不得了。

岩山笑笑,眼睛里依旧火辣辣的。

毛丽轻叹了口气,你啊,看来今天不吃顿大餐,是肯定不会罢休的了。

说罢,又风摆杨柳似地拂了岩山一眼。

这一拂,岩山的欲火给彻底引出来了。

岩山不由分说,拉起毛丽的手就将她往柜台后头的卧室引。

岩山说,来,我给我说件重要的事。

毛丽见岩山目光游离,喘息加重,还是半推半就地跟他进了卧室。

这下好了,毛丽也不知精瘦的干哥哪来的忒大的力气,一把抱起她就往床上放。

岩山火急火燎,毛丽的心一下软了,跟着身子也软了下来,很快一对赤裸的身子就叠在了一起。

毕竟是在光天化日下偷情,那潮来得快,去得也快。

不一会儿,阿苏提着新鲜的鱼肉,还有一只活鸡回来了。

阿苏冲正帮自家老婆整理玉器的岩山笑了笑,很难得地客气了句,干哥,你这大老远来,别累坏了身子,我这就准备饭菜去,中午让干哥大补一餐。

岩山忙回道,不累,不累,这些活我一天干到晚也不觉累。

毛丽脸微微一红,暗中拧了岩山一把。

两人摆弄一气玉器,岩山像是不经意中问了毛丽一句,听说坝子里有家叫澜沧江的美食城，那里的饭菜味道不错。

毛丽揶揄，怎么了，是不是在我这吃了大餐吃厌气了？想换换口味呢你不妨走一遭，听说那边的小姐一个赛一个水灵。

岩山抓了把毛丽的屁股，瞧你吃醋的样子。干哥是这样的人吗？

毛丽之所以这般说，至少在她看来，岩山的人品还是靠得住的。

蟋蟀帮毛丽进玉货的那会，一次，她无意中听蟋蟀说，进来的货都在岩山弟弟开采的玉矿弄来的。蟋蟀死了之后，毛丽总不能让生意兴隆的门店一关了之了吧？毛丽还真敢闯，就自个儿越境跑到了达显镇，她要找一个叫岩山的人。

在达显镇上，岩山的大名跟乌飚几乎一样，大人小孩没几个不知道的。被毛丽打听的人，虽然他们的目光总是躲躲闪闪的，但还是给她指了指岩山家的那幢白楼。毛丽只身摸了进去。

也是不巧，那天岩山一天未归。毛丽决定豁出去了，找不到岩山，回到家里舒舒服服躺着又有何用？干脆，就在岩山家山墙下守着。

第二天，天刚蒙蒙亮，岩山从乌飚那回家，大老远就见自家山墙下有团模糊的东西。岩山大步走了过去，一看，是个人，是个女人，而且，还是个长得有点姿色的女人。

岩山蹲下身，摇了摇正迷糊着的毛丽，哎，你醒醒，怎么在我家的山墙下蹲着了？

毛丽揉了揉腥忪的眼，你说这是你家的山墙？

岩山说，是啊，有疑问？

毛丽一下从地上站起来，惊喜道，这么说你就是岩山老爷了？

岩山称是。

毛丽面带笑容，岩山老爷，我终于等到你啦！

岩山上下打量了下毛丽，疑惑，你是？

毛丽答道，我是对面坝子里做玉货生意的，我叫毛丽，我是来求岩山老爷帮忙的。

　　岩山问,你是求我帮你进玉货的?

　　毛丽道,是啊,坝子里我有个朋友,他说老爷你弟弟是开玉矿的,可是我不认识你弟弟,就只好上门求你来了。

　　岩山点点头,哦,是这样。所以你就在这山墙下守了我一夜。

　　毛丽的眼睛就有点湿润了,喃喃道,我一个小女子,也没个帮手,只好很莽撞地求老爷援手了。

　　岩山自己也说不清,面前这女子就这么三两句话,竟把他的心给说软了。要知道,这些年,像类似的事,他岩山从未援手帮人过,那怕有充裕的时间和精力。

　　岩山说,你跟我进屋喝点茶吧,女人家淋了一夜的露水是容易生病的。

　　毛丽一听,眼泪水就出来了。

　　毛丽说,岩山老爷,你是个好人,我毛丽会报答你的。

　　说罢,跟岩山进了白楼。

　　岩山进了家门,婆娘搂着儿子还在熟睡。见家里没了开水,他就亲自动起手来煮水。

　　毛丽静静地看着岩山,不知咋的,突然间就冒出了一句,岩山老爷,我听说镇子上人都怕你,其实你并不像他们说的是个坏人。

　　岩山回过头,朝毛丽笑笑,什么也没说。

　　自打那次与岩山相识之后,岩山老爷在毛丽的嘴里渐渐被干哥替代了。

　　毛丽也邪了,她就认准了,干哥就是个靠得住的人。

　　岩山这些日子之所以援手毛丽,其实他的潜意识里也觉得毛丽是尼朵最好的替代品。

　　尼朵是真心喜欢他,这点他岩山从没怀疑过。可问题是现在自家老爷动不动就在他面前提尼朵,老爷这般做,再傻的人也能琢磨出点道道。

　　乌飚已经将目光移到了尼朵身上。

自家老爷看中的东西,它即便再珍贵,该放手时就放手,这就是规矩。

岩山一旦打定了撤的主意,这头对毛丽自然也就有求必应了。

这点,毛丽是不清楚的。尼朵那边当然也不能让她看出破绽,岩山知道,对尼朵得慢慢地冷,要让她觉得再投入这份感情,产出根本就不是那么回事。

岩山还知道,尼朵这丫头也是个豁得出的主,跟她那头一旦处理不好,她铁了心就是不让自家老爷碰,乌飚还不得以为自己在尼朵跟前说了不该说的话,真那样的话,岩山不敢再往下想了。乌飚挂嘴边有句话,我能怎样捧人,也能怎样摔人!

两人正调笑着,阿苏憨笑着走了过来,菜差不多了,请干哥入席吧!

岩山朝毛丽看了眼,那咱们就开始用大餐?

毛丽会意地回敬了一句,澜沧江美食城的餐就真的那么有味?

阿苏显然没听出他们的话中之意,憨笑道,澜沧江美食城的菜哪有我阿苏家的好,都是些中看不中用的东西。

岩山听了,哈哈笑了起来,他朝毛丽看了一眼,瞧瞧,还是阿苏说得实在啊!

七十五

岩山又将话题巧妙地转到了澜沧江美食城上来。

毛丽也相当的敏感,笑着揶揄道,怎么了,还真的想去尝鲜啊?

岩山笑了笑,冷不丁地冒了句,你知道他们的老板是谁吗?

毛丽笑出了声,哎哟,还真没看出来,干哥原来还是个同性恋哩。

实心的阿苏插了句,莫瞎说,让人听到了多不好。

岩山抿了口酒,怎么,是个男的? 你们认识?

毛丽笑道,但凡在坝子里讨生活的人,谁不知道水老板水兴运啊,他生意现在做大了,又是美食城又是娱乐城的。

毛丽打趣,哎,对了,你可以跟他交个朋友,他娱乐城那边据说比美食城好玩多了,里头的小姐是一周换二次,男人们据说一挨到娱乐城,连个步子都不会迈了。

岩山故作一脸无奈相,可惜啊,没人给我介绍呀。

阿苏见状,冲岩山碰了碰杯子,没人介绍更好,听说再好的男人走进娱乐城也会学坏的。

毛丽夸张地扬了扬眉毛,听到了吧,再好的男人去了那也会变坏的,阿苏说得没错。

阿苏平日在家里受到的都是冷言冷语,今儿个被自家女人一夸奖,而且还是当着颇有能耐的干哥哥面,一下子还真有点不适应。他挠着头,笑道,你们先说着,我去看看鸡汤。

阿苏离了座,毛丽突然间收住了笑,问道,你是不是跟水老板有什么瓜葛?

岩山笑笑,我岩山跟水老板能有什么瓜葛啊,我只是冲着他的名头,想跟他交个朋友。可惜,没人给引路。

毛丽一听,笑了起来,这话说了半天,绕来绕去的,不就是想跟水老板交个朋友嘛,这事就包在我身上了。

岩山似乎有些不太相信,你?

你不信是吗?说吧,你想什么时候见他?毛丽平日里的泼辣劲暴露了出来。

那就今晚,如何?岩山紧盯着毛丽问。

毛丽一副大包大揽样,行,等吃了饭,我就给你打前站去。你哩,在家好好睡上一觉。

毛丽也不知道哪来的本事,这事还真让他搞定了。

岩山趁着阿苏不在,动情地一把搂过毛丽,我的好妹妹啊,你还真了不得。

倘若不是顾忌阿苏,岩山真想拥着毛丽再狠狠地爱她一把。

毛丽不解地盯着岩山，至于吗？

岩山说，我的亲妹妹啊，他可是咱们的钱袋子啊。

岩山昨天受领完任务，脑子里就在盘算，该从哪下手呢？

乌飚显然对阿冲前期的工作极为不满。

乌飚失望地对岩山说，他阿冲哪像是我乌飚一手调教出来的主徒啊。我这边手把手给他支招，他哩，倒好，心事全放在娘们儿身上了，最后怎样？网，网没给我建起来，自己的小命也玩完了，我真是心累啊。

说到这，乌飚拍拍岩山的肩膀，道，我的大管家啊，我现在手头上能成大事的，也就是你岩山了，希望你这次马到成功啊。

后来，岩山在自家的小楼内琢磨了一晚上，阿冲这么长时间劳而无功，他究竟输在了哪儿？

岩山罗列了不下十多种的可能，最后，一条一条比较下来，能站得住脚的，就是水兴运是个吃软不吃硬的主。

是啊，人不能一条道走到黑，是该换种方式试试了。岩山对自己说。

七十六

岩鹏因为战前受伤，握方向盘的任务就落在了宗泉身上。

祖德看看表，快十一点了。不管怎么样，子夜前必须进入伏击阵地。

祖德催促，开快点！

宗泉应声，右脚又稳稳地压了压油门。

车子又行进了好一段。祖德再次看表，催促，再快点！

宗泉双眼盯着前方，道，祖队，油门已踩到底了，再快，就得给车子装翅膀了。

宗泉话音刚落，就见车头前方立着一块石头。宗泉一惊，随势往右一把方向,车身呼地擦石而过,好险!

一车人悬着的心还没放下哩,就叫祖德高叫了一声,当心!

宗泉还没完全发应过来,祖德搭住方向盘,顺手一拉,闪电中,一块滚石轰隆砸在了车后。

宗泉本能地刹住了车,整个人愣怔了。这时候,车头的右前轮已架在了悬崖上。

一车人,小心翼翼下了车,脚下的佤汀河依旧在轰鸣。

七十七

水兴运这只饵下着,果不然,有鱼儿触钩了。

最先触钩的是玉石街上的毛丽。

华容有点纳闷了,难道说她就是阿冲提过的背后大老板?

不像啊。这女人除了在玉石街上摆弄风流,玩出了些名气,据前期掌握的情况,她好像跟毒品并不沾边。

接下来再冷眼旁边,这下子,疑窦全开了。

她还有个干哥。

她这趟纯属为她的干哥跑腿的。

澜沧江娱乐城水兴运那间经理室里,毛丽可谓是风情万种,我干哥说了,他就是想跟水老板交个朋友,还望水老板能给小女子一个薄面啊。

水兴运调侃,哎,今儿个真是挺新鲜的哟,能从你毛丽的嘴里说出个干哥来,此人肯定不是凡胎俗子,对,应该说是个神人。

经过华容几个的调教,水兴运已经明白,对抗政府,或者说不配合政府,那真就死路一条了。水兴运怕死,更不想死。他跟华容表态,我水兴运上半辈子活得像个鬼,现在,这一面翻过去了。接下来,我水兴运要堂堂正正活一回。

毛丽的脸就红了,小女子在玉石街上做些小本买卖,自家男人又焉巴拉叽的,根本帮不上手,我这个干哥也就是进货时出手帮帮小女子的忙。

水兴运坏笑,就这些?

毛丽的脸就更红了,你水老板不妨到玉石街访访,我毛丽可是个顾家爱舍的人啊。

水兴运还在笑,看你毛丽说起话来也不像个读书人,没听说过有句成语吗?哪叫做越描越黑。

毛丽娇嗔道,你们男人啊,尽喜欢往那处想。

水兴运显然像是被逗兴奋了起来,他喘着气哈哈地笑着,道,难得你对你那位干哥一往情深啊。说说吧,你干哥哪儿人?都想跟水某做些啥生意?

毛丽瞧这动静,估摸事已办得七不离八,索性就放开来大吹了一把。

毛丽笑道,我那干哥啊,家产虽不算多,但是对面两座玉矿是他的,混个吃喝应该不成问题。

水兴运故意惊大了眼睛,道,拥有两座玉矿还说家产不多,把整个世界都给他算了。你这个毛丽啊,胃口也不小。好吧,你那个干哥我交,你说说看,什么时间带他来会面?

毛丽笑道,那还拖什么样,就今晚怎样?

水兴运有些为难,你这性子也太急了点吧,今晚上水某已约了人。

水兴运故意装着思忖了一会儿,要不这样,我再跟朋友商量商量,看看今天的约会能不能改个日子。你等着。

说罢,水兴运就掏出手机拨电话。

水兴运的电话自然是打给华容的。

电话里一番作戏,水兴运啪地合上手机,道,那就这么定了。晚上六点,就在我的美食城见。

晚上六点,穿戴正式的岩山在毛丽的陪同下,准时来到了澜沧江美食城。

在一间称做果敢名头的包房内,毛丽刚介绍完水兴运,岩山马上上前一步,亲热地握着水兴运肥嘟嘟的手,敝人岩山,今天得见水老板,岩山是三生有幸啊。

水兴运客气地邀岩山入座。岩山看着一桌子的菜,笑道,水老板你也太客气了。

水兴运一副大大咧咧样,岩老板此言差矣,你大老远跑来,水某请桌饭不是应当应份嘛。

入座后,水兴运主动进入话题。

水兴运道,听毛丽小妹讲,岩山老板在对面是家大业大啊。我水某人呢毛丽小妹大概也跟你说了一些,这些年,力气倒是花了一些,都是瞎折腾啊。今天岩山老板远道来访,还不知道有何吩咐啊。

岩山笑道,水老板自谦了。你的名头在我们那边也是如雷贯耳啊。岩山今天来巴结水老板,就是想跟你水老板一块谋些财路。

水兴运自谦道,我水某的这些家业你都看到了,娱乐加餐饮,小打小闹的,做其他生意,一没实力,二没智力,只怕你岩山老板失望啊。

岩山笑道,水老板这些年就没想过生意上拓展的事?比方说吧,我岩山这些年除了做些玉石生意,有时候也玩玩别的项目。

水兴运像是很认真地点点头,岩山老板不妨道来听听。

岩山沉吟了一会,抬起头,冲毛丽使了个眼色,毛丽会意地离桌回避。

岩山缓缓开口道,这些年,我们那边有许多的人一夜之间暴富,想必水老板能猜出个一二来。不过,做那生意,得把脑袋提手里头。水老板如果有心玩一把,那边的货我估计组织起来并不难。

说到这,岩山两眼放光地盯着水兴运,说实话,水老板的为人我岩山早有耳闻,我岩山之所以特地过来会你,一来冲着你水老板靠得住,二来你也有这个实力。做生意光有热情没有财力也玩不转。

水兴运脸上的表情马上暗淡了下来,他也朝岩山看了看,叹口气,有些为难地说道,你说的这桩买卖的确来钱快,可是你也知道,我们这头对那玩意儿打得很凶,稍稍不慎,倾家荡产不说,人头也不保。这生意哩,我看还是不碰为好。

　　岩山点点头,道,水老板你看这样行不,咱们今天话都不说死,你呢也好好考虑几天,实在不想做,咱们再谈别的合作,你意下如何?

　　水兴运也跟着点了点头,这事你真得容我好好思量思量,今天这事咱们话先说到边,你看,这肚子都提抗议了。

　　随后,水兴运走出包房,冲毛丽意味深长地一笑,还不赶紧的进来陪干哥哥喝酒。

　　当晚,岩山就电话里把与水兴运碰面的情况汇报给了乌飚。岩山枝枝蔓蔓地说得很细。

　　岩山说,水兴运给人的感觉,就是既想当婊子,又想立牌坊。

　　乌飚哼了声,他要是这会儿跟你把事儿定了,我这头还不踏实呢,就让他假正经几天吧。你呢,这几天就在那边给我住下来,原则就一条,那就是尽快把事情给敲定了。另外,不要主动给姓水的提阿冲,姓水的要知道咱们是一伙的,他不扒了你的皮才怪。还有一点我必须提醒你,这趟千万别跟我玩阿冲那游戏,大事要紧。

　　说到这,乌飚突然笑了起来,噢,这事差点被整串了。你用不着学阿冲,用不着,你那边有个小情人。好吧,这几天就开开心心跟你小妹乐乐吧。啊,嘿嘿嘿嘿!

　　乌飚笑得很开心。

七十八

　　老局长笑得也很开心。

　　大鱼触钩了,还有什么比这要来得高兴哩。

　　此后的四五天里,岩山总是主动打电话给水兴运。水兴运电话里也总在推说忙什么的。两下里,各怀着心思,憋着。

到了第七天,老局长发话了,火候差不多了。

这天,岩山还是抱着试水的心态,电话打过去,水兴运这回答应碰头了。

岩山望望窗外,天瓦蓝瓦蓝的,太阳热烈。嗯,不错,今天果真是个好天气。

这回他们见面的地点选在了缉毒队秘密设点的上汤咖啡。

一见面,水兴运忙上前打招呼,哎哟,岩山老板,不好意思,不好意思啊,这几天实在太忙太忙了,怠慢,怠慢啦!

岩山笑笑,好事多磨,好事多磨嘛。

两人遂会意地笑了起来。

水兴运说,这几天我静心思考了一番,这事要玩就玩次大的。你知道的,中国的法律规定,一次贩卖毒品50克,足以让人脑袋落地。与其都得掉脑袋,不如索性搏回大的。我这边呢只是有点担心,你岩山老板短期内能组织到货源吗?

水兴运亮出了底牌,岩山自然是又惊又喜。

阿冲使足吃奶力气都没拿下的水兴运,竟让他岩山给攻了下来。看来先前对水兴运吃软不吃硬的分析得是对头的,自己选择儒雅的攻略也是英明伟大的,这一周的日子等得值!

岩山笑笑,水老板你尽管放心我岩山的诚意,我岩山虽说是个文弱人,但对信义一向看得比性命还重。

水兴运高兴地道了声好,那你打算什么时候给我发货?

岩山呷了口咖啡,这个么?实话给你水老板说了吧,大批量的货啥时候走,我还得回去给合伙人商量商量,你这边担心掉脑袋,我那边也要确保万无一失啊。

水兴运故作不解地看着岩山,你身后还有合伙人?你不会告诉我他就是大名鼎鼎的乌飚吧?你岩山老板真会说笑。

岩山未置是否,笑道,我在对面的主业毕竟是开玉矿嘛。

水兴运也未再追问，只是不放心地问道，你那位合伙人靠得住吗？

岩山一拍瘦胸，道，但凡我岩山认准的人，还是刚刚说过的那句话，信义比性命还重。

水兴运眼珠子骨碌碌转了一圈，岩山老板，你休怪我水某多心，这事总归谨慎的好。

说到这，水兴运巧妙地转了个话题，哎，岩山老板，你认识一个叫阿冲的人吗？就是前些日子在坝子里跟人争风吃醋挨了枪子的小伙子。

对于这个问题，岩山似乎早有了准备。他浅笑笑，这个家伙啊，头脑简单，四肢发达，成不了气候。被人弄死，那是迟早的事。据人讲，这家伙这几年也在跑货，反正我没见过他有大的作为。

水兴运笑笑，接过话题，我也只出于好奇，随意问问，不说他也罢。咱们接着说咱们的事。你岩山老板看看，咱们首笔生意该如何做？

岩山嘴角边漾着笑，水老板的意思？

水兴运喝完咖啡，一抹嘴，交货时验货付款，如何？

岩山想了想，这样，包括交货的时间、地点，容我回去跟合伙人再商量商量。过几天，我过来给你回话，如何？

水兴运点点头，行，那咱们就这么说定了。

岩山走了。

老局长在隔壁监控室里站起身，活动了下脖颈，这才开口对祖德说道，与乌飚最后的决战时刻到了。咱们最终能不能把乌飚引出来，接下来就得看水兴运的戏演得怎样了。

祖德吸了口烟，征询般地望着老局长，道，到时候等岩山过来回话，就让水兴运主动提出要岩山陪他一同接货，并指名乌飚亲自到场，这样如何？

老局长道，愿望不错，怕只怕咱们是一厢情愿啊。

　　三天过后,岩山趁着一天的大雨,走进了澜沧江娱乐城。

　　与水兴运简单寒暄了几句,岩山便高兴地说道,水老板,真得恭喜你啊,你提出的交割方式,我的合伙人一口应承了下来。交货的时间就放在三天后的凌晨时分。我的合伙人说了,眼下正是雨季;这时候交割安全,至于交割的地点,就放在 920 号界桩附近。水老板你看这样是否妥当?

　　水兴运思索了会,开口道,我看大的原则就这么定了,有些细节咱们还得再商量商量。

　　岩山不解地问道,水老板说的细节是?

　　水兴运轻启嘴唇,于是把祖德教过的话又话了一遍。

　　水兴运看着岩山,怎样,有异议?我这趟跟你要的是近两百万的货,这么多钱,放谁身上都是个事。

　　岩山暗叹,真不愧是棵大树啊,这么多年,雷电风雨,竟然挺着不倒,佩服,佩服啊。如今事情已办到这程度,九十九步都拜了,就差最后一步了。

　　岩山心一横,道,就照水老板的意思办,我陪你一块接货去。只是,只是我的合伙人那儿,我真的没有把握,非得这样吗?

　　水兴运道,还记得咱俩第一次见面时你说过的一句话吗?你说你岩山把信义看得比性命还重。我很感动,真的很感动,而且也非常的赞同。此外,你岩山老板想过没有,做生意,就如同两国交往,有来有去,总得讲究个对等吧?我水某虽不是什么大人物,我这边亲自出场了,你那边的合伙人没有不出来相见的道理。一个诚字,比啥都金贵,特别是我们生意人。往后咱们还得继续合作不是?

　　岩山点点头,理是这么个理。不过我真的吃不准,我的合伙人对此有何感想,我试试吧,争取促成。

　　让岩山没想到的是,此话一出,乌飚竟爽朗地应承了下来。

　　岩山还是有点儿不放心,老爷您想仔细了?

　　乌飚嘿嘿一笑,水老板说得不错,做生意是该讲礼数。往后呢,咱们跟人做生意,就得把牌子创出来,靠打打杀杀行不通啊。

岩山真的纳闷了,几小时不见,乃刮目相看了,难得自家老爷能醒悟过来。

乌飚话虽这般说,岩山还是有点儿不放心,老爷您是否再思量思量?咱们又新添了几百张嘴,都仗着您给口粮哩。

乌飚挖苦道,瞧咱大管家出息的,这胆子咋就不见长呢?我乌飚是被吓大的吗?笑话!

自家老爷都这么说了,岩山还有啥好说的。

自打彻底收拾了孙、龙两家,岩山发现,老爷他自信得近乎狂妄了。要知道山外青山楼外楼,不定哪天,这狂妄会要了他的性命。

岩山无奈地说道,要是这么定了,我这就给水老板回话了。

乌飚大概还是想给管家岩山一点儿面子,道,这样好了,交货的时间就改在后天的凌晨,不过这话先不跟水老板讲,待到明天下午三四点的样子再说,到时候你随便编个理由。

岩山答道,好吧。

话毕,岩山快快地合上了手机。

坝子上空的暴雨又倾泄了下来,茫茫雨雾阻断伸向远处的视线。

岩山站在窗前出神,但愿后天的生意别像这雨雾一样迷茫。

七十九

伏击的地点选择在界桩下坡的玉米地里。

凌晨时分,有车辆的马达声从对面传了过来。送货的车辆似乎没开车灯。

坡地高处,负责瞭望和断后的华容,马上向祖德发来了一长一短的灯光信号。

祖德见状,下令,准备战斗!

玉米地里顿时响起了推拉枪栓的声音。

　　马达声渐行渐近。大约离界桩不到五十米处,送货车停了下来。

　　华容马上向模糊的车影方向发出了三长一短的灯光信号。按约定,这意味着平安无事。对方马上也发出了同样的灯光信号。

　　约莫分把钟,车子开了过来。是一辆对面常见的日本产皮卡。

　　皮卡车头内,能见着一位汉子,车头顶上架着一挺轻机枪。

　　车子接近了界桩,玉米地里的祖德马上走出来,站在一侧的便道上,又冲皮卡发出三长一短灯语。

　　皮卡像是稍犹豫了下,最后,还是往坡下滑了过来。

　　皮卡离伏击圈越来越近,负责断后的华容已悄悄向皮卡身后的界桩摸了过来。

　　转眼工夫,皮卡进入玉米地里伏击圈,停了下来。宗泉、雷光黑洞洞的枪口直指皮卡顶上的轻机枪手。

　　乌飚大摇大摆地从车上走了下来。身后,跟着四个持苏制冲锋枪的家丁。

　　不知道是夜幕太过昏暗的缘故,还是雨天视线的模糊,一向胆大妄为的乌飚看上去似乎并没把危险放在心上。

　　水老板,久仰久仰啊!

　　待他的手刚触上祖德,乌飚心里猛地一惊,他不是那个肥嘟嘟大圆脸的水兴运。

　　水兴运的照片,乌飚从岩山的手里见过。眼面前这个人,高挑瘦长,说他长株凤尾竹一点不过。

　　乌飚急欲抽出手来,这一抽,手仿佛就被凤尾竹藤给箍住了。

　　乌飚证实了,他碰上雷子了。

　　乌飚到底还是靠舞枪弄棍起家的。他猛一发力,挣脱了祖德的手,一边往皮卡跑,一边高声嚷道,是中国警察,给我打!

　　车顶上的轻机枪吐着火舌吼叫了起来。祖德就势打了个滚,腰里的枪刚拔了出来,就觉肩头一热,一摸,满把的血。祖德顾不上包扎,举枪就朝后撤的乌飚射击。

雷光瞄着车顶方向打了一梭子，子弹连个机枪手的皮毛也没碰着。他狠狠地骂了自己一句，还警校的神枪手呢，真是无用！

这时候，宗泉已从玉米地里冲了出来。

雷光骂这自己之后，深吸了口气，这次他手里的枪终于套住了车顶上的火舌，再瞄，击发，一梭子下去，轻机枪的嗓门哑了。

宗泉冲上去，朝着轻机枪手又是一个抵近射击。

雷光兴奋地冲出玉米地，没有了轻机枪的拦截，追出去的步子也一下快了许多。

站住！

眼见着被家丁拥着的乌飚离界桩越来越近，雷光急得又射出了一梭子。

华容跃了出来，他像具铁塔挺立在界桩一侧。

微冲在他的手里咆哮着，就见一个黑影惨叫了声，倒下了。乌飚的身子也跟着趔趄了下。

华容扯着嗓门高叫，缴械投降！

话音未落，有几只黑乎乎的铁蛋朝他飞来。

华容赶紧卧倒，手雷在身边爆炸了。

巨大的爆炸声，华容先是觉得后背被人很劲捅了一刀，接着脊椎骨嘎巴一声又像是被人折断了。

雷光真是好样的。他趁着黑影人再向华容方向投掷手雷的瞬间，一梭子下去，又放倒了两个。

战斗眼见着有了分晓。

祖德下令，活捉乌飚！

还别说，扶过乌飚的那个家丁身手还真的不赖，乌飚在他的掩护下，离界桩只有几步之遥。

那个家丁手里的枪突然停了下来，他在快速地换弹匣。

祖德大吼，给我灭了他！

宗泉、雷光齐射。那厮的身子就如同风中的店幌，抖了几抖，终于不甘地倒下了。

华容,快截住乌飚!

倒地的华容听到祖德的叫声,受伤的体内仿佛被注入一针强心剂。他艰难地爬起来,身子晃了几晃,玉树临风般地挡住了乌飚的退路。

乌飚一怔,马上弓着腰,他在作最后一搏。往前一步,成败生死,全在它了。

华容扑下了。他不知从哪来的力气,死死箍住了乌飚。

可怜的乌飚,脑袋是进入了 M 国的领地,可大半个身子却留在我方一侧。其状,很是滑稽。

祖德他们围拢上,一把将乌飚拽了回来。

乌飚,没想到吧,你也有今天? 祖德威严道。

乌飚嘿嘿坏笑着,我乌飚天生一条好汉,这辈子再狠的人都是我的败将,你以为我乌飚真会从了你们? 笑话! 嘿嘿嘿嘿!

卧倒! 就听祖德大叫了一声。

火光轰然而起,英雄华容的身体随着那突起的火光,向雨天的夜空腾去,腾去。

华队! 喊声嘶心裂肺。

八十

电话铃响了,老局长噌地站了起来。

未听上几句,老局长的脸上就像突然遭至了严霜,一下凝重了起来。

良久,老局长叮嘱了句,路上注意安全。

放下电话,老局长没有马上坐下来,他眼里噙着泪,无语地在办公室踱着,一圈,又一圈。

老局长的神色,让我的心也跟着颤抖了起来。

老局长终于收住了脚,含泪的目光静静地停留在我的脸上。

稍顷,老局长开口道,乌飚死了。

怎么就没抓个活口呢? 我心中不平,这结局也太便宜了这魔头!

老局长嗓音喑哑,战斗一打响,很多无法预料到的事情随时都可能发生。

灯光下,老局长在我的眼里仿佛一下苍老了许多。

室内很静很静。

坝子里的雨依旧啸啸下着,我猛一抬头,两行热泪已挂在老局长的脸上。

乔宏伟云南失风，二秘的确难受了好一阵子。不过这位姿色不错的女人很快便从见不得人的情感漩涡中挣脱了出来，相好的没了，可日子还得照样过下去。

　　而小宁波呢，这却为翻本的事折腾得不能自拔。

　　小宁波没想到，大张会请他吃饭，而且，还是一桌的山珍海味。酒是家乡上好的绍兴黄酒。

　　大张端起酒杯站起来，赵老板，谢谢你赏给小弟面子啊，来，我先敬你一杯。

　　望着脑袋上还缠着纱布的大张，小宁波这回像是动了真感情，张老板，惭愧惭愧啊，这顿饭该我来做东啊。说着，一口闷掉了大半杯子黄酒。

　　前天晚上，也就是二站长的所谓男人被捉的当天，小宁波可以说心情糟透了。仿佛也就在眨眼之间，自己变成了徒有虚名的穷光蛋。他在果敢的老街镇上转啊转啊，无意间瞥见了一家叫北回归线的大浴城。他想都未想，便走了进去，找了个泰国妹子狠命地发泄了一通。夜里两点多往回走，前脚刚跨进黑咕隆咚的那条破巷子，就迎面撞上了三个打劫的汉子。

在老街混了这么多年，他知道，这些人都是从赌场赌输的狂徒，从你身上不掏走他们想要翻本的钱，非得取了你的小命不可。小宁波一看就气不打一处来，真他妈的马瘦被人欺，老子还等着钱用呢。进不是，退也不是。忙从裤腿里抽出了匕首，直奔打头的汉子而去。

三比一。小宁波肯定不是他们的对手，渐渐地，露出了败相。

正当他暗自叫苦，这时候，黑巷里冲来了一位男子，那男子操作一根木棍，挥舞着朝汉子冲去。黑脸汉子们被打跑了，那男子的脑袋上也挂了彩。再细看，挂彩的男子不正是自己的老乡大张嘛……

在老街混了这么多年，一直没机会孝敬您赵老板，以后还得指望赵老板帮衬一把啊。大张说。

好说好说，用得着言语一声，家乡人嘛。赵老板道。

单为了这顿饭，大张可以说颇费了一番心思。为了那场戏，头上白白挨了一刀不说，光小费就花了一万多。今天来吃饭，又请人把脑袋夸张地包了一番，看来效果不错。真要是拜上了这位财神爷，哈哈，没了的那几十万，还可以笃笃定定找回来，甚至还要多得多。大张脸上一乐，又端起了杯子。

这酒杯一来二去的，很快就像充足了的磁，两人贴得更紧了。小宁波端起酒杯，反过来敬了一杯大张，兄弟，你的事，大哥我以后全包了。

大张见机会来了，又站起来举起酒杯，赵老板，说起来还真不好意思，前阵子被人黑了百把万，这手里头也不太阔绰，您看，眼下能否找点活，让小弟先充实起来？

小宁波呷了口酒，盯着大张沉思了会，道，回头让我想想。

其实他小宁波认定了的人，你求他说话办个事啥的，从来不打嗝。这回呢他手头上确实有点儿羞涩，对他来说，拿货算不了什么，可这本金呢？他要想想，得回去好好地想想。

　　金鱼老太在大张跨进家门的那一刻,心里着实惊了一下。死到哪去了嘛,半年也不来个电话,真是的。金鱼老太当然不知道这半年里女婿干的竟是些足以让女儿守寡的事,可李卫他们对她女婿半年来的行踪记录得却是非常的精细。

　　11月20日的这天,大张走下飞机的时刻是下午4时50分。

　　经过八个多月的侦查,李卫他们终于廓清了雾障,这张境内外勾结的贩毒网络,毒品的上家就是遥居缅甸的小宁波赵高明。而且这个小宁波好生厉害,流进滨海的毒品50%就是出自他手。

　　大张返回滨海后,虽说大门不出,二门不迈,但他静若止水的日子,还是让李卫他们觉得异常。两日后,李卫他们通过外围侦查,大张这次突然间回滨海,旨在接大宗的毒品。

　　种种迹象表明,收网的时机已经成熟。

　　对于大张,这会儿没有什么比这趟包赢不输的生意来得惬意了。什么定金,运输费,一切全免,在家安安静静候着就是了。见货交钱,这等好事在圈内哪有。上次被黑了的几十万,如今就像扎在心尖上的刺,触触都痛。之后,凡做生意,他便长了心眼,不见兔子不撒鹰。大张感慨,小宁波啊小宁波,好人啊。自己略施小计,看把他激动的。你这么感情用事,将来肯定得苦头啊。

　　将来,还有将来吗?

　　12月6日,像是获得大赦的大张如约赶到华强宾馆。不过这回呢,货是到了,但它的主人还不能姓张。为啥?还缺五十多万的人民币。

　　大张厚着脸皮,你看这样行嘛,货我先拿着,明天一定把钱给你凑齐。马仔眼一紧,一口回绝,不行!老板说了,一手交钱,一手交货!

　　望着本该属于他大张的货就这样在宾馆里呆着,大张心里那个急啊,那可是钱啊。大张在心里暗骂,陈绍红啊陈绍红,我操你的妈!不是你小子玩老子一把,今天这区区小钱对我算个屁啊。

心里恨归恨,但脸上还是小心地向跟前的马仔赔着不是,跑堂的有跑堂的难处。大张只得悻悻地筹钱去了。

两天后,大张接到小宁波电话,那头的语气的听起来绝不比金钢石软,你给我听着,我最后再叫你一声老弟,今天不接货并支付所有的费用,那货就地销毁!

别别别,大张这头的话还未完整地说上一句,就听那头啪地合上了手机。

到这天下午三点多,大张终于筹齐了余款。但这时候马仔电话里告诉他,为预防万一,交货地点改换在苏园饭店,交付时间晚上九点整。

接下来的事,大张是想象不到的。与他一同落网的还有他的下家汤惠良。

芸的故事讲完了。我还沉醉在他的故事里不能自拔。芸捅了捅我,哎,大作家,发啥愣哩,不至于这般忘情吧。我转过神来,朝芸笑笑,原以为你们办案也就是街面上抓抓现行,没啥大的技术含量,没想到你小子原来干的还是个玩命的活哩。芸朝我一笑,你以为呢?听了我讲的故事,这回赴云南有底了吧?我朝他点点头,调侃,看来我今天这回咖啡请得值,等回头完成了任务,再请你高档酒楼使劲撮一顿。芸擂了我肩头一拳,那我就等着了。

这时候,我突然间想到了什么,不对啊。芸睁大着眼睛,什么不对?你不会是为刚才的话后悔了吧?我笑道,哪能呢。你小子好像把小宁波那段省掉了,他不会没事人似的,还在缅甸的老街消遥着吧?芸说,整张网都撕了,还能任他消遥?我催促,快说说他的结局。

芸喝了口咖啡,继续道,大张苦心经营的贩毒网络仿佛顷刻间崩塌了。远在缅甸的赵高明也强烈地感受到了自己经营的大厦在摇摇欲坠。这次,他输得很惨,惨到几欲投萨尔温江的地步。

阳光下的萨尔温江,宛若温情的女子,流水舒展地向南潺潺流去。赵高明呆傻了似的坐在江边,直到晚霞染红了江水,才拖着疲惫的身子回到了老街。

　　这天的年底,赵高明被押回至滨海。回到离别五年多的滨海,他也曾有那么一小会激动过。然而,眼前的城市将不再属于他自己,是他先背叛了这座城市。这么想着,有几滴眼,就从赵高明的眼窝里涌了出来⋯⋯

图书在版编目(CIP)数据

雄嶂/陈锦国著.—上海:上海三联书店,2016.2
ISBN 978-7-5426-5393-2

Ⅰ.①雄… Ⅱ.①陈… Ⅲ.①长篇小说-中国-当代
Ⅳ.①I247.5

中国版本图书馆 CIP 数据核字(2015)第 269429 号

雄　嶂

著　　者 / 陈锦国

责任编辑 / 姚望星
装帧设计 / 方　舟　徐　徐
监　　制 / 李　敏
责任校对 / 张大伟

出版发行 / 上海三联书店
　　　　　(201199)中国上海市都市路 4855 号 2 座 10 楼
网　　址 / www.sjpc1932.com
邮购电话 / 021-22895559
印　　刷 / 上海叶大印务发展有限公司

版　　次 / 2016 年 2 月第 1 版
印　　次 / 2016 年 2 月第 1 次印刷
开　　本 / 890×1240　1/32
字　　数 / 280 千字
印　　张 / 10.5
书　　号 / ISBN 978-7-5426-5393-2/I·1089
定　　价 / 42.00 元

敬启读者,如发现本书有印装质量问题,请与印刷厂联系 021-66019858